ㅋ代国际诗坛

ontemporary International Poetry

vol. **9**

主　编　唐晓渡　西川

副主编　赵　四

作家出版社

卷首语

唐晓渡

日前有友人顺道来访，见桌上有刚看完的本期清样，初甚欣喜，不料拿起只瞥了一眼目录便原地放下，说话口气也变得不感冒："咳，净是些经典的老面孔！我说，怎么就不能多些当代的，正在进行时的？《当代国际诗坛》嘛 。"

我一时气结，有心说道几句，无奈他已转换了话题，只好一笑打住。但心下终觉得有些悻悻然，即便友人告辞，这种感觉仍挥之不去。

不错，占据主要版面的多是经典的老面孔：阿什伯瑞、勒内·夏尔、里索斯、夸西莫多、帕拉。但老面孔怎么啦？经典的就不当代啦？再说，作品可都是新译的，居然连多问一声的兴趣都没有了吗？

独自憋闷了一会儿，忽想到创办之初就曾耳闻过类似的抱怨，并在某期卷首语中有所回应。急起身打开电脑搜寻，没错，是第二期，整整十年前。有趣的是，所引怨言的关键词与友人这次的竟几无二致；而我的回应是建议辨析"当代性"和"经典性"的歧异，包括：何谓当代（性）？诗人的"当代（性）"和作品的"当代（性）"是否一回事？"当代（性）和"经典（性）"的关系如何？等等。随后一节有关"现在进行时"的质询更像是早就为今天预备好的，兹征引如下：

> 这里不是展开学术讨论的场合，但不妨用一种极端的提问方式使问题变得一目了然：所谓"现在进行时"，在诗学意义上是否仅仅意味着一种时间刻度？具体到个别案例：像巴略霍、惠特曼或布罗斯基这样已逝的经典诗人及其作品，在现代汉语诗歌（同时包括阅读和写作）的语境中是否还具有"现在进行时"的意义？还可以用"换位思考"的方式来重新体认一下问题的核心所在，比如，对从庞德开始的欧美现当代诗人来说，李白、杜甫、王维所代表的似乎从来就不仅仅是中国古典诗歌，同时也是中国当代诗歌，这是怎么回事？

而最终给出的参考结论是：

> 只要是真正面对诗歌本身，所谓"经典性"和"当代性"就无非是一体两面而已，关键还是作品在当代问题情境中所能发散的能量和译文质量。

貌似不但思路足够清晰，所谓"诗学的正义"也足够充分。然而，整整十年过去了，我却不得不置身几乎是同一的情境，好像一直就在那里。这又是怎么回事？那一刻我脑海里油然浮现的，是一群在经堂里闭目塞听，各颂其经的沙弥形象，而我也是其中的一个。

在一篇本应提示阅读要点的卷首语中炒冷饭、暗发牢骚是无聊以至可耻的，但情有不堪之下却也顾不上，就将其作为别一种要点提示吧。其实我本不必那么在意友人的看法——在一个可以为"懂和不懂"这种不离诗学ABC的问题数十年纠缠不休的历史语境中，时隔十年重现一次类似的抱怨，又有什么可奇怪的呢？反过来，我的在意无论是否，或在多大程度上事关这类抱怨的代表性，都表明了对其合理内核的某种默认，换句话说，对具体阅读行为始于欲望的内在矛盾的尊重。在这种不可避免的矛盾面前，有关"当代性"和"经典性"，以及二者关系的辨析再怎么充满"诗学的正义"，也将显得苍白无力；它唯一堪以寄望的功用，或许只能是制衡阅读过程中那种过于急功近利的浮泛之风。

但愿啰唆这些没有败坏读者进入本期的兴致；若能从中体察到《当代国际诗坛》之不易，则算是望外之喜。事实上，就编辑意图而言，追求当代性和经典性之间的平衡一直是我们最重要的工作目标之一，其成效虽不敢称善，自觉也算差强人意。当然，这里的"成效"并无统计学意义上的、可以量化的硬指标支持，其根据说白了，不过是我们的主观意愿和有限读者反馈的彼此验证；然而再怎么着，"经典的老面孔"之多少都不会成为我们的衡量尺度。谁都知道"当代性"较之"经典性"更为宽泛、活跃和切近，但唯有那些直取要害且更擅创造性阅读的读者才能领悟，所谓"经典性"，在去除了种种附加的光环和油彩之后，无非意味着更深致的"当代性"而已。据此最终评判权仍归于读者，却对读者有所要求。

本期聚集了五位"经典的老面孔"纯属机缘巧合；而不应仅仅被视为机缘巧合的是，他们又分别来自不同的母语世界：英语、法语、希腊语、意大利语和西班牙语，恰好从翻译的角度，象征性地构成了与当代汉语诗歌结为一体的多元星空。今年正值改革开放四十周年，以此作为小小的纪念，不亦可乎？这些诗人的经典性自不待言，然若以译介的密度和充分程度论，除阿什伯瑞外，说"老面孔"还真有点过分。由此，倒不如说这次的集中译介，是又一次新的拓展。至于对其各自内涵当代性的辨识，则不取决于他们距离当下的年份，而取决于不同问题意识下的阅读本身：不仅是他们的作品，也包括相关的阐释和对话。所有的作品都期待艾柯所谓的"理想读者"（亦即前面说到的"直取要害且更擅创造性阅读的读者"），这样的读者虽说稀罕，却也并非凤毛麟角，比如，这本就该是那些杰出评论家的"第一身份"，而本期的论者多属此列。对我来说，正是得益于他们种种洞见的启发和引导，被阐释者那些具有根本性质的探索和持守，在当代汉语诗歌语境中的重要性才变得如此显豁：阿什伯瑞基于内在音乐结构所致力的有关诗之不可转述性的实验；勒内·夏尔据其不可退让的写作伦理，着眼"形式分享"，使"抵抗者"在审美维度上呈现的丰茂而"唯一幸存的"内涵；阿拉贡何以要向里索斯致敬；夸西莫多所标示的"隐逸"究竟意味着什么；就更不必说帕拉那遍布讽刺和幽默的"反诗歌"，在反叛、不敬之下对人性，特别是个性的深致关切所能激发的无限活力了。

当然，所有这些都同时凝聚着译家的眼光和辛劳，而"感谢"一词于此总是未免轻飘。尽管如此，我还是要特别感谢一下远在巴黎的在读博士张博，感谢他不仅以精锐而丰润的译笔，首次为我们带来了《唯一幸存的》这部勒内·夏尔最具代表性作品的完整汉译，还组织和译了一批相关的研究文章，其中两篇是为本期专辑物特约的，作者分别为当下法国夏尔研究的领军人物达尼埃尔·勒克莱尔和新锐学者奥利维耶·贝兰，这里也向他们的慷慨重义一并遥遥致谢。

转眼间《当代国际诗坛》创办已近十一载。十一载10期（含未列入排序的中日诗人交流特辑），虽相对于初时雄心勃勃的规划有点惨，但能于种种艰难曲折中一路坚持下来，返顾倒也未觉特别不安。古语云"靡不有初，鲜克有终"，当年曾引以训诫，如今念及，竟更像是某种慰勉了。然而我们深知，若不能及时得到必不可少的赞助支持，恐怕连这点可怜的慰勉也将成为空中楼阁。为此我要再次向黄纪云先生致意——尽管他从一开始就表明，他更愿意做一个幕后的无名者。

2018, 5, 23, 世茂奥临

目　录

阿什伯瑞诗选

[美] 约翰·阿什伯瑞　张 耳 译

湖中之城 *

这些湖中之城生于厌恶
长成已被遗忘的东西，虽然它们对历史耿耿于怀
自己却是某种概念的产物：比如，人是可怕的
当然这只是个例子。

它们浮出直到一座高塔
控制了天空，再用技术探返
染指过去的天鹅和渐细的枝条，
燃烧，直到所有的恨转化成无用的爱。

然后你剩下一个关于你自己的想法
和午后升起的虚空
这一定是出于别人的窘迫
他们信号灯一样掠过你。

夜是个更夫
你的大部分时间花来做创造性的游戏

[诗人小传] 约翰·阿什伯瑞（John Ashbery, 1927–2017），美国 20 世纪最重要的诗人之一。他一生著作众多，出版过 28 部诗集（不包括选集），1 本小说，3 个剧本，3 部论文和批评，3 部自法文的翻译著作。他囊括几乎所有有分量的美国诗歌奖，1975 年出版的《凸面镜里的自画像》使他一举获得美国三项皇冠文学奖：普利策奖，国家图书奖和国家图书批评界奖，传言他也多次被提名为诺贝尔文学奖候选人。在他逝世前，约翰·阿什伯瑞被公认为是美国最伟大的在世诗人。
* 译自《河与山》，Holt, Rinehart and Winston 出版社，1966。

[译者简论] 阿什伯瑞诗的突出特点是诗人平静而有说服力的语调。这是一种以行走的步调前进，往往似乎被夹在中途，也许从外面透过窗帘听到一半的嗓音。这个声音偶尔会有明显的诗意或表现性的断裂，但更多的是，随着时间的推移，变得更加一致。它听起来是对话式的、低调的、温和的、不紧不慢的典型美国式英语。它明显的平和性让各种各样的事物在它们自己的自然状态下踊跃浮现：典故、哲学旁白、外国习语、校园笑话、各种被遗忘的文化碎片，甚至偶尔的叙述或分析或论证。

他的大部分作品给人的感觉是他的无意识多音多义地传递到表面，尽管诗人驾驭语言的强大能力，确定了诗的断行、语速、节拍和有序的音乐性。"难懂、凌乱"常常是注重内容的读者的第一反应。诗人在回答别人批评时说，"我没有在生活中找到任何直接的表述，我的诗

直到今天，但我们对你有一揽子计划。
我们想，比如，送你去沙漠中央，

去狂暴的海，或者让别人紧紧围拢成你的
空气，把你按回一个惊恐的梦
像海风那样吹拂孩子的脸。
而过去已经在这里了，你正在喂养私密的计划。

最坏的还没过去，但我知道
在这儿你会幸福，因为你境遇的
逻辑比任何气候都更加雄辩。
你看看，体贴与漫不经心紧挨着。

你已经用某些东西堆出了一座山，
把全部心血深思地注入这唯一的纪念碑，
它的风渴望浆直一片花瓣，
它的失望碎成五彩的泪虹。

长篇小说 *

他犯的罪变成什么，当她的双手
睡僵了？他在纯净的空气中

收获作为，而这空气富富有余
是他们的中介人。她吸气时他朗声笑着。

如果这一切能在开始之前
就结束——这悲伤，这雪凉

一片接一片，落下种种细致的悔恨。

* 译自《一些树》，耶鲁大学出版社，1956。

桃金娘在他茂密的眉毛上干枯。

他站着比那天还安静，一呼一吸间
所有的邪恶都是同一种。

他是最纯净的空气。而她的耐心
这必不可少的作为，颤抖着

在原来双手安放的地方。污秽的空气里
每片雪花看起来像一张皮拉内西

18 世纪在罗马的素描落下；他的语词很沉重
带着最后的含义。我尊贵的夫人！含羞草！所以最后

都一样：在结冻的空气中
吐唾沫。除了，在一个新的

幽默的风景里，一处音乐写出的风景
却没有音乐，他知道他是位圣徒，

而她触摸了所有善良
像金发，同时知道这善良

不可能，醒醒吧，醒醒吧
看这善良在心爱的人眼中长成。

任　务 *

他们在准备重新开始：
众多问题，旗杆上簇新的幡

歌模仿或重现知识或意识到
达我身上的方式，那种一阵
阵的，开始又停顿，而且不
直接的到达。我不认为诗歌
排列整齐的模式会反映这种
情况，我的诗是不连贯的，
但生活也是如此"。他朗读自
己诗的嗓音一直保持着灵动
的漫步状态，从不屈服于宣
言或情节剧，或是故意制造
悬念的停顿，而是以意想不
到的形式发出稳定的文字
流，让年轻诗人听他的朗读
时，偷偷地涂鸦自己的神游
状态中触发的图像和线条。
　　翻译阿什伯瑞诗的难点
在于再现他的语言的流动性
和音乐性，以及潜在的美国
式的淡淡幽默感和宽容。逐
字逐行地译出那些典故和文
化现象，有时就很难体现诗
人遣辞造行的即兴和挥洒，
而这个即兴往往才是诗的真
意。说到底，偶然性对这位
天才的纽约诗人来讲至关重
要——在他成名的过程里，
在他对文字的运用里，他的
读者可一一探查并体会。

* 以下 8 首译自《春日双重梦》，
ECCO 出版社，1970。

飘扬在一个意料中的历险故事里。

就在太阳开始横向把它的影子
和狂欢的喧闹划过西半球的时候,
逃亡的土地纷纷挤在各种分开的名下。
这是欢乐之后的空白,"每个人"都必须出发
去往被困住的夜,因为他的命运
是空手而归,从轻那里
从时间经过而唤起的轻那里。那只是
空中阁楼,熟练地擒拿过去
通过伤害而占有它。路线是明确的
现在就直线行动进入那个时间
在它腐蚀性的肿块里,他第一次发现怎么呼吸。

瞧你制造的这些垃圾,
看你做了些什么。
然而如果这些是悔恨,它们只轻微地打扰了
晚饭后玩耍的孩子,
枕头的许诺,今天晚上要发生的那么多。
我计划在这儿等会儿
因为这些只是些瞬间,灵感的瞬间,
还有些范围可以抵达,
最后一层焦虑融化着
变得像样,好比朝圣者脚下的里程。

阿什伯瑞和法国诗人皮埃尔·马尔托里,
后者的诗歌对美国纽约派诗人有重要影响。

春 日

巨大的希望和容忍
尾随着夜,在白天的便道上
像空气呼吸进一座纸制的城市,吐气

当夜再次降临带来怀疑

在入睡者的头上群聚
却被棍棒和匕首击退，使得早晨
在冷静的希望中重新装置
昨天的空气，就是现在的你，

在这么多惯用语中你的头从手里滑下。
眼泪免费跑马，或哭或笑：
有什么关系？这有免费接受和给予；
硕大的身体放松好像在溪边

被水流的力量唤醒，不得不在它变成生命以前
认出秘密的甜蜜——
吸吮众多交换，从子宫里拽出，
在全死以前从地下掘出——胸脯起伏

像山一样宽广。"他们终于来了，
另外那些，那么渺小让他们慢下来
几乎停止不前。都以为他们死了，
他们的名字被光荣地与风景嫁接

给人留作纪念。直至今天
我们都生活在他们的壳里。
现在我们要突破，像河流冲破大坝，
在这片困惑并且畏惧的平原上暂停，

阿什伯瑞在罗马玛达玛庄园
（F.Sacco 摄于 1963年）

我们接下来的进步将是可怕的，
好比伤口里拧转一把把新刀
在这种娱乐的鸿沟里，在这些光秃秃的画布上
不容置疑就像街上的汽车和每天的噪音"。

山停止了震动；它的身体
弯成它自己的矛盾，它的享受，
像在离我们很远的地方，灯灭了，有关男孩女孩的记忆
他们曾经走过这里，在那个巨大变化之前

在空气像镜子一样反射我们之前，
变成和我们的用心相反的样子，
而那些不可分离的评论和推断
却把我们抛到更远的远方。

什么——发生了什么？你和
那棵橘子树在一起，以便它夏天的收成
能回到我们出错的地方，然后和缓地滴
进历史，如果它想这样做。翻过了一页；我们

刚才正在它硕大死亡的风里挣扎，
而且无论那是不是个星期四，或是不是个风暴天，
加雷加雨，或鸟是不是互相攻击，
我们都已经卷入另一个梦。

去指控那另外一个所制造的障碍毫无用途：
它已经不存在了。而你，
亲切友善并在不断成长，你的叶子星星般闪亮，
我们将会很快把我们全部的注意力赋予你。

平铺直叙的多样化

傻女孩，你们脑袋里想的都是男孩
这是最后一种从外表面谈话的样本

你们的立场终于上升到这愚蠢的晚上。
它反射在弹坑陡峭的蓝色四壁上，
那么多水将要把这些洗过，而我们的呼吸
到最后还是没有洗净。纤细的
杉树枝去抓它，随水向后退去。
在我们的行星上，没有使命
能够给你造一个。

被放在某座山的一边
是更真实的故事，一开始，呼吸
只是一阵阵到来，然后一个小喷发
像蒸汽机那样最后终于发动。
传奇小说中故意不讲第二天事情会好一些，
章节之间重叠的感觉，像毛边鱼鳍。
他们要说的一定很多，而且很重要
有关这些游泳的姿势，以及手从海里
伸出原创性的复叶，
那著名的一箭，少女们清晨到来
看望那个小孩，后来，他长成男人
同样动人的仪式怎样替代了中间那些有数的年月，
只有到了现在，他老了，被迫开始向太阳行进。

最快修补

刚刚能被容忍，夹缝中生存
在我们技术化的社会里，我们常常要在即将被毁灭的边缘
被营救，就像中世纪骑士传奇《疯狂的奥兰多》里的女主人公们一样
不一会儿，又再次开始下一轮历险。
树丛中一定打雷，一团窸窸窣窣的盘绕，
而安杰丽卡，在法国新古典主义画家安格尔笔下，思量着

在她脚趾边那个多彩的小怪物，好像在怀疑

　　是不是忘掉

这一切也许，也许最终是唯一出路。

而后来总有一刻，当

"快乐混混"开着他生锈的绿汽车

轰隆隆登场，来看看大家是否一切都好，

可到那时，我们已经进入另一章，正在疑惑

如何接受这条最新的信息。

这是信息吗？我们是不是最好表演出来

让别人受益，心里的思想

有足够的地方，放置我们的小问题（它们

　　现在看起来是些小问题）

我们每天的困惑，食物、房租和各种账单的花费？

把所有这些都缩减成一个小变数，

走出在这宽阔高原上微不足道的一步，获得最后的自由——

这曾是我们的野心：做个小的、清楚的、自由的人。

唉，夏天的能量消耗得很快，

就一会儿，没了。不再有机会

让我们做必要的安排，虽然它们很简单。

我们的星星那时候更亮，也许由于当时它里面有水。

现在已经完全没有那个问题了，只有

抓紧硬地球，别被甩下去，

连带一个偶然的梦，一个幻景：一只知更鸟飞过

窗户上面一角，你把头发梳过去

没能看见飞鸟，或者一个伤口亮出来

衬着别人甜蜜的面孔，有点像：

这是你要听的，那为什么

你过去考虑听别的东西？我们都是健谈者

不错，但在谈话下面躺着

去感动，不愿被感动，松懈的

意思，不整齐，还有单一像颤动的地板。

从左至右：阿什伯瑞、弗兰克·奥哈拉、派茜·索斯盖特、比尔·柏克森、肯尼斯·库克（Mario Schifano 摄于 1964 年）

这些当然是那个课程的风险，

可虽然我们知道这个课程除了风险没有别的

但那一刻还是令人吃惊，当四分之一个世纪后，

这些规矩第一次开始清晰地向你显示。

他们才是玩家，而在比赛中挣扎的我们

只不过是观众，虽然我们受比赛各种突变的影响

跟着它走出淌着眼泪的竞技场，被扛在肩头，最后。

一晚接一晚这个信息传回来，重复

在天上闪烁的亮泡里重复，它们升过我们，又从这里被拿去，

但这信息仍然是我们的，一次又一次，直到最后，不容置疑，

我们被处罚的状态，在助长处罚的气氛中，

不像一本书归我们所有，却和我们在一起，又有时

不在一起，孤独而绝望。

而幻想让它成为我们的，一种犹豫不决

升到了审美理想的高度。有那些片刻，一些年，

伴着确凿的现实、面孔，能说出名字的事件、亲吻、英雄事迹，

但像一个几何级数友善的开始

在伦敦国际诗歌节上与法丽达·马吉德交谈（1972）

不大让人放心，好像意义可以在某一天抛在一边

当它被超越。最好，你说，像这样胆小地

呆在早年的旧课里，既然学习的承诺

是个想像，嗯，我同意，再说

明天将会改变觉得已经学了什么的想法，

这样，学习过程将会如此延伸，从这点看来

我们谁都永远不可能从大学毕业，

因为时间是个让颗粒悬浮的乳化剂，所以想着不要长大

很可能是我们最聪明的成熟方式，至少目前如此。

你看，你看，我们俩都对，虽然不付出

一般来说都没有收获；我们的替身

遵守规矩，生活在近似

家的地方，让我们——嗯，在某种意义上成为"好公民"，

刷牙和其他那些，并学会接受
艰难岁月的赏赐，当它们出现的时候，
因为这是行动，这不确定，这不经心的
准备，把种子扭扭歪歪地撒进犁沟，
预备好去遗忘，又总回到
出发的那个早晨，很久很久以前那天。

夏

那声音像阵风
遗忘在枝头，意味着某些
没人能弄懂的事儿。还有那严谨的"后来"
当你体会一件事情的意思，再记下来。

此刻这充足的荫凉
看不出来，分割在一棵树的树枝间
一座森林众多的树之间，就像生活被分配
在你我，以及那边其他所有的人之间。

顶发稀疏阶段跟着
苦思苦想时期。忽然，死去
不再是一桩刻薄又廉价的小事儿了
却很累人，像难熬的暑热

还有那些无心的小设想放在
我们对自己作为的奇怪念头之上：夏，松针球
命运松松垮垮地伺候我们的行为，挂着假笑
过于刻板地按章办事——

想取消已经晚了——冬天的时候，叽叽喳喳的

冷星在窗玻璃上比划夸张地描述
此刻的存在，结果到头来并不那么了不起。
夏像一行陡峭的石阶

走下探向水面的窄岩。就这儿吗？
这种铁硬的安抚，这些理性的忌讳
也许你是真想停下来？这张脸
长得像你，在水中浮映。

歌

这歌告诉我们我们过去的生活方式
从前的日子。植被的芬芳
事情结束就仅仅结束
又重新开始再归于一声叹息。后来

某个运动颠倒过来，急迫的面具们
迅速走向完全意外的结局
像一些失控的时钟。这姿态
是否在很久以前意味着，迂回的

受挫之后无奈的否认，像丛生的枝杈
痛快地结束一切，继而可以放下一切
在快捷又令人窒息的甜腻之中？日子
推向一片虚无天空的

那张仿古砖头脸。或迟或早
汽车呜咽，整个世界将被推翻。
而现在我们坐着，一点不敢说话
喘气，好像这么贴近耗去了我们的生命。

过去的那些豪言壮语总有一天
摇身变成进步，成熟起来
漂亮得像本崭新的历史书
尚未开封，里面的插图还看不见，

这些停顿和启动的目的也会变得清晰：
返回老路，像过去一样不愿长大，不愿进入
夜，夜变成一座房子，变成各走各的路
领着我们深入眠乡。一场愚蠢的爱。

18 岁的阿什伯瑞

尖顶平房

尽管那时我们急切地等候他们全体入伙，
陆地尚未升入视野：海鸥已将暗灰的钢塔卷走
这样，与其出去寻觅，掠过嗡鸣大地
不如停留在与这些其他事物密切的关系里——盒子，批发
　　配件，随便你怎么称呼——
这些东西的安稳曾是未来革命的代价，所以你就知道
　　这已是最后的斗争。
然而这个关系依然涨满，翻卷如和风中的景致。

这些都一样，对不对
假定的风景和家园梦
因为如今大家都想家，或拼命地去睡觉，
努力回忆这些长方形怎么
变得这么外在不重要，又这么贴近
不声不响地勾画出认知的前景
让年轻人在里面变老，诵着，唱着智慧的
又标志着衰老的赞美曲

就这样，拎起往事要被说服，再重新放下。

警告不过是一个不出声的吸气"h"；
问题已经勾画完成，像绑上长杆的焰火：
夜晚的颜色，别人确切的声音。
在可口可乐的训导中，它变成专利
在左边发出噪声，我们不得不跳一步
超越一个阶段——过去的大浪，加嘲讽
一视同仁地淹没理念和非梦幻者
映着亮得虚假的星光，那种"纯洁"的
设计已经成为危险的第一信号，
向阴沟里冲刷去粘腻的一团——恶心！

那是一种什么感觉，同时在外也在内？
细腻感受空气抵触又暗中煽动
里面的温暖？土地凝固着自己被涂写的沮丧
忍受愚蠢和厄运已到极点
这一代又一代人的聪明。
看看你对这片山河干下什么——
冰块，橄榄——
还有一片三座城搅和到位的泥
沿河两岸一路铺开
最后一截留给有关建设的思想
这思想总会变成重重峻岭和道道门槛
在其他潮流之上，喂养不起眼的欧洲马齿苋。

我们将很快有幸记录
在这个方面集体推诿的时期
为了更加庆幸，值得我们
冒风险乏味复述，先记录上最后的抗议：
宁愿腐朽的艺术，天才，灵感去抓住

与简·弗莱里奇在康涅狄格州康沃尔（1954）

对现实无法获取的拓片，也不要
"新派在搏斗场上生成的琐碎，
一种淤泥烂树叶的东西"，而生活
一点一滴流出孔洞，像水过筛网
全朝一个方向。

你们没有方向，以为如果找到了一个
　　　所有问题都迎刃而解
你们对此怎么想？仅仅因为一个东西不朽
就有理由崇拜它？　死亡，说到头，也是不朽的。
但你们都进了你们自己的房子，关上了门，表明
不需要进一步讨论。
河沿着自己孤独的流程
天与树从风景上竖起
因为绿带来不幸——*le vertportemalheur.*
"苦艾酒绿原上山色黄绿
不由得让硬汉泪滚如雨"。

所有这些亿万年前就来过了。
你的程序运行完美。你甚至免除了
完美的单调，有意留下一些疵点：
用后进的方式变得像样，一个不自然的握手，
一个心不在焉的微笑，虽然实际上没有一丝随机。
每个细节都惊人的清晰，好像是通过放大镜观察，
或者由一个理想的观察者，也就是你自己，审视——
因为只有你才能如此耐心地从远处注视自己
像上帝注视一个罪人走向赎救的路，
有时在山谷中消失，但总**在路上**，
这将会垒起些东西，毫无意义或意义深远
像一座建筑，因为计划过，而建成后却被废弃，
它将继续活着，阳光下，阴影里，若干年。

谁管那里以前是什么？没有回去的路，
站住不动等于死亡，生活向前走，
走向死亡。但有时站住不动也是生活。

五金杂货庄园

那里总是十一月。这些农场
像某种警治管辖区；要实施
某种控制。小鸟们也习惯了
沿着围栏寻食。
那个严重的"假如"，那个今天过得如何，
和警察的多次巡逻
当我实施日常身体功能的时候，不想肇事
不想要火或者水
不过是遥远的掐捏引起的颤抖
造出了我的心身，走出来迎接你。

唯一能拯救美国的事 *

有什么是中心吗？
原野上突然飞来的果园
都市森林，土乡土色的庄园，齐膝小丘？
都被称作中心？
榆树林，阿德考克角落，故事书农场？
当它们同时涌上视平线
争抢着挤进已经看够了的眼睛
谢谢，不要了谢谢。
它们出场像景致掺杂了黑暗
潮湿的平原，拥挤过剩的郊区，

* 以下 2 首译自《凸面镜里的自画像》，维京出版社，1975。

自以为荣的市政，默默无闻的市民。

这些与我心目中的美国连在一起
但能量果汁在其他地方。
今天早上我走出你的房间
早饭后，被前后打量的目光
交叉绑住，向后是光
向前是不熟悉的光，
这到底是由于我们的行为，或者
材料，生活的材料，大家生命的材料
我们不停地斤斤计较？
一种很快会忘掉的情绪
在交错的光梁之间，下城凉爽的阴影
在这个早晨再次抓住我们？

与道格拉斯·克莱斯在尼亚加拉瀑布

我知道我编入太多我自己
对事情一瞬即过的观点，随想随写。
它们是我的隐私，永远是。
那么到哪儿去找事情私密的转机
注定要像金钟轰鸣
从最高的钟楼响彻全城？
那些让我撞上的种种怪事，我告诉你
你能马上明白我的意思？
是哪个有弯弯曲曲小路抵达的果园
把它们藏起来？这些根茎在哪里？

正是这些包块和考验
告诉我们是否会成名
我们的命运能否成为楷模，像个明星。
剩下的就是等待
那封永远不到达的信，

一天又一天，恼怒
直到你终于把它撕开还不知道它是什么
两截信封躺在盘中。
信息很睿智，似乎
口授于很久以前
它的真实性不受时代限制，可它的时代
还没到来，警示危险，和有限几步
可以对抗危险的招数
现在和将来，在凉爽的院子，
在乡下安静的小房子里，
我们乡下的国家
围着篱笆，街道荫凉。

比尔颂

有些事情我们花太多的时间去做
以为做这事会有成果也理所当然。
我从一条路走出来乖乖地
进入一片翻耕过的玉米田。我的左边，一群海鸥
来内陆度假。它们好像很关心我写作的方式。

或，举另外一个例子：上个月
我发誓要多写。写作是什么？
嗯，依我看，是在纸上写下
不，不是思想，而是，也许是些见解：
关于思想的见解。思想是个太宏大的字眼。
见解好些，虽然见解也不能确切表达我的意思。
以后有一天我会解释，但今天不。

我觉得好像有人给我缝了件夹克

1979 年在哈佛大学桑德斯剧院演讲

我穿它出门远足

出于对这个人的忠诚，虽然

周围没有人看，除了我

和我内心对自己模样的想象。

穿这件衣服是一种责任也是享受

因为它吸引我，过分地吸引我。

一匹马不寻常地站出

那片地。我真的接收了

这个景象？它是我的？我已经拥有了它？

而其他那些景象，不被注意也没有记录

荡着时间漫长而松弛的弧线

所有被忘记的春天，被丢弃的石子

以前听过的歌都后来淡出光圈

被日常淹没？它慢慢走开，

仰天长嘶，一个徘徊的

问题。它，我们也能牺牲

为了最终的进步，我们必须，我们必须向前走。

蓝色奏鸣曲 *

很久以前是那个开始变得像现在的那时

就像现在走上一条新的但依然

不可定义的路。那个曾经从远处

张望过的现在，便是我们的命运

无论有什么其他事情在我们身上发生。正是

这个现在的过去建构了我们的面貌

和观念。我们是一半，我们

不关心剩下的另一半。我们

朝前面看，远望到足以让余下的我们

* 以下 3 首译自《船屋的日子》，
维京出版社 & 企鹅丛书，1977。

在黄昏的景象里盲目跟进。
我们知道一天里的这个时候天天到来
而且我们认为，既然它有它的权利
我们也有我们的权利我行我素
因为我们身在其中，不在别的什么日子，或者
另外某个地方。这时间适合我们
就像它同样自以为是，但只要
我们不放弃那个分寸，不放弃那口
让我们像个样子的气，即使在"像样"能被看见
或成为它如今所意味的一切之前。

过去要谈论的事情
已经来了又去了，还是作为近事
被记着。有一颗好奇的种粒
嵌入某种新鲜事物的根基，卷开
它的问号，像一袭新浪登岸。
前来出让，放弃我们过去有的
现在有的，我们懂得的、获得的，或者让我们
被正在经过的潮流捕获，那表层光润耀眼
种种刚忘记又复苏的事情。
每个形象都很得体、冷静
不要贪多，但要有恰恰好。
我们生活在我们现状的叹息中。

假如这就是我们所能得到的全部
我们就能够重新想象另外一半，从能看见的
形状推断，就这样
被插入它关于我们应该怎么走
下一步的设想。那将是个悲剧——
去填充由于我们尚未到达而生成的空间，
发表只属于那里的演说，

因为进步源于重新发明
这些词语，自模糊的记忆
进而用一种方式扰乱那个空间却让它
完整无缺。然而，我们毕竟
属于这里，并且走了相当长的
路程；我们的经过是个场面。
但我们对它的认识理直气壮。

艾伦·金斯堡、阿什伯瑞、
玛丽安·摩尔（1967）

诗是什么

这个中世纪的城，墙楣上各种饰物
从名古屋而来的童子军？雪，

在我们想要下雪的时候下的雪？
美丽的图像？企图躲避

种种理念，像这首诗这样？但我们
总回到理念身旁，像回到妻子身旁，离开

我们渴望的情人？现在，他们
只有相信了

就像我们相信这一点。在学校里
整个思想都被用梳子梳走了：

剩下的就像一片田野。
闭上眼睛，你能摸着在四周走好几里。

现在睁开眼睛，你看见一条细长竖直的小路。
它也许会给我们——什么？——一些花，很快就？

丁香花

奥菲斯喜欢天下事物

欢欣的自身品质。当然，他的爱妻尤丽狄丝也是

其中一部分。可有一天，这一切都变了。他的悲伤

砸裂岩石。沟壑，山丘

都承受不了。天颤栗着从一条地平线

到另一条，几乎要完全崩溃。

这时，他父亲阿波罗平静地告诉他："放弃在地上的所有。

你的竖琴，有什么意思？为什么弹慢吞吞的宫廷孔雀舞曲

没几个人想跳，除了几只羽毛脏兮兮的鸟。

不是过去表演的生动再现"。但为什么不是？

所有其他事物也都要变。

四季已经不再是它们过去的样子，

可事物的本质是只被看见一次，

因为事情不断发生，又碰上其他事，然后大伙一路上

竟然相安无事。奥菲斯错就错在这儿。

的确尤丽狄丝消失在地下的阴影里；

即使奥菲斯没回身，她也依然会消失。

一点用都没有，站在那里像一尊石头的灰色长袍，看整个

被记录的历史在转盘上闪过，吃惊地发呆，说不出一句

　　聪明话

在最发人深省的元素的演练中没能发表评论。

只有爱情停留在脑海，还有他们，另外那些人

叫做生活的东西。精心地唱着

让音符笔直向上爬出昏暗正午的

井，与闪亮的小黄花们比美

长满采石场的边缘，封藏起

事物不同的重量。

但这还不够

光是不断地唱歌。奥菲斯明白这点

而且对死后登上天堂的犒劳挺满意

他后来被酒神的女信徒撕成碎片，她们

被他的音乐，音乐对她们的作用，搅得发了疯。

有人说是由于他对尤丽狄丝犯的错。

但很可能与音乐更有关系，以及

音乐流逝的过程象征着

生命，你无法从中分离出一个音符

说它是好是坏。你必须

等到它结束。"结尾给全体戴上皇冠"，

这同时意味着静止"画面"的讲法

不对。虽然，回忆，比如，一个季节，

可以化为一张照片，却没人能守护、珍爱

那样一个停滞的时刻。记忆也流动、飘忽；

那是张流动的景色，它活着，也会死，

一个抽象的行为以粗糙生硬的动作

在上面布局。而且，期望得到更多

就像成为晃动的芦苇在缓慢

而强劲的溪流中摇曳，蔓生低伏的长草

被调皮地扯了扯，但绝不去参加

比这更多的行动。接着，龙胆紫的天低垂

天上电击抽搐，一开始刚能感觉到，而后喷发

成一场持续有乳白闪光的骤雨。马群里

每匹都看到真实的一部分，每匹都在想，

"我特立独行。这些不会发生在我身上，

虽然我能听懂鸟的语言，而且

被风暴抓住的每道闪电的行程

　　　我都一清二楚。

它们相互角逐归于音乐如同

树在夏天暴雨后的风里更容易摇动

像岸边的树正在碎花的荫影中摇动，就现在，
　　一天接一天"。

但懊悔所有这些已经晚了，即使
谁都知道懊悔总是晚到，太晚了！
对这点，奥菲斯，一朵偏蓝并有白身条的云
回答说，完全没有任何懊悔，
这不过是小心又严谨地放下些
不容置疑的事实，一纸沿路各种石子的记录。
而且不管它怎样消失了，
或去了要去的地方了，它都不再是
一首诗的材料了。它的主题
过于重要，而且无奈地站在那里也没用
与此同时诗飞驰而过，尾巴着火，一颗糟糕的
彗星尖叫着仇恨和灾难，但又过度转向内视
以致诗的意义，好的或其他的，不再可能
为人知晓。歌者想
建设性地，一步一步地营造他的咏唱
像盖一座摩天大楼，但在最后一分钟
　　转身离去。
歌刹那间被黑暗吞没
那黑暗一定又在整个大陆上泛滥
因为它看不见。那位歌者
于是也一定消失了，甚至都没能
从词语阴险的重负下解脱。能够成为新星的
只有很少的几个，而且到来的晚得多
当所有这些人的记录和他们的生平
都已消失在图书馆里，变成了微缩片。
只有几个人对他们仍然有兴趣，"那谁谁谁
怎么样了？"还偶尔问起。但他们都冰冻一样
躺着不动，失去了联系，直到一个随意的合唱

讲述一桩完全不一样的但同名的事件
那故事里面藏着些字眼
关于很久很久以前发生了什么
在某个小城，一个冷漠的夏天。

如我们所知 *

所有我们看见的都被刺穿——
远处树冠的尖顶（多么
纯真）、台阶、窗缘固定的防雨板——
被刺得遍体鳞伤，被不是邪恶的邪恶
不神秘的浪漫，不是生活的生活，
在别处的现在。

而在前面种种小妥协
的舞蹈中，你和它拍肩搭背
染指其间。你干下那事那天
也是你非得停下来那天，因为干这事
牵扯到整个画面，没有其他表现的方法。
你滑倒跪下
春水贵重的珍珠
在没被吸收前，植上苔藓
你跟跟跄跄在这
安静的街边，便道条条，交通纵横

好像他们要来抓你。
可正午刺眼的阳光下空无一人，
只有鸟像秘密一样到处寻觅
还有一个家要回，有那么一天。

阿什伯瑞（摄于 1975 年 2 月 8 日）

* 以下 3 首译自《如我们所知》，
企鹅丛书，1979。

那时候被遮住的光

被认作我们的生活，

爱情也许想查看每件关于我们的事

再放在一边等一段时间，直到

整个故事被重新审视，我们转向

彼此，我们转为彼此。

我们过去走过的路是我们那时看到的全部

它悄悄赶上我们，窘迫

现在已有那么多要讲，就现在。

阿什伯瑞（摄于 1975 年 2 月 8 日）

壁　毯

不容易把壁毯与

房间或纺车分开，纺车当然在壁毯之先。

而壁毯总是正面相对，但却挂在旁边。

它坚持这"历史"画面

正在进行，因为没有办法逃避它推荐的

惩罚：阳光把眼睛晃瞎。

观看摄入被同时看见的

爆炸一样突然意识到壁毯庄重的辉煌。

视力，被看作是内部的

记录了自己从外面接受的

冲击力，这一过程

勾画出一个轮廓，或蓝图，

刚刚那里有过什么：死的连线。

假如它看起来像条毛毯，那是因为

我们都渴望，依旧渴望，被它包裹起来：

右侧边栏：阿什伯瑞诗选

这一定是不要去经历它的好处。

可是在另外的生活里，就像毯子描绘的那样，
公民们彼此甜蜜地行商
不被纠缠地去偷那个水果，他们一定会偷，
当词语追着自己哭泣，把梦
扳倒丢弃在随便一个泥坑
好像"死"只是另外一个形容词。

我的色情替身

他说他今天不想工作。
正好。这儿，在屋后的
阴凉里，避开街上的噪音，
可以把各种旧的感情重捋一遍，
扔掉一些，保留另一些。
                            唇舌之争
在我们之间变得很紧张，当没有
那么多感情让事情变得复杂。
要重新辩论一次？不要了，但你总在最后一刻
找到那些话很优雅，把我救出来
在夜救我之前。我们浮在
我们的梦之上，就像浮在一艘冰制的驳船上，
船身被各种问题击穿，星光自缝隙闪烁
这让我们一直醒着，在梦出现的时候
想着这些梦。真是些奇梦呢。你说的。

我说过，但我可以隐藏。但我决定不。
谢谢。你是个令人很愉快的人。
谢谢。你也是。

模棱两可与矛盾修饰 *

这首诗在很朴实的层面上关心语言
瞧，它在对你说话。你从一个窗子向外看
或假装坐立不安。你找到了，又没有
你错过它，它错过你。

这首诗很悲伤因为它想成为你的，却不能够。
什么是朴实层面？是它和其他东西
调遣整个系统的它们来游戏。游戏？
嗯，对，但我觉得游戏属于

更深一层表面的东西，一种梦想的模式，
好比在上天恩典的分配中这些冗长的八月天
无法证明，结论多样。你还没注意到
它已经失去动力，在湿热和打字机的饶舌中溜掉了。

已经玩过不止一次了。我觉得你存在就是为了
逗我再玩一次，在你的层面，而你却不在那里
或换了另一种态度。这诗就
把我轻轻地放在你身边。诗是你。

更多愉快的历险 **

第一年好像奶油甜霜
接着蛋糕露出来了。
糕也不错，只是你忘了你选择的方向
忽然间，你兴趣转移到某桩新鲜事上——

* 译自《影子列车》，维京出版社
& 企鹅丛书，1981。
** 以下 3 首译自《一浪》，维京
企鹅公司，1984。

也说不出怎么就走到这一步。接下去一团混乱
也许出自幸福，好像迷雾
字句变得沉重，颠三倒四，前言不搭后语
提纲要点再次消失。

没事！人人都经历过，
多愁善感的心路——"人人都走过多愁善感的心路"
对，的确如此。但你醒在梦的桌子下：
你就是那个梦，这是第七层的你自己。
我们寸步不动，而周围每件事都变了。
我们夜里住在一个网球场附近。
我们在生活中迷失，但生活知道我们在哪里。
我们总与我们相关联的一起被找到。
你难道不想像只狗那样卷起身体，像狗那样睡一觉？

这一窝蜂似的分离与死亡（一个新的转合）
其中也还有逃出生存的机会。
无论发生什么都奇妙。
所有方寸田亩现在都要重新争论
我们有各式各样的画儿，无穷尽。

阿什伯瑞在纽约
（John Tranter 摄于 1985 年）

感谢你不与合作

街那边有几家冰激凌店可逛
漂亮瓦蓝色的便道。人们笑声朗朗。
在这儿，能看到星星。一对情人
在同一屋顶上各自唱歌："留下你的零钱，
留下你的衣裳，再走开。时间正好，
以前也有时间，可现在时间不早了。
你以后不会再这么喜欢暴风雨

像这些闷热的夜晚，更像八月的

九月天。冒牌的风怂恿你走

在狂暴的河上目睹汽车去康涅狄格，

还有树行当，以及所有那些我们不去想时想到的事。

天气正好，季节不明。哭你走

但也期望在不久的将来你又遇见我，当我透露

更新历险的时候，而且期望你还会继续想着我"。

风停了，那对情侣

不唱了，一对一交换着乏味的

自我表达，河岸卷曲如水

哀歌如仪。我们，喂，各位

彼此相处不惯，也不习惯自己的行当，怎么向

河岸解释，如果我们的责任是

在"不久的将来"洄游河边，我们为什么来这里

又为什么以前从没来过？客人－陌生者

提案相反，妨碍我们把自己看成

人－物兼性，我们认识的

总会来到这里，当然我们能轻易地记着

像记住自己出生的那天

一路上我们抛弃的蛆虫们，日子怎么流血

夜也同样，当它们听见我们，虽然我们不过说些自己

幼稚的想法，也从没想给谁留下印象

即使后来比孩子老成几分。

阿什伯瑞在纽约
（Jill Krementz 摄于 1995 年）

无论那是什么，无论你在何方

留下阴影的交叉杂配技术让我们的祖先以某种遗传特性换取另外一些，从而使他们的子孙们过上比自己更斑斓多样，同时又更安全的生活，而如今这技术却刚好要后劲不足，剩下我们再一次满心

疑惑，这种奢侈的孤独，怎么会让我们以为我们能够走出去，竟然想要走出去。乌檀木的钟针看起来总标识相同的钟点。这就是为什么好像总一样，而实际上它不断变更，微妙的，仿佛有地下暗流涌入。如果我们能像小时候那样，从后面出去，抽烟、打闹，只要别碍事，只玩一小会儿。恰恰就在这儿，你没觉出来？我们"从后面出去"。从来没人走前面正门。我们总住在这里，没有名字，没有羞愧，供成人们有说有笑，生活得很愉快。我们小时候，成年仿佛应该像爬上一棵树，在那里应该有一番风景，因为难以捕捉，所以更惊心动魄。而现在我们只能朝下看，先穿过树枝，再往下是奇陡的草坪从树根向外倾斜。这的确是种不同的风景，但不是我们预期的那种。

他们究竟要我们做什么？就这么闲站着，监测每一次呼吸，查找每个冲动的退货地址，时刻警惕邪恶，直到我们不可避免地陷入麻痹状态，而这可能是所有罪孽中最深重的一款？究竟为了什么目的他们这么有效地交叉杂配留下阴影？以至于下面发亮的表面转换成另一层同样发亮，但滑动又充满暗示的活力，仿若一片流沙，踏上一步就可能踩穿不确定性脆弱的网，堕入确定的泥潭，另外的讲法叫**信仰绝望的沼泽**。

也许他们希望我们享受他们享受的事，比如夏末的夜晚，也希望我们能找到其他趣事，并感谢他们为我们寻欢作乐提供了必要的资本。像他们那样唱着歌，一如往昔，有时我们能透过肌肤组织和外表轮廓，看到我们和他们之间铺设的遗传轨迹。这藤蔓的卷须可能暗示一只手，或者一种特殊的颜色，比如郁金香的黄色，闪现好一阵，当它退缩不见了，我们能肯定这不是臆想，也不是自我暗示，可是与此同时，它像所有被减去的记忆一样，变得毫无用途。它带来确定性，却没有热和光。然而，在过去，在那些久远的夏夜，他们一定有一个词来讲出它，也许知道有一天我们需要用这个词，想帮助我们。然后响起一种满足的呼噜，像风绕着屋子的护壁板暗中滑动：不是上帝那著名的"平静、微弱的噪音"，而是一篇辅助性的讲话，平行于我们肥壮想象的蛇行，一条看得见的音迹，录下我们行动时的响动，从充满希望，到绝望到恼怒，又回头重来，我们的姿势有时像个向外的动作夭折，向外伸向岬或者海角，从那里，景色可以往两个方向扩展——向后或者向前——但这只是个礼貌的希望，与其他所有的希望一脉相承，被揉成一团，抛在一边，与其他希望几乎不可分辨，除了只有**它知道我们知道**，前提是不知道是种流动，银子一样闪光，好像在说，胶片曝了光，一个影像将会，几乎肯定会，而不像上次那样，在镜框里思量自己。

那一定是你的一张旧相片，在院子中间，看起来好像有点害怕，在那个时候都市下午清澈搜寻般斜射的光线下，不宽容，不接受任何人的给予。这有什么新鲜？我来告诉你什么新鲜：你现在正在接受那位看不见的陌生者的发送。你过去以为只是为了搜寻或偷瞥的光现在正饱满地投射在你脸上，事实上它从来如此，但你把眼睛眯挤得太厉害了，害怕接受它，所以你不知道。这光将会加热还是烤焦是另外的问题，我们不在这里深究。关键是你正在接受而且抓稳了它，好像接受了某个人的爱，这个人你过去一直觉得不可忍受，而现在视为手足，与你匹敌。那个人的脸像照片上的你，却不是你，他所有的思想和感情都投向你，垂落如一厚块软和的光，最终将松动溶解结痂的怀疑、及时的自责、有效而冷淡的直率、吓人的礼貌、理智的坚毅，以及那些不理智地荒废在放任等待的夜。所有这些长成你，在树上没有风景；那里，你已经稳稳地加入了好心肠前辈们的游戏娱乐圈。

静美的心情 *

晚色就像树林里甜甜的蜂蜜
当你离开我走到街的尽头里
在那儿日落截然终止。
婚庆蛋糕的吊桥放下来
跪请纤秀的"勿忘我"。
你登上来了。

* 译自《四月大帆船》，维京出版社，1987。

烧焦的地平线骤然铺上了金色的石块，
我做过的梦，包括自杀，
现在都噗噗地从那个热气球里喷出来。
它在胀大，就要爆了
里面有什么在这些日子里
看不见的东西。
我们听着，有时学着，
贴得那么近

又取下血样，还有其他类似的事。
博物馆于是变得很大方，住在我们的呼吸中。

美国乡土画家菲尔费德·
波特作的阿什伯瑞画像

在另一个时间 *

事实上就是因为你停下来，
其实没必要，
树林还没那么黑，但
你停下来，然后又往前走了一点
好像去捉弄这个停下来的想法。
到了那时侯，所有东西
都已经笼罩在夜色之中：
轿车在剧院门前放下乘客
灯光充盈，又缩紧
成细小的碎片。接下来听。

一种涂了脂粉的郊区中产阶级的诗歌符合
这个描述，然而不很
准确。没有那种轻捷，
虽然事情很快就做好了。
我早年收集动画片的日子

* 以下 2 首译自《洛特雷阿蒙旅
店》，Alfred A. Knopf, Inc. 1992。

变成了这一捆捆的印刷品，瞧：
这上面印了些什么？
谁知道它将来是什么？
与此同时它张着嘴喘不上气好像上钩的鱼。

毫无疑问，这是张比你过去能够希望的
更为光鲜的肖像，而且所有
主要的侧面都在：
你在瀑布下弯着腰
好像去辨认青苔上
细小的迹象，接着一切都复苏了
不过是静静地。没法把它转录下来。

四重奏

永远

因为我看见最美的
名字在我前面落下

我被流放到一颗小行星上
缠绵的理性与某处松动的连接
完美的融合

只是别让我老想它
永远
我正在弄清楚什么先来
什么后来迟到：

台球派对的请帖

在那里开胃小菜免费
还有头一杯酒但后面的
酒水不在内
这对我来说有点晚过季了

我跟一位劳顿且隐身的客人讲
人必须进入新的境遇
不时地寻找
新的地方，我说，他好像
同意

我的派对伴儿已经好久不见人了
嗯，也好，我刚才一直想甩掉她，怎么样
咱俩上楼吧，到处看看
镁光灯一闪一闪的
我说
好，无论如何已经板上钉钉只能承受了

而且露脐女孩们排练好
10:30 准时到场，都别动
直到所有人上台，我
觉得我知道这是什么意思，他说
咖啡和甜甜圈会在
这个顺畅的介绍完成前就吃完了，我相信我是
你的一个朋友，那当然，他说，让让，给斯科特小姐腾个地方

我想我是闲得没事去担心
别人怎么对付感冒
它属于我们每个人像一条毯子
像赶不走的恐惧
虽然晚上恐惧会消失

而在早晨它又回来了
我们每人都得应付它
就像应付大肠和膀胱，就像

不管喜欢不喜欢，我说，我们每个都是
一架机器来研磨或分拣所有
消化或排泄的东西，没有
计划停下一会儿
休个短假
呆在家里看个戏或旧电影
都没用，坏了，因为
我们已经宣判自己是
联合协议的一方

的的确确我只想回来一会儿
确保我没落下什么东西
哎呀，真想不到我成了这里的主角
小棚房里所有该回避我的
东西都藏起来了
一切都看上去很正常
所以我应该准许这个文件
没有可能想到的理由不批准
有吗
我说，他说，没有，一切都在大风大浪里过去了

而且无论这一系列想法引起了
什么样个人私密的联想，没有
变化可能是由于
我预先看见他领先的地方
再者，几个世纪过去了，我才能把
我觉得什么是正义与法律责任

分开，把所有东西绑成一捆
在你的镜子里认出我自己
当我们俩都回到那湾幽暗的池塘
并同意最好以干杯和诙谐的安慰来
培养我们之间的感情

而不是开始一个新的长征
那样也许会在途中停滞不前越陷越深
更不是那些带棚载货的长途马车
在新的一天汇合，他说我同意
我不明白这些提示卡片的
意思，有关外面在下雪，疗养院
阳光屋，真的吗，我要花毕生精力搅和
别人的欲望，然后把每样东西
拼起来就在一切都完蛋以前，嗯，我会说
是的，我曾经知道它的意义，很不错的意义
而现在大家都能看到其中的意义了，我却把它
忘光了，但我猜一切看来都挺好的，他说

凯文·克里斯蒂作

戴维·莱文作

阿什伯瑞访谈

[美]约翰·阿什伯瑞／萨拉·罗森伯格[①]　张　耳　译

罗森伯格（罗）：你和我常常谈到的是音乐——我们谈到音乐比谈到写作多得多，尤其是你自己的写作。你异乎寻常地涉及新音乐。一直如此吗？即使是在小时候？

阿什伯瑞（阿）：对，虽然我是孩子时，还没有很多东西可以在唱片上听到。我开始收集唱片当我有了第一台电唱机，大概15岁的时候，我就很快听完了所有古典音乐的曲目。之后，就开始听我所能找到的新音乐。

罗：你找的是什么样的音乐呢？

阿：有法国的"六人团"[②]，他们是我第一次听到的新音乐。当然还有斯特拉文斯基[③]，一个重要发现。

罗：我演奏过那么多新音乐，可仍有不少人抱怨没有足够的新音乐表演。但事情肯定在变好。

阿：主要是由于录音。我刚到纽约的时候，常去听新音乐的演奏会，但我更喜欢呆在家里听唱片，但那时唱片很少。

罗：是因为观众在演奏会上吵吵闹闹不好好听？

阿：不是，我只是不喜欢音乐会的视觉感受。有的时候很有趣，如果你身处一座美丽的音乐厅。但一般说来我只想听音乐，而不是去看它。就像我更喜欢看诗，而不喜欢听诗。我从来更享受自己看诗，而不喜欢听诗人读他们的诗。如果是好诗，听诗人读也不

① 莎拉·罗森伯格（Sara Rothenberg）是一位出色的钢琴家，除表演外也从事教学和现代音乐的推广。她目前是镜头／Da Camera（一个位于休斯顿的艺术中心）的艺术总监和总经理。这个谈话在 1992 年发表于纽约巴德学院院刊。当时阿什伯瑞与罗森伯格都在巴德学院执教。译文出于篇幅考虑略有删节。

② 六人团是 20 世纪初活跃在法国的六位作曲家：乔治·奥里克（Georges Auric, 1899–1983）、路易·迪雷（Louis Durey, 1888–1979）、阿蒂尔·奥内热（Arthur Honegger, 1892–1955）、达吕思·米约（Darius Milhaud, 1892–1974）、弗兰西斯·普朗（Francis Poulenc, 1899–1963）、热尔梅娜·塔耶贵尔（Germaine Tailleferre, 1892–1983）。

③ 斯特拉文斯基（Igor Stravinsky, 1882–1971）是美籍俄国作曲家、钢琴家及指挥，20 世纪现代音乐的传奇人物，革新过三种不同的音乐流派：原始主义、新古典主义以及序列主义。被人们誉为音乐界的毕加索。斯特拉文斯基作曲风格非常丰富多样。

错，但我更愿意与诗独处，看它而不是听它。

罗：我考虑过当代诗人和当代作曲家的位置。埃利奥特·卡特①为你的一首诗谱了曲——你是不是与他一起合作？

阿：我们其实没有一起工作，因为那首诗已经完成了。我们得到一笔基金来一起创作，但好像我们做不到一块儿去，他后来觉得他很喜欢我的一首已经发表过的诗，就为那首诗②谱了曲。

罗：你专门为音乐写过诗吗？

阿：没有，我觉得我不会去写。其实，我不觉得我的诗适合谱曲。

罗：我同意。你的诗不希望休止。把诗谱上曲的一个问题是诗的节奏就不能变化了，这也就决定了诗的意思。同时，我觉得你的诗本身很有音乐性，它常常有关于时间、时间的流失、停止时间的不可能性。读你的诗的一种困难就是没法停下来——比如，面对你的长诗《流程图》③。我每次拿起来重读的时候，我觉得我必须再从头开始。你觉得怎么读《流程图》最好？因为不可能一气读完它。

阿：对，这首诗分为 6 个章节，虽然这些章节没有什么意义。我原本没有想分节，但后来我想，唉，读一部不分章节的小说太压抑了，你在想什么时候才能读完它，所以最好不时地添些人为的截断，大家觉得今晚到这儿就可以了，如果能读那么久。我自己的阅读习惯是非常随意的。我拿起本书，看看，放在一旁，然后开始看另外的什么，看一半，又被另一本书打断。而且我从来不确定是否真有人读我的诗。如果有人读，我想他们会一读会儿，不耐烦了，跳来跳去，这儿看，那儿看，也许再回到原来的地方。我写作时心里想着这种阅读方式，因为这是我自己的经验。也就是说，如果你在《流程图》中间跳过 20 页，应该无大碍。它只是一种气氛而已，虽然我憎恨"气氛"这个字眼。

罗：我看最好还是把整首诗一气读完。它诱发记忆，读者的记忆和写作时你的记忆。音乐里，记忆是聆听的重要部分。听大型作品，尤其是结构生疏的新音乐，最困难的事是抓住叙述，你因为没有一个回忆的线索。如果走出音乐会时不能哼个曲调，好像人们就不确定听到了什么。同样，你的读者看完之后，不一定能把读到的

① 埃利奥特·卡特（Elliot Carter, 1908－2012），曾两度获得普利策奖的美国作曲家。20世纪30年代，他在巴黎学习，后回到美国。在新古典主义早期阶段之后，他的风格转向无调性和有节奏的复杂性。他的管弦乐、室内乐、器乐独奏和声乐作品闻名世界。他晚年富有成果，在 90 至 100 岁间发表了 40 多件作品，辞世前 3 个月完成了他的最后一部作品"钢琴三重奏"。
② 这首诗是《丁香花》，出自诗集《船屋的日子》。
③《流程图》(Flow Chart), Alfred A. Knopf, Inc. 1991, 是约翰·阿什伯瑞的一部两百多页的长诗。

转述成另外的版本，虽然诗的音响和视角，以出人意料的方式接管
了读者的心灵。

阿：你说有时我的诗不一定能用另外的词句转述，我要进一
步说它不可能被转述。我猜想这是我真正试图做到的——去写一些
不可能被转述的东西。我不知道我为什么有这种冲动。我是个孩子
时，就非常害怕评判，小学的时候，每年开学我就决定不要做任何
事能让老师找我的错，训斥我，痛骂我。这当然只能持续几天，而
且好像当这种训斥一开始，一年就毁了。我觉得这种保护我自己的
企图导致了一种击败读者的结构——恰恰因为我要保护自己。

罗：你的作品踩着一条非常细的线，它有非常亲密和个人化
的口气，同时你又很精细地写着没人谈论的东西——那些沉思的片
刻，打开整个幻想世界的片刻。

阿：这让我想起一篇发表过的我与肯尼斯·库科①的谈话，他
问我的诗是不是有隐藏起来的意思，我说，没有，他说，"为什么
没有？"我说，"因为如果有隐藏的意思，有人就可能找到它，这
样就没有神秘感了"。也就是说，我希望我的诗没有隐藏的意思，
但同时又要有神秘感。或许要做到这点只能完全没有意思。我不知
道——这是我仍在努力做的事。

罗：嗯，这是桩很困难的事，因为我觉得公众在没有隐藏的意
思与没有意义之间划等号，虽然对我来说，它们是非常不同的事。
当代作曲家从来不用解释他们作品的直接意思，因为他们写作的语
言被大家接受为不能翻译。而你的作品则更令人迷惑，因为你用与
点一杯咖啡同样的词语写作。在你的诗里日常生活的片段占很大篇
幅，告诉人们，读者和诗人生活在同一个世界，但你的写作让我们
对它另眼相待。

阿：这一定是由于我花很多时间去看报纸看电视新闻。我总
是很贪婪地要知道在任何时间正在发生什么事情。我甚至去读地方
报，就为看看谁被抓酒驾。我也喜欢超市的小报讨论自己最爱的电
视明星，虽然我除了新闻和电影从来不看电视节目。但我想看看谁
可能是我最喜爱的电视明星，如果有一天我在电视上看见他们。我
不知道我为什么要知道这些东西。我不认为是因为我想与现实中的

① 肯尼斯·库科（Kenneth Koch，1925-2002），在他五十年的写作生涯中出版了许多诗歌、前卫戏剧和短篇小说集，他同时还是非常有名的创意写作教授。他的许多诗歌使用了超现实主义、讽刺、嘲弄的手法，并常有令人意想不到的表达方式。和阿什伯瑞同属纽约诗派。

人和世界保持联系，好像我是托马斯·曼①小说里的托尼奥·克罗格，从一个窗子向外看希望他自己属于的世俗世界。我觉得我已经属于世俗世界了，我就在外面又同时向外面看，像我以前多次描述过的我自己。我像托尼奥，但在外面，持续向更外面看。

罗： 你从生活里吸收的体现在你的写作中。你对正在发生的事是开放的，充满了好奇心。我不觉得你的作品给人感觉是从很远的地方观察，或观察你不在其中的事情。你的分享有一种趣味感。它好像在定义我们生活的世界，像些记号——小报里的那些人，他们运用语言的方式。

阿： 我向来感到没有必要去净化语言，"净化我们部落的语言"，借用马拉美②的著名短语，因为它就是纯的、有保证的，保证纯粹。

我向来相信巧合和某事在某时发生的意义，就在你来以前，我接到了一部一位年轻朋友的巨著，他在牛津大学写关于我的诗的博士论文。我还没来得及看，只翻开第一页，他引用了几个人对我的诗的评论——一个是我自己，一个是哈罗德·布鲁姆③，另一个是一位憎恨我的诗的英国诗人。也许我应该读一下。

罗： 好的。哈罗德·布鲁姆说，"当下用英文写诗的人里，没有谁会比阿什伯瑞更可能经受得起时间的判决。"汤姆·保林④说，"阿什伯瑞，只能说他是个没有一丝才华的诗人，他的作品能被发表都是个奇迹，更别提那些评论家对他的诗出奇荒谬的赞美。"你自己的讲法："有一次，当我进入梦乡的时候，我仿佛听见两个评论家争论。一个说，'我不想在阿什伯瑞能得普利策奖的世界里抚养我的孩子，'另一个好像在说，'他对我的灵魂负责，而这不是他的错。'"

阿： 这是个挺好的开场白。

罗： 是的。你的诗里让人安心的一点是如果事情不对或不按计划进行，你并不懊恼。你的诗有一种安详、沉思的氛围，一种不寻常又让人心安的平衡，在完全掌控和与生活带来的所有不得不随波逐流之间的平衡。

阿： 我想这一定是我珍重的一个想法，我一直都倾向的想法，

① 托马斯·曼（Paul Thomas Mann，1875–1955），德国作家，1929年获得诺贝尔文学奖。托尼奥·克罗格是他的一部小说的主人公和书名，讲主人公从孩提到成人的过程，探讨艺术家与世界的关系。
② 马拉美（Stéphane Mallarmé，1842–1898），法国象征主义诗人、评论家。他的作品预见并激励了20世纪初的数种新兴艺术流派，如立体主义、未来主义、达达主义和超现实主义。
③ 哈罗德·布鲁姆（Harold Bloom，b.1930），美国著名文学评论家，著作等身，具世界性影响。诗歌趣味受哈特·克兰、叶芝、布莱克等人的作品影响。获得过多种美国文学及文学评论奖。
④ 汤姆·保林（Thomas Neilson Paulin，b.1949），北爱尔兰诗人、评论家，在英国牛津大学执教。

但只在当我第一次吃惊地听到约翰·凯奇①的音乐——比如，他的4分33秒，所有在这个时间段听众发出的噪音不仅没问题，而且还构成这个作品。当然还有其他作品，音乐伴随着一些随机的噪音，比如他的*钢琴和乐队的音乐会*——我正好出席了在市政厅的首演，那场演出后来被录成唱片。每位音乐家都有一个乐谱，从中随机演奏，观众在沉默中忍受了一阵，接着就乱喊尖叫，出各种怪声。演奏持续，观众也持续乱喊乱叫。我想凯奇说他作曲时就料到了，观众的声音也是作品的一部分。

罗：他能刺激观众让他们为作品创造一些声音。当你写作的时候，一定有各种众多的选择可循。

阿：对，有很多，但什么被选上好像没太大关系。如果假如有关系，也是因为事情按照某种冥冥中神授的计划进行，你自己也不知道是怎么回事。比如，卡特谱成曲的那首诗，谈到音乐，特别是音乐不能停下来的特点。这是我羡慕音乐的地方——它持续进行。当然如果是唱片，你可以把唱针放回你想再听的地方，但这不是游戏规则。音乐有一种线性本质，它在时间中展开。我希望诗也能够如此。当你听朗诵的时候，诗也像音乐，可你在书页上读诗总想要回头看你看过的。

那首诗是讲希腊神话里诗人音乐家奥菲斯的，我想到他完全出于偶然。我不过放上一张蒙特威尔第②的奥菲欧（即奥菲斯）的唱片，我并不知道我要写什么，接着想到，"奥菲斯：这是一个诗歌的老套路，但也许我能用它来做点什么。"所以我就一边看着唱片的解说词，一边写了这首奥菲斯的诗。而我其实可以随意抽出另一张唱片。

作曲家让人羡慕，可以用一种没人能争论甚至没人能懂的语言写作，而这语言有它的意思和推动力。这是让我最嫉妒作曲的地方，我也企图在诗里做到，但这不可能，因为每个人都懂词语，而且词语对每个人的意思都差不多。

罗：《流程图》是词语的盛宴，难以置信地五彩缤纷。这与你在说什么和你怎么说——它们不可分割——一样有关。你不断讲时间的流动性，过去的，现在和将来。我们同时看见诗语言和它的格

① 约翰·米尔顿·凯奇（John Milton Cage，1912—1992），美国作曲家、音乐理论家。他是勋伯格的学生。他最有名的作品是1952年作曲的《4'33"》，全曲三个乐章，却没有任何一个音符。他是概率音乐、延伸技巧、电子音乐的先驱。虽然他是一个具有争议的人物，但仍普遍被认为是20世纪最有影响力的作曲家之一。他还在现代舞的发展中发挥了重要作用，主要是通过他与编舞家梅尔斯·坎宁安（Merce Cunningham）的合作，他也是凯奇生活中长期的浪漫伴侣。

② 克劳迪奥·乔瓦尼·安东尼奥·蒙特威尔第（Claudio Giovanni Antonio Monteverdi，1567—1643），意大利作曲家、制琴师。出生于意大利北部克雷莫纳市，从小就接触圣歌等音乐教育，并在未成年即有作品面世。16世纪末，他与宫廷歌手合作，出版了牧歌等普罗歌曲。而《奥菲欧》可算是蒙特威尔第最出名的歌剧。

调，还有它传递的信息，不可分割。

在《丁香花》里你说，"虽然，回忆，比如，一个季节，／可以化为一张照片，却没人能守护，珍爱／那样一个停滞的时刻。记忆也流动，飘忽……"这让我们意识到我们企图用相片这样的物体把牢我们的记忆的讽刺性，我们结果不时重返相片上的那一刻，它成了我们头脑中固定的记忆，而不是导向那一刻的所有时刻，也不是从那一刻流逝的所有时刻。

我们刚才谈到你的诗常常非常具体地关联着日常生活，而当你写时间，好像一天中你总回到有些时间点：下午晚一点的时候，当你能注意到白天正在逝去。

阿：对，我总在那时候写作。

罗：是有一个什么原因吗？

阿：是的，也许因为那个时间白天要变成它的反面，比其他时间能看得见变化。还有一年中过渡的季节更适合我写作。我发现夏天很难工作。我又爱拖延，因为晚上不能工作，所以我就拖到白天最后一刻开始写作。这也许就是为什么我诗里常提到黄昏。我对夏天也有同样的感觉，必须在夏天以前写完，因为夏天有点像死亡。很多年以前我在《溜冰者》①里写过一行："夏绵绵不绝的夜晚有些吓人。"

罗：作为艺术批评家，你的写作想做什么？

阿：我试图找到并在批评中用语言唤起艺术家们想做的，从而让读者可以做出他们自己的判断是不是要去亲自看这些作品。

罗：与诗人和作曲家不一样，画家常常很愿意用语言谈他们的作品。

阿：就我自己来说，我觉得我要说的已经在诗里都说了，如果我再说什么，肯定就跑题了。我不想谈任何事情，而我常常被放在要谈事情的位置，比如现在。有趣的是，我自己的整个态度是不去教授或批评，做价值评判，但我的职业——艺术批评和教学——却不得不去做我认为很没品位令人反感的事。也许它们对我也有好处。

罗：你会考虑在现在社会里诗人的位置吗？诗是不是被边缘

① 阿什伯瑞在 1966 年出版的诗集《河与山》里的一首长诗。

化了？

阿：诗是被边缘化了，它从来都如此。我觉得诗人在现在社会里没有任何地位。

罗：你认为过去识字的人看的诗更多一些，而且还可能自己写一些吗？

阿：我不知道。总有些少数的人喜欢诗，如果百分之一的美国人读诗，那会有多少，一百万人？[①]

罗：你会想到你的读者吗？

阿：嗯，是的，但去考虑谁会来读你的诗又会怎么想你的诗，毫无用处。我试图把我的诗塑造成开放式的，不同的人基于他们带来的不同经验，可以从中制作出不同的事。

去听，和全神贯注是两件最难做到的事，后面所有要做的都要依靠它们。我正好刚看完布赖斯·马登[②]的画展，他的画突出表现那些很难寻求的东西。它们是迷宫一样的网，眼睛追踪线条的走向但总会迷路。我觉得就像心灵在我的诗里一样。这让我觉得与他有一种共鸣。事实上，我从他一开始画就有这种感觉，那时他的画风与现在很不一样，那些我们叫"独石"的，大型强劲匀称的整体画。看这些画很费力，我一直想往别处看，想走掉，因为这些画几乎是不忍看，不能倾听，不能让自己自由地全心关注的极端的例子。我不时觉得我就要到了让所有东西都朝我扑过来的边缘，但同时又害怕或不愿让我自己纠缠在里面。我大概克服了这种心理，因为我看完展览觉得很感兴趣和有收获。

当我看他的素描，我觉得被真正吸引了。它们比他的画更有一种试探性、不确定性，虽然那些画肯定体现一种试探性的庞大。我想也许我的诗也有这样的品质，一种庞大纪念碑式的试探性，起码在《流程图》里是这样，由于它的长度和分量。

罗：那个长度和它的宏伟——人们通常把两者联系在一起——还有那种随意性和真正的亲密感，结合在一起形成了它。像音乐一样，要认识任何一位作曲家，首先要学会倾听。我们接触每种艺术作品通常都带着预先旧有的概念告诉我们应该如何体验它。

阿：我很遗憾难懂的名声已经围绕着我的诗成长起来，就像

奥巴马为阿什伯瑞颁发美国国家艺术和人文学科奖章（2012）

① 美国人口在 1992 年有二亿五千万。
② 布赖斯·马登（Brice Marden, b.1938），纽约现代艺术家。画风为抽象表现主义、极简主义。主要作品包括受东方艺术影响的巨幅线条迷宫图《寒山》。

中国的长城，人们想，"我没必要去读因为没人能懂他的诗，"或者想，"我得先读许多关于他的诗或其他当代诗的著作才能去攻读他，因为大家都说他太难懂了。"其实，我的诗像马登的画一样，如果你能切除关于怎么才能欣赏诗的想法的脐带，它就全部呈现在你面前，供你吸收。

罗：我觉得两者都有，一方面切断脐带，一方面要准许自己在场。有些时候，人们觉得去看诗要把自己的经验留在阅读之外，要被动，客观有批判性地读才是读诗的方法。我觉得正好相反。人们应该对你的诗行在他们过去经验上激起的火花有所反应。大家不应该自我审查，应该问"这对吗？"或者"他真这样想吗？"当你开始写一个意思，接着把它翻译成很铺散的东西。正是这种回避性、繁多的典故的可能性，赋予你的诗力量。

你的诗有一种民主视角，不是你的想法超出众人的想法，而是这些想法不经常被分享，很可能有很多人想分享。

阿：想到我的诗——我不常想到我的诗——它有一种特性，我常常用听起来好像是一种直截了当明明白白的表述来写作，但里面一个词有一点点不对或不规范，或者动词的时态变成不应该的样子。这些我称为"肿块"的东西，是我的诗重要的组成部分。我注意到我的法文译者，他们首先要把肿块全部抹平，以使它们听起来像法文诗，我就这点与他们争论。他们毫无例外地说，"但你不能在法文里这么说。"而我说，"但你同样不能在英文里这么说。"

罗：在当代作曲家里你与哪位有共鸣，就像你说你对画家布赖斯·马登的作品那样？

阿：嗯，埃利奥特·卡特可能是我最喜欢的在世的作曲家。尽管，我不清楚让我们在一起作曲或工作是不是个好主意。因为我的诗有它自身内在的音乐结构，而他的音乐有某些内在的诗结构。他的音乐像语言，我的语言像音乐，虽然不是在和声有曲调的意义上，但它有音乐的结构。

罗：它有内在的节奏。

阿：对。所以我不肯定我们需要彼此。我现在很喜欢《丁香花》歌唱——一个新的录音刚刚出版——虽然我一开始不喜欢。我

① 《三首诗》（Three Poems），ECCO 出版社，1989，是阿什伯瑞的三首散文诗的诗集。下文中提到的《系统》（"The System"）是其中一首。
② 马克-安东尼·夏庞蒂埃（Marc-Antoine Charpentier，1643-1704），法国巴洛克音乐家。
③ 弗朗索瓦·库普兰（François Couperin，1668-1733），法国巴洛克音乐家。
④ 迪努康斯坦丁·李帕蒂（Dinu Constantin Lipatti，1917-1950），罗马尼亚钢琴家、作曲家。
⑤ 唐·德里罗（Don DeLillo，b. 1936），美国散文家、小说家、剧作家、短篇小说作者。他的作品覆盖了诸如电视、核战争、体育、语言的复杂性、行为艺术、冷战、数学、数字时代、全球恐怖主义等极为广泛的主题。
⑥ 皮耶·德·马里沃（Pierre Carlet de Chamblain de Marivaux，1688-1763）是 18 世纪最重要的法国小说家与剧作家。曾为法兰西喜剧院与意大利喜剧院书写无数喜剧，作品包括《爱情与偶然狂想曲》、《假秘密》。
⑦ 即曹雪芹的《红楼梦》。

不觉得声乐是卡特的长项。但他的四重奏以及其他室内乐——钢琴协奏曲，双协奏曲——这些作品让我觉得，也许与我在诗里做的，在精神上很相仿。

当我写《三首诗》①时，尤其《系统》一诗时，我记得我常听他的《乐队协奏曲》。那是一个可以与马登画的那些迷宫相比的作品——它不断邀请你进去，又同时推你出来。

然而，我不仅从现代音乐里找到想法。这些日子，像整个法国，我一头扎进法国 17、18 世纪巴洛克音乐，我在听很多夏庞蒂埃②和库普兰③。我也喜欢 19 世纪末俄国音乐。我最近买了一张李帕蒂④的钢琴与乐队的协奏曲，又轻又蓬松到了音乐的极致，再轻一点就飞走了。如果我是个音乐家，我的口味也许会窄很多，会只集中在那些滋养我的作品的东西上，也许在文学上则有更广阔的范围。我的阅读倾向于，直接指向我觉得对我写作有益的东西，而不去包罗整个文学领域。并且那些对我写作有益的东西，也许与当下大家在谈论和争辩的事情无关。我不大读当代小说，但人们总说，"你看过德里罗⑤的新书吗？"而我还在补看经典著作。眼下，我看了一半一本 18 世纪法国马里沃⑥的小说，同时我刚刚开始看 18 世纪中国的经典著作《石头记》⑦，与此同时，我又插花似的看《克拉丽莎》⑧。这些书都不是你可以在晚餐聚会上谈论的话题。换句话说，我看我需要看的，而不是我应该看的。

罗：有没有你常常回头找"营养"的作家呢？

阿：有。荷尔德林⑨可能是最重要的。我经常在写作前看他让自己进入状态。策兰⑩是另一个我近来看的作家。还有当代诗人詹姆斯·泰特⑪，他大大地被低估了，他有一种动量总推动我开始写作。还有比如德昆西⑫，他有一种奇妙的迷宫式的写作方法，虽然在表面上看来非常清楚而且是说明性的。

罗：你花了多长时间写成《流程图》？

阿：在《纽约书评》杂志里，有一篇评论说我用了 6 个月的时间写的，这不准确。我在 1988 年上半年，写了 6 个多月。然后就把它放在一边，因为我不想从头捋一遍，做应该做的改动。过了好久我都觉得这个工作太艰巨了。两年之后，我在麻省剑桥住了一

⑧《克拉丽莎》(Clarissa)或"年轻女士的历史"(The History of a Lady)是英国作家塞缪尔·理查森(Samuel Richardson)于 1748 年出版的长篇书信小说。它讲述了一个女英雄的悲剧故事，她的家庭不断阻挠她的追求。

⑨ 弗里德里希·荷尔德林(Johann Christian Friedrich Hölderlin,1770–1843)，德国浪漫派诗人。他将古典希腊诗文移植到德语中。其作品在 20 世纪才被重视。被认为是世界文学领域里最伟大的诗人之一。

⑩ 保罗·策兰(Paul Celan, 1920–1970)，本名保罗·安切尔，诗人、翻译家，出生于说德语的犹太家庭，是二次大战后最重要的德语诗人之一。

⑪ 詹姆斯·泰特(James Tate, 1943–2015)，美国诗人，曾获普利策诗歌奖，美国国家图书奖最佳诗集奖，古根海姆奖。

⑫ 托马斯·庞森·德昆西(Thomas Penson De Quincey, 1785–1859)，英国散文家，以他的《英国鸦片食者的自白》而闻名。许多学者认为在出版这部作品时，他开创了西方成瘾文学的传统。

段——我那年在哈佛做诺顿讲演①。我在哈佛当本科生的时候，我的窗户可以看到查尔斯河，每逢春天树叶初发，我就对诗兴奋得要命。那个春天在剑桥我又住在那些房子里，有个能看到河的窗户，让我想起40年以前的心情。我忽然想到怎么结束那首诗，我原来一直没有正式结束。所以，我就写了结尾，接着又回过头重新修订全诗。

我原来是用手动打字机写的，我就把它重新输入电脑，做了很多剪接删除。我平常不大修改我的作品，但这首诗这么长，比那些短诗更需要把它砍削成形。所以，总的算起来，大概在两年到两年半以后我才停止写作。

罗： 那些你剪掉的部分又会重新在其他地方出现吗？

阿： 不，一般不会。我年轻的时候，会"回收利用"被抛弃的诗行，但我现在比那时丰产多了，对写作放松多了，因为我已经写了这么多年。而且我不知怎么把自己训练得不写需要改动很多的诗；如果诗要很多改动，我就放弃它，写点别的。

罗： 能够掌控很美好，是吗？

阿： 嗯，我不确定我能够掌控。不过我的确感到我对写作的禁忌少了，放松多了，因为我已经写了这么长久。如果我到生命中的这一刻还不能有这样的感觉，那就没有什么意义写这么久。

罗： 你定期有规律地写作吗？

阿： 我通常每周写一次。我昨晚参加詹姆斯·舒勒②的纪念朗诵会，好多人讲他们对他的回忆。有人问他，"你什么时候写作？多勤？"他说，"我每两个星期写一首诗，通常只花5分钟，过后我剩下那么多时间。"很可悲，但对诗人来说的确如此。我常常羡慕画家和作曲家，他们整天在做他们的事——可你不能那么写诗。也许行，但大家一般都不那么干。一首诗好像总是短暂一些，起码快些的一件作品。接着，你总留下这个问题，现在我做什么呢？

① 查尔斯·艾略特·诺顿（Charles Eliot Norton）诗学教授席位于1925年建立，是哈佛大学在艺术和人文科学领域的演讲系列。"诺顿讲座"认可了具有卓越才能的人才，他们除了具有特殊的专业知识外，还具有广泛传播和智慧表达的天赋。"诗"这个词在最广义上被解释为涵盖语言、音乐或美术中的所有诗意表达。被授予诺顿诗学教授的人在哈佛大学做一年的系列讲演。

② 詹姆斯·马库斯·舒勒（James Marcus Schuyler, 1923-1991），美国诗人，是纽约诗派的核心人物，经常与纽约派诗人阿什伯瑞、弗兰克·奥哈拉（Frank O'Hara）、肯尼斯·库科和芭芭拉·嘉宾（Barbara Guest）联系在一起。他的诗集《诗歌的早晨》获得普利策诗歌奖。

唯一幸存的*

[法] 勒内·夏尔　张　博 译

勒内·夏尔（René Char, 1907–1988）

概　述**

人逃离窒息。

食欲超乎想象的人，闭门索居却未停止储备口粮，待被双手释放，江河骤涨。

在预感中磨尖自己的人，采伐内心的寂静并将其分布于剧场，这第二种人是面包制作者。

对一类人是监狱与死亡。对另一类人是**语言**①的牧场。

冲破创造的俭省②，增强举止的血气，这是一切辉光的义务。

我们手握锁圈，上面并排拴挂着，一边是恶魔的锁钩，另一边是天使的钥匙。

在我们的苦痛之芒上，意识的晨光前行并沉淀它的沃土。

加速成熟。一种尺度克服着另一种的后果。互为敌手的尺度。从缰辔③和婚礼中放逐，我锤打不可见的锁扣之铁。

与风告别

村旁的山坡上露宿着遍布含羞草的田野。采摘时节，时而，在

* 该集为勒内·夏尔作于 1938–1944 年的散文诗集。

** 《唯一幸存的》共分三辑："前世界""婚颜""形式分享"，以下内容至《自由》属第一辑"前世界"。

① "Verbe"：原文首字母大写，意在强调某种至高的、极致的语言。

② économie de la création：首先意味着创造的俭省，亦即创作中的吝啬，同时也暗示古典主义范畴中文学作品的和谐结构及平衡布局，分别对应 "économie" 一词在法语中的两层含义 "节约、节俭" 与 "协调、平衡"。

③ attelage：特指用于连接固定马匹和马车的器具总称，包括辔头与缰绳两部分。

远离它们的地方，我们会与某位曾在白日间怀抱柔弱枝条的少女发生无比芬芳的相遇。仿佛一盏灯，光轮由香气组成，她在远去，背映夕阳。

对她开口说话将是一种亵渎。

布鞋压过青草，请你为她让出小径的步履。也许你将有幸在她的双唇上认出**夜神**①湿润的幻想？

暴　行

灯笼亮了。顷刻间监狱的天井便将它束缚。捕鳗人来到那里用铁叉②翻掘稀疏的青草希冀挖出他们鱼线上的钓饵。沉渣中的整个强盗群落在此地丰衣足食。那时每个夜晚同样的诡计重复上演而我是无名的证人也是受害者。我早已选择晦暗与遁隐。

命中之星。我轻推亡者花园的大门。奴颜的花朵在冥思。人类的伴侣。**创世者**③的双耳。

篾匠的伴侣

我曾爱着你。我爱你被暴雨冲刷成泉的脸庞还有你那将我的吻紧紧包裹的专属领地的花押④。有些人依赖着某种圆满的想象。对我来说离去足矣。我从绝望中拿回了一只如此小巧的篮子，我的爱人，我们曾能用柳条把它编织。

频　频

整整一天，铁砧协助着人，把胸膛紧贴在锻炉燃烧的泥浆之上。长久以后，他们孪生的腿弯炸亮了那紧闭地下的金属之薄夜。

匠人不紧不慢地终止了工作。他最后一次把双臂插入河流昏暗

① Nuit：原文首字母大写，可以表示古希腊神话中的夜神倪克斯（Nyx），也可以是对"夜晚"这一意义加以强调，突出其中的普世性、超验性。
② fer：直译为"铁器"，此处特指勒内·夏尔童年时索尔格河上在黑夜中捕捉鳗鱼的人所使用的鱼叉。整个第一段都是夏尔的童年记忆。
③ Créateur：原文首字母大写，意为创世之神、造物主。
④ chiffre"：专指由某人姓名首字母相互交织组成的特殊花押图案，用于标记某物的归属。

的腰腹。最终他会否抓住水藻冰凉的低语？

狐巢的魅惑 *

你，已然懂我的人，绽开的石榴，铺展典范般欢乐的晨光，你的脸庞——它现在如此，愿它永远这样——它如此自由以致天空无尽的黑眼圈与之接触时亦曾收起，你的脸庞微微开启与我的相遇，为我穿上你想象力的美好街区。我在那里停留，对自己彻底未知，在你的阳光磨坊内，为继承一颗打破枷锁的心灵中无尽的财富而狂喜。在我们的欢乐之上躺卧着随转动渐趋力竭的巨型水车掷地有声的温柔，在它的训练结束之时。

对于这张脸——没有任何人曾瞥见过它——，对美的简化并不显得像某种残忍的节省。我们已如此完满地生活于例外之中，唯有我们知道如何摆脱生命的奥秘里非此即彼的面貌。

记忆之路既已覆满了凶兽不可避免的麻风，我便在一种纯真中找到了庇护之所，在那里有梦的人不会老去。但我，**在这首属于你的颂歌**①中把我自己视作与我的化身相距最远的人，有无资格强求自己比你幸存更久？

青　春

远离砖瓦的陷阱与十字架的恩惠，喷泉，群鸟的人质，你给予自己新生。与其睚眦必报的天命相搏的人类，他对其灰烬的厌恶造就的倾向，尚不足以抹去你的魅力。

歌颂吧，我们接受了我们自己。

"如果我曾沉默，好像那石阶对阳光保持忠诚并忽略自己被常青藤缝合的伤口；如果我曾是孩子，好像那一树白花接纳蜂群的惊

---

* Renardière：意为"狐巢"，是夏尔在抵抗运动时期生活过的普罗旺斯乡间塞莱斯特（Céreste）附近的一个地名。

① Chant de Vous：原文首字母大写，强调这首"属于你的颂歌"所具有的重要价值和意义。

惶；如果丘陵曾能存活到盛夏；如果闪电为我开启了它的围栏；如果属于你的夜晚能把我原谅……"

目光，群星的果园，金雀花和孤独都与你不同！歌声使流亡终止。羔羊呼出的和风带回新的生命。

日　历

我曾将各种信念一一相连并扩展你的**在场**①。我赐予了我的时日全新的流动令其倚靠这宽广的力量。我已攫走那限制我上升的暴力。我随性地握住了春秋分的手腕。神谕不再令我依附。我进入：我体验恩宠或不。

威胁已被打磨抛光。沙滩在每个冬天堆满返祖的传说，遍布因荨麻而手臂沉重的女预言者②，在为亟需援救的生灵做出准备。我懂得那正在承受危险的意识对于刨刀毫无畏惧。

旧　宅

在年度宵禁与窗影中一棵树的颤抖之间。你中断了你的赠与。青草上的水之花绕脸徘徊。在夜的门槛上你对幻想的坚持收获森林。

减轻重负

"我曾在金风中漂泊，谢绝那此前让我历经极度心碎的村落的庇护。从停滞的生命散乱的湍流中我不断提炼厄瑞涅③忠实的涵义。美曾从它那任性的紧缚中奔涌而出，把玫瑰带给喷泉。"

雪令他惊奇。他俯身观察那精疲力竭的脸，只为长饮一份爱恋。然后他便远走，被这涌浪与羊毛的坚韧所撑持。

① Présence：原文首字母大写，意在强调某种神性的、永恒的在场和存在。
② sibylle：特指古希腊时期太阳神阿波罗的女祭司，传说在提供神谕之前会咀嚼和焚烧大量具有致幻效果的月桂叶等植物，继而进入一种肉身沉重精神癫狂的出神状态，然后给出一些模棱两可的语句由听者自行解读。此处提到的荨麻也有类似效果。
③ 厄瑞涅（Iréne）：古希腊神话中天父宙斯与正义女神忒弥斯之女，时序三女神之一，和平女神。法语中亦可写作"Eiréné"。

诞　辰

现在你已经把一个没有冰凌的春天与一次走入其灰烬历程的大屠杀的飞沫互相结合，在岌岌可危的远景下收割逐渐累积的庄稼，把它归还给诞生时环绕它的希望。

愿时光在铁砧上用它洁白的愤怒支撑着你！

你口中呼唤那呼吸刀具的绝迹。你余温尚存的滤嘴朝向自由奔逸。

在你靠近纯真之杏仁的途中仅相隔一个季节的魂。

勋　章

响彻爱人脸上狂喜的绿色惊雷般的流水，缝合古老罪行的流水，形态不定的流水，为一场即将到来的圣礼预备的纷乱①的流水……即使它必须忍受模糊记忆中的申斥，寻水者②依旧用双唇致敬秋天绝对的爱。

恒久的智慧啊，你写就未来而绝不相信那使人丧失勇气的负重，愿它在身躯中感到远游之电奔腾。

为了这一切无一改变

1

握住我统摄全局的双手，攀登黑色的阶梯，哦，**忠实的伴侣**；种子的爱欲蒸腾热气，城市是钢铁与遥远的闲言碎语。

2

我们的欲望在游向大海的心脏之前已脱下它火热的长袍。

① saccagées：本意为"弄乱的、被破坏的"，在此无贬义，因为勒内·夏尔认为在事物起源处存在着一种破坏性的混沌状态，它之后将辩证地为事物带去生机，正如充满旋涡与乱流的河水激昂的流动。
② fontainier：本意既可表示"喷泉管理者"，也可表示"地下水勘探者"，此处意译为"寻水者"。

3

在你噪音的三叶草中群鸟的激斗驱散对干旱的忧思。

4

当大地上的缓行马车洒出的面带刀痕的沙土成为向导，宁静便将接近我们封闭的空间。

5

碎片的总量将我撕裂。然而酷刑屹立不倒。

6

天空不再如此金黄，阳光不再如此湛蓝。雨水稍纵即逝的飞星开始呈现。兄弟，忠诚的燧石，你的枷锁已经碎裂。从你的双肩喷出了谅解。

7

美，我在寒冰的孤独中走向与你的相遇。你的灯是玫瑰色的，风散放光彩。夜的门槛沉陷。

8

我，被俘之人，已迎娶那正欲征服永恒之石的常青藤的慢舞。

9

"我爱你"，风对那一切由它带去生命的事物重复道。我爱你而你活在我身里。

艾吕雅、布勒东、夏尔（1930）

黄鹂

1939 年 9 月 3 日 [①]

黄鹂飞入了曙光之都。

① 1939 年 9 月 1 日德国入侵波兰后的第三天，9 月 3 日是战争开始后的第一个星期天。

歌鸣之剑盖笼了悲伤的卧榻。

现存的一切从此终结。

要 素

怀念罗杰·博农[1]，（北海）1940 年 5 月罹难。

这位远离街头人群的妇人怀抱着她的孩子仿佛一座半燃尽的火山维持着它的喷口。她向孩子吐露的词语在划破口腔的麻木之前缓慢爬遍她的头颅。这两个生灵，其中之一几乎比星辰的外壳更轻，从他们身上散发出一种晦暗的衰疲，不久便不再紧绷并滑入解体，这悲惨的人们过早迎来的结局。

与保尔·艾吕雅（瓦伦丁·雨果摄于 1931 年）

轻柔的夜色贴着地面流入他们蹒跚的躯体。在他们眼中世人本可以停止争斗，如果世人从未相互冲突。

在这依然年轻的妇人体内一个男人必曾扎根于此，但他始终不可得见，就像恐惧，一直不遗余力地，留在那里。

自私的快乐，白痴与暴君的假期，只有脓肿始终逡巡在它地盘中被点燃的相同区域；那敢于自我揭露的脆弱性紧紧地介入我们。

我隐约看到终有一天会有一些人不至于自以为慷慨和解脱，仅仅因为他们成功地在同类身边驱散了重压以及对恶的屈从，同时追上并制服了那从四面八方冲撞他们的讹诈之力；我隐约看到终有一天会有一些人走上天地能量的旅途而没有心怀不轨。就像心碎与不安从诗歌中吸取活力，在回程路上这些高远的行者也将被要求好好记住发生的一切。

宽厚的力量

我知晓我的弱点把我困在何方，一块彩绘玻璃仿佛花朵脱离初夏的血。太阳的黑水之心取代了太阳，取代了我的心。今夜，欲望如此沉重的巨型漂泊水轮大抵只对我一人可见……我在别处绝不会

[1] 罗杰·博农：排字工人，夏尔之友。

沉沦吗？

狮子座流星雨

你是我的妻子吗？我那为了抵达与当下相遇而被造就的妻子？凤凰的沉睡渴求你的青春。光阴之石授予她常青藤。

你是我的妻子吗？狂风的年岁一片古老的云在战斗，把新生带给玫瑰，带给暴力之玫瑰。

我那为了抵达与当下相遇而被造就的妻子。

斗争日渐远去，在我们的土地上为我们留下一颗蜜蜂的心灵，警醒的影子，质朴的面包。不眠之夜缓缓走向**节日**①的豁免。

我那为了抵达与当下相遇而被造就的妻子。

收割草料

哦黑夜，我从你的至福中只带回了不可捕捉的群鸟盘旋中芬芳的倩影！没有什么能强令运动发生，除了你的花粉之手，伴随银莲花灯的旋转扑向我的额头。当当欲望临近天蓝色的草垛曾被一个接一个扬起，因为此后**翻草工人**②在那里死去，蒙面的老者，不忠的演员，可憎幻觉③的药剂师。

有一片刻我倚在暴雨的锹上并切割它的舌头。我黑色羔羊般的汗水激起嘲笑。我的恶心因我无法维持那些不期而至的允诺而增长。姗姗来迟的指环，被嵌入浸透了铁与衰老的皮媞亚④骑士团，我究竟要招募什么伙伴？我在船舶的悬杆上占据了一个无人察觉的位置，直到那映红我灰烬的花开日。

哦黑夜，我无法在银河中解析她的**显现**⑤，而我在纯粹的逃亡

---

① Fête：原文首字母大写，意在强调某种神圣的、解放人性的节日。

② Faneur：原文首字母大写，此处不是指普通的翻晒草料的工人，而是对诗人这一身份的隐喻。夏尔在此暗示他已抛弃了一种衰败的、蒙蔽现实的、沉沦于迷幻之中的写作状态。

③ voyage：此处特指服用毒品后产生的致幻状态。许多诗人曾为了获得灵感而吸食鸦片、大麻等。

④ 皮媞亚：古希腊太阳神阿波罗的女祭司，在德尔菲神庙中任职，负责传达阿波罗的神谕，被认为能够预见未来。

⑤ Apparition：原文首字母大写，意在强调某种超越的、至高的显现。

时光中曾紧紧将其迎娶。这位亲近的**姐妹**①翻转了白昼的心。

向那些坚定地行走在我身旁的人致敬，在诗篇的终点。明天他将**直立着**在风中穿行。

缺 席

这位直言不讳但言辞可靠的兄弟，对牺牲保持耐心，仿佛钻石与野猪，机敏而热忱，在一切误解的中心坚守，好似不可调和的寒气中松脂凝成的树。谎言的群兽用妖魔②和风暴折磨着他，而他则以他在时光中磨损的脊背与之相搏。他通过不可见的小路抵达你们，促发绯红的胆略，绝不妨害于你，并懂得微笑。好似蜜蜂离开果园飞向早已熟透的水果，女人们拥护而从未背叛这张没有一丝人质痕迹的脸上呈现的矛盾。

我已尝试向你们描述这位不可磨灭的友伴而我们是一些与他频繁交往的人。我们将在希望中安睡，我们将在其③缺席中安睡，因为理性不会怀疑，被它轻率地命名为"缺席"的事物，始终占据着统一性中心的火炉。

水晶之穗
从青草中取出
它透明的收获

城市未曾倾颓。在愈发轻盈的卧房中自由的给予者用身体无边的力度覆盖他的爱人，恰如白昼创造一道水流。欲望炼金术在这个清晨的世界令他们全新的天赋回归本质。远远在他们身后，他们的母亲，他们如此静默的母亲不再把他们辜负。现在他们率先抵近了他们的未来家园，那里目前还只盛放着他们即将诞生歌谣的口中飞出的羽箭。他们的热望在即刻间与目标相遇。他们令一段人们无从追寻的时光花开四野。

① Sœur：原文首字母大写，意在强调这位姐妹的重要性。
② gobelin：直译为"哥布林"，西方民间传说中的一种类人魔物，生性贪婪卑劣，邪恶狡诈。
③ "en son absence"：此处 "son"（他的／它的）所指代的对象较为含混，可能指上文遇难的友伴，也可能指希望。

他对她讲述昔日他曾如何在饱受摧残的森林中呼唤那些由他带去好运的动物；讲述他面对那从前引导着他去认识自身典范性命运的重重封锁的群山曾说出怎样的誓言；讲述他曾经必须战胜哪个隐藏的屠夫以此在他眼中获得同伴的宽容。

愈发轻盈的卧房一点点扩展旅途的宽广空间，在其中自由的给予者做好了消失的准备，准备去与别处的新生融合，再一次。

路易·居雷尔·德·拉·索尔格 *

索尔格你在一面噼啪作响的蝴蝶幕布后面向前行走，手执你忠诚长者的镰刀，颈口如项圈般环绕酷刑的铁齿，以此完成你作为男人一天的工作，何时我才能醒来并在你无懈可击的黑麦塑造的节拍中感到幸福？血与汗水投入了它们的战斗，直到黄昏，直到你回返，孤独在愈加宽广的空地中弥漫。你诸多雇主的武器，潮汐之钟①，已经腐坏。创造与讥讽相互分离。大气君王开始呈现。索尔格，你的双肩如同一本翻开的书本传播着它们的学识。在你儿时，你曾是峭壁间划出的小路上花朵的未婚夫，因一只胡蜂②而奔逃。今天你弯腰注视迫害者的临终时刻，它曾从大地的磁石中拔出不计其数的蚂蚁体内的残酷，把它掷向数百万凶手心中以此对抗你的同伴与你的希望。所以再一次碾碎这仍在顽抗的癌卵吧……

有一个男人在此刻保持直立，一个男人站在一片黑麦田中，一片好似被扫射的合唱团③般的田野，一片被拯救的田野。

拒不合作

在如此黑暗的斗争与如此黑暗的静待中，当恐怖蒙蔽我的王国，我已乘丰收那带翼的雄狮高飞直抵银莲花寒冷的尖啸。在束缚每一个生灵的畸形锁链中我来到了这个世界。从此你我都已令自

* 路易·居雷尔是一位夏尔故乡年长的农民，夏尔的友人。夏尔在他的名字后面加上"德·拉·索尔格"意在模仿古代的贵族姓氏，以此突出他品格的高贵，也可意译为"索尔格的路易·居雷尔"，索尔格（Sorgue）是夏尔故乡的一条主要河流。
① 潮汐钟：一种结构特殊的计时钟，可用来测算涨潮及退潮的时间，也可用于普通的计时。
② 胡蜂：一种捕食性蜂类，不产蜜，以其他蜜蜂及昆虫为食。此处隐喻社会寄生虫和意识形态的打手。
③ 此处暗指抵抗运动时期被纳粹集体枪决时高声歌唱的抵抗者。

已获得自由。我从一种兼容并包的道德中提取了无懈可击的救助。不顾消失的渴望，我早已在等待中慷慨地挥洒英勇的信仰。从未放弃。

习　题 *

当夜晚来临，冬寒带着月光马车的谨慎徐徐降落，在芳香四溢的家中，孩子猛然把眼神投向通红的铸铁壁炉。在被映红的狭长玻璃后面，炽热的空间完全把她俘获。胸脯朝向热气倾斜，安逸如枯叶般飞腾封住她稚嫩的双手，孩子逐字逐句地拼读寒冰苍穹的梦语：

——嘴，我的知心人，你在看什么？

——蝉，我看见一只可怜的蘑菇生长在石块深处，与死亡保持友谊。它的毒素是如此古老以至于你可以将其谱成歌曲。

——女主人，我的书行通向何方？

——美人，你的位置被标记在那让心灵加冕的公园长椅上。

——我是爱情当下的馈赠①吗？

在昴宿星团②中，在一条青春的河荡起的风里，焦躁的弥诺陶洛斯③正在醒来。

1939

出自夜鹰之口

孩子④你们曾把橄榄砸向深陷海中浮木的阳光，孩子，哦掷麦粒的投石党⑤，异族离开你们，离开你们殉难的血，离开这太过纯净的流水，拥有沃土般眼神的孩子，曾令盐晶歌唱耳旁的孩子，如何下定决心不再着迷于你们的友情？那被你们称为"羽绒"的天空，那让你们表露欲望的**女子**⑥，雷电已将这一切冻结。

惩罚⑦！惩罚！

* 该诗写于 1942 年，彼时夏尔在抵抗运动中寄居在普罗旺斯乡间塞莱斯特的一户人家中，该户人家有一个可爱的小女孩米莱尔·西杜安（Mireille Sidoine），夏尔常常在夜晚教她功课。

① présent：在法语中既指"当下"，也指"礼物"。

② 昴宿星团：又称七姊妹星团，是位于金牛座的一个明亮的疏散星团，在古希腊神话中是擎天巨人阿特拉斯（Atlas）的七个女儿。

③ 弥诺陶洛斯：古希腊神话中一只著名的半人半牛怪物，是克里特岛王后帕西淮（Pasiphaé）与一只公牛的后代，后被雅典英雄忒修斯（Thésée）杀死。

④ 这里的孩子特指 1939 年西班牙内战中遇害的儿童。

⑤ La fronde：本义指弹弓、投石器，同时专指 1648 至 1653 年期间法国发生的抵抗专制制度的投石党暴动，因参与者广泛使用投石机而得名。

⑥ Femme：原文首字母大写，意在强调某种美好的、纯洁的女性。

⑦ 此处可使读者联想到维克多·雨果在路易·波拿巴发动政变称帝后写下的长篇讽刺诗集《惩罚集》。

同这类人一起活着

我如此饥饿，我睡在铁证的酷热中。我曾漫游至气衰力竭，额靠布满木结的晾架。为了邪恶不再轮替，我窒息了它的诺言。我已抹去它留在我船舷的笨拙花押。我对枪炮展开了回击。人们如此贴近地相互残杀而世界曾想变得更好。我那从未被侵入的灵魂的雾月[①]，谁在荒凉的羊圈中生起了火？这不再是审慎的孤独所具有的简练意志。百万种罪行尖啸的双翼在一双双昔日漫不经心的眼眸中猛然升起，请你们向我们展现你们的决定以及对心中内疚的巨大放弃吧！

· ·

请你现身吧；我们从未消灭那极度瘦弱的燕群崇高的安逸。贪婪地靠近对负荷广泛的纾解。在时光中一切俱不确定而爱已增长。俱不确定，但唯有他们，立于心的顶峰。

我如此饥饿。

苦役监狱的灯光

我曾期待你的夜晚尽可能短暂就像你沉默的后母在掌握实权前早已衰老。

我曾梦想作为内心和谐的逃亡者站在你身旁，作为这个几乎不被提及的人，为了来自白芷[②]与悲伤旅途的收益奔忙。无人敢将他延误。

白昼已骤然收缩。失去了所有我爱过的逝者，我撵走这走狗玫瑰，最后的生者，散漫的夏天。

我是遭受排斥与得到满足的人。了结我吧，刨刀式的美，难以

① 雾月：法国大革命后推行的法兰西共和历中的第二个月，相当于公历 10 月 22 至 11 月 22。共和八年（1799 年）拿破仑、富歇、塔列朗发动雾月政变，驱散督政府，组成执政府。
② 白芷：一种伞形科当归属植物，花序白色，南欧道路边极为常见。

合拢的酒醉眼睑。每一道创伤都把它那觉醒凤凰的双目搁在窗前。决断的满足在高墙的金光内欢歌悲叹。

这依旧是包藏桎梏的风。

唯一幸存的

历史学家的茅屋

殉难者的金字塔纠缠着大地。

十一个冬天①你大约已把希望放弃到第几顺位，放弃你炽红钢铁的呼吸，身受严酷的精神检验。彗星被瞬间杀灭，而你大约已浴血拦阻了属于你时代的夜晚。对相信的禁绝占据着这张纸页，你曾从那里获取冲劲去让自己摆脱凶兽②毒刺中巨量的麻痹，摆脱它那些刽子手的争执。

映照海鳝的镜子！映照黄热病的镜子！敌人施舍的平庸火苗的粪水！

活下去，为了能在某一天更加热爱那些昔日你的双手在那过于幼小的橄榄树下仅仅轻抚过的事物。

拒绝之歌
游击队员③亮相

诗人为了漫长的年月已返归父辈的虚无④。不要呼唤他，你们所有热爱他的人。如果你觉得飞燕的羽翼不再映照于大地，请忘掉这幸福。那把苦难制成面包的人在他淡红色的昏睡中隐没不显。

啊！愿美与真将会让你们在拯救之齐鸣中大批登场。

① 该诗作于 1941 至 1942 年间，距夏尔一九三零年代初入文坛已过去了十一年左右。
② Monstre：原文首字母大写，意在强调某种强暴的、非人的野兽或暴行。
③ 夏尔在法国战败后的维希政府时期投身法国南方的抵抗运动并成为普罗旺斯地区的游击队领袖。
④ 夏尔的父亲在夏尔十岁时去世，同时夏尔在诗坛上的前辈如保尔·艾吕雅（Paul Éluard）、路易·阿拉贡（Louis Aragon）等人在抵抗运动时期写作的斗争歌谣在夏尔看来偏离了诗歌的本质。

11 月 8 日短笺 *

深陷我们胸膛的铁钉，冻僵我们骸骨的盲目，谁会自荐将它们制服？古老教堂的拓荒者，基督的洪流，在我们的疼痛之牢里你占据的位置比那空中屋檐上一只小鸟的侧影更小。宗教信仰！它的亲吻礼带着恐惧离开了这新的骷髅地①。它割下了同类身上的果实，靠一把不合齿的门锁的布施为生，它的双臂如何才能抱住我们已被疏浚的头脑？极度作呕，即使死亡也会抗拒它最后的烟尘，它退却了，乔装成尊者的造型。

我们的家将在远离我们的地方日渐衰老，却积蓄着我们爱的回忆，这份爱完好无损地躺卧在它唯一认可的堑壕之中。

不言自明的审判，治愈伤口的旋风，你很晚才给予我们目标以及饥饿早已捷足先登的餐桌！今天我就像一只狂怒的狗，被拴在一棵长满欢笑与叶片的树下。

褶　皱 **

他曾是如此纯粹，我的兄弟，为你的失败出头顶替的人——我听到你的呜咽，你的诅咒。哦记录着母亲般慷慨盐粒的生活！长着白鼬牙齿的人在地窖的泥土中浇灌他的天顶，带着密探脸色的人处处令我挚爱的美发炎肿胀。衰老佝偻的血，我的长官，我们曾警戒恶心虚幻的解冻，直至深入恐怖。我们曾用离群索居的耐心聊以自慰；一盏灯，既不认识我们，也不接近我们，在世界尽头令勇气与沉静保持警醒。

朝向你的边界，哦被侮辱的生活，如今我迈出充满确信的脚步行走，被告知真理并不必然先于行动。我词句的疯狂姐妹，我被封印的情人，我从化为瓦砾的宅邸中把你解救。

淋巴炎之刃从**凶兽**②手中掉落，在那用于自我表达的时光艰难

* 1942 年 11 月 8 日，英美盟军这一天发动"火炬"行动，在法属北非的阿尔及尔、奥兰及卡萨布兰卡登陆，展开对北非德意联军的反攻。
① 骷髅地：耶稣被钉上十字架之处，也音译为"各各他"或"各各地"。
** 褶皱：一种地质现象，层状岩石受力后形成的波状弯曲，在阿尔卑斯山及法国南部山区极为常见，此处用来形容一位抵抗运动中的老者，夏尔的友人和同伴。
② Monstre：原文首字母大写，意在强调某种强暴的、非人的野兽或暴行。

旅程的终点。

敬意与饥馑

与诗人之口和谐一致的**女子**①，这条河泥清朗的激流，你教给
了他，当他还只是被焦虑的野狼俘虏的种子，那被你的名字擦亮的
高墙的温柔（巴黎的一方方土地，美之脏腑，我的火焰在你飞逃的
裙摆下升起），于花粉中安睡的**女子**，在他的傲气之上放置你无限
灵媒的冰花，让他直到枯骨化作腐土②的时刻依旧是一个男子汉，
他为了加倍热爱你曾在你身上无尽地延伸他诞生的号角，他苦痛的
重拳和他胜利的远景。

（入夜了。我们在凝满泪珠③的高大橡树下相互依偎。蟋蟀歌
唱了。它如此孤独，怎竟知晓大地不会死去，知晓我们，缺少光明
的孩子，即将开口言说？）

自　由

她来了，通过这一行空白，能够同时恰切地意指黎明的结果与
黄昏的烛台。
她曾历经无知觉的沙滩；她曾历经被解剖的峰顶。
终结了懦夫式的放弃，谎言的神圣，刽子手的烧酒。
她的语言早已不是一只盲目的公羊而是铭刻我气息的画布。
迈着唯在缺席后才会迷途的步伐，她来了，伤口上的天鹅，通
过这一行空白。

引　领*

穿行。

① Femme：原文首字母大写，意
在强调某种美好的、纯洁的女性。
② bruyère：此处特指一种混合
了沙子和动植物残骸的特殊类型
土壤。同时该词也指欧石楠，一种
法国人经常栽种在墓地旁的小花。
③ larme：在法语中既指"眼泪"，
也指植物流出的树脂或树胶。
* 以下内容至《附言》属《唯一
幸存的》第二辑"婚颜"。

恒星的铁锹
从前曾在那里猛然切入。
今夜一座群鸟的村落
在极高处狂喜并穿行。

从四散的在场者
布满岩石的鬓角倾听
那词语它将让你的睡眠
温暖仿佛一棵九月的树。

去看那在我们身旁
抵达其精华的信念
相互交织时如何移动，
哦我的草叉①，我充满焦虑的渴望②！

生存的严峻被打磨
不断地欲求流浪。
借助一场杏仁的细雨，
混合了温顺的自由，
你守护一切的炼金术已然造就，
哦爱人！

夏尔与加拉（1931）

引　力

囚　徒

如果他呼吸他在想念
那石灰知己间的刻痕
在那里它夜的双手铺展着你的身躯。

桂冠使他厌倦，

① Fourche：原文首字母大写，意
在强调这一草叉在此并非单纯的
农具，而有让诗人翻转世界之用。
② Soif：原文首字母大写，意在
强调某种强烈的、无法平息的渴
望。

匮乏令他坚实。

哦你，缺席的独一声调，
纺织硝石的女工，
在那固定的厚度背面
一把无龄的梯子掀开你的面纱！

你赤裸地向前走去，浑身扎满肉刺，
隐秘，温和，无拘无束，
联结着倦怠的土地
却与狱中粗莽的男子内心亲密。

在把你啃噬时时光增长，
比那在骨骼深处引起剧痛的云更加冷漠，更难攻克。

　　　　*
我用我全部的欲望
影响了你清晨的美
为了使它绽放并获救。

随之而来的是无关东方三王①的醇酒，
是你三角区的震颤，
是你双眼的劳作
还有那直立于水藻上的砂石。

一种日照的芬芳
守护着即将诞生的一切。

婚　颜

现在消失吧，我的护卫，在距离中挺立；

① 东方三王：根据《新约·马太福音》中的记载，耶稣降生时，几位博士在东方看见伯利恒方向的天空有一颗亮星，于是一路跟随它来到了耶稣的出生地，献上黄金、乳香、没药，后世被称为"东方三王"。

数量的柔情刚刚毁灭。

与你们①告别，我的盟友，我的暴烈，我的行迹。

一切都把你们引走，卑躬屈膝的忧愁。

我爱着。

流水是沉重的，在离开源泉一天路程之后。

绯红的叶片跨越它和缓的枝条抵达你额头，令人安心的尺度。

而我与你如此相似，

借助天边那呼喊你姓名的花开稻草，

我推倒遗迹，

愿我已抵达，光明的康健。

水汽腰带，温和的民众，令恐惧分化的人们，请触碰我的重生。

我的寿期之墙，我放弃我那轻浮的开阔②曾经的援助；

我架起临时的住所，我拴住幸存的果蔬。

被集市中的孤独点燃，

我想起在她的**存在**③之影中的嬉游。

荒凉的身体，对它的混合物充满敌意，昨天，已经归来并言说黑暗。

没落，请你不要回心转意，扔掉你的恐惧之棒，酸涩的睡眠。

袒胸的低领缩小你流亡与争斗的骸骨；

你让那折磨脊背的奴役变得清凉；

夜的疾风，阻挡这凄凉的马车

满载呆滞的噪音，粗暴的动身。

尽快摆脱那创发性病变的流溢

（雄鹰之镐高高喷射被放大的血）

依据一种当下的命运我引领我的坦诚

走向多瓣的蓝天，花岗岩般的异见。

哦在她的母腹之冠上吐露情感的穹顶，

① 此处暗示夏尔与他曾经参与的超现实主义团体以及种种暴力思想和行动诀别。

② 此处暗示夏尔放弃了曾经给予他思想解放的超现实主义，他发现这种宽广开阔其实是轻佻的，是游戏性的。他离开了这个相对封闭的小圈子，走向自然，走向更广大的世界与人，开始他作为诗人的重生。

③ Présence：原文首字母大写，意在强调某种神性的、永恒的在场和存在。

悄声谈论着黑色的嫁妆！

哦她语音的运动已经干涸！

诞生，请你指引那些不屈之人，他们发现了他们的根基，

可靠的杏仁降临在崭新的明天。

夜闭合了它被海盗船撕裂的创伤，在那里隐约的火光曾在对恶

犬持久的恐惧中穿行。

丧葬的云母在你脸上已为陈迹。

无法熄灭的窗玻璃：我的气息早已显露你伤口的友谊，

武装了你隐藏的王国。

我们的喜悦从迷雾之唇中降落在沙的门槛，铁的屋顶。

意识增强了你耐力的颤抖器官；

忠诚的淳朴延伸四野。

清晨铭言的音色，早熟星辰的淡季，

我奔跑在我的拱廊——被埋葬的斗兽场——尽头。

亲吻够了谷物成年的长穗：

纺织女工，倔强的人，我们的疆界令她臣服。

诅咒够了婚姻幻影的避风港：

我触碰一次致密回归之实质。

溪流，崎岖逝者的乐谱，

你追随干旱的天空，

把你的前路与那已知晓如何治愈背叛之人的暴雨合为一体，

他们正在靠近你有益身心的学习。

在房屋深处面包为了承受心与微光而不能自已。

我的**思想**①，请你握住，我可被穿透的手掌上的鲜花，

感受晦暗的植物苏醒。

我将不会看见你的侧影，这饥饿之集群，渐渐干枯，被荆棘填满，

我将不会看见螳螂在你的温室中把你接替；

① Pensée：原文首字母大写，意在强调总体的、普遍的思想。

我将不会看见江湖艺人的迫近会烦扰复生的白昼；
我将不会看见我们的自由之种族奴颜地得到满足。

我们充满幻想，登上了高坡。
燧石在空间的藤蔓下微颤；
话语，对冲撞感到厌烦，纵酒在天使的月台。
没有一丝凶暴的残迹：
道路的远景直抵露水的汇聚，
无法挽回之事的内心结局。

这就是死去的流沙，这就是获救的身体：
女人[①]呼吸，**男人**[②]保持直立。

埃瓦德涅*

夏季与我们的生命曾是同一种质地
田野吞噬了你芬芳裙摆的颜色
贪婪与束缚已相互言和
莫比克[③]城堡在泥土中隐没
不久它诗琴的震荡亦已倾颓
草木的暴烈曾令我们摇曳
一只乌鸦脱离舰队的阴沉桨手
在碎裂的正午喑哑的燧石上
曾以温柔的运动伴奏我们的情缘
镰刀在四处都已必定安息
我们的珍贵品性开始了统治
（那吹皱我们眼睑的失眠的风
夜夜翻动已获认可的书页
希冀我所留住的你身上的每个部分
都能在这遍布饥饿年月与巨型泪石[④]的家园上伸展）

[①] Femme：原文首字母大写，意在强调普遍意义上的女人。
[②] Homme：原文首字母大写，意在强调普遍意义上的男人。
* 埃瓦德涅：古希腊神话中卡帕纽斯（Capanée）的妻子，后者是攻打忒拜城的七雄之一，因蔑视天神被宙斯以雷电击杀。在卡帕纽斯的葬礼上埃瓦德涅跳入火堆殉情而死，从此成为深情的化身。此处代指勒内·夏尔当时的女友瑞典女艺术家莱塔·库努特森。
[③] 莫比克：法国南部普罗旺斯地区的一座小城，在夏尔家乡附近，城中有一座古堡。
[④] larmier：直译为"滴水石"，欧式建筑中用于保护房屋内部不受雨水侵害的一种带凹槽的特殊外墙结构。此处用巨型滴水石暗示屋外的倾盆暴雨。该词拼写中有"larme"（眼泪）一词，故意译为"泪石"。

这曾是那些可爱年华的开端
大地些微地爱过我们我还记得。

附　言

请你离开无言忍耐的我；
我曾诞生在你脚边，你却已把我遗弃；
我的火焰过度明示了它的王国；
我的珍宝已沿着你的铡刀底座滑落。

沙漠仿佛放置唯一美妙炭火的避难所
从未为我命名，从未归还于我。

请你离开无言忍耐的我：
激情的三叶草在我手中已化作坚铁。

在那开启我航路的大气的惊愕中，
时光将一点点修剪我的容颜，
仿佛一片尖刻的耕地中一匹劳作不息的马。

夏尔与加缪（1940）

形式分享 *

我的姐妹，这便是圣礼之水总在更密切地深入夏天的心。

一

想象力借助欲望富于魔力和颠覆性的力量，致力于把一些不完整的人从实际生活中逐离，以此在一种完全令人满意的出场形式下收获他们的回归。这就是无法熄灭的永存的现实。

* 以下内容为《唯一幸存的》第三辑"形式分享"。

二

在诗人与世界的诸多联系中他所最难忍受的，便是内在公义的缺失。卡利班①藏污纳垢的酒瓶背后爱丽儿敏感而全能的双眼射出怒火。

三

诗人无动于衷地将失败改造成胜利，将胜利改造成失败，他是尚未分娩的帝王唯独关心如何汇集天的蔚蓝。

四

有时诗人的实际生活对于他本人而言没有任何意义，如果他不能悄悄地影响其他人对各自实际生活之功业的叙述。

五

操控不安全性的魔法师，诗人只有领养之满足。余烬始终未到尽头。

六

在某一条对我们的欲望而言具有无解妨碍的先决**律令**②闭合的眼睛后面，有时隐藏着一颗姗姗来迟的太阳，它那茴香般的敏感性与我们接触时剧烈地倾吐香气并把我们环绕。它的温柔所具有的晦暗，它与出人意料的事物间的协约，这沉重的高贵对于诗人足矣。

七

诗人必须在守夜的有形世界与睡眠可怕的轻松之间保持平衡，他将其诗篇精致的躯体躺卧在字里行间，而这记录其认知的一行行文字，不加区分地游走在这些不同生命状态的一端与另一端。

八

每个人都会活到把爱补全的夜晚。在一种由所有人共同享有的奇迹和谐的威望中，个体的命运完成直至孤独，直至神谕。

① 卡利班和爱丽儿都是莎士比亚《暴风雨》中的人物。卡利班是普洛斯彼罗收养的一个邪恶怪胎，爱丽儿是普洛斯彼罗召唤的友好精灵。在第三幕第二场中酒醉的卡利班试图唆斯丹法诺及特林鸠罗杀死他的主人普洛斯彼罗，在他背后隐身的爱丽儿听到了这一切并深感愤怒。

② Lois：原文首字母大写，意在强调某种超验的、高于个人的律法。

九

献给两座丰碑。——赫拉克利特[①]，乔治·德·拉图尔[②]，感谢你们长久以来从我独一身体的每一处褶皱中推离这圈套：支离破碎的人类处境；感谢你们依据男人的目光去转动女人裸露的指环；感谢你们使我的解体变得灵动并可堪承受；感谢你们为这绝对迫切的光芒不可限量的结果之王冠花费你们的力量；通过被宣告的传统，行动对抗现实，那假象与微缩。

十

恰当的做法是让诗与可预见之物形影不离，但尚未加以明确表达。

十一

也许内战是魅人的死亡构筑的鹰巢？哦痛饮垂死未来的奕奕酒徒。

十二

在连绵的露台上放置与那正在显露的**歌**[③]之金字塔预定关联的可堪坚守的诗意价值，以此获取这无法熄灭的绝对，这初阳中的枝权：不可分解的、尚未得见的火光。

十三

愤怒与神秘已轮番将他诱惑并烧尽。然后完结他虎耳草[④]之临终的年代到来。

十四

在他的酸面包周围转动着复兴之时机、重生之时机、雷鸣之时机与镶嵌在圣·阿利尔泉水中的漂游之时机。

十五

在诗歌领域，目前还有多少内行，依然在那坐落奢华夏日中的

[①] 赫拉克利特（约公元前 535 年到公元前 475 年），古希腊哲学家，行文晦涩、充满隐喻和断片，并对对立物之间的共存进行了极多辩证的论述。在思想和文风上对勒内·夏尔影响极大。参看本篇第十七条。

[②] 乔治·德·拉图尔（Georges de La Tour, 1593–1652），法国画家，其作品善于表现黑夜中的灯火与烛光，画作充满张力，在抵抗运动期间给予勒内·夏尔深刻的灵感和希望。参见《修普诺斯散记》第 178 条及《叙事喷泉》中的《小夜灯下的玛利亚》。

[③] Chant：原文首字母大写，意在强调某种高远的、带来拯救的歌声。

[④] 虎耳草是勒内·夏尔对诗人之形象的比喻，又名"穿石草"，因为此种植物习于在石块间穿行并将其齿碎。"虎耳草之临终"暗示了诗人曾在"愤怒"与"神秘"之间艰难地穿行，而现在他终于能够对二者同时加以统摄。

跑马场上，在精心挑选的高贵猛兽中间，押注一匹斗牛马，它刚刚被缝合的腑脏因令人作呕的灰尘而悸动！直到那辩证的血栓——它击打一切以欺诈方式构想的诗篇——在这令人无法容忍的用词不当的作者身上施行公义为止。

十六

诗篇始终与某人成婚。

十七

赫拉克利特强调了对立物令人激动的联姻。他在其中首先看到了和谐产生的完美条件和必备动机。在诗歌领域当这些对立物相互融合，时而会涌现一种没有明确起因的冲击，在这其中令事物溶解的孤独行动激发了深渊的滑动，这一条条深渊以极其反物理的方式承载着诗篇。诗人的责任便是在干预时切断这一危险，或而通过某种由可靠理性验证过的传统元素，或而借助某种可以废除从起因到结果之整条路径的奇迹般的创造力之火。于是诗人得以真正看到对立物——这些纷繁的局部幻景——结出硕果，看到它们内在的谱系人格化，诗与真，正如我们所知，始终是一对同义词。

十八

缓和你的忍耐吧，王子①的母亲。就像昔日你曾帮忙抚养被压迫者的雄狮。

十九

属于雨季的成人与属于晴天的孩子，你们的失败与进步之手对我而言都同样必要。

二十

透过你火红的窗口，请从这纤细柴堆的轮廓里认出诗人，他是燃烧的成堆芦苇并由出乎意料的事物所簇拥。

① Prince：原文首字母大写，意在强调这不是普通的王子，而是诗之王子。

二十一

在诗歌领域，只有从事物全体性的交流沟通与自由布局出发，在二者之间穿过我们，才能让我们感到投入与确定，从而得以获取我们独创的形式与可堪检验的特性。

二十二

成年时我在分隔生死的墙壁上看到一把愈加赤裸的云梯竖立和增长，并被赋予一种独特的萃取能力：梦①。它的踏板，从某一处进展开始，不再支撑积攒睡眠的平滑储户。被人为注入的思想深度的杂乱空缺，其中的混乱形象为一些充满天赋但无力估量剧本普遍性之人的审判庭②充当场地，在此之后，晦暗便开始扩散而**生活**，在一种充满寓意的严酷苦修形式下，成为了对非凡能力的征服，我们感到已被这些能力充分贯穿但却只能不完整地表达自己对于正直、对于严厉的判断力以及对于恒心的缺乏。

话不成声的悲怆同伴③，请你们拿走熄灭的灯并交还珍宝。一种全新的奥秘在你们的骨骼中歌唱。请发展你们正当的奇思。

二十三

我是诗人，枯井的搬运工，而你的远方，哦我的爱人，供应着食粮。

二十四

通过一种高强度的体力劳动人们得以在近似室外的寒气中坚持，并使人们消除被其吞没的危险；因此，当我们回归非己所愿的现实，当我们把诗篇的血脉交付其命运的时刻来临，我们发现自己身处一种相似的处境。我们被石化的磨坊水轮——那些瓦砾——开始转动，擦拭低处难以触及的流水。我们的努力重新习得与之相称的汗水。而我们，大地上永不死去的斗士，将走进那些把我们激怒的道德冷漠的目击者之中。

① "梦""非凡"都是安德烈·布勒东所提倡的超现实主义诗学的重要内容。
② 此处暗示了勒内·夏尔对超现实主义团体领袖安德烈·布勒东的批评，后者曾不断地把各类与他理念不合的同伴开除出超现实主义团体。
③ 此处特指勒内·夏尔在参与超现实主义运动期间在半睡半醒之间进行自动写作实验的同伴。

唯一幸存的

二十五

如果去抗拒那虚无所欠缺的想象力之水滴，就是专注于把虚无对我们造成的恶耐心地交还永恒。

哦蝰蛇腹中的月桂瓶！

二十六

死去，这绝不只是强迫他的意识在行将就木之时，去向身躯上的某几个活跃或昏睡的物质区域告别，这具躯体因其知觉只能以吝啬而零散的方式抵达我们而曾让我们感到相当异样。那是喧嚣中毫无美感的巨大村落，曾经劳作着节制的居民……而在这严酷的晦涩之上矗立着一根面相伛偻、肿痛、半盲的阴影之柱，每隔一段——哦多么幸福——被雷电割下表皮。

《勒内·夏尔：诗选》（英文）书封

二十七

恐怖、精致又游移不定的大地，与异质的人类状况相互攫取并相互定性。诗意便从它们织物的活跃整体中得到提取。

二十八

诗人是具有单侧稳定性的人。

二十九

诗篇从一种主观的强制和一种客观的选择中浮现。

诗篇是一场具有决定性原创价值的移动集会，这些价值与由这一情势最先造就之人共时相关。

三十

诗篇是由依然延续为欲望的欲望所实现的爱。

三十一

① 诗，"poésie"，在法语中是一个阴性名词，与下文的"女人"呼应。

一些人为了她请求延期穿上甲胄；他们的伤口带有一种永恒折磨导致的忧愁。然而诗①，她用她芦苇与砾石的双脚赤裸地向前走去，没有听任自己在任何地方遭到缩减。女人，我们在她的唇间亲吻疯狂的时光，与天顶的蟋蟀并肩而立，她歌唱冬夜，在破旧的面包店里，在光之面包的芯中。

三十二

诗人不会为死亡丑陋的寂灭而动怒，却信任它那非同寻常的碰触，将万物转化为绵长的羊绒。

三十三

当他在**语言**[1]普遍性的垦荒地里行动的过程中，廉正、贪婪、善感又莽撞的诗人将警惕自己对某些能够异化诗歌中自由之奇迹的事业产生同感，换句话就是警惕生活中的机巧。

三十四

一个被人们忽略的生灵是一个无限而敏感的生灵，当他参与进来，便能把我们的焦虑与重负转化成动脉般的晨曦。

在无知与有知之间，在爱与虚无之间，诗人每一天都在铺展他的康健。

三十五

当诗人把他的意图转译成充满灵感的举动，把劳苦的循环折换为复活之货柜，他便通过疲惫之玻璃上的每一个气孔进驻凉气的绿洲，并且创造一面棱镜，区分努力、奇异、严厉与洪灾的九头蛇[2]，把你的双唇当作智慧并把我的血液当作屏风。

三十六

诗人的居所最缥缈无迹；一道悲伤的火焰旋涡受命于他的白木桌。

诗人的活力不是某种彼岸的活力，而是一个闪耀钻石光辉的由超越性的在场与暴雨中的朝圣者组成的当下的焦点。

René Char
dans le miroir des eaux

Centenaire de la naissance de René Char

BEAUCHESNE

《勒内·夏尔：在水的镜子里》书封

① Verbe：原文首字母大写，意在强调某种至高的、极致的语言。
② hydre：古希腊神话中的一种九头蛇怪，也音译作"许德拉"。

三十七

我能否拥有交互的**面容**①只取决于你预支与我的爱欲的必要性。

三十八

刚刚掷出的骰子，无法握住的骰子，因为它们是诞生与衰老。

三十九

在重力的门槛上，诗人好似蜘蛛在空中构筑他的道路。在他奇谋的范围内，他局部地隐匿自己，却在别人眼中致命地显见。

四十

与诗篇一同穿越沙漠的牧歌、狂怒人格的禀赋与因眼泪而发霉的火。紧随诗篇的脚跟奔跑，向它祈祷，把它辱骂。将它等同为其天赋的表达乃至被其贫瘠压垮的卵巢。借着夜色，冲入它的套房，最终，在宇宙间石榴的婚礼中。

四十一

在诗人体内包含着两种事实：第一种以外部现实所掌握的多样化形式立即给出其全部意义，它难以向下深挖，仅仅就事论事；第二种被嵌入诗篇之内，它讲述栖息在诗人身上的那些强大而任性的诸神发出的命令与阐述，一种不会枯萎或熄灭的硬化事实。它的支配权是一种给予。当被说出，它占据着一片面积可观的疆域。

四十二

作为诗人，就是对某种不安产生食欲，在现存与预期的全部事物的旋风中，他对这种不安加以使用，并在终点处，引发至福。

四十三

诗篇从它的总量中接收并给予那从其密室内逐出的诗人全部的表达方式。在这血染的百叶窗后面某种力量的尖啸在燃烧，这种力量只会摧毁它自己因为它厌恶暴力，它主观而贫瘠的姐妹。

① Visage：原文首字母大写，意在强调某种诗意的、充满爱意的面容。

四十四

诗人借助深不可测的秘密不断拷打其喷泉的形式与音响。

四十五

诗人是一个向外投射的生灵与一个向内扣留的生灵的共同起源。他向情人借得空虚，向爱人取得光芒。这一对形式组合，这双重的警卫悲怆地给予诗人他的嗓音。

四十六

坚定地坐在他的柏树帐篷下，诗人，为了自我说服并自我引导，不能畏惧使用一切跑进他手中的钥匙。然而他也不能混淆边界的繁忙景象与革命性的远景。

四十七

认识两类可能性：白昼的可能性与违禁的可能性。如果可以，让前者与后者对等；把它们放置在最高层级的可理解性——充满魅力的不可能之物的皇家大道上。

四十八

诗人要求："请你弯下腰，请你更深地弯下腰。"他并非始终安然无恙地结束他写下的篇章，但就像穷人一样他知晓如何从一颗橄榄中提取永恒。

四十九

面对证据的每一次坍塌诗人用未来之齐鸣加以回应。

五十

任何呼吸都提出一次统治：纠缠之任务，维护之决心，恢复自由之热情。诗人在纯洁与贫苦中分享着一部分人的生存状况，谴责并抛弃另一部分人的武断专横。

任何呼吸都提出一次统治：直到这颗为了在无限中打碎自己

而哭泣、坚持并解脱的单一类型的头颅，这颗由想象之物构成的断头①之命运得以完成。

五十一

人类处境的某些时期忍受着某种恶冰冷的侵袭，这种恶在人类天性最败坏处寻得依靠。在这场飓风的中心，诗人将通过对自我的拒绝去补全其留言的意义，然后加入这样一群人，他们剥夺了苦难合法性的面罩，正在确保那固执的脚夫，正义之摆渡者的永恒回归。

五十二

这座通过其每一道暗门播撒自由的堡垒，这根在空中保持着一个具备普罗米修斯式远见的躯体同时由雷电照亮并回避的蒸汽草叉，这就是诗篇，献给过度的任性，在一瞬间将我们捕获然后消失。

五十三

在交付其珍宝（它们在两座桥之间盘旋）并抛洒其汗水之后，诗人，身体的半边，未知中灵感的顶峰，诗人不再是对某个完成事件的反映。不再有任何事物可以把他衡量或束缚。清朗的城市，闭锁的城市在他面前。

五十四

直立着，在延续的时间中生长，诗篇，是神秘登基。一旁，沿着公共葡萄园中的小径，诗人，伟大的**起始者**②，不及物的诗人，身处其静脉光辉的随便何人，诗人从自身的深渊中提取厄运，随同他身旁的**女子**一起探寻稀世的葡萄。

五十五

这个人，从里到外反抗着那入骨的贪婪嘴脸令他熟知的**恶**，他无疑有责任去把传说的事件转化为历史。我们不安的信念不应把他

① hure：特指野猪被砍下的头颅，意译为"断头"。
② Commenceur：原文首字母大写，意在强调某种诗意的、绝对的起始者。

诋毁而要对他讯问，我们，这些把真实的生灵们消灭在我们幻想出的连绵人影中的热忱屠夫①。间接的魔法，欺诈，现在依然黑夜无边，我身体不适，但一切重新开始运行。

带着诗无边的展望逃向他的同类，也许有一天将成为可能。

超现实主义群体，每行从左至右：布勒东，恩斯特，达利，阿尔普；唐吉，夏尔，克勒韦尔，艾吕雅，；基里科，贾科梅蒂，查拉，毕加索，马格利特，布洛纳，帕雷特，罗西，米罗，梅森思，于涅，曼雷

① 意为诗人像杀手一般把身边活生生的人转写成一系列充满幻想、梦境或理念的文字，从本质上戕害了他们真实的存在。

勒内·夏尔:《唯一幸存的》,奠基之作

[法] 达尼埃尔·勒克莱尔[①] 张 博 译

《唯一幸存的》[②],1945 年 2 月由伽利马出版社出版,是一部在夏尔作品中极具分量的诗集,因为在这部诗集中夏尔显示出他全新的音色,这种音色将从此与他的名字紧密相连:它紧绷在各种相互对立的力量间,一边是他对爱的能力以及诗歌优先地位的信心,另一边是呼唤人们去对无意义之物及恶(在这一时期由纳粹为代表)进行反抗。这部诗集也通过其建筑结构树立起它的威望——它以非凡的手法对夏尔多变的写作方式进行了组织。

《唯一幸存的》出版于巴黎解放[③]之后(1943 年 12 月 18 日,当夏尔重新与伽利马签订出版合同之后,他曾表示希望他的诗集必须在法国"彻底放晴"后方可发行),但这部诗集在许久之前就已经写就:写作时间开始于 1938 年并完成于 1943 年中。因此它经历了战争导致的顿挫,这一点曾在《黄鹂》这首短诗中以象征性的手法加以强调,宣告了无忧岁月的终结:"现存的一切从此终结。"这首诗的创作时间,题词中的"1939 年 9 月 3 日",既是法国宣战之日,也是夏尔被征召重回其划拨部队的战争总动员之时。夏尔在此之前与莱塔·克努特森在吕贝隆山区度过的幸福时光[④]就此结束。在此之后,夏尔将始终感到他的生活被切分成两个部分:插在 1939 到 1944 这段间隔前后,分别是"杀戮之前"的时光,与"重大考验"之后的岁月。

① 达尼埃尔·勒克莱尔(Danièle Leclair),巴黎第五—笛卡尔大学副教授,《勒内·夏尔传》作者,《勒内·夏尔词典》主编,法国勒内·夏尔研究界知名学者,本文及其附录是作者应译者之约专为《当代国际诗坛》夏尔小辑而作。
② 《唯一幸存的》1945 年由伽利马出版社发布单行本后,于 1948 年被夏尔收入《愤怒与神秘》并成为全书的第一章。
③ 巴黎解放于 1944 年 8 月,法国全部解放则要等到 1945 年 5 月。
④ 相关内容详见本文附录《勒内·夏尔:〈婚颜〉,爱的颂歌与挥别超现实主义》。

诗集的排列顺序与诗篇实际的写作顺序并不一致，在诗集的最终版本中，包含三个部分，分别对应三种诗歌写作方式：《前世界》集结了三十首散文诗和一首分节编号的组诗；《婚颜》是由五首分行诗组成的系列情诗；《形式分享》则汇聚了五十五个分节编号的箴言式断片，集中论述诗人给自己规定的任务。

在诗集的构思过程中，诗篇及其编排顺序经历了多次演变，这一过程一直持续到 1944 年。例如，在《形式分享》的手稿[1]中，一些反映其所爱女子的表达（"被暴雨冲刷成泉的脸庞"）最后移入了一首单独的散文诗《篾匠的伴侣》。1943 年 6 月 23 日，在一封寄给其好友吉贝尔·莱里[2]的信中，夏尔对他正在编纂中的诗集提出了几点细节意见，从中也可以看到与最终版本的区别：

> 我现在把已经完稿的《路易·居雷尔·德·拉·索尔格》寄给你。这是《唯一幸存的》的第三十二首作品并且在外观上成为第一部分的收官之作。要理解、探讨并让人接受这首诗作必定复杂。索尔格就是你认识的那位高贵的路易。这本关于他如何在恐怖中工作的书，这本尚未被丢弃的书，他翻过了它的最后一页。我曾惊奇于那个粗粝的瞬间，在果实内部尖叫的一捆果核将去适应它在大气之中的全新处境：恶与人类手中清白的恶同时崩塌。[3]

《前世界》交织了几种不同的声调和多种时间性，那种将构成未来夏尔全部诗学特点的两极间的张力，在这部诗集中十分引人注目：那些使莱塔·库努特森充满爱意的现身永存的诗篇最终在一段时间内擦去了充满威胁的历史背景。《与风告别》《篾匠的伴侣》《狮子座流星雨》中的场景以及《为了这里的一切至死不变》中的表述，通过各类隐喻和语义置换，拼织出一个被生命所贯穿的自然空间中一对情人幸福的当下："种子的爱欲蒸腾热气"，"在你嗓音的三叶草中群鸟的激斗驱散对干旱的忧思。"夏尔歌唱着一个纯洁的时光，它属于采集含羞草的少女，属于恋人，属于"芳香四溢的家"中的女孩，属于西班牙的孩子们……这时光将紧随宣告战争来临的《黄鹂》之后，被刽子手的行动和"凶兽不可避免的麻风"所

① Manuscrit reproduit dans le catalogue de l'exposition *René Char* (dir. Antoine Coron), Paris, Bibliothèque nationale de France/Gallimard, p.14.——作者原注
② 吉贝尔·莱里（Gilbert Lely, 1904–1985），法国诗人，勒内·夏尔之友。
③ Lettre à Lely, encartée dans *Seuls demeurent*, exemplaire de Lely conservé à la Bibliothèque Jacques Doucet, Paris ; citée par J.-C. Mathieu, Paris, Corti, *La Poésie de René Char*, t. II.——作者原注

打断。有两首诗已经被敌人的杀戮留下了痕迹：罗杰·博农 1940 年 5 月的逝世（《要素》）以及对西班牙儿童的谋杀（《1939 出自夜鹰之口》）。在这两极之间，诗人以一种不舒适的姿势来回往复，而这种不适感对他本人来说同样必不可少。

《前世界》的结尾对斗争的不同历史阶段加以浓缩：《拒绝之歌》[①]宣告了诗人开始投身于抵抗运动（"游击队员亮相"）；从此之后，他将隐而不显，拒绝之歌因此也成为了对歌唱的拒绝以及诗人的沉默，他选择加入游击队的秘密武装。之后，《11 月 8 日短笺》使人想起 1942 年 11 月 8 日盟军在北非的登陆日期，这导致了纳粹对自由区的入侵，德国参谋部在阿维尼翁设置了据点，而此时此刻，夏尔，化名为亚历山大上尉，成为了秘密部队杜朗斯南方分部的负责人。最后一首诗《自由》，唯一留存的手稿标注日期为 1944 年，已经属于解放之后的作品——"自由／她来了，通过这一行空白"——为拒服兵役者对刽子手的胜利敬礼。

《婚颜》，作于 1938 年，在写作时间上其实早于《前世界》，但在诗集中的位置却在《前世界》之后，于是在时间进程中制造出一种断裂，并以反常的方式将诗集中的三个部分连缀起来：事实上，这首爱的颂歌引起了一条持续性的旋律线，在这条旋律线中对自我的信心形变为从诗歌中获得的信心，于是能够"将万物转化为绵长的羊绒。"在《婚颜》中，爱情照亮、满足并启迪（"你守护一切的炼金术已然造就，／哦爱人！"），连带直立的意象（"女人呼吸，男人保持直立。"），将其益处一直延伸到了诗集的最后一章《形式分享》："我是诗人，枯井的搬运工，而你的远方，哦我的爱人，供应着食粮。"同样，与超现实主义保持的距离，在《婚颜》中得到确认（诗人从超现实主义的指令中解放，在这里发现了一个新的"王国"，与感性世界以及周遭景色保持融洽），也同样一直持续到《形式分享》之中并成为了对于夏尔诗歌源泉的一次阐述。夏尔的诗篇，"始终与某人成婚"，植根于人类经验之中，憧憬去拥抱现实的整体性，它的多重刻面通过想象力重组为一种"无法熄灭的永存的现实"，而诗人，他本人注定属于漂泊，属于越界，属于相互对立之物始终不稳定的"闪耀钻石光辉的焦点"："操控不安全性的魔法

加拉、夏尔、艾吕雅、努什
在西班牙海港卡达克斯（1931）

① 《拒绝之歌》大约作于 1941 年夏。

师，诗人只有领养之满足。余烬始终可以复燃。"《形式分享》中的许多箴言式命题——同时也属于夏尔最著名的论述——强调这种未完成，强调这种期待的姿势，而这正应该始终是诗人的姿势："诗篇是由依然延续为欲望的欲望所实现的爱。""恰当的做法是让诗与可预见之物形影不离，但尚未加以明确表达。"

"出乎意料的"一词，极有可能受到过赫拉克利特（在《形式分享》中被两次提及）的启发，同时在夏尔的诗歌中具有本质性的位置，已经被确立为诗篇的食粮与诗人的视野："从这微妙的柴房轮廓里认出诗人，成堆的芦苇燃烧并由出乎意料的事物所簇拥。"这一被设置的目标不会改变并将指引夏尔的诗歌探索，使他得以拒绝那些粗制滥造的游戏、做梦或简单的描摹，将他引向一种致密压缩的文风，在那其中，被经历并强烈感受过的当下，通过各类隐喻，与一个尚未到来但却已有预感的未来紧紧联系在一起。

夏尔试图在对立之物，在日与夜，愤怒与神秘，恐怖与对抗恐怖，当下与未来之间"保持平衡"的愿望，一方面引起了与撕裂相关的意象（"虎耳草般的临终"），另一方面引起了至福，因为诗人"知晓如何从一颗橄榄中提取永恒"并在其嗓音的威力中保持信心。

伴随着《形式分享》，夏尔最引起其读者注意的文本之一，他延续了文体上已经在《最初的磨坊》中加以探究的脉络。反思（关于诗人的任务以及诗的创作）的时间接替了歌唱的时间，以简短的用词方式，亦即"提议"或箴言式的断片加以表达，最开始夏尔将其表述为"《最初的磨坊》的增补"[1]，指出了对于诗篇"走向完成的神秘"加以自问的必要性：诗篇贯穿诗人并对事件加以变形。因此夏尔曾考虑将这一系列断片的整体另行单独刊印。但在 1943 年，武装斗争对夏尔这位游击队长官提出了更多的要求，《形式分享》也在当年夏天经受了大量的增补和修饰。1944 年底，最终它被收入了《唯一幸存的》。

关于这一时期夏尔文风方面的诗学来源，学界往往提及赫拉克利特和尼采，但马可·奥勒留的身影也不可忽略。夏尔拥有马可·奥勒留[2]《沉思录》1933 年的版本（夏尔终其一生都在他的书柜中保存着这一版本）[1]，他大约在其出版年份或不久之后就购得此书。

① Dans une lettre d'avril 1941 à G. Lely, citée par J.–C. Mathieu, *op.cit.*, p, 168. ——作者原注
② 马可·奥勒留（Marc–Aurèle, 121–180），罗马帝国皇帝，著名的帝王哲学家。他在率领军队平定蛮族对罗马帝国无尽的侵略过程中留下了名著《沉思录》。

这部著作曾经给夏尔留下过很深的印象，并且很有可能在整个战争与抵抗运动的考验期里在夏尔的记忆中保持在场。另外我们还可以在一封他写给吉贝尔·莱里的信中发现这一参考文献被夏尔内化的证据，当他把马可·奥勒留列举为《修普诺斯散记》潜在的"模范"：

> 我已猛烈地把自己置于工作之中。这项工作叫做《修普诺斯记事》……1943 至 1944。我很高兴最近重新找到了我留在塞莱斯特的日记本，我在出发前往阿尔及尔之前将它藏在墙壁的一个洞里。我准备发表的正是这本日记（马可·奥勒留式的！）。②

事实上，《沉思录》这部由一位成为罗马皇帝的斯多葛派哲学家（他也同样热爱诗歌）所写的著作，在一连串加以编号的断片中，汇集了一系列思索：关于人，关于他生命中的时光，关于在艰难的历史时刻如何保持操守，"在对种种事件或单纯的事故直接的印象中"③随着时间顺序撰写下来，集合成十二册备忘录："请你不要像仿佛能活上千年那样行动。不可避免之事已悬于你身……"④"任何举动都不可随意执行，也不可动用那些确保艺术完美性的规则。"⑤奥勒留写道。即便奥勒留的承受哲学（"擦去想象；抑制冲动；平息欲望；保持为其支配力的主人。"⑥）与夏尔被反抗所充盈的思想并无接合之处，但他劝勉自己不要偏离目标，他对一种正义生活的寻找，他与精确用词的联姻，他对古希腊智者尤其是赫拉克利特的参考，凡此种种都可以激发出夏尔在一个对他而言从人、历史与诗歌角度都具有决定性的时刻的种种反思。在《修普诺斯散记》开头，夏尔清晰地要求展开抵抗行动（他本人 1941 年后便投身其中），要求为了整个社会共同体进行战斗，并假定了一种自我的"结局"，一种对于风险的陈列："我们已经前去并与之直面。"这条《修普诺斯散记》中的断片明确表明了对于消极被动的拒绝（"做斯多葛派，就是自我冻结，带着一双那喀索斯的明眸。"），而它与其说是一条哲学评论（尽管这显示出夏尔笔下伦理的重要性）不如说是一条与诗人写作时所身处的历史处境也就是占领时期的法

① Marc-Aurèle, *Pensées pour moi-même suivies du Manuel d'Epictète et du Tableau de Cébès*, Traduit du grec, traduction nouvelle avec prolégomènes et notes par Mario Meunier, Paris, Librairie Garnier frères, Classiques Garnier, 1933. ——作者原注

② Lettre du 17 juillet 1945 (Bibliothèque Jacques Doucet); citée par Jean-Claude Mathieu, *La Poésie de René Char, op.cit.*, t. II, p.211. ——作者原注

③ Commentaire de M.A. Puech, cité par Mario Meunier dans《La vie de Marc-Aurèle》, introduction à Marc-Aurèle, *Pensées pour soi-même, op. cit.*, p.19. ——作者原注

④ 马可·奥勒留《沉思录》第4卷第17条。相关译文均根据夏尔所阅读的法译本重新译出。

⑤ 马可·奥勒留《沉思录》第4卷第2条。

⑥ 马可·奥勒留《沉思录》第9卷第7条。

国紧密相关的批评文本：在夏尔眼中，所有拒绝行动（在消极被动中"自我冻结"）的人都是在采取一种应受谴责的、贫瘠的人生态度。对于古代神话中那喀索斯的征引更加强了这一批评，着重指出了其中的自满自足，而这正是夏尔本人所坚决反对的："这些笔记没有从自恋中借取分毫"，他在《修普诺斯散记》的开篇便写道。不过在这里，他的批评并不指向马可·奥勒留，后者不但是思想者与作家，而且也是一位行动者，领导着帝国并率领军队抵御蛮族的入侵。此外，《修普诺斯散记》的原型——《修普诺斯记事》——和马可·奥勒留的《沉思录》一样，源自一本并不面向公众的日记，在秘密中写下，被许给"干草燃起的一把烈火"，部分内容在解放后重新组织正式发表之前被夏尔本人销毁。马可·奥勒留的一位评论者展现了奥勒留写作其笔记时的情况：

> 皇帝利用一小时的时间……为了杜门谢客，远离令人心烦的人与事，自言自语；他沉思，并最终写作。那经常是一则短评，概括他在日间反复咀嚼过的思想；时而会是一页充分的论述，包含推理或分析，偶尔也会是几行别人的文字，是在阅读过程中记下的话，或者是突然在记忆中重现的语句……有时候从一个段落到另一个段落之间没有任何过渡；有时候一些群落则会形成某种整体性。[1]

这一点与《修普诺斯散记》的概述非常接近，在概述中夏尔把对笔记的书写——它之后以断片集的形式组织起来——和历史环境以及成为了抵抗者团体领袖的诗人所支配的些许时间联系在了一起："这些笔记……曾写于紧张、愤怒、恐惧之中，写于竞争、憎恶、诡诈之中，写于悄然冥思之中，写于对未来、友谊与爱的幻想之中。这就可以看出它们曾受到时局何其巨大的影响。"马可·奥勒留也同样思考过究竟应该给予他的思想录以何种形式，劝勉自己要让自己的风格与他发自内心的朴实无华的反省协调一致："要始终走最近的路，最近的路正是自然形成的路。这就是为什么无论如何都应该以最自然的方式行动和言说。这样一个重要原则将让你摆脱夸张、过度以及矫揉造作的具象化风格。"[2] 对于夏尔来说也是如

[1] Commentaire de M.A. Puech, cité par Mario Meunier dans《La vie de Marc-Aurèle》, introduction à Marc-Aurèle, *Pensées pour soi-même, op. cit.*, p.19. ——作者原注
[2] 马可·奥勒留《沉思录》第4卷第51条。

此，他在行动中写下的笔记要求一种特殊的写作手法："总之这在我的作品中是全新的，"他在给莱里的信中写道，同时进一步点明了他的手法："我把秩序埋入内部，然后视情况删节或增补。"①

这位皇帝哲学家的态度，更操心其他的人而非荣华富贵，把自己奉献给了他的国家，而他其实更喜欢学习，这一点不能不让我们想到我们的抵抗者诗人。在《沉思录》引言中，马可·奥勒留的译者写道："马可·奥勒留并不好战。如果决定打仗，他自己却并无意于此，他毫无一点复仇精神，完全出于帝国的利益考虑……每一次，当他必须去战斗，马可·奥勒留都知道在战斗时带上一种高贵的勇气和不可遏制的能量。"②这条评注与《修普诺斯散记》中的一条断片产生了强烈的共鸣："我们清点了刽子手可能从我们身体的每一方寸上抽取的一切痛苦；然后心灵收紧，我们已经前去并与之直面。"在《唯一幸存的》（其中很多文本与《修普诺斯散记》写于同一时期，某些笔记还转移到了这本诗集之中）中，我们已经可以发现夏尔论述过当情势所迫收缩自我的必要性："人类处境的某些时期忍受着一种恶冰冷的侵袭……在这场飓风的中心，诗人将通过对自我的拒绝去补全其留言的意义……"于是，"我"在《形式分享》中几乎缺席，历史性的个人主体在"诗人"不定而非时间的身型后面被擦去。

从《最初的磨坊》到《形式分享》，一次关键转变得到了实施：在一种具体地存在于未完成与完成之间的张力中，一个放在超现实主义团体对立面的肯定性的"我"（"我不和猪开玩笑。"）转变为一个第三人称的与诗篇结成一对的"诗人"（这一用语在《形式分享》中重复了 26 次）。《最初的磨坊》中尖刻的反讽因为考虑到一种新的重力而被放弃。在《形式分享》中，诗人让我们看到"对立物令人激动的联姻"如何让诗篇抵达出乎意料之物。诗人并非毫无抗争，他穿过疲惫与泪水，他是从其矿物杂质中夺取"诗篇的血脉"的摆渡者，并将其引向时间得以绵延的皇家大道。他本人，在一个不稳定的处境中，"在无知与有知之间，在爱与虚无之间"，却被他所承载之物所承载，"每一天都在铺展他的康健"并传达给读者他从诗歌中获取的信心以及这份自我超越的欢乐。

① Lettre du 17 juillet 1945（Bibliothèque Jacques Doucet）；citée par Jean-Claude Mathieu, *La Poésie de René Char, op. cit.*, t. II, p.211.——作者原注
② Mario Meunier, *id.*, p.15.——作者原注

（附录）勒内·夏尔：《婚颜》，爱的颂歌与挥别超现实主义

《婚颜》既可以意指一首长诗，同时也代表着一套以这首长诗为中心组成其的五首诗作（《引领》《引力》《婚颜》《埃瓦德涅》《附言》）的整体。这一受瑞典女画家、特里斯唐·查拉前妻莱塔·克努特森①启发而成的爱情颂歌，1938 年 12 月 15 日由贝雷斯尼亚克印刷厂刊印，总计出版 115 册配有克努特森插画的非卖样书，又在 1945 年由克里斯蒂安·赛尔沃斯②刊登于他的《艺术手册》杂志，并最终收入同年伽利马出版社出版的诗集《唯一幸存的》之中。

这五首诗组成了一个情诗系列，从爱意初生直至情人分别。这一标题不止需要感谢莱塔·克努特森耀眼夺目的美，在 1938 至 1939 年间夏尔与她的爱情在一种婚姻般的融合中达到了顶点，同时也需要感谢这段恋情为诗人带来的全新力量，当时诗人正在从诗歌角度远离超现实主义而法兰西正在进入一个格外灰暗的历史时期（战争、溃败以及随之而来的国土沦丧）。

克努特森的人格在夏尔知性的形成过程中扮演了一个关键角色；事实上，借助她的老成，她广阔的文化积淀，她对数种古代及现代语言的精通以及她对欧洲（瑞典、德国、英国、俄国、法国）文学与哲学的兴趣，她将扩展夏尔的阅读领域：于是，她激发或者说重新激发了夏尔对尼采的认知，她本人可以通过德语阅读原著，而正是在 1938 年在夏尔一生中都自认对他无比重要的一本尼采著作《希腊悲剧时代的哲学》法译本发行出版；尤其重要的是，她让夏尔发现了一位在当时的法国依然默默无闻的伟大德国诗人荷尔德林，他将成为夏尔日后最重要的诗歌参照之一。借助她判断的独立性（她嘲讽超现实主义的争执与仪式，断定"安德烈·布勒东的专制令人无法忍受"），她坚定了夏尔的选择，后者正随着《婚颜》的写作显示出对超现实主义的疏远。这首关于爱情之狂喜的长诗使一个前所未有的激烈瞬间变得神圣而且不朽，并确认了一个他所深爱的女性决定性的积极影响："女人呼吸，男人保持直立。"曾经呼

① 特里斯唐·查拉（Tristan Tzara, 1896-1963），罗马尼亚诗人，达达主义运动创始人。莱塔·克努特森（Greta Knutson, 1899-1983），瑞典女艺术家，1925 年与特里斯唐·查拉成婚，1937 年与其分居，1942 年正式离异。与勒内·夏尔在 1938 至 1941 年前后曾发生过一段短暂而热烈的恋情。
② 克里斯蒂安·赛尔沃斯（Christian Zervos, 1889-1970），希腊艺术评论家，1926 年在法国创办《艺术手册》杂志，与法国艺术家过从甚密。他的妻子伊冯娜·赛尔沃斯（Yvonne Zervos, 1905-1970）被勒内·夏尔一生爱慕。

唤反抗的诗人撵走他心中的暴力并改变诗歌的节拍与词汇，以此去对温柔和完满加以表达："话语，对冲撞感到厌烦，纵酒在天使的月台。"

在一本送给莱塔的《婚颜》初版样书上，夏尔曾经加上了一个手写的副标题"唯一幸存的"以及这样一段献辞："莱塔／我曾把你的容颜背进我的心／我曾因感到自己永远自由地爱你而喜泣。／勒内／1938 年 12 月 20 日"[1]。

在夏尔本人眼中，1938 是转折的一年，在这一年他找到了自己真正的声音。莱塔·克努特森的身影将一直延伸到《唯一幸存的》中那些从 1938 直到 1941 年受其启发而作的诗篇里：《篾匠的伴侣》《青春》《日历》《减轻重负》《为了这里的一切至死不变》《狮子座流星雨》。注明日期为 1939 年 4 月 5 日的《磊落的对手》的手稿上包含着一句献辞"全部献给莱塔，勒内"[2]。1939 年与她在沃克吕兹乡间度过的夏天似乎开启了一个黄金时代，《青春》一诗可以透露这一点："歌声使流亡终止。"《为了这里的一切至死不变》一诗也同样具备这一爱的冲动，在那其中，心爱女性的面庞以及情人间非凡的融洽（"我爱你而你活在我身里。"）"驱散对干旱的忧思"并促进了夏尔的写作。所有这些文本令他童年的焦虑和启蒙时期的疑虑抽身退隐，并赞颂了这对情人与自然世界的联姻。

在一张方格纸手稿[3]上——写于 1938 年 6 月 25 日的一家巴黎小餐馆中——可以看到这对情人之间的诗歌唱和以及一段文本的诞生：莱塔·克努特森用以下几句诗开启了爱的歌曲：

> 你想要我给你一条由你被我捧在手心的脸开凿的
> 活泼河流明净的河床吗
> 你想知道你的手在我的双肩播撒的
> 群星究竟是什么模样吗
> ……
>
> 致勒内

而夏尔对她做出了回应，并与他的过去告别：

勒内·夏尔在其书柜中保存的 1933 年版《沉思录》，右上角是他的签名。（达·勒克莱尔摄）

① Texte reproduit dans le catalogue *René Char*, Antoine Coron (dir.), Paris, Bnf / Gallimard, 2007, p.57 (exemplaire de la Bibliothèque Jacques Doucet)——作者原注

② Ce manuscrit se trouve à la Bibliothèque Jacques Doucet, Paris. ——作者原注

③ Catalogue d'exposition *René Char. Paysages premiers* (collectif), L'Isle-sur-Sorgue, 2007, p.62—63.——作者原注

献给莱塔

现在消失吧，我的护卫，在距离中挺立，

数量的柔情刚刚毁灭。

与你们告别，我的盟友，我的暴烈，我的行迹。

……

我爱着。

在这里夏尔宣告了他通过与超现实主义保持距离而获得的全新自由。这一发于无心的对话成为了《婚颜》一诗的开头，其写作过程将一直持续到 1938 年 8 月的莫比克，这对情人在沃克吕兹隐居的小村庄。整章《婚颜》的五部文本都在感谢着这一呈献给诗人之恋情以及风景之辽阔的容颜，并歌唱着与感性世界重获的和睦与融洽，不久以后《埃瓦德涅》将回忆起这一切："夏季与我们的生命曾是同一种质地"。

受这一容颜启发而来的隐喻在散文诗中同样有其位置，聚集在《唯一幸存的》之前半部分：写于 1941 年 1 月的《狮子座流星雨》，也因此被夏尔定性为"婚礼诗篇"。由于 1939 年 9 月法国进入战争状态，诗人脱离了这一关于爱情的幸福作品系列，但他在阿尔萨斯的营房中依然能够感到自己被一种爱的感觉所充盈："美，我在寒冰的孤独中走向与你的相遇。"（《为了这里的一切至死不变》作于阿尔萨斯）他寄给莱塔·克努特森那些受她启发而作的诗篇。在所有这些文本中，她的容颜对于诗篇的诞生可谓不可或缺："我爱你被暴雨冲刷成泉的脸庞……"（《篾匠的伴侣》）；"青草上的水之花绕脸徘徊。"（《旧宅》）；"他俯身观察那精疲力竭的脸，只为长饮一份爱恋。"（《减轻重负》）；"响彻爱人脸上狂喜的绿色惊雷般的流水"（《勋章》）。

《婚颜》大量涂改过的手稿，显示出诗人体验着他那找到了真命天女的感觉。他曾不再奢望她的到来，这位与他无比相似的人。诗篇的最终版本赋予这位被爱的女性一种优势，正是她引导着诗人："而我与你如此相似，／借助天边那呼喊你姓名的花开稻草"。诗句的韵律加强着一种肉身的融洽——"你赤裸地向前走去，浑身

莱塔·库努特森画作《无题》。莱塔将该画作赠予夏尔，夏尔终其一生都将这幅画放在其卧房中。（达·勒克莱尔摄）

扎满肉刺，／隐秘，温和，无拘无束"——减轻负荷并朝着一次"重生"开放："这就是死去的流沙，这就是获救的身体"。

诗篇向这位"爱人"致敬，她把诗人从"黄沙中的耕作者们"（这一表述恰当展现了他们再也无法自我更新的写作方式的贫瘠）的诡计与幻影中彻底解放出来，而对于诗人来说超现实主义者却已经变成了这类人："我推倒遗迹"，他确认道。草稿中的记录显示出夏尔如何删去他那些不由自主地与超现实主义相连的成分：一些具有明显超现实主义习惯的字眼（例如"催眠"一词，被替换为"淳朴"[1]），一些过于抽象的词语，一些神话性的参照（例如《阿卡迪亚[2]》，《青春》最初的标题）都被替换为这样一些用词：它们把诗篇深深植入一片地域的现实性之中并将其投向人类具体的当下，扩展它的视野并使其引向一种新的引力："时光在不断把你啃噬时增长"（《引力》）。写于长诗《婚颜》之后三年的《埃瓦德涅》，通过它对未完成过去式的使用以及它那些扎根于普罗旺斯现实生活的隐喻，逐渐接近了《愤怒与神秘》中的某些诗篇（例如《盛景》），而从长诗《婚颜》向这些之后写下的作品的风格演变，可以更进一步看出夏尔所追寻的诗歌走向。

《婚颜》之后也给予了其他艺术家以启发：皮埃尔·布列兹[3]在1945年出版的《艺术手册》杂志中发现了这首作品并于1946年在其基础上创作了一首由人声与四种乐器合奏的乐曲；1952年，他重写了带管弦乐队的第二个版本。他曾说："我始终认为《婚颜》是勒内·夏尔最有力的作品之一……"[4]1963年，阿尔贝托·贾科梅蒂[5]用七幅彩色铅笔画为这部薄薄的诗集插图；1980年，《勒内·夏尔，二十世纪画家的插图手稿》大展在国家图书馆举办，并向1970年逝世的伊冯娜·赛尔沃斯——另一位夏尔深爱的关键女性——致敬，在展览中，这套插图手稿得到了展示；而贾科梅蒂绘制的沉睡女性肖像也随着时间变化从诗集的启发者莱塔通向伊冯娜这位让夏尔结识无数画家的人。

[1] 长诗《婚颜》定稿中："忠诚的淳朴延伸四野。"
[2] 阿卡迪亚：古希腊传说中的世外桃源。
[3] 皮埃尔·布列兹（Pierre Boulez，1925-2016），法国作曲家，他根据勒内·夏尔的多部诗作改编而成的乐曲成为了他在法国乐坛的成名作。
[4] Texte de Boulez cité sans date ni référence dans *René Char. Dans l'atelier du poète*, textes et documents réunis par Marie-Claude Char, Paris, Gallimard, coll. 《Quarto》, 1996, p.511.——作者原注
[5] 阿尔贝托·贾科梅蒂（Alberto Giacometti, 1901-1966），瑞士艺术家，勒内·夏尔之友。

继承与论争：《唯一幸存的》和超现实主义

[法] 奥利维耶·贝兰[①] 张 博 译

当勒内·夏尔 1945 年出版《唯一幸存的》之时，他在一些批评家眼中依然是其曾于 1929 到 1935 年间所参与的超现实主义运动的直接继承者。由此让·莫内罗在一篇 1945 年 9 月的文章中将《唯一幸存的》所包含的断片式美学与超现实主义为对抗日常语言而实践的暴力行动联系了起来："超现实主义诗歌从对事物的整体指涉摆向喉部的独特发音——勒内·夏尔则趋向指涉整体的一极。"[②]的确，即便不提那些遍布诗集中的诗意及主题上的回音，《唯一幸存的》中的写作也通过诗篇的爆裂或意象的冲击从超现实主义中保留了一种对于词语能量的坚定追寻。在更深入的层面上，那些日后支撑着夏尔作品的诸多价值也保持着超现实主义的几项主要方针：自由与反抗，爱与情欲，梦与奇异之物，以及对一种斗争所必需的希望的维持。为了在战争考验中捍卫被威胁的生命，这些超现实主义的武器都成为了这位抵抗诗人的使用对象。

不过，真正让夏尔的诗歌从超现实主义的影响中得到解放的也正是这一历史背景。《唯一幸存的》以一种原创方式重新定位了超现实主义的遗产，以此去创造一部与历史悲剧高度相当的作品，这一原创方式便解释了夏尔何以能够具有新一代诗人的声名。他强有力地参与了抵抗纳粹的武装介入，具备充分的理由被称作一位抵抗运动诗人；这也是路易·阿拉贡——脱离运动的前超现实主义

① 奥利维耶·贝兰 (Olivier Belin)，法国塞尔奇—蓬图瓦兹大学副教授，出版专著《勒内·夏尔与超现实主义》并参与写作《勒内·夏尔词典》，法国勒内·夏尔研究界知名学者，本文是作者应译者之约专为《当代国际诗坛》而作，其中部分段落摘自《勒内·夏尔与超现实主义》。

② Jean Monnerot, 《Violence au langage》, article paru dans *Volontés* le 12 septembre 1945. ——作者原注

者——在其出版于 1946 年七月和十一月的《雅歌志》中对夏尔的敬礼。《唯一幸存的》，在这一意义上，不再属于超现实主义运动，确认了夏尔自 1935 年远离安德烈 · 布勒东之后为了更好地寻找如何恢复诗歌与现实之间的联系所走出的诗歌轨迹。事实上，《唯一幸存的》也是夏尔与超现实主义运动的争论场地，是一个批评性的总结，意在探求如何在超现实主义的供给与缺失之间做出拣选。这一争论，主要集中于处理这一话题的《形式分享》，它也同时着手检视了一系列超现实主义的基本准则，例如梦的无限权利或者将对立物协调一致的欲望。拙文的目的即在于阐明《形式分享》与超现实主义之间的对话何以令夏尔得以对诗歌的迫切需求建立他本人的根本看法。

先决的框架：诗歌内部的"矛盾"

《形式分享》通过一种对话与超现实主义相抗衡，这一对话面向诗歌的定义本身，目的在于探讨"矛盾"这一哲学问题。在这方面，第十七条提议无疑以最具决定性的方式总结了"矛盾"在创作过程中所扮演的角色。首先，夏尔寻求古希腊哲学家赫拉克利特——这位夏尔在参与超现实主义运动时所发现的哲人——的庇护："赫拉克利特强调了对立物令人激动的联姻。他在其中首先看到了和谐产生的完美条件和必备动机。"而将这一提议与超现实主义思想相区隔的，是其对于"和谐"悖论性的看法：不是某种布勒东从黑格尔处觅得范例的调和一致的合题或解决办法，而是根据对赫拉克利特尼采式的解读而产生的一种充满张力的力量之间的联系。正是这一对于"和谐"的双重构想赋予夏尔能动性与上升之力，"令人激动的"（exaltante）这一形容词富含其拉丁词根"exaltare"（上升）的原初涵义。

在美学方面，夏尔认定如若缺乏对对立物的尊重将导致诗人无可挽回地走向失败，而诗人的任务恰恰在于避免"联姻"（在其中对立物并未消失而是通过斗争并在斗争中得以维持）降格为单纯的"融合"，后者将使所涉项的身份消失："在诗歌领域当这些对立物相互融合，时而会涌现一种没有明确起因的冲击，在这其中令事物溶解的孤独行动激发了深渊的滑动，这一条条深渊以极其反物理的方式承载着诗篇。"于是"诗歌的物理学"（按照保尔·艾吕雅的一个表述）浮现出来，其全部关键便在于不要威胁那以矛盾的方式承载诗篇的对立运动之间脆弱的平衡。通过这一写作技艺，诗人"得以真正看到对立物——这些纷繁的局部幻景——结出硕果，看到它们内在的谱系**人格化**，诗与真，正如我们所知，始终是一对同义词"：这就是说，相比搭配或混合方面的规则，诗篇更应通过其作为一个充满张力和对抗的场域这一特性而加以定义。借助这一提议，夏尔提出了一整套关于对立物之和睦的伦理准则，迂回地指向了超现实主义的势力范围。

在诗学方面，夏尔提出在创作时想象之物与伦理准则要建立在一种根本原则之上：必须超越凝固的二律背反的静止状态，不是通过某种由超现实主义所代表的人工调和的恩惠，而是通过一种在诗篇时空内被充分调动起来的对立物之间收益丰厚的战斗。夏尔十分擅长于这一辩证法，他将把它运用于他从超现实主义所继承的财富之中，绝不约束运动所具备的价值，而是根据其自身的能力去对抗其他相反的价值。

夏尔在布斯科拉家中（1980），1978年春天以后，夏尔离开了巴黎，至临终前一直住在这里

自由与爱：与超现实主义进行共享的价值

从超现实主义中，《形式分享》也保留了一些诗歌的伦理准则不可退让的诗学原则，首先就是一种创作中绝对而完整的自由，这一写作的真实性所必须的条件。正是为了保护这一根本的自主性，第三十三条提议命令诗人要防止"对某些能够异化诗歌中自由之奇迹的事业产生同感，换句话就是警惕生活中的机巧"，提前否认了一切党派诗歌的观念，在这个时代，这类诗歌在合法或非法刊物上繁荣昌盛。同样的，第三十一条提议拒绝让诗歌"延期穿上甲胄"，与此同时相比那一时期盛行的爱国战争歌谣更偏爱一种"用她芦苇与砾石的双脚赤裸地向前走去"的话语，并且"没有听任自己在任

何地方遭到缩减"。

这一从超现实主义继承而来的独立欲望引领夏尔去罢黜一切仅仅出于意识形态或战斗命令而引发的诗歌事业：诗人的战斗首先要通过一种语言的颠覆，故而"他不能混淆边界的繁忙景象与革命性的远景"。这就是为何在第五十一条提议中，当它描述了第二次世界大战期间降临在人类历史上的骇人堕落（"人类处境的某些时期忍受着某种恶冰冷的侵袭，这种恶在人类天性最败坏处寻得依靠"），它催促诗人去表达他的反抗，并非通过其话语，而是通过其沉默，为斗争中真实的介入做好准备（"诗人将通过对自我的拒绝去补全其留言的意义，然后加入这样一群人，他们剥夺了苦难合法性的面罩，正在确保那固执的脚夫，正义之摆渡者的永恒回归"）。

正如超现实主义的反抗在这一拒绝态度中找到了它的延伸，对爱和欲望的颂扬也贯穿于这些未对诗歌与情欲加以分隔的箴言之中——这一同化现象由第三十条箴言做出了典范性说明（"诗篇是由依然延续为欲望的欲望所实现的爱"）同时由第二十三条断片加以暗示并在书面上借助"井"这一意象把欲望扩展为灵感的源泉："我是诗人，枯井的搬运工，而你的远方，哦我的爱人，供应着食粮"。

夏尔并不满足于把诗与情欲结为一体，他进一步赋予女性形象一个有益的中介角色，重新找回了缪斯的传统意象尤其是超现实主义理想中的仙—女或灵—女。因此第五十四条箴言为我们展现了"诗人从自身的深渊中提取厄运，随同他身旁的**女子**一起探寻稀世的葡萄"。这一灵感与情欲间的同化逻辑在《形式分享》的主题中得到了一定程度的内化，第四十五条断片由此把诗人等同于"一对形式组合"，等同于一个"向情人借得空虚，向爱人取得光芒"的双重性生灵。通过把女性形象打造成一种具有修复再生能力的存在，第三十一条笔记把诗歌界定为一个"女人"，她的嘴唇提供可供亲吻的"疯狂时光"并唱出一首调解人式的歌："与天顶的蟋蟀并肩而立，她歌唱冬夜，在破旧的面包店里，在光之面包的芯中"。一个类似的场景出现在《敬意与饥馑》——《前世界》中1943年一月夏尔为他热恋中的诗人朋友吉贝尔·莱里所作的一首诗里。这一文本赞美了与"诗人之口和谐一致的女子"并将其与预告光明和话语下一次重生的"蟋蟀"的夜歌加以联合。《敬意与饥馑》也紧密重现了超现实主义的诸多价值：不仅给予女性作为宇宙能量中介的职能（"于花粉中安睡的**女子**，在他的傲气之上放置你无限灵媒的冰花"），同时将其连缀起巴黎这座完美的相遇之都中的记忆（"巴黎的一方方土地，美之脏腑，我的火焰在你飞逃的裙摆下升起"）。

从《唯一幸存的》整部诗集的比重上看，无疑这一赋予女性富于魔力的在场状态的特权显示出超现实主义对夏尔最明显的贡献。奇异之物的化身，偶然间擦身而过的陌生女子，由此伴随《与风告别》出现在我们眼前，揭示出美的持久性，不顾《概述》中所透露的"窒息"。因为透过这次与一位身具神性（"对她开口说话将是一种亵渎"）的少女"无比芬芳的相遇"，重现了安德烈·布勒东出版于1928年的超现实主义代表之作《娜迦》中"令人惊愕的巧合"："也许你将有幸在她的双唇上认出**夜神**湿润的幻想？"回应着布勒东的夏尔提问道。梦想之夜令人渴望的中介者如圣宠般浮现，这位仙—女更新了相遇之奇迹，不再如布勒东的娜迦般偶然出现在巴黎街头，而是在普罗旺斯田野的一条回程路上。

与超现实主义的想象之物达成和解，全新的夏娃式女性形象，灵媒与启蒙者，在战争背景中享有一种更加重要的意义增值，因为她被数篇诗作升格为面对当代野蛮现实的补偿性神话与希望寓言。《减轻重负》以神话方式赞美了"厄瑞涅忠实的涵义"：厄瑞涅这个名字也许来自夏尔1937到1938年间与比利时超现实主义女作家伊莱娜·阿玛尔亲密关系的记忆，但在词源上则特别唤起了古希腊和平女神的名讳。厄瑞涅，仿佛一位新的缪斯，站在一条有益身心的源泉近旁："美曾从它那任性的紧缚中奔涌而出，把玫瑰带给喷泉"。接着，在《宽厚的力量》中，"太阳的黑水之心"侵略性的敌意现身遇到了唯一的对位主题"欲望如此沉重的漂泊不定的巨型水轮"以及爱之磨坊。更加明确的，在《狮子座流星雨》中"我那为了抵达与当下相遇而被造就的妻子"置身于生命与"节日的豁免"一侧。同样，《为了这一切无一改变》用女性令人宽慰的现身（"哦，**忠实的伴侣**"）、欲望（"我们的欲望在游向大海的心脏之前已脱下它火热的长袍"）以及爱（"我爱你而你活在我身里"）对抗着一系列指向一个被现实毒害的主体之苦难的笔录（"碎片的总量将我撕裂"，"我，被俘之人，已迎娶那正欲征服永恒之石的常青藤的慢舞"）。

因此夏尔继续与超现实主义共享对于那些照亮一切并传授一切的女性令人激动的看法。也正是这一理想形象可以让我们连通夏尔对于乔治·德·拉图尔笔下的女主人公所进行的阐释，照亮"囚犯"的女性或者在黑暗中带来微弱烛火的"小夜灯下的马利亚"。由此《唯一幸存的》中的诸多文本把重新激活世界的能力给予女性与爱。通过《水晶之穗》，"欲望的炼金术"因其将一对伴侣在"这个清晨的世界"本质性的"天赋"中加以联合的能力而得到赞美。同样，《引领》的结尾称颂了"爱人""守护一切的炼金术"，以及《埃瓦德涅》唤起了一对情侣与一个专属于他们的宇宙空间之间的关联（"夏季与我们的生命曾是同一种质地"）。

曼雷摄超现实主义者群体（1905年4月17日）

童年，梦境，想象之物：对超现实主义加以修正的价值

如果说《形式分享》保存了爱与自由，夏尔从超现实主义诗歌中留下的其他价值则通过一种能令其保持多产的对位主题得到了修正。关于"童年"的案例就是如此，这一专属的起源形象能够让诗歌在一种本真能量的源泉中重新淬炼，但《形式分享》则将其对照于一种成年状态，后者代表了对于反思意识必不可少的严厉："属于雨季的成人与属于晴天的孩子，你们的失败与进步之手对我而言都同样必要。"夏尔超现实主义运动后期的作品曾见证过童年的魔力，现在他接续了一种青春与衰老间的二元性，"在无知与有知之间"，只有它允许诗人"铺展他的康健"。这一偏振现象也触及了"奇异之物"，第三十五条箴言增添了一种严厉反思的必要性（"区分努力、奇异、严厉与洪灾的九头蛇"）。以一种更为精妙的方式，第四十七条提议在奇异之物内部辨识出"两类可能性：**白昼**的可能性与**违禁**的可能性"的存在。不过，既然超现实主义者已经恢复了这一"违禁的可能性"之权利，打破了理性的限制并探索了无意识的深度，就像夏尔本人在《无主之锤》这部1934年的超现实主义

诗集里所做的那样，从此以后重要的是如何恢复那些包含在日常生活中的奇异之物的权利，以便能够开启"最高层级的可理解性——充满魅力的不可能之物的皇家大道"。

对超现实主义观点的反转也同样体现在个体之声对于集体诗歌的优先权上。超现实主义的动力就在于透过复数个体的共同见证（自动写作等等）去发现普世的心理真相所包含的诸种元素，而与此相反《形式分享》把个体性打造为诗歌本真性的基本准则。因此第八条箴言，在乞灵于"一种由所有人共同享有的奇迹和谐的威望"之后，出于对"完成直至孤独，直至神谕"的"个体的命运"的收益挪用了超现实的集体宝藏。在确认这一由普遍迈向独一的运动之后，第二十一条提议设置了诗歌训练的先决条件"事物全体性的交流沟通与自由布局，在二者之间穿过我们"，以此让我们得以"获取我们独创的形式与可堪检验的特性"：自从产生了一种把世界视为通感网络的看法以来，人们可以在其中连缀客体与主体，并从超现实主义的角度让外在的偶然性与内在的自由相互会和，夏尔则为主体的身份与意识的区分盖棺定论。

在以成年修正童年，以严厉修正奇异，以个体真理修正集体诗歌之后，夏尔推进了对于梦境领域的价值重估。第七条箴言清楚地论述了用意识与现实的平衡力量去对抗梦之宝藏的必要性，这一持续性的处理办法看来是为了抵达一种多产的认知而逃离超理性认知幻觉的唯一手段："诗人必须在守夜的有形世界与睡眠可怕的轻松之间保持平衡"。而在《形式分享》的所有文本中，第二十二条提议最明确地陈述了夏尔对于梦境的立场，并在行文中提供了一个与超现实主义直接对话的独特事例。

1944年胜利时刻，夏尔在塞莱斯特居民们中间

第二十二条提议的第一段对梦幻能力做出了批评性总结，依托一个"成年时"（对于夏尔而言就是二十二岁加入超现实主义之时）主体的个人经验，他在梦想中发现了一种专属的越狱手段（"一把愈加赤裸的云梯"），一种无可比拟的抽拔力量（"被赋予一种独特的萃取能力"），但也同时是一种对于死亡之界限的危险勘察（"在分隔生死的墙壁上"）。不过如果说夏尔因此认识到梦之宝藏的价值，这却是为了指出它并不能得到积攒："它的踏板，从某一处进

展开始，不再支撑积攒睡眠的平滑储户"，这些醉心于无意识之财富的超现实主义者是平滑的，因为他们缺少现实的支撑点。一旦揭示了梦的界限，两种解决办法随即出现。其一，超现实主义的解法，等于去刻意人工地尝试重现梦的状态，这一企图在夏尔看来只是一种极小的业绩：它被描述为"被人为注入的思想深度的杂乱空缺，其中的混乱形象为一些充满天赋但无力估量剧本普遍性之人的审判庭充当场地"。另一个选项则在于"生活"，不是在日常的平庸中，而是"在一种充满寓意的严酷苦修形式下"瞄准"对非凡能力的征服，我们感到已被这些能力充分贯穿但却只能不完整地表达自己对于正直、对于严厉的判断力以及对于恒心的缺乏"。面对一种只能以混乱告终的梦之颠覆的诡计，夏尔替换以一种生活的守则，在现实内部寻找这些超现实主义者试图在梦中独占的神奇力量的启示。

无意识的宝藏必须被归还给他们自己的生活，以此在一个更为深刻的谜语上去重建诗歌，这就是这部文本的结论所取得的教益，对诗人加以质询，他们的声音恰好凿穿已逝的超现实主义与无处不在的审查导致的寂静："话不成声的悲怆同伴，请你们拿走熄灭的灯并交还珍宝。一种全新的奥秘在你们的骨骼中歌唱。请发展你们正当的奇思。"抛弃布勒东所谓"隐藏地点中的系统性灵感"，不再作为那些试图从精神深处拔出超现实之金的"睡眠储户"中的一员，去发现一种对于奇特之物的动机与必须，以此避免陷入无意义，这就是抵达这一从此被歌声而非布勒东所谓"思想的口述"所表现的内在奥秘的必要条件。

在生活中而非继续在梦境中对意义加以寻找，通过赋予这一寻找过程以价值夏尔得以重新定义超现实主义在想象之物与现实世界之间建立的关系。在《形式分享》的首节中，诗人就注意到"想象力借助欲望富于魔力和颠覆性的力量，致力于把一些不完整的人从实际生活中逐离，以此在一种完全令人满意的出场形式下收获他们的回归。"夏尔首先强调了想象力中的暴力因素，并为其保留了一种颠覆能力，它曾引导夏尔在《阿尔婷》（出版于1930年，夏尔超现实主义时期的中心）中去杀死他的模特以此让这位模特能够抵达写作的超时空领域。然而这种初始的暴力不可割裂于一种"回归"、一种修复及重组行动，把不完美的、经验论的实际生活替换为"无法熄灭的永存的现实"，一种对立于失败世界的超现实形态。现实通过想象之物发生的嬗变，在兰波及超现实主义者们所践行的词语炼金术谱系中，保存了一种破坏力，但也能够具备一种生育与再创造作用，正如第九条提议所强调的："通过被宣告的传统，行动对抗现实，那假象与微缩"。

想象力中否定与创世二合一的力量要求为其规定一种适当的用途。但如果说对想象力的道德义务加以对焦显得如此紧迫，则主要是因为出现了人类历史中侵略性的恶。《形式共享》的最后一节以一种尖锐的方式提出了想象之物在政治暴力下堕落的危险。文本的第一句话确认了，在这个战争年代，是行动者掌握着将现实魔法变型的钥匙："这个人，从里到外反抗着那入骨的贪婪嘴脸令他熟知的恶，他无疑有责任去把传说的事件转化为历史。"因此想象之物的实现被托付给一个沉浸在恐怖时代中的人，这样的境况足以让"这些把真实的生灵们消灭在我们幻想出的连绵人影中的热忱屠夫"也就是诗人们产生忧虑。尽管有在悲痛中"一切重新开始运行"的确信，主体却只能在想象力（已被托付于与敌人殊死搏斗的介入者手中）"间接的魔法"与"欺诈"面前自我拷问，求助于一个假定的未来，"带着诗无边的展望逃向他的同类"。

当夏尔逐渐疏远超现实主义，他并未放弃寻找一种能够令现实新生的诗歌炼金术。但相比对一种已被历史暴力所威胁的现实所进行的抗议，《形式分享》中"炼金术"的价值更多来自于它对经由想象之物而得到净化与嬗变的现实加以颂扬的能力。因此在夏尔看来诗篇拥有一片赋予生灵的专属领地。而诗篇也与生灵相互结合："诗篇始终与某人成婚"。关键在于写作必须对生命本身发生作用，这生命由血液作为其最好的象征，正如第四十三条箴言所见证的，把诗篇视作一面"血染的百叶窗"，在它后面"某种力量的尖啸在燃烧，这种力量只会摧毁它自己因为它厌恶暴力，它主观而贫瘠的姐妹"。收容正在生命中发生作用的肥沃力量，以此将其区分于在历史中被释放的贫瘠力量，这便是在特殊历史语境压力下规定给诗歌的全新任务，这一历史语境要求夏尔重建他对诗歌的迫切需求，并从超现实主义经验中对其做出拣选。

勒内·夏尔的抵抗 *

[法] 让－米歇尔·莫尔普瓦　张　博 译

夏尔（1940）

* Jean－Michel Maulpoix, *Résistance de René Char, in René Char en son siècle*, Étude réunies par Didier Alexandre, Michel Collot, Jean－Claude Mathieu, Michel Murat et Patrick Née, Éditions classiques Garnier, 2009, pp.299—308
① 几篇文章中所有涉及勒内·夏尔诗歌的引文均由译者按照 1983 年《七星文库》版全集重新标注页码，OC579 即全集第 579 页。René Char, *Œuvres complètes*, introduction de Jean Roudaut, Bibliothèque de la Pléiade, Paris, Gallimard, 1983

钢盔诗人，《法兰西文学》，子夜出版社，解放手册，《永恒杂志》《汇合》《泉水》，自由射手之歌……在第二次世界大战期间，介入诗在法国获得了繁荣的发展。实际上那时有许多出版社和杂志在发表战斗诗篇，印刷量有时能达到五千份之多。路易·阿拉贡（Louis Aragon）、皮埃尔·埃玛纽埃尔（Pierre Emmanuel）、卢瓦·马松（Loÿs Masson）、让·凯洛尔（Jean Cayrol）、马克思－坡·富歇（Max–Pol Fouchet）、安德烈·弗雷诺（André Frénaud）、皮埃尔·塞格尔（Pierre Seghers）、保尔·艾吕雅（Paul éluard）、克劳德·鲁瓦（Claude Roy）、阿兰·博尔内（Alain Borne）、皮埃尔·让·茹弗（Pierre Jean Jouve）、让·塔尔迪厄（Jean Tardieu）等等作家为这些杂志提供他们的作品片段。但在这一长串人名列表中唯独少了一个名字：勒内·夏尔。他当时正在为别的事情奔忙：手执武器，在普罗旺斯的游击队中，进行着真正的战斗。"不要煽动词语去投身大众政治"（OC579①），日后他在《沉睡之窗与屋顶之门》中如此宣告。

夏尔选择在被占领期间不发表一行文字。在 1938 年 12 月出版的《婚颜》与 1945 年 2 月伽利玛出版社发行的《唯一的幸存者》之间，没有任何出版物。从 1939 年到 1944 年，他的作品片段也没有在任何杂志上发表。一直要等到 1946 年《修普诺斯诗稿》方才公之于众，而其他一些出自战争笔记的文本面世则要等到1955年，在《寻找谷底与顶峰》之中。

夏尔1941年在一封《致弗朗西斯·居雷尔的短笺》中解释了他的立场：

> 我不希望在某本杂志上发表我寄给你的这些诗作。这些诗作所出自的那部诗集也许可以叫做《唯一的幸存者》，尽管我在写作过程中身处逆境。但我必须和你再次强调它们都还未曾发表，而且一直不会发表，除非发生些什么去彻底扭转我们深陷其中的这个令人发指的处境。我身上的一部分理性曾经被一种相当难以置信和可憎的暴露癖所支配，1940年6月之后这种暴露癖在很多知识分子身上表现出来，包括一些曾经具有积极声望的名字，人们对他们的可靠性深信不疑，认为在厄运来临之前他们一定不难提前预料。(OC649)

夏尔在塞莱斯特地区游击队期间（1943）

抵抗者，换言之“被解职的士兵”，身处游击队中的夏尔不再是一位作家。他改名换姓。从此他被人称为“亚历山大上尉”，并且成为了他所说的“高高的荆棘幕布”背后“被割断舌头的演员，没有明确身份的演员”（OC649）中的一员。沉默寡言，或者是职责所需的缄默无言。1945年，本雅明·佩雷（Benjamin Péret）在一本题为《诗人的耻辱》的论战册子中严厉宣告，没有任何一首纳粹占领时期在巴黎秘密发行的诗歌“超越了药品广告的抒情水准”[①]。不存在一个像《惩罚集》的作者那样让他期待的人！本雅明·佩雷愤怒地反对一切教理问答的形式，无论是教权的还是其他种类的，指责各类陈词滥调和抒情连祷这些被阿拉贡和艾吕雅自以为能够用来修复民族旗帜的东西。他猛烈地攻击他眼中那些把诗歌工具化的人，或者那些把诗歌溺死在善良的感情中从而使诗歌枯萎的人。在夏尔笔下没有刺绣织物也没有陈词滥调。没有任何对他在成长时期获得的抒情模具的滥用，没有任何为了迎合双耳而作的齐整韵律。就像乔治·穆南[②]写的那样，“夏尔本人就是第一位的格律。他诗作的首句——尤其是游击队员时期的作品——都意味着一

① Benjamin Péret, *Le déshonneur des poètes*, Jean-Jacques Pauvert, 1965, p.82

② 乔治·穆南（Georges Mounin, 1910-1993），法国语言学家，夏尔年轻时的友人，抵抗运动期间曾得到夏尔的帮助，1946年在伽利马出版社发表专著《你读过夏尔吗？》。

种开放，一种音质的完满，就像在音乐会上，你一下子就收获了感动。"①在战争时代令人压抑的背景下，夏尔并没有回归押韵或者亚历山大体；他没有去寻找"人民的"声调；他没有使诗服从于修辞也没有采用间奏曲与悲伤民歌的简单节奏。他既没有牺牲密度也没有牺牲速度。更精彩的是，他把他的话语变得更加强硬，把它培养地更加非凡，就像人们在火中硬化处理一把宝剑，使其变得更加牢固，更加坚韧，更具攻击性。

把以上内容简单总结一下就是：勒内·夏尔具有双重的抵抗性：通过其书写风格的严厉，就像通过他在游击队员身边实际的行动。在诗中如同在战斗中，行动带起速度，禁止絮叨，讲求效率。行动与诗分享着同一个游击队基地，与同一片风景连成一体，接触同样的人，拥有同样的盟友，怀着同样的愿景并分担同样的忧心，尽管其中一个相比另一个更受制于那些能够被具体测定的结果。

勒内·夏尔在战场上的行动已经被评述了无数次，在此不再赘言。他手执武器，1942 年以上尉军衔加入法兰西战斗组织，在下阿尔卑斯地区指挥负责空投着陆分部。正是在那里，在游击队中，作为一群缺少制服、军规以及战争磨炼的同伴们的领袖，"与寥寥数人的勇气结合在一起"（OC429），包括"被抛弃的人"或"早熟的冒险者"，他决定性地选择了愤怒：从此以后，他将始终追随"抵抗之云"（OC8），这个 1927 年开启其第一部诗集《军火库》的表达。相比于唤起见证，对我而言这其中更重要的是书写与行动以何种方式结成了同一种抵抗。

有一部文本将这两个维度紧密地联系在了一起，那就是题献给阿尔贝·加缪（Albert Camus）的《修普诺斯诗稿》，写于 1943 到 1944 年间。这部诗稿作于游击战期间，由一位对反抗行动不可或缺之人写下，几乎完全再现了诗人作为游击队员所能提供的写作时间："我不能再长久缺席"（OC182），他解释道。箴言、命令、粗略的笔记、简短的记叙，这是在战斗边上写就的一部由简练诗稿组成的小书，一部关于战争的心理与道德记事，夏尔这样介绍道：

> 这些笔记没有从自爱、从新闻、从格言或从小说中
> 借用任何东西。干草燃起的火焰也可以成为它的编写者。

① Georges Mounin, *La Communication poétique*, précédé de *Avez-vous lu Char ?*, Gallimard, 1969，p.150

目睹受刑者的鲜血曾经一度令它思路中断，使它的重要性化为乌有。（……）

这本册页也许不曾属于任何人，一个人生命的意义被其奔波跋涉所掩盖，而且难以从一种时而令人迷惑的摹仿中区分出来。虽然如此，这些倾向最终都被克服了。

这些笔记表明了一种人文主义的抵抗，这种人文主义对其责任意识清醒，对其德行出言谨慎，希望为其阳光的奇想保留一块难以接近的自由领地，并下定决心为此付出代价。(OC173)

从这篇卷首文章开始，即使读者已经准备好去阅读一份出自游击队员衣袋的手记，抵抗却已经在此超出了历史的界限，使自己走得比一时一地的情势更远，直到一种完全内在的反抗原则，在那其中对生存的忠贞从最深沉的渴望里表现了出来。事实上，夏尔式反抗的核心不在于对抗某些敌手或者某种界定清晰的压迫力（就像那些战争期间显而易见的情况），而在于对一整套内在的抵抗机制加以重视，无论是被动承受还是主动选择，历史决定还是铭刻在人类的本性之中。诗第一位要挺身反抗的就是人性潜伏的虚弱。因为"最坏的东西就在每个人心中，在猎人身上，他的肋骨里面。(OC248)

让我们从这个角度观察一下，在占领时期以及战斗岁月中，当夏尔全部的精力都集中在当下的行动中时，他也不断地预感着战后可能发生的危险。在《修普诺斯诗稿》的第七个断片中，他写道：

这场战争将一直延续到柏拉图式的停战之后。政治思想的植入将继续自相矛盾地延续，在痉挛中，在一种自信于其正当性的伪善名义下。不要笑。远离怀疑主义与屈从，让你有死的灵魂做好准备，在城墙内迎击那些天赋近似于细菌的寒冰魔鬼。(OC176)

夏尔不缺少机会去严肃警告那些复仇之灵、卑劣之行以及天良的丧失、友爱的忘却和爱国军号的喧嚣：他警告所有那些会对重获自由的人类产生威胁的东西，包括届时随之而来的清算旧账、滥发荣誉的时刻。他满怀忧虑地指出不可见的敌人，这些敌人产生威胁而且具有不同于敌军士兵的危害，因为他们能够掩饰自身的意图并且懂得如何"利用我们的轻佻和有罪的遗忘"（OC637）而繁荣兴旺。从那时起勒内·夏尔作品所提出的核心问题便可以被概括为：如何保持直立？如何逃离窒息？在哪里以及怎样才能不去忍受"断裂、冷酷和垂危"（OC443）？其诗歌作品中所勾画的人类形象是一个内心紧绷、开裂、痛苦并被矛盾束缚的生灵，狂热地寻求如何恢复呼吸，抚平干渴。这个生灵既充满渴望又保持清醒。他没有转身背离现实，而是坚持复述着现实中的险途、死路、严酷和破败："他理解得越多，忍受得越多。他知道得越多，被撕裂得越多。但他的清醒一定相称于他的悲伤，他的坚韧相称于他的绝望。"（OC465）这个生灵呼唤并焚烧，就像法国南部四月干燥的密斯托拉风：

> 四月的密斯托拉风引起痛苦，不像其他任何一种朔风。它不去毁灭，它折磨。在广阔的地层上，当叶片生长，生命温柔的显现遭受损伤。残酷的风，春的恩赐。本应宣告春日来临的夜莺沉默了。太多的枪炮声曾猛击黑夜！和平。旋即猫头鹰在黑色的桑树深处飞起。（OC499）

1929 年，在一封写给保尔·艾吕雅的信中，勒内·夏尔把写作定义为一种"溺水者的呼吸"。这说明抵抗在很久以前就已经彻底铭刻在了他的精神世界之中。它时而是一种性格（由愤怒与充满战斗性的热忱所构成），时而是一种信念、一种责任，一种选择。它既是一种一致性原则、充满活力的凝聚力、生命要素公开的汇集，同时也是一种使他物解体的能量：它既能联合也能把一切打得粉碎。它破坏，但却使用"婚礼的工具"，去重新分发，重新配置，另行连接，根据新的情况把一切再次紧握在一起，甚至包括那些在历史性现实中已经耗尽其凝聚力的东西。我们完全可以说这种抵抗是充满爱意的。欲望也是它的原则。或许我们可以重拾夏尔本人关于诗的言辞："爱是它的居所，不屈是它的律令"[①]。

爱的原则依靠能量维持、定向和滋养。但它也同时是消耗、焚烧、占有和剥夺，把对立的事物紧密结合起来从而制造生命。也正是从这一燃烧原则中可以认出夏尔式的抵抗所遵循的中心义务：捍

① 此处引文为误用，这句话的真正作者是圣-琼·佩斯，出自其 1960 年 12 月 10 日的诺贝尔演讲词。Saint-John Perse, Œuvres complètes, Gallimard, Bibliothèque de la Pléiade, 1982, P.445

卫并为生命增值，去反抗那些对其具有摧毁威胁的否定性力量。夏尔以他全部的力量抵抗对虚无与荒诞的渴望。当战争结束时，他拒绝任自己卷入惩罚的旋涡。他不是那种追捕女巫的人。要义在别处。重点在于"以最快的速度把他的才华交还给身处相对性中的人类生命奇迹"（OC638）。抵抗精神从此刻开始泛化为构成这一领域的所有元素。从草丛中鸣叫的蟋蟀直到乔治·德·拉图尔（Georges de La Tour）《守夜的玛德莱娜》中黑牢深处瘦骨嶙峋的男子身旁一位女子手执的"致密如白昼之根的蜡烛"（OC276），夏尔在他身边一直保留着这张画作的复制品。

夏尔纪念邮票

抵抗来自于野外灌木丛的精神，这种精神热爱着索尔格河边的漫游，并一直延续到游击队撤退过程中"对抗恐怖"的经验，不仅保护着抵抗者，将他们隐蔽在其藏身处中，而且传递给他们一种与自然所孕育的能量紧密相连的力量。它在普罗旺斯可以被有选择性地辨别出来，也就是那遍布石块的干燥风景。正是在这个"岩石巢穴"里诗人收获了他关于坚韧最初的教益。在《早起者》中的一首诗《愿它长存》中，勒内·夏尔写道："在我的故土，春天温柔的见证与衣衫褴褛的群鸟都偏爱远方的目的地"（OC305）。夏尔的故土是一个伦理性的国度，包含教益、忠告、指导、命令与原则。"对抗坟墓"（OC305）同样是他的职责所在。

人类与大地一同战斗，在大地上也为了大地。大地是人类最可靠的盟友：

> 对抗恐怖的就是这座渐渐起雾的山谷，是树叶转瞬即逝的昏睡引信般的沙沙声响，是这分布均匀的重量，是在夜晚温柔的树皮上划下千道线条的动物与昆虫和缓的移动，是这被爱抚的面庞酒窝上的苜蓿种子，是这决不会成为火灾的月光大火，是这意图不为人知的微小明天，是微笑着合拢的色彩鲜艳的半身雕像，是几步之外蹲坐的临时同伴投下的身影，他在思考他的皮带快折断了……恶魔与我们约定的时间地点还有什么大不了！（OC209）

这种抵抗也通过一些沉默而固执的形象得到滋养和支援：村

民、牧羊人、农民、渔夫、流浪汉或者偷猎者，他们都在与自然世界联系紧密的智慧中生活，并且常常使用借自地名的姓氏，我们可以说他们以各自的方式成为了王子，就像路易·居雷尔·德·拉·索尔格（Louis Curel de la Sorgue，字面意为"索尔格的路易·居雷尔"）。这些"透明的人"本身便是由抵抗构成的，不仅仅因为其中一些人加入了影子部队，更重要的是他们每个人都代表着并且试图去捍卫一个从历史中逃脱的慷慨世界，这个世界今天正受到灭绝威胁，就像与自然的联姻正在受到灭绝威胁。这些"透明的人"不仅组建了一支无名军人的秘密部队，在他们身边还有许多远方的战士，虽然时不时会消失很长一段时间，但依然在点亮他们修普诺斯之夜的火炬。这些"主要的盟友"是思想家、画家、喜爱的诗人，第一位的便是"诗人兰波"（OC727），他"用他石砌的背脊反对文学活动以及那些帕尔纳斯派长者的存在"（OC728）：

> 你走得好，阿尔蒂尔·兰波！十八岁的你不服从友情，不服从敌意，不服从巴黎诗人的愚蠢，不服从你那有些发昏的阿登家庭贫乏的蜂鸣，你做得好，把这一切抛向海风，掷在他们架设过早的断头刀下。你有理由放弃布满懒汉的林荫大道，蹩脚诗人的小咖啡馆，为了牲畜的地狱，为了狡黠者的生意与天真汉的问候。（OC275）

兰波是绝不妥协者的典范。他没有成为一个"坐着"的人。他从未停止前行，而前行就是"重振生活"（OC581），因为抵抗精神便意味着走向前方。在夏尔的诗学中他摈弃所有哀歌式的回转。在夏尔笔下存在往昔、曾经、从前，但不存在死亡。他始终在焚烧，通过刚毅的能量把自己从伤感悔恨中解放出来，他始终在传递这种能量。过去对当下行使着某种宗主权："我们的生命总是开始于一次令人赞叹的黄昏。所有将要给予我们帮助、不久之后使我们摆脱沮丧的事物，已经在我们迈出的第一步周围汇聚。"（OC260）就这样开始了《愤怒与神秘》中的《君主》这首诗，在其中夏尔颂扬了那些把"像橡树般强健又如飞鸟般敏感的生灵"（OC261）传递给他的东西。这些守护神形象，遥远但具有约束力，始终发散着崭新的能量，在他们中间，有一个人，他的话语是抵抗的、难解的、极光般闪耀的、磁铁般吸引的：他就是"晦涩哲人"赫拉克利特。夏尔认出了这个被他称为"带翼山民"的人，从他身上既学会如何从身体中根除前后不一的感受，又学会了如何忍受矛盾。夏尔本人的话语尤其明显地和这位以弗所人共享了同一种急促和集中，一种神谕的晦涩。

"神秘"，这个词事实上可以成为"愤怒"之后关于抵抗的另一个名字。这个词远不止于一种简单的防卫，它把诗的力量卷成谜语。它由诗意语言构成，即便它在心底包含着一个难以理解的内核。而这便是诗的力量所在：滋养一个谜语并给它重新分配一种能量，穿过符号昏暗的丝线……我们知道诗人发自内心地喜欢使话语变得晦涩（"我保留翻译。"兰波注意到）或者发起一种显得直接来自于其潜意识的野性话语：他的篇章依然是封闭的，或者呼唤一种复杂的破译辨读。阅读在这里成为了一种独特的"实践"，一种挑战。作品中的语言，我们自以为认得，在这里一下变得非常奇异或陌生，需要加以重新认识……在夏尔的一首诗中，我们仿佛走进一座铁匠铺：我们在那里看见语言被捶打，就像铁匠捶打铁器。我们在那里目击了意义急剧或意外的诞生，在敲打、辉光与一束束火星之间。我觉得正是在那里，在那个敲击着"无主之锤"的着火的图书馆中，留存着勒内·夏尔的诗风中最独特的贡献。

让我们在这里回忆一下"诗／诗学"这个词，它的本意是"一种特殊的制作行为"，在这种制作行为中主体不断地翻转语言，不断体验到语言的能力与界限。就像让－吕克·南希（Jean-Luc Nancy）在《诗的抵抗》中说的，诗"制造困难"[1]：诗强调突出了那些难以言说与制造的东西；而它同时以一种严峻而充满渴望的高度注意力精确地选择了它的对象。就像在诗歌空间中没有什么是自然而然的。意义在诗歌中有其特定角色，其中这种特殊的制作行为便落实在意义上。有意义不能被概括为一种或多或少演说式的单纯传达。事实上，在诗歌中不存在任何预先准备的演说词，诗歌严格地把自己表现为一个独立对象。让－吕克·南希还说，"相比说意义的到达，更应该说是意义的发作"[2]：在一首诗中，意义总是以一种非常奇特的方式出现，不会凝固在一个外在于它的地方，或

① Jean-Luc Nancy, *Résistance de la poésie*, Bordeaux William Blake & Co, 2004, p.10
② *Résistance de la poésie*, ibid., p.11

者说意义不是一篇文章—演讲的终点，而是它当下的在场本身。

正是这种意义的发作——就像我们说热病发作一样——给予我们夏尔文笔中的那些箴言式闪光。如果说一些关于灵感与鬼神附体的主题持续在诗人笔下开花结果，那是因为他重视这类突然的涌现。在其富有隐喻的激情性格的表露中，夏尔依然是一个超现实主义者。在距离伊斯勒不远的地方，不正好存在一个阴影之口吗？那是泉水城的岩洞，索尔格河的源头便从那里流出。声音在那悬崖峭壁上涌现……

> 川流啊，太早出发，没有伴侣，一往无前，／给予我故土的孩童你充满激情的面庞。
>
> 结束闪电并开启家园的川流啊，／以遗忘的步态碾平我理性的石堆。
>
> 川流啊，在你身中大地战栗，太阳焦虑。／每一个穷人都在深夜用你的收成制作他们的面包
>
> 屡遭惩罚的川流，无人照料的川流。
>
> 川流啊，你长满老茧的学徒生涯，／没有风不在你波纹的尖峰平息。
>
> ……（OC274）

夏尔与毕加索（1965）

在夏尔笔下，诗学方面的抵抗从命题的独立性和诗篇的创造性中汲取能量。诗歌话语不屈服于任何外部的所指对象。它同时溢出了主体和客体两极。它勉励世人，但却不从属于按莫里斯·布朗肖（Maurice Blanchot）的话说"一个由陈年旧物、由老生常谈组成的浅易世界"[1]。这是一项"不含法令的议案"[2]，不屈从于逻各斯的苦役与推论的耐心，猛烈地燃烧并冲击。它全情投入：从经验到意义，从画面到真理，从感性到思想。在它们中间诗歌话语使诗句紧绷，仿佛拉开一把抵抗之弓。因此勒内·夏尔的作品邀请我们去把诗定义为一种通向意义的紧绷方式，并在视野中保留难以言传之物。随之而来意义的问题也被以一种非常内在化的方式提出，使其成为夏尔诗歌中的一个统摄性的主题。

根据莫里斯·布朗肖的说法，夏尔的诗学是"是关于诗学之启

[1] Maurice Blanchot, *La Part du feu*, Gallimard, 1949, p.107
[2] Alain Badiou, *Petit manuel d'inesthétique*, Seuil, 1998, p.33

示的诗学……关于诗之本质的诗"①。诗作在努力地理解诗学的含
义并使其变得可见。诗作朝着诗学的方向呼喊，但它朝诗学看去就
仿佛朝向一个难以定义之物，一种绝不屈服的力量，那里既是抵抗
之地同时又是脆弱与慌乱之地。因为诗学词语涉及到每个人心中所
欲求、向往的东西，提交请求，承受诽怨，将真实与非真实这两个
"磊落的对手"（OC235）并排传讯到庭。这便是为什么勒内·夏尔
会提醒我们，"诗人，正直、贪婪、敏感、大胆，对于诗歌之自由
亦即生命之智慧所带来的奇迹，诗人需要提防自己与任何束缚它的
举动协同一致。"（OC163）

在《无主之锤》中的一首诗《共同的在场》中，夏尔将这个生
命定义为"难以言传的生命"：

夏尔活跃在上普罗旺斯碧泉村
原子火箭抗议活动中（1965）

> 你匆匆地写／仿佛你已在生命中姗姗来迟／如果真
> 是这样就去追随你的根源／快啊／快去传达／你身上的
> 卓越、反叛和慈悲／你确实在生命中姗姗来迟／难以言
> 传的生命／毕竟你唯一同意与之联合的事物／那每一天
> 通过不同的人与事被拒绝给予你的事物／你艰难地从这
> 里那里得到一点它瘦削的碎片／在无情的战斗之后／……
> （OC80—81）

这个难以言传的生命正是兰波所谓缺席的"真正的生命"。这便
是人类的存在，就这样从一条"事实、寂静与虚无的地平线"②上凸
显出来，既无可争议又不可思议。诗歌在这走向缺席又走向在场的
统一性中得到了表现。或者更确切地说，诗歌强有力地在一种缺席
者的基底上描绘了在场者的轮廓，通过几根芒刺与一道更具活力的
辉光让自己从黑暗背景中现身。对于夏尔来说，"黑色隐藏着不可能
的活力"（OC230）。非现实使现实更加锐利。他没有以任何方式去
构建某种脱身之计或者疗救药方。他既不是给人安慰的上帝亦非需
要重新寻找的失乐园。重要的是不可能与可能之间的张力。一种抵
抗性的张力。正是这确保了抵抗本身。确保了对意志与希望的坚持

> 抵抗就是希望。像那修普诺斯的月亮，今夜在它的
> 街区圆满，明天用目光扫视诗的通道。（OC215）

---

① *La Part du feu*，ibid.，p.105
② *La Part du feu*，ibid.，p.107

勒内·夏尔的价值 *

[法] 安德烈·卢索　张　博 译

┃ 抵抗诗人 **

如果说一批超现实主义诗人或者说参与过超现实主义运动的诗人成为了抵抗运动的中坚力量，这绝不是一个意外。从超现实主义的起点开始，就存在着一种与一切陈规的彻底断绝，存在着一种强烈的意愿去重新寻获真正的现实，超过并高过那种所谓的现实，正是后者的框架影响着人们惯常的生活。在维希政府时期，当其所谓的秩序变成了一种面目可憎的公然欺诈，起义便成为了，根据一句著名的口号，最神圣的义务①。这便是超现实主义者，这些词语、精神甚至灵魂的绝对造反者的确切位置。当他们中的一些人猛然出现在第一线，远远跳出了那些人们曾经以为将他们封闭起来的先锋派小团体，这不仅仅是因为在超现实主义者中存在着一批天赋无边的作家，而且因为人们突然察觉到一种光彩夺目的人类真理，在这其中超现实主义者们建立了一套对人们而言特殊的秩序。顺便说起来，当基督教的秩序忠于福音书中的革命精神之时，它与超现实主义者的秩序便有颇多相似之处。这就是为何超现实主义者与基督徒曾经在交往中无数次联合起来，当他们各自赌上性命为了人类生命的尊严奋斗之时。

在这些人中间，我把诗人勒内·夏尔放在第一流的行列。在文学领域，直到四十年代他对于大众而言依然充满陌生。在十年间他

* André Rousseaux, *Valeur de René Char*, in *Littérature du Vingtième siècle III*, Éditions Albin Michel, 1949, pp.125-141

** 该部分写于 1946 年。

① 1793 年版《人权宣言》第 35 条中写道，"当政府违犯了人民的权利，起义对于人民以及人民中的每一份子而言都是最神圣的权利和最不可推卸的义务。"

仅仅刊行过一些非商业性的小册子或者数量极其有限的印刷品。例如,在这一时期,他与安德烈·布勒东和保尔·艾吕雅合作的诗集《施工慢行》,1930 年由超现实主义出版社出版。我认为,是 1945 年出版的《唯一的幸存者》使夏尔靠近了一个略略不那么有限的公众群体。然而,从法国被入侵直到解放来临之间,他曾是沃克吕兹省的游击队领袖。对于《修普诺斯诗稿》这本令人赞叹的小书,我们需要感激的既是一位诗人,也是一位为自由而战的斗士。

《修普诺斯诗稿》真是一个漂亮的超现实主义标题!以修普诺斯之名去传达这样一个黑夜与沉睡所能授予一位天才的讯息,这何其有效!是的,不过这种迷人的阐释还遭受着一个难题:那就是修普诺斯这个名字,清晰地在书中的一两页之间出现,是勒内·夏尔对战争的几种称呼之一。《修普诺斯诗稿》可以说是一本接受了战争独特洗礼的游击队员手记。勒内·夏尔选择这个名字多半不是没有某种隐秘的意图。让我们停止在这方面没完没了地喋喋不休,尤其不要再低估这部伟大的小书。战争手记?如果我们想这么认为的话。这就等于说这部手记完整地展现了一些人不可回避的斗争意愿,这种意愿超过了其他所有的生存必要性。一言以蔽之,这部作品记录了一颗战争状态中的灵魂。

对于这样一部作品,关于其中独一无二、不可替代的价值,我能比勒内·夏尔本人说得更好吗?他以一种昭告的方式写道,"这些笔记表明了一种人文主义的抵抗,这种人文主义对其责任意识清醒,对其德行出言谨慎,希望为其阳光的奇想保留一块难以接近的自由领地,并下定决心为此付出代价。"(OC173)从这样一种决心中所散发出的孤傲的独立性必然会把《修普诺斯诗稿》与所有那些轻率地寻求某种消遣的人分隔开来,这类人无法想象那样一种独立性存在,必然会把《修普诺斯诗稿》与那些更喜好抵抗运动中的轶事而非其现实的人分隔开来,那些现实无论过去或现在对于他们来说都难以进入。在这部作品中没有轶事,甚至没有具体的历史。这就是为何它如此真实。这场看不见的战争所具有的重大教益之一便是告诉人们历史在记录最高密度的现实之时有无力化的风险。历史会记录那些扳动胜利天平的登陆艇、装甲师与战机群的数量。但所有这些可计量

《早起者 群岛般的话语》书封

《愤怒与神秘》书封

的成分都只是手段，历史以此从外部接近一个内在真理，缺少了它任何军队都将土崩瓦解：战斗意志。但行动本身是不可言说的。勒内·夏尔清楚地知道这一点，他在他的作品中留下了如此之多的缄默，在他简短的话语之间，他正试图以此把他的所行所为勾勒出来。

夏尔写道："行动是贞洁的，即便被重复。"（OC186）这几个词仿佛一道严厉的光洒落下来，以此揭示出诗人在无与伦比的所行所为中发现的东西：生命中唯一真正的纯洁。行动区隔了词语，某些词语中充斥着太多缺陷以至于不能再在不洁中加以重复或增殖。（超现实主义诗歌曾经无比暴烈地肃清这些词语，以此挫败谎言的陷阱。）这就是为什么被勒内·夏尔所赦免的词语在纸页上的延续具有如此强烈的分量和必要性。夏尔在他的诗稿中只写下了很少的笔记，我们能感觉到他进行了大量的删节。余下的内容守护着一种严厉的美；我想回到"严厉"这一修饰语：夏尔具有一切保持抵抗性的事物所共有的高贵品质，石块的刚硬，生命的刚硬，斗争中灵魂的刚硬，刻骨之爱的刚硬。他的笔记有一种警句般的美，但这种美与思想的自负毫无关系，那种自负完全脱离了创造性生命所具有的直接现实。很少有人提到在夏尔的作品中连篇累牍是不被容忍的，在毫不妥协的严厉面前，在对于尊严近乎野性并充满活力的诚实面前，它逃得无影无踪。

行动，从此时此刻开始，不再任凭任何东西随意透露在语言中，除非是能够由诗加以固定的内容。这也同样是一种绝对诚实的诗，我们需要领会这一点。这便是勒内·夏尔所唤起的强烈而扼要的回忆，关于某个接收空投物资的夜晚或是某一次施加援手，这类回忆既远离趣闻轶事之类的历史菌菇，也同样远离那些刻意为文学安排一些漂亮行动的词语苔藓。当诗人收到一个词、一首歌与一幅画面的馈赠之时，他采集这些馈赠——甚至他会在某些地方说起一个他"曾经喜爱"的画面。然而在所有可能的词语以内，我不知道还有什么表述能够像这位游击队领袖向他的某一位队员所传达的讯息那样具有更加稳固、更加致密的涵义。这都是一些关于公民教育或军事训导的命令，在其中我们可以读到这样的语句：

> 停止自吹自擂。从两条信息源核准情报。在大部分情况中考虑到其中百分之五十的幻想。让你的下属学会保持注意，学会精确观察，会学对情势进行计算。收集传闻并加以综合。(OC196)

还可以读到这句：

> 与你的团队一同保持严格和专注。在友谊中包裹纪律。在工作中，永远比任何人多拿几公斤同时不因此自傲。吃喝要明显少于他们。绝不偏爱他们中的任何一人。只容忍一时冲动和无心的谎言。不要让他们相距遥远地互相通讯。要让他们保持自己的身体与被褥清洁。要让他们学会轻声歌唱而不是用口哨去吹萦绕心头的曲调，学会讲述事实提供的本相。夜里，要让他们行走在小路边缘。(OC196)

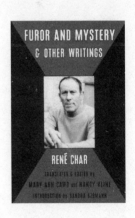

之前我曾提到的那些阅读高强度诗歌的读者也许会惊讶地看到我给予这几行现实主义的散文如此之高的评价。但是，在书中其他地方赋予勒内·夏尔他那强有力的精确性与雄浑之美的东西，我发现正是在这里以最明确的方式显露出来：这种对生命的专注，对于生命之尊严的专注，致力于对精神与心灵加以恒久的掌握。生命中充满着重要的事物，然而大多数活人却被那些琐屑之事堆成的大山压得奄奄一息。抵抗者们所投身的这场战争，其实就是对生命中重要的事物做出选择，再无其他。然而这是一种绝对的选择。勒内·夏尔的作品便是对于这一选择过程的一连串沉思。

在生命中一切重要事物的顶点，是直面死亡。这便是为何关于生命的本质，游击队员们被放在了一个如此恰当的位置。勒内·夏尔曾这样写道："过去我们曾为时间的不同片段命名：这是一天，那是一月，这空荡的教堂，一年。现在我们靠近了秒，此刻死亡最为暴力而生命得到了最好的定义。"(OC197)为生命洗净一切无用与可疑之事，一切笨重与含混之物，这便是超现实主义者常常试图宣告的字眼。当把脚搁上死亡的门槛之时，我们便可以隐约看见这种异乎常人的真诚，而这正是勒内·道马尔①曾极力尝试的目标。这些把生命投入抵抗运动的人们为自己选择了风险，也可以说机

---

① 勒内·道马尔（René Daumal, 1908-1944），法国诗人。

遇，去走向一个几乎位于生与死正中间的真相。

这远远超越了安逸与谨慎，寻常的生命却在安逸与谨慎中保持着它的惯性：缓慢地衰退，懦弱地耗散。勒内·夏尔，在他的一条笔记中提出了一个令人赞叹的问题，把一切都包容了进来："在橄榄园中，谁曾是多余的人？"（OC202）谁，如果说不是所有那些还没有理解真相与生命究竟在哪一边的人？这个问题在那充满致命危险的不眠之夜中得以展现。这是不是说在勒内·夏尔笔下，某种类似死之诱惑的东西取代了对死亡的畏惧？不。唯有死亡在当下的在场，而这已经足够。生命的真相所要求的仅仅是死亡这种当下的在场，再无其他，但这是一个不可更改的要求。正是这一点赋予了《修普诺斯诗稿》最高昂的声调。

死亡在当下的在场为人类的勇气开启了一次机会，去接受死亡，同时也是去杀人。现代世界的懦弱在死亡当下的在场面前愈加退却，因为死亡无疑更需要加以避免。但那些"不惜一切代价"选择了自身尊严的人们，已经准备好去支付这一代价。《修普诺斯诗稿》中的许多段落在这一点上展现出一种埃斯库罗斯式的无情眼光。这种眼光将在后文中消失，以此使人们理解这同一种勇气的另外一面：不去杀人的勇气。我希望在高中生的阅读课本中能够把弘扬这种勇气的相关篇章加入进去。修普诺斯与他的下属们在几百米之外看到纳粹党卫军在枪决他们的一个同伴。下属们只等长官一声令下就将朝敌人开火：他们的同伴便能得救。"我没有打出信号，"夏尔写道，"因为这个村庄必须不惜一切代价加以守护。一个村庄究竟意味着什么？和另一个村庄同样的村庄吗？也许他知道，他，在这最后的瞬间？"（OC208）是的，一个村庄和另一个村庄是同样的，一个人和另一个人也是同样的。这就是为何对于所有那些正在尽责的生命来说，他们为别人所尽的职责正是死亡的风险。而在死亡这强烈而真实的当下在场中，在其最深处存在着当下在场的强烈而真实的爱。

在另一个片段中，我们还可以找到类似的场景，而这一次是整个村庄为一个人冒着生命危险。这个人便是修普诺斯本人，纳粹党卫军为了寻找他搜遍了村庄。在所有被盘问的村民中，没有任何人说出一个字。最后巡逻队走远了。来念念这结尾的几行："带着无穷的谨慎,现在那些焦虑而善良的眼睛朝我的方向望过来,仿佛一束灯火穿过我的窗口。我露出半身,一个微笑显露在我苍白的脸上。我与他们通过一千条信任的丝线连接在一起,其中任何一条都决不能断裂。"(OC206)

在夏尔的刚硬中存在着一种亲如手足的温柔,如果我没能很好地表述这一点,这最后一句话帮我把它说了出来。作为结尾,我不想任人们信以为这位与人类身处同一海拔的诗人孤悬于我们的弱点之上。我本该提及他那些面向令人失望的人类天性而写就的充满智慧的诗章。这部作品所孕育的充满自尊与非凡的一切,都是通过伟大友情的力量耐心地从敌人手中夺过来的。

‖ 人的要求 *

当我们今天哀叹文学正在法国死去,这也许是因为我们没有在文学依然强劲鲜活的地方去寻找它。有一部诗歌作品,充满了坚实的经历,在我们眼中不断增强,几乎每年都在变得更加纯粹,更加强烈,更具备不受腐蚀的美。我们中是否有足够多的人察觉到这部作品呢?《你读过夏尔吗?》,就像不久之前乔治·穆南所写的那样,这部短小的评论是进入这位诗人作品的最佳引导。对于那些还不了解夏尔的人来说这是一个接近他的绝佳机会。勒内·夏尔的诗可以从1929年一直排列到现在。他的早期作品来自于他加入超现实主义团体时期。所有其他的作品则全部发表于战后;正是这些作品现在以《愤怒与神秘》为总标题集结出版。在总共二百五十余页的篇幅中,包容了诗人十年来的全部作品。这就能充分说明这部诗集的密度,它的密度如此强劲,以至于读者也许会在被它的愤怒抓住之前,就由于其神秘而停步。但所有那些把诗歌体验为行动的人都必将在这部诗集中收获一次有益的交流。

诗如同一种行动……这便是这部作品,一旦我们开始接近它,它便要求一系列能够彻底介入我们的定义,并试图让我们绝对满足。因为人们不能和夏尔耍花招。所有那些附属品不但没有重要

* 该部分写于1948年。

性，而且如果因为我们意志薄弱而任其发展，它便会转而攻击那些重要的事物。夏尔从不任其肆意而为。他的艺术具有一种纯粹的完整性。从他作品的密度中出现的，并非如人们信以为的是某种晦涩的神秘学说。神秘学说总是试图隐藏某种秘密，而夏尔则想要把最本质性的真相凝聚成一个能量中心点。词语便被诗人提升出这样一种充满能量的功能。这一点曾在加埃唐·皮孔（Gaëtan Picon）先生笔下得到了极佳的解读，他写道："这位诗人知道如何接收语言的原子能量……诗人没有用某种四下消散的能量的千道微光轻触我们，作为替代，他用唯一的一个句子，用唯一的一个词语在我们的内心深处把我们刺伤。"对于我们来说需要做的便是尽快去接收。这就是为什么乔治·穆南在其评论的开篇处便提出，不像人们对马拉美那些密码式的表述所做的，在夏尔的诗篇中不存在什么需要加以解析的秘密。夏尔诗歌令人惊愕的赤裸应该对我们来说成为必然。这很大程度上取决于我们自己，取决于我们自身的禀赋，脱掉我们自己的伪装，去抵达并守护人的真实状态。对于那些不习于此的眼睛来说，在这里"神秘"只是"愤怒"的外衣。但究竟是谁在真正经历着人类生活的过程中被愤怒所支配呢？勒内·夏尔正是把他的讯息提供给这样的人。

一旦我们开始接触夏尔诗歌令人惊叹的纯净而严峻的形式，我们便看到其中所有的一切都被对人的要求所统摄。对于夏尔而言，定义诗歌就是去探测人本身的价值与他的命运。我很少看到还有什么文学作品能够像夏尔的作品那样与人这个它所表达的对象如此紧密地联系在一起。我们在这其中看到诗人把自己同化为诗篇。"在一瞬间使自己勇敢地成为诗篇的完成形式"（OC62），他这样写道。如果说夏尔对于究竟什么是诗曾经给出过许多令人惊叹的表述，他却绝不是作为一个美学家或空谈家在说话，而是作为一个人，在内心深处关注着诗歌行为对于那些有能力对其加以回应的生灵所能揭示的东西。他从未停止在这条道路上继续前行。十五年前，当他提出诗是"现实多产的认知"（OC61），这种通过诗篇展开行动的意愿便已经指明了一种强烈的现实主义，并将其选定为超现实主义道路上的伴侣。无论这句话何其简要，它却始终紧靠在那些更新近的

箴言身旁，其中最激动人心的一句也许便是："诗篇是由依然延续
为欲望的欲望所实现的爱。"（OC162）

　　这是一句典型的夏尔式断片。在这个仿佛大理石颗粒般紧密
排列的句子中，每一个词都充分占据着属于它自己的空间，在词语
的前面或后面不存在哪怕一点点松动。恰恰相反，这些鳞次栉比的
词语形成了一个具有驱动力的整体，其中一个词语的力量与另一个
词语的力量联结在一起从而产生了一种同时超越它们二者的效力。
（这并不是一种艺术的努力，而是一种事物天然具有的深刻智慧，
在那其中一切新力量都诞生于对立元素的相互融合。）这一切都被
保存在"延续"与"实现"这两个动词间的平衡之中。最美妙的地
方则在于，这两个分词形式的动词就仿佛在静止中被雕刻，被语法
时间与词语结尾处封闭的音响效果扣留，被"是"这个增补的静态
动词卓越地固定，而最令人赞叹的是这些石块般的动词都经历着一
种隐秘的运动。有一束火光推动着它们，这不是雄辩术中游移而盲
目的火焰，词语放射火光，因为与其它词语的接触使它们通电。"延
续"，当诗人把它嵌入"欲望"这个重复两遍的词之间，它的面貌开
始发生改变。于是"延续"变成了"成为"，因为一种保持下来的
欲望再也不会终止。在句子中，这一独特的创造就像是一小片镭元
素，能够让周围其他的部分也产生活性。从此时此刻开始，"实现
的爱"再也不会重新坠入人类的最终实现中所具有的完结与死亡。
另一方面，欲望也不再保持其本性中的未完成状态：它自我实现，
同时它所包含的任何冲动都没有被耗散。夏尔的箴言对词语进行调
节，使词语的整体组合成为了一种持续运动与完美状态的示意图。

引文意为：长久孤独哭泣引事端几许

　　我希望读者们不会满足于我所做的这段文本分析。如果我说夏
尔是在向我们描述一辆红色马车那么这肯定是一种学究气的卖弄。
然而当夏尔的诗把我们带向那既是完美当下又是永恒未来的地方，
其目的便完全在于把我们从人性引向神性。这一点在诗人最近的一
些主张中鲜明地体现出来。例如，距面世还不足三年的《粉碎诗
篇》中的这几行总论："诞生于对责任的呼唤与对停滞的焦虑，诗
篇，从它布满泥浆与星辰的深井中升起，近乎沉静地见证着，没有
任何属于诗的事物真正存在于别处，在这个由对立物组成的反叛而

孤独的世界中。"(OC247)诗人在这里再一次给予我们几行散文式的陈述,然而这种散文却在它的最后几个词中奇异地凝结:"这个由对立物组成的反叛而孤独的世界",这句赫拉克利特式的遥想为我们开启了一个关于宇宙何其诚实而骄傲的景象啊!当诗人再次拿起笔,同样的意思完全可能被潜在地包容进一条更加迅如闪电的讯息之中。"诗,"他写道,"得到重新定性的人类内在的未来生活"(OC267)应该看到(我不抑制自己再多做一点无聊的评论),这个表达方式的力度与可靠性都被纳入了它的最后一个词"被重新定性"①,毫无夸张和幻景,却必然需要真诚、精确与纯粹的价值,从而增加了"内在"与"未来生活"这些崇高字眼的弹性,避免滑向空洞的概念和浮夸的文笔。

此外,我们不能自已地赞赏夏尔语言中词语的分量。我不知道还能有谁能和他一样用两三个音节就抓住这个我们生存其中的双重世界,双重的原因在于这个世界的直接现实是一扇神秘的门,连通着另一个世界,那个人类孕育其命运的世界。例如,我想起了夏尔用来为他的一部诗集(这部诗集被收入了《愤怒与神秘》)命名的两个语词:"唯一的幸存者"。这又是一个典型,其字母组合在一开始对我们的理解力来说似乎是封闭的。但这仅仅是让词语用它们的迫切要求挤压我们,在我们身上置入它的真相,以此使它意味深长的质朴对我们而言成为广阔的启示。"幸存"这个动词,既是坚持又是延续,在夏尔作品的中心占据了一个独一无二的位置。它不是静止,因为幸存不是固定在一个僵死的姿态里,也不是在自身的衰退损耗中延长生命,因为日趋衰竭的东西无法幸存。刚刚在夏尔的另一首诗中,"幸存"("延续"②)这个词令我们停步,对我们诉说生命如何在不可熄灭中建立。在这里,另一个在它旁边出现的词足以限定这一永恒现实所选定的基点:语言中最骄傲也最悲壮的一个词,讲出了人类面对其命运时的处境,"唯一"。在这个夏尔震撼人心的表述中,他从一个有死的世界中抽离出永恒的基点。"唯一的幸存者",这是一幅画卷,在其中永恒之岛从岁月之海上浮现它的孤独。勒内·夏尔便是这份孤独的王子与信使。

夏尔完全没有用抽象为自己掩护。事实上不可能存在所谓抽象的诗人,因为没有哪一位真正的诗人不把自己全部的心弦与创造物

① "被重新定性的人类内在的未来生活",原文为"la vie future à l'intérieur de l'homme requalifié",在原文中"requalifié"(被重新定性)是诗句的最后一个词。
② "Demeurer"在法语中有停留、延续、依然存在等多种含义。因此在"诗是由依然延续为欲望的欲望所实现的爱。"(Le poème est l'amour réalisé du désir demeuré désir)中译者将"demeuré"译为"延续",而在"唯一的幸存者"(Seuls demeurent)中将"demeurent"译作"幸存",在原文中二者都是"demeurer"一词的不同变位。

伟大的历险结合起来。勒内·夏尔，在存在与物之中，背负着对这一历险拥有充分意识的人类根深蒂固的忧郁。他在大地与天空之间发起了一次质询，仿佛佩吉①笔下的夏娃为了回应对伊甸园的怀念而唱出的不可知论者的呼喊。"多久"，夏尔写道，"人的缺席还将延续多久，在创造的中心奄奄一息因为创造把他赶走？"（OC263）而作为对这一空档期的回复，夏尔运用了一种光的效力，以此把人与物重新置入他们丢失的生命辉光之中。在这个意义上，我们看到正是这同一束光在他的作品中散布，并赋予乔治·德·拉图尔②震撼人心的画作以生气。勒内·夏尔，正如我们前文所见是一位赫拉克利特式的诗人，在同一种祭礼中把火的哲学与火的绘画结合了起来，抹大拉的玛利亚这位炽热的守夜人，让对立物的虚浮在阴影中退却。我很喜欢夏尔向这两位大师的双重祝圣："赫拉克利特，乔治·德·拉图尔，我感谢你们长久以来从我独一身体的每一处褶皱中推离这圈套：支离破碎的人类处境……"（OC157）

啊！并不是说对立物也同样会"延续"下去。而是说事物各归其位，甚至还能有幸获得某种意义，就像拉图尔画中玛利亚的布衣与红裙那样。勒内·夏尔的这束光，作为他的诗歌之火，不会毁弃那些它所照亮的事物，而是通过一种友爱给予它们安置，这是一种由鲜美的现实构成的友爱，由一道磊落目光所触碰的美构成的友爱。如果这道目光可以在这些事物中激发永恒，与其说是通过某种超越之力，不如说是通过一种对真理的无限性绝对忠诚的精神。诗人可以不止一次地复述他在某一天记下的这句话："在现实世界和我之间，今天不再存在悲伤的厚度。"（OC220）在这个时刻勒内·夏尔这位普罗旺斯人使我们同时联想到塞尚的艺术与希腊精神。

紧接着，用夏尔的话说"绝对必要的光"（OC157），没有任凭现实变成一道人类决心加以跨越的障碍。"你走得好，阿尔蒂尔·兰波"，他如此宣告。接着他补充说："这肉身与灵魂不合逻辑的冲动，这正中靶心并将其彻底击碎的炮弹，是的，一个人的生命就在那里。"（OC275）诗如同一次行动，我们在开篇时提到过，并且我们谈论了一种充满能量的艺术。真相是，对于勒内·夏尔而言，无需对艺术与行动进行任何区分。通过他所写下的一切，他实践着人所能统御的内容，并把实践之德推向了极致。

① 夏尔·佩吉（Charles Péguy, 1873–1914），法国诗人。文中引述的作品是他创作于 1913 年的诗作《夏娃》。
② 乔治·德·拉图尔（Georges de La Tour, 1593–1652），法国画家。曾以抹大拉的玛利亚守夜为题材绘制多幅画作。其中《守夜者玛利亚》的复制品在抵抗运动期间被夏尔挂在自己藏身处的内墙上，并创作了同名诗作《守夜者玛利亚》。

勒内·夏尔：诗之定义 *

[瑞士] 让·斯塔罗宾斯基　张　博 译

* Jean Starobinski, *René Char et la définition du poème*, in *La Beauté du monde*, édition établie sous la direction de Martin Rueff, Paris, Gallimard, 2016, pp.837–848. 初次发表于 1968 年《Liberté》杂志。

没有任何一首、任何一行勒内·夏尔的诗不给予我们一种开放的感觉。一个扩展的空间出现在我们面前，在我们心中闪耀。这个空间在我们圆睁的双目前呈现。它没有梦的平顺：这是关于我们尘世栖居的丰富而粗犷的书卷，是我们当下呼吸的瞬间，这一切都在它们的整个疆域内得以彰显。某种广袤的、激烈的东西被迫切地预示出来。通过与天然的强大能量相区别的一种人们难以经得起对其直接加以感受的情感的激昂起伏，我们鲜明地感受到一种洪亮与雄阔：我们认识到"物质—情感瞬时主宰"（OC62）的降临。但我们在阅读勒内·夏尔时所感受到的开放之感不仅仅在于这种当下位置与瞬间令人痛彻心扉的增长。诗，如此清晰地在我们的视线中被勾勒出来，让我们感受到寂静的两条边界；诗在过去与将来之间展开，摆脱了一个原初的空间，被指向一个只能被预感却注定无法到达的远方。诗的话语在自己周围聚集了此岸与彼岸，它们都没有被抵达和命名，但诗的能量一直不停地在指示着它们。这种开放的感觉，不仅是一块提供给我们的视线支配的广阔疆域所产生的结果，而且与勒内·夏尔的一种思考方式有关，他在给予当下以及在场者全部光华的同时，保护了远方与缺席者的完整。诗的伟大炼金术便在于，在语言的当下，在话语当前的运动中，去引出一种与那些从不任凭自己被支配或命名的事物之间警醒的关联，引出一种与那些在绝对的间距中被预告与躲藏的事物之间警醒的关联。"诗篇是由依然延续为欲望的欲望所实现的爱"（OC162），这一令人惊叹的定义被一句最近写下的话加以补充："消灭距离是一种扼杀。诸神只在身处我们中间时死去。"（OC767）

我们看到，开放并不局限于去积极征服一道用于静观的辽阔地平线。它还以一种否定的方式去领会那些躲避我们的事物。它诞生于此地与别处之间以及当下的炫目与难以捕捉的基底之间戏剧性的对比，而正是在那难以捕捉的基底之上，这种开放清晰地显露出来。夏尔不断地重复表示，诗歌的功能就是维持这些对立之物的冲突，就是在其中同时收获苦难与果实：因此诗人能够以受伤者与调解者的双重面貌向我们现身。

勒内·夏尔的箴言提供了一个维护着对立之物存在的充满爱意与战意的交往方式的完美例证。这些极具启发的篇章与其余作品相比并非用不同的笔墨写就。这是一种快步宣告普遍性的诗作；在那之中，就像莫里斯·布朗肖准确指出的那样，"是关于诗学之启示的诗学……关于诗之本质的诗……诗学直面自身，使其在本质中现身，通过那些寻找它的词语。"[①] 在他如此强劲和迫切的书写中，那些箴言似乎首先统合一个定义，标定一个真相，环绕一个规则。不过对此需要给予我们全部的注意力：我们看到回答渐渐变成了一种质询；缺席、未来、远方占据了这个表面上封闭的形式的中心并打碎了它的外壳；定义被用来服务于难以定义的事物，规则所命令的恰恰是解除规则。在一切表达方式之中，夏尔选择了意味着最大拘束的那一种，并将其打造成解放的钥匙。话语的紧缩孕育了意义的扩大。箴言专断地说明着世界的秩序，但根据夏尔美妙的说法，这是一种"造反的秩序"（OC760）。

> 诗人无动于衷地将失败改造成胜利，将胜利改造成失败，他是天生的帝王唯独关心如何汇集天的蔚蓝。（OC155）
> 探寻不安全性的魔法师，诗人只有被收养的满足。灰烬始终尚未完成。（OC156）

这些篇章，极贴切地适合于"烟火"这一波德莱尔的用语，就

① *La Part du feu*, ibid., p.107

仿佛一种额外能量的储备，包含着被点亮的夜空中使它们绽放的原理。箴言形式上的收缩与无尽的空间恰成对照，这个无尽空间对于箴言并非不相干，而恰恰成为了一种更加完美的补充。

> 强度是安静的。它的画面则不是。（我喜爱那使我炫目继而加强我内心世界之晦暗的东西。）(OC330)

瞬间闪烁着；它划破等待的寂静与夜。然后夜被重组。这正是诗意事件涌现时的诸多画面之一：诗人善于以他的方式（并根据世界赐予他的恩惠）去指明这个瞬间，这个瞬间将继续延续下去，仿佛一道震撼人心的痕迹。对于那些沿着这瞬间行走的人来说，在过去与将来的两条边界上，它是如此难以捕捉以至于不能不呼唤最多样化的画面。诗从哪里诞生？它所酝酿的前景是什么？对于这起源与终点，诗将它们包含在其内在张力以及最多样化的论断之中。夜的画面，毫无疑问，与其他一系列画面结合在一起，土壤，悬崖，冬天，焦虑。尤其是当我们重读令人惊叹的诗篇《在一个无装饰的夜》。还有很多其他的诗能够让人感觉到其中有一个晦暗的基底，一个"根本性的"痛苦焦虑。但需要立即加以补充的是，这是一种被克服的焦虑，一种有收益的焦虑，因为它养育着一种对其加以否定的生命冲动。我们强烈地感受到一种黑暗的沉默，无数诗篇试图从中挣脱；我们也同样感觉到，在每一句话完成之后留下的沉默中，这种沉默就好像静止的深色湖水，在那里酝酿着新生。

然而勒内·夏尔不是一位怀旧的诗人。他并不迷恋起源或者回顾的诱惑。如果说他提及开端处的夜间场地，这是因为这些地点"在根基处"属于那些试图将其挣脱的运动。夏尔的作品，从其最普遍的特点上来说，表现为一种**起义**，在它的后面留下了一个夜间地带，穿过白日纯净的光亮指向一种将来的危险。但诗意事件并不确保时间的延续性：它并不是过去充满惰性地流向未来过程中的承接点。时间性在这里的表现方式需要从断裂与分离的角度加以观看。

话语的**起义** (soulèvement)。起义，根据其多样化的词义，在这里是一个恰如其分的用语。首先它适用于一系列关于上升的画面，这在夏尔的诗歌中比比皆是；它可以表示升向高处的运动——火山列岛的出现，波浪的冲击，心脏的跳动，鹰的翱翔；它也同样代表语言的飞升，向着它完整的意义，向着它统治的高度，在那里词语全部的字面意义表现出能够与其最广大的隐喻能力相兼容（在抽象与具体之间的力量交互之中）。勒内·夏尔的诗学还在更进一步的含义上是起义的，也就是在暴动、造反冲动与反抗之能量的意义上。关于起义的画面让我们得以领会夏尔诗学的德性基础：被动员的焦虑，被赢得的高度，被挑战的对手。正是这些构成了一位生者以及一部作品的诸种德性。在这里诗人成为了其话语确切的同代人：如果我们说，对于夏尔而言，诗人是被诗篇所生的孩子，那么必须立刻加上一条，诗篇是一种被给予的危险，在那其中一个人消逝了，为了重生为诗人。在起义的根源处存在着某个人——他与那个站在"认识之峰"上保持其运动的人不再是同一个人。这就是说诗歌行动与一种对抗状态不可分离：焦虑、高度、对手，勒内·夏尔体验到了它们，在它们最强烈的程度上，在具体的斗争中就像在想象的斗争中。高度是诗光辉的专属领地，它也同时是闪耀着爱之双重太阳的领域（《幻日之路》）；关于焦虑，它让人去直面最坏的情况，在最残酷的游击战中去对抗那些真实存在的对手，而诗人则在此充当其反叛话语的担保。

我之前提到了一个隐秘的领域，在那里我们隐约感到诗根源处那个分娩前的场地：夜晚、大地、焦虑、悬崖。然而一个相反的原则立刻出现在了作品中，这个原则是一种浓缩能量的载具，能够通过时而耐心时而急遽的努力去**制造对比**。夏尔向我们传达他眼中的事实，借助那些由意味深长的多样性所构成的画面：大地中的种子，悬崖上的泉水，夜间的闪电，黑暗背景上星群的闪烁。（通过一种能够很好地揭示勒内·夏尔的那些极端要求的手法，星座或是流星雨的画面表达了晦暗与灿烂光芒之间的对比，**多重**的光芒与夜空单调的**一致性**进行搏斗，于是可以说光与夜的对立递增为多样性与统一性的对立。）从此之后无法抑制的运动便从具有敌意与爱意的对手的冲击中诞生，这出戏既不属于"外在的"世界，也不属于孤绝的"意识",而属于它们共同的归属……对于那些善于倾听的人而言,在夏尔的无数诗篇背后,存在着一对丰产的配偶,一场甚至无法并存的对手间的游戏,相互提供支撑,目的是为了一次从此以后再也无法停下的拔起、喷涌和前进,直到耗尽所有根源处的震荡为它们充入的驱动能量为止。在一首美妙的灿烂诗篇《宣告其名》中,夏尔追忆了他的童年,具有繁殖能力的配偶在这里是"无忧"与"痛苦"。这两个词一被提及,加速立刻就发生了:

> 我那时十岁。索尔格河镶嵌在我身上。阳光在流水睿智的钟面上歌唱时光。无忧与痛苦封住了家宅屋顶上的铁皮雄鸡并互相容忍对方。但在那窥探的孩子心中,有哪种轮子能比那白色火光中磨坊的水轮运转得更加强劲,更加迅速呢?(OC401)

夏尔与画家亚历山大·加尔珀里纳(1986)

我们看得出,在这首诗的开头,在这些记忆画面中存在着一种**慢镜**,尤其是关于童年回忆。而在别的地方,一种迅疾而近乎瞬时的运动把这首诗从开端带向顶点,从其最初的涌现带向"当前闪耀钻石辉光的瞬间点"(OC164),在此时脆弱而锋利的当下点亮了我们。经常,就像我们已经看到的那样,多重的瞬间,火光的集束,花簇与星雨——在这些复数意象中当下的统一性裂成碎片——这些都是勒内·夏尔享有特权的主题。而我们不知道还有哪位像夏尔一样自由的诗人会对这种动态的经历和模式保持近乎执念的重复。在这些作品中,有多少诗作在向我们诉说被延迟的飞跃,诉说耐心,诉说某种敌对环境(夜间,严酷而不公的时代)中所需要的耐力,这些环境通过栖居其中并等待出路的**坚守**而变得多产。"知道如何用耐力去消耗那先于又后于闪电的遍布关节的夜晚人将拿起新枝。"(OC431)在话语的起义中,不仅仅是开端与顶点对于诗意经验而言具有重要性:勒内·夏尔知道他需要付出全部的代价去与门槛、边缘、界限以及突破口协调一致,与所有能够实现决定性出路的场地协调一致,在晦暗的开端与未成形的字眼之间。夏尔对我们说,诗人是一个"摆渡正义者"(OC168),一个"让摆渡得以实施的过客"(OC334)。如果说诗人属于"早起者"的一员,不仅仅因为他属于第一缕阳光，而且因为他知道如何在深夜中守候黎明的红霞。交叉口并非破除冲突之地：对立依旧保持着对抗状态，对比的悲剧性依然保持完整，然而有一种生命冲动出现了，在那其中诗人给出了他的承诺：

> 朝阳的精神状态是喜悦的，不顾白昼的残酷与黑夜的回忆。凝血染上朝霞的淡红。(OC329)

> 我们只能在半开半闭中生存，确切地身处那条光与影隐晦的分割线上。但我们被不可抗拒地掷向前方。我们整个人把支撑与晕眩都给予这一推力。(OC411)

每一次涌现都穿过了一个界限，跨越了一个障碍，在一个无法预料的空间中只身犯险：诗、爱情或者江河的**最初瞬间**通过强有力的类比联系在一起。它们承载着关于摆渡的启示。如果说在夏尔的天地中存在着某种享有特权甚至可谓神圣的场地或物品，它们一定都铭刻着摆渡的痕迹：门槛石，一条征服之力穿行其间的狭道，泉水城的悬崖，或者这个模糊的"窗玻璃"(OC310)，它联结又隔离，在那里外面与里面标定了它们相互关联的分界。

夏尔与海德格尔

在诗之起义的极限上，我们再次发现一道新的门槛，但却是一道被禁止的门槛，无法再次被跨越。顶点并不是一个被征服和占有的最终目标。诗跳上了它的最高海拔——有时候它以一种令人炫目的迅捷涌向那里——它发现它所获得的东西的丰富性远远不如它对那些它所缺少的并且依然躲避着它的事物的渴望。峰顶只是一个瞬间，在那里未知、未来、沉默通过它们的回撤而显现出来：

> 在最大的歪曲之后，我们抵达了认识之峰。这是一个巨大危险的时刻：狂喜面对虚空，新生的狂喜面对新近的虚空。(OC753)

无论诗人提供给我们关于抵达的哪种画面——喜悦的高潮，江河的三角洲，波涛的浪峰，羽箭的高点或星辰的顶点——胜利总是在这里辉煌地颠倒为失败。因此，诗人虽然熟知自己的极限在哪里，却顽强地拒绝向其屈服，他重新回到自身起源处无限的夜中，回到他生命冲动的源头。

高潮，在勒内·夏尔笔下，排除了独占式的合体。在一个被取消的过去与一个"尚未预言的未来"之间，当下最具活力的顶峰——在那里警醒、狂怒、情绪、思想、晕眩汇聚起来——却不是一个可供停留之地。对于勒内·夏尔而言，诗歌行动的动力学不允许在峰顶得到休息："属于所有人的方舟，如此完美，在升旗的瞬间沉没。在它的残片与遗骸中，有着新生儿头颅的人类重新出现。一半汁液，一半花朵。"（OC344）当诗人在夜中忍受，他守候着摆渡的瞬间；但是话语，在其轨迹的极点上，禁止逗留。

> 诗生活在无休止的失眠之中。（OC413）

诗人直面未知。"自我面前不存在未知将如何生活。"（OC247）夏尔的这句箴言，将生命——以及关于生命的诗——建立在一种冲突的前锋线上，莫里斯·布朗肖曾为其献上一段令人赞叹的点评[①]。未知：我不是它的主宰，它的呼唤不断让我保持警醒，它环绕着我，煽动着我，那围困我的**对手**，那策动我命运的无法抵达的地平线。只要诗人保持活跃，未知就不会始终处于中性和无面目状态。他将向我们表露他的想法，通过一些打破一动不动的隐匿状态的事件。从未知物的基底中涌现出某种变故，诗人有义务去进行回击。命运已被**创制**，诗人也必须**创作**，去回应"无法熄灭的永存的现实"（OC155）。未知物的代表：灾厄、风险或机遇，从那尚未定型的地平线中出现，在那里储备的未知物依然未经触碰。一次袭击或者一份礼物。一群屠夫与野兽，或者一种出乎意料的美，始终在等待。诗人任凭自己走向与它们的相遇，心怀一个恰当的回答。

在勒内·夏尔作品的各个地方，我们都可以发现一种韵律节奏，发现由世界的挑衅与诗人的回答所构成的两重时间。除非次序倒转，人类的行动总是先于世界的回应：猎人开火，森林燃烧。在《水太阳》中，渔民炸毁了水坝，"然后水流翻腾着逃逸而出，释放爆炸的水流，与其源泉形象一致的水流。"（OC1085）暴烈的瞬间，在爆炸的短促音节之后接续了一个绵长的音节，那是自然世界从人类反抗中的一个局部而单纯的行动里所释放出的汹涌回应。

① Maurice Blanchot, *René Char et la pensée du neutre*, in *L'Entretien infini*, Paris, Gallimard, 1969, pp.429—450

诗人与未知配对，他必然要投入一场决斗，并且面对世界的挑衅调整他的回应。当历史承载了太多的罪恶，正义的回应方式存在于声音的渐轻之中，存在于诗的"蛰伏／睡眠"之中。于是人走向行动，留给诗歌一个次要的位置，并在那里将最重要的东西保卫起来。《修普诺斯诗稿》，"干草燃起的火焰也可以成为它的编写者"（OC173），包含着这种见证：诗人拯救了诗之真理，将其置于离沉默尽可能近的地方，在四溅的鲜血面前牙关紧咬。"我回击枪炮"（OC144），他写道。游击队时期的篇章都是诗人缺席的痕迹以及他的冬休季，被其"地狱般的义务"（OC200）所强令。但它们也同时是对某种允诺给未来的"共同在场"（OC80）的担保，在其考验中已经产生了预感。那时并不适宜用洪亮的声音歌唱。在那个时刻，只有缄默能够给予希望一个恰当的尺度；缄默，或者那些近乎沉默的音符，言说着黑暗中的等待与坚守……

以一种如此慷慨，如此坦诚，如此毫不妥协的方式心怀反对派的使命感生活，只有那些能够在他们自己身上体验到对立所包含的力量的人才有可能做到。未知、对手对于这样的人来说会出现在他与语言的关系以及他与诗的决斗中：

> 在诗的核心，一个抗辩者将你等待。那是你的主宰。
> 和他光明磊落地战斗吧。（OC754）

"风险会成为你的启示"（OC756），勒内·夏尔这样写道。我们正处在一个关键点上，在那里风险发生了转向并且露出了它的另一幅容颜，也就是机遇；在那里，反击也因此必然表现为迎接，而挑战蜕变成信任。诗篇中可能发生的情况，也同样是一种事件，也就是说从未知基底处抵达我们的一种在场。正因为如此未知本身出现在了诗人对未知做出的回答之中：

> 写作如何抵达于我？就像冬天时我窗玻璃上的一片
> 绒羽。旋即在壁炉中升起一场与炭火的缠斗，到目前为
> 止，尚未终结。（OC377）

这是对一种非凡丰富性的宣告，对立物在这里找到了依靠：外

面与里面，冬日的寒冷与壁炉的火热，羽毛的轻柔与缠斗的暴烈。在时间次序上，对立的双方是窗玻璃上**瞬时**的显现与**无休止**的缠斗——短促的音节与绵长的音节……

我们一般会把夏尔看作一位充满暴烈能量与冲突的诗人。但我们常常忘记补充一条，那就是在那充满暴烈能量与冲突的地方恰恰让夏尔有权成为一位爱之诗人。暴力与温柔，二者之间远非排他的关系，它们必须联合在一起去对未知做出回答，当未知从奇迹般的机遇和恩惠这类角度抵达我们之时。机遇通过一个个个体，通过活生生的人以及一张张面庞而浮现出来：这不再是一道中立的地平线，而是从他的肉身独特性中呈现出的存在："诗始终被嫁与某人"（OC159）：

> 只有与我相似的人，女伴或男伴，能够把我从麻木中唤醒，启动诗歌，逼促我去对抗古老沙漠的界限以便我将其战胜。再无他人。不是诸天，不是特许之地，也不是让我们战栗的事物。
>
> 火炬，我唯与它起舞。(OC378)

回答因此包含着友善与爱，但不排除至少在其中混入了暴力的幻影。伴侣间的幸福难道不是"无可指摘的游击战"（OC343）吗？因为女伴，爱人，始终是由未知所委派的：她是来自世界神秘深处的机遇。她激发起我们的表达冲动，但她不会任由自己被捕获。"抓住"爱人的头只能是一种"滑稽的觊觎"（OC346）。爱的统一性并不在相似者的融合中完成，而是在一种非对称的关系中，在那里我们的欲望直面未知与缺席的部分，未知与缺席在那些机遇中也从未停止躲避我们。而无论诗人与他的同类、与他的男伴靠得多近，他始终是一个具有"单侧稳定性"（OC162）的人。间距必须得到捍卫；必须迎接我们的机遇、我们被爱的对手，带着所有异乡客人理应获得的尊重。我们必须强调这样一个现象，在勒内·夏尔笔下，相遇所具有的强度与对一种可不缩减的距离的尊重直接相关。相关的证据可以在《休憩于风》这样一首卓越的诗篇中看到最清晰的表达；当然我们还可以在无数其他的篇章中找到。同样，在

《艾普特的树林》中，"两朵野蔷薇"突然出现，"来自旧时火灾遗留下的废墟一角的残壁"（OC371）：相遇是一种震动人心的苏醒信号。但却是在折返的路上，"在向后转的脚跟上"（OC371），诗人才与诗学的紧迫要求相合。

两朵野蔷薇：这是诗人与世界的决斗关系，在这里世界给予诗人一个重叠的画面："它被看作一场逝者的集会，在预告前夜。"（OC371）在这一感性寓意所带来的感动中，植物双重的在场重复了诗人与未知组成的配偶关系。《情书》，这部关于缺席爱人的诗篇，在"索尔格河碧波中的两朵黄色鸢尾"（OC346）这样一个画面中结束。在《十月的判决》里，"在她们紧绷的悲痛中的两个贫妇"（OC434），两朵过季的玫瑰，树立起关于恒久深情的纹章：

夏尔在索尔格（1983 年 3 月 20 日）

> 一个夜晚，低沉的日子，一切的风险，两朵玫瑰，
> 就像避难所中的火焰，与杀死它的东西脸贴着脸。
>
> （OC434）

事实上，真正的配偶并不是由玫瑰与它那过于相似的姐妹组成的，而是由玫瑰与致命的寒冷和近逼的夜组成的。如果我们从勒内·夏尔的植物天地进一步走向他令人赞叹的动物寓言，这个关于爱的**不对称**层次还更加明显。动物不与它的同类组成配偶：在《热恋蜥蜴的悲歌》中，蜥蜴爱上的是金翅鸟；在"新的纯真"（OC259）来临之日，鲨鱼与之交流的是海鸥。更紧密的联系则是一些动物与威胁和杀害它的对象配对。雨燕被"一把细长的火枪"（OC276）窥视；太阳般的公牛在"嘶叫着的黑暗包围"（OC353）中死于他的仪式性杀手剑下；云雀，"天空极致的火炭与白昼最初的炽热"（OC354），由于那使它感到惊奇的镜子而死；拉斯科洞穴里的走兽在猎人身边失去了它们的内脏，而猎人为了他的猎物死去。推到极限上，这种"热恋—垂死"的关系是这样一种关系，将生者与他身边的空间联系起来——这个空间可以提供一次飞跃，但同时寄居着危险。勒内·夏尔的动物寓言是对心灵之自由及其固有风险的丰沛象征。那些使他入迷的动物都是不知何为主人的生物：它们生活在与周围环境纯粹的亲密之中——就像河川中的"鳟鱼"

(OC353)，或者大地上的无脚蜥，或者那些消失的狼，诗人始终感到与它兄弟般地联系在一起。自由，慷慨，它们都是"永不腐败"和脆弱的——即使是在它们拥有统治权的地方也同样在遭受死亡的威胁。

这些动物，这些橄榄树还有这些芦苇都是普罗旺斯特有的；这些森林、山峦和村落（它们的名字甚至会直接出现在夏尔诗歌的标题中）都可以在伊斯勒周围的地图上加以定位，这当然是诗人忠诚于自然地域的一种标志，但需要再次强调的是，必须从对立物的联合这一角度去理解这些关联。因为诗人是最不会被依赖所拘束的，坚定地矗立在一个没有过往、没有彼岸也没有后裔的今天。在死心塌地的归属与无边的伟大自由之间，投入了一场充满激情的对话：忠诚与自由为了彼此强化而突出它们的差异，就像"谷底"与"顶峰"，下游与上游。诗人属于这类场地，为了能够去更好地面对那些不占有任何场地的事物。诗人身处这片大地，这个"封闭的山谷"，不是为了在这里离群索居、一成不变地生活，而是为了经历运动与摆渡：

> 靠双脚启程上路，直到黄昏，／按压、勘测、善待这
> 条道路，／尽管驿站充满恨意，依然为我们指出／满足心
> 愿的干草与群鸟交汇的土地。[①]

"群鸟交汇的土地"，无尽道路上的行走，或者更进一步说：河水的流动。这是一系列典型画面和感性格言，讲授着固定与运动、扎根与流动之间的联姻。诗人在世界中发现了一些伟大的形象，像镜面般反射出他分割者与调解者的命运，而诗人必须不断重复这一轨迹。破译世界，在很大程度上就是去识别那些具有**诗歌类似性**的事件——因而言说世界，吟诵诗歌和讲述诗学要素（也就是说把话语提升至关于诗的诗）是一种相同的行动。

因此，在一首最近写下的诗中，杨树的消失也就是在讲述诗人的消失：这是以一种绝妙的方式去重复"在诗学中，我们栖息在离去之处，我们只创造我们摆脱的作品，我们只有摧毁时间才能获得

① *Char, dans l'atelier du poète*, édition établie par Marie-Claude Char, Paris, Gallimard, 2007, p.815

延续。"（OC733）重读《杨树的消失》，这个如此简练又如此开阔
的文本，在其中不仅四种元素分别找到了它们的位置，而且真相与
诱饵，暴力与温柔，自然与人结合在了一起：

> 飓风席卷树叶。／我睡着，我，柔和眼光中的霹雳。／
> 任那把我震动的狂风／与我所信任的大地相结。
>
> 它的气息磨尖我的浮标。／诱饵的凹隙动荡不已／
> 从源泉直到浑浊的河底！
>
> 我的居所将是一把钥匙，／捏造成一团由心灵证实的
> 火；／和用利爪紧握钥匙的大气。（OC423）

飓风是狂暴的自由，包含着风无尽的流动与霹雳的灼烧。树木
在忍受，在它固执的生长中，沉眠着霹雳：它被命名为"柔和眼光
中的霹雳"，暴力在这里被混入了温和。如果我们去听从树的指令，
飓风狂烈的运动便将与一动不动的大地**结合**在一起。树木既属于空
气，又属于土地。元素间的冲突使它忍受着苦难，但它也同时是调
解者。它矗立着，稳稳地固定在坚实的土壤里，顺着飓风震动。它
的颤动是其双重归属的标志。因为颤抖是一种静态运动，同时表达
出对大地与风的顺从。因此杨树参与了流浪，但也依然是其位置
的囚徒。在它那不安的垂直度中，通过它那在纷乱气流中心挺立
的枝梢，杨树拒绝了泉水充满惰性的命运：一个警醒的海拔标记物
（"浮标"）对立于掺杂着腐殖质的动荡的水源。（在汹涌气流中挺立
的树木还属于其他与自由有关的形象：典型的例如大洋上的船桨。）

"我的居所将是一把钥匙。"树的话语在这里成为了诗人的话
语。因为诗人是保持开放的人，是拒绝定居的人。"我的居所将是
一把钥匙"：这句话有可能被看成谜语，夏尔的简练连接着纹章与
铭文；话语不让我们立刻破解它独特的意图与普世意义。但它只
需要一些耐心以及我们目光的援助便可以发亮。于是我们发现它定
义了诗的**场地**并且它再次呼唤了对立物的统一。夏尔对我们强有力
地说道，诗人唯一的居所是那摆渡的工具，通过它门槛得以跨越。
（他在别处写道，"嫁同时不要嫁与你的家宅"[OC183]）诗就是这
把钥匙——一把将我们这些读者解放的钥匙——尽管在此时此刻诗

人依然在奉命坚守。然而钥匙得到了"一团由心灵证实的火"的形状，并且也属于风的至高力量（"用利爪紧握钥匙"）。对于诗，这样一种虚构捏造的东西，这样一种假想物，难道还有什么比这更好的方式去诉说诗的目的就是为了保证人类内心的火焰与狂风外在的王权所构成的真相吗？因此，在这双重征兆之中，当诗意话语把我们从充满惰性的住处远远引开，它难道会让我们迷路吗？诗，瘦长而有力的钥匙，给予我们共通的天空下一处更宽敞的居所；它让我们进入这个即时的府苑，在那里"美，在经历漫长等待之后涌现出共通的事物，穿越我们洋溢幸福的田野，去连接一切可以被连接的东西，去点亮我们的黑暗集束中一切必须被点亮的东西"（OC757）。

亨利·卡蒂埃·布列松镜头中的夏尔（1977）

夸西莫多诗选

[意大利] 萨瓦多尔·夸西莫多　　刘国鹏 译

萨瓦多尔·夸西莫多
（Salvatore Quasimodo, 1901–1968）

瞬息间是夜晚

每个人都孤零零地矗立于大地之心，
被一缕阳光刺痛
瞬息间是夜晚

镜　子

瞧，树干上
宝石迸裂：
比青草更鲜嫩的一抹绿
使我内心澄澈：
树干似乎已死掉，
倒在水流清浅急促的沟渠。
周遭的一切向我弥漫着奇迹的味道；
我是那云中的雨滴
而今在沟渠中映照出
天空最湛蓝的片段，

然而，那劈裂树皮的绿色
今夜已不复存在。

一夜，雪

一扇关闭的门后，我依然听得到
远方的你，灵魂哭泣的声音：
在风雪交加的北方，空气
也是如此，在牧羊人的畜栏间发出呼号。

迎着记忆的短暂游戏：
雪在此地落下，啃噬着
屋顶，令老传染病医院的堡垒变得肿胀，
涨红的大熊星座沉没于雾霭间。

何处是我的河流古老的色彩？
何处是蜇人的黄蜂麇集的夏日，
那月亮的面孔？唯有
你卑微的嗓音流露的哀伤
痛惜着我的离去
没入两肩的抑郁

向雨祈祷 *

草叶上
天空好闻的气味，
向晚时分的雨。

赤裸的声音，我倾听你：

* 这是一首具有浓厚宗教气息的诗歌，如果不了解诗中所涉及的部分词语的天主教信仰背景或诗人所处身的信仰传统，则难以准确传达该诗的内涵。此诗经由意大利原文直接译出，而坊间流传的版本由沈睿据英译本加以转译。（如无特别说明，注释均由译者作）

翻耕过的心
结出声音和避难
初熟的甜蜜果子①；
而你焕发我，沉默的青春，
为另一生和突如其来的复活的
每一个动作所惊喜
那让黑暗说话和变容②的复活。

以天国时日的虔诚，
以其光的虔诚，
以悬浮的水的虔诚；

以我们心的虔诚
以脉管敞开
在大地上的虔诚。

孤 独 *

向晚：雾，风，
思绪中唯有：我和黑暗。

没有女人；那
唯一馈赠于我的
仅是保持沉默，
它早已没有面孔
像任何死去的事物一样
也无法被重新组合。

远离家园，每个家
都有守夜的光亮

① Primizie(初熟的果子)，为《圣经》中常见的特定词语。在《旧约》中，特指犹太人在收成以前所奉献的初熟的土特产作为敬拜神的礼物，也成为其收成的祝福，参见《申命纪》26：9—11；而在《新约》中，这一涵义则有较大的变化，既指基督以自己赴死的代价所换取的第一批基督徒(《雅各书》1：18)，也指从死里复活、成为已死之人初熟的果子的耶稣基督(《哥林多前书》15：20)。
② trasfigura(变容)，动词 trasfigurare 的第三人成单数，亦为《圣经》中常用的特定词语，特指耶稣在山上变容给彼得、约翰和雅各，以显明其为神子。参见新约《马太福音》17：2、《马可福音》9：2、《新约路加福音》9：29。
* 该诗未收入《水与土》中。

敲击黎明的织梭
简陋的小饭厅地上的方砖。

从那时起
我最后一次聆听歌声。
有人返回，心不在焉地离去
留给我异乡孩子的眼睛，
道旁死去的树木
没有给予我爱情。

从左至右：蒙塔莱、夸西莫多、翁加雷蒂、
蒙达多里、梅西纳、托法内利、古图索

对于痛苦，我一无所知

那白色和黑色根系的剧痛
散发出酵母和蚯蚓的味道，
被水流切割的大地。

对于将我分娩的痛苦
我一无所知：死亡一次是不够的
如果这里，内心的泥土
和着青草一再地压得我喘不过气来。

岛　屿

我的故土，对你的
爱令我哀伤，
是否橙树
或夹竹桃幽暗的芳香，
在夜空消散，
溪水伴着玫瑰流淌

几近抵达入海口。
然而，如果我回到你的岸边
甜美的歌声
自惊慌的街道响起
我不知道，这是茫然抑或爱情，
异乡的焦虑降临到我的头上，
而我隐身于消遁的事物之中。

致母亲的信

"*最最亲爱的母亲*①，现在起雾了，
船在混乱中撞上了堤岸，
树木胀满了水，灼烧着雪；
在北方，我并不悲伤：我没有
与自己言归于好，我不期待
任何人的宽恕，许多人却一个个

从左至右：蒙塔莱、翁加雷蒂、夸西莫多

亏欠了我的眼泪。我知道，你身体不好，你像
所有诗人的母亲那样活着，贫穷、
恰如其分地丈量着对于远方
儿女们的爱。今天，是我
在给你写信。"——终于，你会说，这是那个
身穿短大衣、口袋里揣着几行诗句、夜里逃亡的
孩子的片言只语。可怜的孩子，心思聪敏，
有一天他们会在某个地方要了你的命。——
"你说的没错，我记得，从灰色的站台上
慢腾腾的火车将杏仁和橙子
运到伊梅拉河口，河边满是喜鹊、
盐巴、桉树。"不过，而今我感激你，
感激你，安放在我嘴唇上的
嘲讽，如你的嘲讽一般温良。

① 本诗开头和结尾两个词使
用了拉丁语：*Mater dulcissima*,
dulcissima Mater，次序对称颠倒，
犹如括号的两端，但意思不变，
即"我最最亲爱的母亲"。

你使我摆脱哭泣和痛苦的那抹微笑。
如果我此刻为你，为所有如你
一般守候、不知道发生了什么的人垂泪，
又有何要紧？啊，尊贵的死亡，
不要触碰厨房墙上滴答的钟表，
整个的童年时光都流逝在它方形的
珐琅表盘、绘制其上的鲜花图案上：
不要去触碰老旧者的手和心脏。
或许，竟会有人应答？哦，怜悯已死，
贞操已死。永别了，亲爱的，*我最最亲爱的母亲*。"

寂静没有欺骗我

圣辛姆普利卡诺
扭曲的钟声
麇集于我的窗玻璃上。
钟声没有回响，描划出
一个透明的圆，我想起自己的名字。
我写下诸如此类的话，试图
在生和死之间，标出可能的
关系。当下外在于我
只能部分地抑制我。
寂静没有欺骗我，程式
是抽象的。该来的就在这里，
即便不是为了你，爱情，
未来该有我不欲听闻的
回声，颤动
如大地上一只无忧无虑的飞虫。

死亡的女敌手

——致罗萨娜·西罗尼[1]

哦，亲爱的，你不该
从世上撕掉你的形象，
从我们身边拿走美的尺度。
死亡的敌人们，我们该当何为？
匍伏在你的脚前，将紫色的玫瑰
别在你的胸口？
你没有留下一片叶子，你弥留之日的
言语，抑或，对大地上生长的
万物说"不"，抑或，对于单调的人类
日记说"不"。依然是夏天，月亮的
悲伤拖走了
你的梦想：山丘、树木、光、
黑暗、水；并非朦胧的
想法，真实的梦境
自头脑中分离，因你而
突然做出决定的头脑，
时间，未来的懦弱。而今
你置身沉重的大门之后，
死亡的女敌手。——谁在哭号？谁在哭号——
你杀死了美丽，藉着一缕呼吸
你永远地刺中了她，你损毁了她
她疯狂的阴影在我们当中扩散
对此你毫无哀戚。你经不起，
美，失败的孤独。
你在黑暗里做出手势，你在空中
写下你的名字，或者，向风中

① 罗萨娜·西罗尼（Rossana Sironi，1929-1948），有着法西斯色彩的意大利现代主义画家、雕塑家马里奥·西罗尼（Mario Sironi，1885-1961）之女，18岁时自杀身亡。

飞来飞去的一切写下"不"。
我晓得，你想要穿上新装，
我晓得，问题无人应答。
没有答复，无论对你，还是我们，
哦，苔藓和花朵，哦亲爱的
死亡的女敌手。

而今日头升起

夜色消遁，迟缓的
月亮在寂静中融化，
隐没于海峡之上。

平原上，九月如此
鲜活，绿色的草地
犹如置身春天南方的山谷中。
我远离同伴，
把心藏在古老城墙的深处，
好独自一人想你。

你似在月亮以远，
而今日头升起
石板上，马蹄声轻击！

强颜欢笑

在那里，树木依然竭力
伪装成被遗弃的夜晚，
慵懒的如同

你最后消逝的步履

椴树上，花朵

初绽，执著于自己的命运。

你为爱情寻找一个理由，

你感受到生命的寂寥无声。

正直的时间向我开启了

另一场冒险。而今，

闪电般的美，犹如死亡一般，

以他者的面容令人心痛。

即便在这个声音里，我也

清白尽失，那幸免于难的

强颜欢笑。

哀　歌

寒夜的女使者，

你清澈透明，返回被摧毁的

宅屋的露台，照亮

无名氏的坟冢，硝烟弥漫的大地

被遗弃的残骸。这里长眠着

我们的梦想。孤独的你转向

北方，那里所有的事物都在

暗无天日中奔向死亡，而你保持着抗拒。

梦中河流的清凉

在同舟共济之夜，

我在幸福的停泊之地遇到你，

现在被发掘的

是近乎一次新的喜悦的和煦，
和没有入海口的生活苦涩的恩典。

空白的街道晃动
梦中河流的清凉：

我依然是自寂静中
聆听你名的浪子
当死去的人们发出呼喊。

心里，某个地方
死掉了。

雨与我们同在

雨与我们同在，
摇撼着静谧的空气。
燕子掠过伦巴第
死寂的水面，
一如红嘴海鸥掠食小鱼，
干草的气息漫过了菜园的围墙。

又是一年燃尽，
毫无怨尤，也没有
某一天突然胜利的呐喊。

可见，不可见

道路双臂间

地平线上

可见，不可见的

马车夫的叫喊声

应和着群岛的声音。

我也没有随波逐流，

周遭世界摇晃，我读着

自己的故事，犹如飘雨时节的

守夜人。秘密有着幸福的

边缘、计谋、执拗的引力。

我的生活，是一扇扇没有把手的

大门，条条道路上，风景里住着

残忍而又笑眯眯的居民。

我还未准备赴死，

我熟悉事物的根由，

终点是我亡灵的入侵者

旅行的水面。

我对亡灵一无所知。

大　地

夜，宁静的阴影，

空中的摇篮，

风吹拂我，犹如我在你的里面翱翔，

藉着风，海嗅到大地的气息

家乡的人们在岸边

扯起风帆，背着鱼篓

抱着黎明前苏醒的孩子。

枯瘦的山冈，春草初生的平原

静候着牛马和羊群，

而你们的恶践踏着我的内心。

被淹没的双簧管

贪婪的悲痛，在我期待已久的
放弃之时
你的礼物姗姗来迟。

一根冰冷的双簧管发出
多年生叶子喜悦的共鸣
那不是我的（叶子），双簧管失去了记忆；

在我内心，夜幕降临：
水在我手掌的草地上
没入天际。

翅膀在黯淡的天空中摆动，
唇音：心脏迁徙
我自荒芜，

时日中的一堆残骸。

我同时代的人

你依然是那（手握）石块和投石器之人，
我同时代的人。你曾坐在机舱里，
恶毒的翅翼，死亡的日晷，
——我目睹你——乘着火焰马车，向着山口，
向着备受折磨的车轮。我目睹你：你曾

以你令人信服的、有关大屠杀的精确学问

没有爱，没有基督。你还在

屠杀

一如往昔，一如父亲被杀死，

一如动物

被处死，我第一次看到。

这血腥之味，犹如，白日里

一个兄弟对另一个兄弟说：

"我们去田里"。那冷酷、固执的回声，

传到你的耳朵里，传到你时代的耳朵里。

呵，孩子们，忘掉吧，血腥的云朵

自大地升起，忘掉父辈：

他们的坟墓灰飞烟灭，

黑色的鸟儿，风，笼罩了他们的心。

廷达里的风

廷达里，广袤的丘陵间

你如此温柔，孤悬于神祇甜蜜的

群岛散布的水面，

今天，你蓦然袭击了我

俯身在我的心头。

我登上高耸的悬崖之巅，

凝神屏息于松林间的风，

陪伴我的友伴渐渐远去

淡于无形，

声音和爱的波涛，

和你，从我不幸地摆脱的

地方紧紧抓住我

还有那对阴影、寂寞的恐惧
一度频频光顾的甜蜜的庇护，
和灵魂的死亡。

大地对你一无所知
每一天我都沉迷和
孕育秘密的诗行：
身着夜衣的其他的光芒
在玻璃上将你剥光，
那并非我的喜悦栖息在
你的母腹之上。

流放是严酷的，
那封闭在你里面，对于和谐的
寻觅而今已在死亡
早熟的焦虑中缄口；
每一次爱都是悲伤的屏障，
黑暗中无言的步履
那里，你为我摆上
要被掰碎的苦涩的面包。

宁静的廷达里归来了；
温柔的朋友将我唤醒
从一面悬崖上将我伸向空中
我假装害怕，他对于
那寻找我的深沉的风一无所知。

微小的曲线

主啊，请遗弃我，这样我就不会听到

缄默沉沦的年岁对我的剥夺，
这样痛苦会以公开的活动发生改变：
生活微小的
曲线把我甩在后面。

让我成为风，愉快地翱翔，
或大麦的种子，或麻风病
在充分生成中自我表达。

就让爱你变得轻松些
在阳光下抽芽的草丛中
在肉体绽放的溃疡中。

我希冀一生：
每个人赤足而行，在寻觅中
踌躇。

你再次远离我：在夜晚伸展的
暗影中，我独自一人，
没有向着鲜血涌流的甜蜜
敞开的通道。

阿纳波 *

在海边，我听到水之鸽，
我的阿纳波；在记忆中为它的
哀痛发出呻吟
一阵响亮的簌簌声。

它蹑手蹑脚地上岸，

* Anapo，西西里岛上距锡拉库
萨（Siracusa）不远的一条河流。

和众神嬉戏之后，
一具青春的胴体：

它有一张多变的脸，
在光线移动的一根胫骨上
植物的肿块在膨胀。

我向幽深的根源垂首
每一个阶段都在重新出发，
在婚姻的胚胎里包蕴着死亡。

——主啊，你对血的潮汐做了些
什么？——它的肉体上徒劳的
回归的循环，
夜晚和星辰的波浪。

人类，不孕的物质在发笑。

在新鲜的下降的遗忘中
在黑暗的草地上，他躺着：
爱人是一道阴影，在他的
肋骨内偷听。

温顺的动物，
空气的瞳孔，
在梦中狂饮。

1959 年诺贝尔文学奖颁奖现场

我一无所失

我依然在此，太阳

绕过肩头犹如一只鹰隼，大地
在你的声音里重复着我的声音。
可见的时光重新开始
在眼眸中发现光明。
我一无所失。
失去乃是前往
天空的图示
沿着梦想的移动，河流
满布落叶。

雨与铁的色彩

你过去常说：死亡、沉默、孤独；
像爱情、生活。我们
临时图像的词汇，
风每天早晨都在轻盈地吹拂
雨和铁的时光之色
穿过石头，
降临到我们被诅咒的封闭的嗡嗡声中。
真相依然遥不可及。
告诉我，十字架上被劈开之人，
而你和你那鲜血淋淋的大手，
我将如何回答那些质问？
现在，现在：在另一阵沉默
进入眼睛之前，在另一缕风
升空和其他锈迹蓬勃发展之前。

1959 年诺贝尔文学奖得主夸西莫多受奖

不朽的死神 *

因此，我们将不得不否认你，肿瘤的

* 不朽的死神 (Thanatos Athanatos)，
标题为古希腊语，Thanatos 指古
希腊神话中的死亡之神桑纳托斯。

上帝，生机盎然的花朵的上帝，
从对黑暗石头"我是"说不
开始，允许死亡
并在每座坟墓上单单写下
我们的确凿无疑："不朽的死神"？
这个被依然悬而未决的问题击败之
人，（也）没有一个名字用于
记忆他的梦想、眼泪和愤怒？
我们的对话发生了转换；而今
可能成为荒谬。那里
在烟雾之外，在林间
树叶的力量保持着警觉，
挤压两岸的河水是真实的。
生活不是梦。真正的男人
和他沉默的、小心翼翼的哀痛。
沉默的上帝，敞开孤独。

高耸的帆船

当鸟儿前来晃动苦涩之树
上的叶子，棵棵树木环绕我家，
（他们是夜间盲目的飞禽
曾在树皮上筑下巢穴）
我把额头抵近月亮，
看到一艘高耸的帆船。

在岛的周围，海就是盐；
大地辽阔，无数
远古的贝壳在矮柠檬湾的
岩石上闪耀。

我对心爱的人儿说，我的儿子在她里面躁动，
因为他的灵魂里总是盛放着大海：
"我厌倦了这些扇动的翅翼
以桨的节奏，以发出狗一样哀鸣的
猫头鹰的节奏
当月亮之风向着芦苇荡吹拂。
我想启程，想要离开这岛屿。"
她说："亲爱的，太晚了：让我们留下吧。"
然后我开始慢慢地计数
海水明亮的反光
以高耸的帆船的体量
微风吹向我的眼睛

另一个拉撒路 *

从遥远的冬季，冒烟的
山岗上响起一记硫磺味的
锣声。就像在那个时候，森林中
传来抑扬顿挫的音调："黎明前
被睡梦捆绑，人群里，你将从草地上
起身"①。你（搬起的）石头倾覆了
世界的形象在那里迟疑。

米兰，1943 年 8 月

徒然在灰尘中寻觅，
可怜的手，城市已死。
她死了：她听到运河心脏上

* 拉撒路（Lazzaro）是《圣经·约翰福音》中的人物。他在病危时未能得到耶稣的救助而死，后来耶稣断言自己能救活他。四天之后拉撒路果然从山洞里走出来，见证了耶稣的神迹。
① 原文为拉丁语：Ante lucem/ a somno raptus, ex herba inter homines, /surges.

最后的轰隆声。夜莺
自修道院高高的天线上跌落，
那日落前唱歌的地方。
不要在院子里挖井：
生者不再口渴。
不要触碰死者，如此殷红，如此肿胀：
把他们留在家园的土地上吧：
城市已死，已死。

雪

夜幕降临：你们仍然为我们留下了
大地可爱的形象，树木，
动物，可怜的人裹在
士兵的斗篷里面，母亲们
长着哭干的腹部。
草地上的雪照亮我们
像月亮一样。哦，这些死者。你们捶打
在额头上，捶打，直至心脏。
至少该有人在沉默中呐喊，
在这被埋葬的白色圆圈里。

哦，我温柔的动物

而今，秋天在山上蹂躏绿色，
哦，我温柔的动物。夜幕降临之前
我们依然听得到，群鸟最后的
哀鸣，畜群的叫声
平原上前迎接大海惊天的

喧嚣。下雨时
木头的气味，简陋窝棚的气味，
在这里的房舍间，我过着怎样的生活，
容身于人群间，哦，我温柔的动物。
这张慢慢转动眼眸的面孔，
这只比划着天空雷声
大作的手，它们是你们的，哦，我的狼群，
我的狐狸被鲜血灼伤了。
每一只手，每张脸都是你们的。
你告诉我，一切都是徒劳，
生活，日子受到水孜孜不倦的
侵蚀，当一首孩子们的歌曲自
花园飘来。那么，而今它们离

我们很远吗？但它们在空中塌陷了
就像刚刚的阴影一样。这是你的声音。
但我知道，或许一切都不曾存在。

柑橘树上黑喜鹊喳喳发笑

或许，这是生活真正的标记：
在我周围，沿着教堂的草坪
孩子们轻轻摇晃这脑袋
在游戏的节奏和叫喊声中
起舞。向晚的悲悯，阴影
将草地重新燃得如此碧绿，
美轮美奂的月亮之火！
记忆给你短暂的睡眠；
现在，醒来吧。看哪，井喷出
第一阵水流。是时候了：
我那被烧毁的、遥远的幻影不复存在。

而你，香橙花味的强烈的南风，
推搡着月亮，孩子们裸体
而眠，小马驹沿着潮润田野上
母马的蹄印加快步伐，大海
开阔，树梢上云朵升起：
苍鹭已向着水面进发
慢慢地触嗅荆棘间的泥土，
柑橘树上黑喜鹊喳喳发笑

阿格里坚托之路

那里刮着我记忆中炽烈的风
在倾斜的马匹的鬃毛里
沿着平原奔跑，风
它会污损、侵蚀砂岩和横陈于
草地上，忧郁的男像柱的
心脏。古老的灵魂，阴郁的
灰色的灵魂，返回那风中，嗅闻
纤弱的青苔，覆盖着
凌空推倒在地的巨人。
对于苍茫空间而言，你是何等孤单！
而你越是伤心，你就越听得到
那远离广阔大海的声音
金星已在晨曦中斑驳：
单簧口琴在马车夫的喉咙里
悲伤地振动，他重新翻上
明月朗照的小山，那声音沉缓地
夹杂在萨拉森橄榄林的沙沙声之间。

失　眠

一缕愉悦的飞禽的气息
面向不和谐的绿色的光亮：
叶片里的汪洋。

我是不协调的。那一切在欢乐中生育我的
将时间撕为碎片；保存在林木间的声音
几乎没有回声。

对自我的爱迷失了，
非人的记忆：
死者的身上闪耀着天上的耻辱，
沉沉的满天星斗落入河流：
一小时的温柔降雨变哑了，
或者，一首歌在此永恒的夜晚中起伏。

年复一年，我沉睡于
大地开放的地下墓穴里，
海藻的肩头抵挡着灰色的水域：

在静止的空气中，流星发出雷鸣。

关于萨瓦多尔·夸西莫多的一次叙述 *

[美] 路易斯·R·罗西　朱沁哲　汤晨昕 译　刘国鹏 校

* 原作发表于《芝加哥评论》，第14卷，第1期（1960年春），1-23页。

① 朱塞培·翁加雷蒂（Giuseppe Ungaretti，1888-1970），意大利隐逸派诗歌的重要代表，同时也是一名优秀的翻译家，译有莎士比亚、拉辛、马拉美等人作品。他的诗歌抒发了同时代人的灾难感。

② 埃乌杰尼奥·蒙塔莱（Montale Eugenio，1896-1981），意大利隐逸派诗人，曾翻译英美及西班牙的小说及戏剧。于第一次世界大战后开始发表其诗歌创作，1975年获得诺贝尔文学奖。

在美国，萨瓦多尔·夸西莫多的诗歌至今鲜为人知。然而，这种情况可以说是所有当代意大利诗歌所共同面临的窘境，甚至像翁加雷蒂①和蒙塔莱②那样时至今日依旧在意大利及其他国家引起极大关注的夸西莫多的前辈诗人的作品亦不能幸免。自第二次世界大战结束开始，意大利在艺术及手工艺方面的创新，从服装到汽车设计，及至新现实主义风格的电影，都在世界范围内获得了积极的认可。然而，只有一小部分的意大利文学赶上了这股风潮，吸引到了更多读者的目光。表面上看来，一部分意大利小说似乎已取得了些许的成绩，但是，对于那些更为出色的作家的难以捉摸的特点——或许可以被称之为他们的"风格"——读者却是反应平平。莫拉维亚也许算是个例外——尽管他并非以文体见长；但是真正获得大众广泛关注的反而是他那些哗众取宠的成分居多而无多少实质内容的小说。显然，大众对于意大利诗歌鲜少关注的原因在于语言不通所带来的障碍。在美国，许多研修当代文学的学生都会认真严肃地研读法语及德语诗歌，并且在一定程度上达到与诗人的灵魂之间的亲密交流——换一种更诗意的说法——便是与诗人在其未加雕琢的、即兴涌现的一字一句中孕育出的灵魂的亲密交流。但艺术是源远流长的，它有着如此复杂多样的形式，而学生们从跨入校门到毕业的时光却是短暂的。意大利诗歌，正如斯堪的纳维亚及俄罗斯诗歌那样，其少许译作通常由于缺少与原文的富有鲜活生命力的联系，而处于被冷落的边缘。

可喜的是，近期出版的企鹅丛书《意大利诗歌精选》中囊括了翁加雷蒂、蒙塔莱、夸西莫多以及许多更早期的意大利诗人创作的约 40 首诗的原文和"风格平实的、散文化的译文"，这一选集或可作为更好地欣赏当代意大利诗歌的一种途径。1957 年，在美国曾出版过一本包含上述三位诗人，以及翁贝尔托·萨巴[①]在内的作品的诗歌集 [《应许之地》]。这些诗歌均由塞吉奥·帕西菲希（Sergio Pacifici）挑选并进行了出色的推介。诗集附有意大利原文并以韵体译诗风格呈现，其中译文出自包括帕西菲希本人在内的数名译者之手，亨利·拜尔（Henri Peyre）则为这些诗歌撰写了一篇精美的序言。两本在市面上流通的当代意大利诗歌选集——一本仅靠其中的译作已足可成书——而一位声望颇高的评论家的赞美与推荐毫无疑问将会吸引更多人开始阅读意大利诗歌了。现在，随着夸西莫多被授予了带有无上荣光的诺贝尔文学奖，意大利诗歌的处境应当会有更长足的进展。我们不妨期望将有更大规模的英语读者为他的作品所吸引，并进而了解到一个足以与当今欧洲任何一种语言所写下的诗歌相媲美的诗歌群体。

就对当代意大利诗歌的迟到的认可而言，或许还存在一定的历史合理性。其发展或许正是同一批引领意大利走出其长期的、相对孤立状态的复杂运动所盛放出的最璀璨的花朵。（二十）世纪初期涌现的此类运动首先由那些强烈要求文化改革的年轻人在一系列出版物中发声。尽管他们在当时尚未形成一个明确的计划，他们对于当时占主导地位的中产阶级意识形态已经抱持了统一而明确的反对态度。意大利的统一从本质上来说是中产阶级的功劳，然而其国内早期的爱国主义狂热情绪似乎却在一种自鸣得意的文化民族主义中日渐僵化了，并且曾经的自由主义精神也逐渐退化成了一种狭隘的实证主义。其理想则在三位诗人的作品中得以表达，他们是卡尔杜齐、帕斯科利及邓南遮[②]，这三人当然是极具天赋的，他们有能力，并且也早已写出精妙的诗篇，但是他们的作品——帕斯科利除外——被一种混杂着公众演讲的诗风给大大败坏了。在邓南遮那

① 翁贝尔托·萨巴（Umberto Saba, 1883-1957），意大利当代诗人，受到了莱奥帕尔迪、微暗派和隐逸派的影响。因法西斯反犹政策饱经离患，在诗歌中描述了对家乡与生活的热爱。

② 乔祖埃·卡尔杜齐（Giosuèe Carducci, 1835-1907），意大利诗人、文艺批评家、语言学家。早期受到资产阶级革命家的影响在作品中表达出了鲜明的民族复兴运动思想，随着 1871 年意大利王国成立，其政治立场渐趋保守。在艺术上袭用古希腊、罗马诗歌的韵律。1906 年获诺贝尔文学奖。

乔瓦尼·帕斯科利（Giovanni Pascoli, 1855-1912），意大利诗人。其风格受到了浪漫主义及象征派的影响，同时对意大利诗歌产生了重要影响。

加布里埃尔·邓南遮（Gabriele D'Annunzio, 1863-1938），诗人、作家和剧作家，意大利文坛的唯美派文学巨匠，同时是一个狂热的民族主义者，在政治上是墨索里尼的重要支持者，有着举足轻重的影响。

里，则是被作为资产阶级伦理最后的诗性表达的"泛地区主义"①和感官主义损害了。

肩负着复述集体主义神话重担的民族预言者的角色，他们为此不断地使用早已过时的古典主义语言。而与他们截然相反的新一代的诗人们则致力于寻找可以传达一种更加个人化的，同时也更为真实的人类体验的语言。这一运动当然也是整个欧洲正在酝酿的更庞大的现象中的一部分。在英国和法国，雨果和丁尼生的追随者也掀起了一场批判性的活动并最终带来了新诗的诞生。而在意大利，这一任务则更为艰巨。意大利人民欣然地与西方文化的主流隔离开来，他们沉浸在早已枯萎的昔日桂冠的辉煌中沾沾自喜，并因此依旧习惯似的抛出豪言壮语。意大利文学语言复兴的漫长过程中呈现出无数不同的形式，但是新诗在第一次世界大战爆发前不久以及整个战争过程中却在萨巴和翁加雷蒂的作品中开始形成了一种明确的风格。法西斯主义的出现并没有阻碍其发展。这些"隐逸派诗人"——正如其名称本身——全然沉浸在他们个人痛苦的变化中，不断地在无声的对话中反对法西斯主义尖锐刺耳的言辞。通过这种做法，他们保持了对在"向罗马进军"中遭遇挫折的文化复兴之价值的忠诚。法西斯主义，除开它的无产阶级陷阱和现代主义思想以外，究其本质而言不过是更加古老且狭隘的中产阶级地方主义的一种愤怒的表现形式。与此同时，现代派诗人，尽管受到了当权者所施加的文化专制，尽管或者说正是出于隐逸派诗人自身的内向性，始终敞开心胸接纳更为广阔的、整个欧洲范围内所发生的一切。法西斯主义简单的口号很快就变得毫无意义，然而他们（隐逸派诗人）的诗歌中深奥的语言却适应并融入了人们的内心生活以及时代所面临的道德危机，并且直至今日对我们而言始终有着相当的意义。如果说对意大利的再发现——始于二战末期和长久的与世隔绝——现如今已扩展至对意大利文学的再发现——尤其是诗歌，这一最为纯粹的表现形式——那么，这种异卵双生似的好奇心将会在意大利的生活中找到两者一脉相承的东西。

据报道，当被告知自己获得诺贝尔文学奖时，夸西莫多曾说过："我感到特别开心，因为这个奖项意味着欧洲终于承认，地方

① 泛地区主义（panism），是由德国地理政治学家卡尔·豪斯霍费尔（Karl Haushofer，1869—1946）提出的一种地缘政策概念。他依据语言、宗教以及是否属于同一块大陆这三个地理因素将世界划分为泛美、欧非、泛俄及泛亚四个"泛区"，其中德国支配欧非区，成为世界中心；日本在泛亚区建立大东亚共荣圈；俄国统治泛俄区并与德方保持合作；泛美区由美国管理，相对于其他地区保持一定独立。

主义的隔阂，即意大利文学中的一个错误的传统，已经被克服了。"
夸西莫多自始至终都致力于消除阻碍人类彼此理解的屏障。这种想
法就导致了他在战争时期诗歌创作和批评定位上的变化。

他坚持认为，沉浸在"个体自身情感抽象变化"中的时代已经
结束了。他相信，诗歌必须成为人类沟通的一种手段；而诗人必须
面向全人类发言并且只为真理发声，而且"绝不放弃自己在这个世
界的存在"。但如果有人想要用他自己的话去反对他，把上述表态
解读为与其早期诗歌创作的决裂，甚至因此去忽视他的那些十分个
人化的，常常是错综复杂的、凝聚着其内心愤怒的诗歌的话，这又
是错误的了。在认为像此类"隐逸派"诗歌的创作时代已经过去这
一点上，夸西莫多或许是对的，但是，相比他更晚近的作品而言，
大多数读者依然偏爱于他早期的作品。

萨瓦多尔·夸西莫多于1930年出版了他的第一本诗集，当时
他已经三十岁。这本诗集以及稍后在30年代出版的几本更薄一点
的诗集立即引起了读者的关注。尽管在他的一系列早期诗歌中似乎
还缺乏足够的独创性，带有某些邓南遮和帕斯科利的痕迹，和某种
令人联想起翁加雷蒂或蒙塔莱的绝望态度，但人们同样也可以清楚
地看到，夸西莫多就像一名炼金术士一样开始把这些元素逐渐融入
到他的个人风格当中。他的诗歌中所体现的丰富的音乐感是在同时
代的任何诗人那里皆无法听到的，或许是因为他们已经对太多的意
大利诗歌中那种肤浅的音乐性感到疲惫了。举例来说，与蒙塔莱尖
锐的诗句相比，夸西莫多许多早期诗歌中丰富的韵律使他显得不太
像是一名"当代诗人"。如果想要找出一个韵律的丰富性与之匹配
的诗人，就至少要追溯到塔索（Tasso）的时代，后者能够用一个
美丽的句子来结束一首十四行诗："对于他人千百次的凯旋，我是
一面哑默的鼓"。而在夸西莫多三十年代的诗歌里，人们可以看到
一些诗句，其中的乐感，尽管有所克制，却无丝毫逊色，例如下面
这句："缄默沉沦的年岁对我的剥夺"。撇开夸西莫多诗歌丰富的音
乐性，他与翁加雷蒂都能够将稀疏的句子约简为赤裸裸的、性命攸
关的话语，但却富有启发性力量。正如蒙塔莱一样，他的诗歌中包
含了大量的、不断变换的风景，诸如风、潮汐、河流之类最基本的

力量在上述风景中流动，而以自然的声音，以人类孤独的缄默的见证者来填满这些风景。而他与同时代人相似却又高出一筹的地方恰恰在于，他在这个剥离了一切幻觉的世界上找到了神秘迹象的容身之处。

一片遗失却尚未被遗忘的上天恩赐的景象弥漫了夸西莫多的荒原，其音调令人想起波德莱尔，更令人直接想起意大利诗人莱奥帕尔迪①，尤其是当这种再现充满了苦涩。忆及童年，莱奥帕尔迪曾向大自然呼天抢地地发问："你为何不晚些接生／那时你许诺了什么？为什么／你如此这般欺骗你自己的孩子？"

而夸西莫多则如此写道：

> "在我，所有的形式都是模糊不清的，／美丽，爱情，孩童由此汲取／骗术，和日后的忧伤。"

但是，这种渴望并未在现代诗人那里得以平息，他们依然诉说着："我迫不及待地想要重获你，／即便那被哄骗的／肢体虚弱的／青春。"并且，通常诗歌成为能够在顷刻之间抑制时间并且使一切苦涩消融的咒语；一种将已经失去的青春与希望的某个瞬间储存下来的新的幻觉的力量，存身于"我居住的岛屿／不动的大海之上盎然的绿意"。

然而，对遗失的伊甸园的执念，还有那具有毁灭性的无可挽救的坠落感都是比夸西莫多本人，或者波德莱尔的诗歌更古老的主题。最终，它们不过是关于生与死的主题，而这正是一切诗歌所必然拥有的基本内容。它们在夸西莫多的诗歌中所呈现的情感力量源自于它们决意为每一首诗所特别量身定做的形式。这两种截然相反的主题在某种持续的振荡中被联系在一起，并在某些诗歌中发展出一种具有复杂形式美的结构。在此背景下，诗歌的文字和声音呈现出彼此相关联的价值，而两种截然不同的主题也在词语的明暗对比中融合在了一起。显然，只有仔细研读夸西莫多的一些早期诗作才能观察到这些效果。我们或许应当从他30年代创作的某一首最简单的作品开始，然后过渡到更为复杂的诗作。

《瞬息间是夜晚》，是夸西莫多1930年出版的第一部诗集《水

① 埃贾科莫·莱奥帕尔迪（Giacomo Leopardi, 1798-1837），意大利十九世纪浪漫主义时期的杰出诗人、哲学家、学者。诗作中表达了民族复兴运动的理想，同时开意大利现代自由体抒情诗的先河。

与土》中最短的一首，在仅仅三行诗句中展现出了其在 30 年代所写的大多数诗歌中所特有的凝练简洁。

> 每个人都孤零零地矗立于大地之心，／被一缕阳光刺痛／瞬息间是夜晚

人类的一生被压缩成三个连续的场景：诞生、巅峰与消亡。人类浮现于大地的心脏，而他本身就是那跳动的心脏。"刺痛"这个词正暗示着人类与心脏的身份。一方面，从字面上看，被刺痛的对象是人类，通常熟识的景象则是被刺痛的心脏。人的心脏和大地构成了被刺痛的目标的点与圆。太阳光线破空袭来的一瞬正是生命感知万物的时刻。而在这庄严的启示之后紧随而来的是突然堕入黑暗和迅即到来的死亡，但是，即使是在光明与生命的巅峰时刻——瓦雷里[1]在《海滨墓园》里所提及的"恰到好处的正午"——人类早已成了受害者，因为那一刻，他已站在了神的位置上。他在太阳之下的崇高与无助都早已被涵盖在"孤零零地"这个词中——这个孤零零的人预见到了太阳的出现以及最后一句中提到的突兀迅疾的消亡。使一切消融和终结的夜晚带来了覆盖万物的千篇一律的黑暗，和它对每一个敞开个体无所不在的遮蔽，这一切将单一的痛苦层层叠加为对一种普遍命运的慰藉。形上几何学缜密的朴素性，和围绕谐韵与头韵这两极之间的平衡，赋予了诗歌某种远高于对"人类悲惨的处境"进行简单重申的形式。

在夸西莫多的某些早期诗歌中，时间的流逝并非是瞬间的消亡而是某种缓慢的解体——是一条"微小的曲线"。上面引用过的音乐般的句子就选自于以此为题的诗作。诗人祈祷能够逃离那种时间毁灭的意识：

> 主啊，请遗弃我，这样我就不会听到／缄默沉沦的年岁对我的剥夺，／这样痛苦会以公开的活动发生改变：／生活微小的／曲线把我甩在后面。／／让我成为风，愉快地翱翔，／或大麦的种子，或麻风病／在充分生成中自我表达。／／就让爱你变得轻松些／在阳光下抽芽的草丛中／

① 保尔·瓦雷里（Paul Valéry，1871—1945），20 世纪上半叶法国最伟大的诗人，杰出的批评家。其诗学思想继承和发扬了象征主义传统。

在肉体绽放的溃疡中。//我希冀一生：/每个人赤足而行，在寻觅中／踟躇。//你再次远离我：在夜晚伸展的／暗影中，我独自一人，／没有向着鲜血涌流的甜蜜／敞开的通道。

鲜血涌流是对"公开的活动"以及"充分生成"进行回避的最后景象。"成长"的例子是大麦的种子和吐芽的青草，是某种萌芽或生长的状态；而麻风病和溃疡则是事物解体的图像。因此，生成变化的概念同时包括了时间中积极与消极的方面：它是一种有机体的发育成熟，既是成长也是解体。但是既然只剩下了一条微小的曲线，那么居于主导地位的就必然是消亡的一面。因此，"在肉体绽放的溃疡中"这一句里，就已融合了关于自由的运动和无意识的成熟（或说解体）这两个在最后的图景中被重复的观念："向着鲜血涌流的甜蜜／敞开的通道"。

如果说这种解体是被欲求的，那么我们或许就会好奇，为什么诗人会因时间解构性的工作而受到惊吓。乍一看来，似乎在由麻风病造成的溃疡或溅出的鲜血，及"无声地掠夺"他的岁月这二者所代表的自我的退化间并不存在明显的差异。而实际上，如果时光的蹉磨始终保持着无声、沉沦的状态，这两者就会是毫无差异的。但相反，它们却被听到了。在这一矛盾下，第二行诗句已经包含了整首诗的萌芽：它表达了一种不可能性。诗人所祈祷的逃避是对"听到"了什么的自我的逃离，对有意识、可感知因此备受折磨的主体性的逃离。在祈求"这样我就不会听到"之后，主体"我"并没有出现在祷文中（诗歌的前三节）；取而代之的是作为对象的我——某种"愉快地翱翔"或者变身为青草或溃疡之物。但是随着这个如梦般的祈祷进入尾声而诗人意识到逃离的不可实现时，这个作为主体的"我"再次出现了。自我只能被监禁在痛苦的主体性中；它不可能遗失在无人格的倾流的鲜血里。

然而，并非夸西莫多的所有诗歌都以这样一种绝望的情绪结尾。一个被囚禁的自我依然在内心存活着并试图寻找出路。《一个被埋葬者在我心中歌唱》一诗的开篇与《微小的曲线》如出一辙，但却以一种决然的情绪结束,这种情绪,即便是无声的,却也充满了积极的精神:"埋葬于心的某个人在唱歌 / 他用力挤压多石的地板 / 像一株根系,试探着相反 / 路径的踪影"。昔日令人宽慰的关于童年时代的天真记忆也曾在他的诗歌中再次浮现,例如他在同一时期写下的《年轻的女士》:"一座城池悬浮在空中 / 那曾是我最后的放逐地,/ 她们从各个角落呼唤我 / 昔日的淑女们 / 和我的母亲,随流年而焕发生机,/ 一只手温柔地自玫瑰丛中摘下 / 最白皙的花朵配上我的头颅"。诸如此类充满希望或慰藉的表达与诗人更为黑暗的情绪交织在一起,通过夸西莫多笔下动人的旋律以多样的形式被勾画出来。然而,许多诗歌的基调,正是我们曾在《瞬息间是夜晚》及《微小的曲线》中所见到的在两个对立主题间的摇摆;荣光的瞬间或是遗失的伊甸园如惊鸿一瞥,一条可能的逃避之路被打开了;狂喜的时刻紧随其后,但一转眼功夫逃离的路又被封死了,于是又再度回到真实的、痛苦的当下。通常,在更长一些的诗作中,夸西莫多增加了一个结尾,对两种主题重新进行总结,并达成了某种解决方案,在其中,一部分慰藉的力量得以保留下来。夸西莫多早期诗作《廷达里的风》或许是这种面面俱到的模式较好的例证之一。

一座令人难以忘怀的失落的天堂的存在弥满于整首诗歌当中,唤起了对廷达里,夸西莫多的故乡西西里岛上的一座海边村庄的无限的怀念。第二节则为读者展现出了在夸西莫多的许多诗句中被称为"空中建筑"的一个例子:

> 我登上高耸的悬崖之巅,/ 凝神屏息于松林间的风,/ 陪伴我的友伴渐渐远去 / 淡于无形,/ 声音和爱的波涛,/ 你握紧我 / 自那我不幸地摆脱 / 自那对阴影、寂寞的恐惧 / 一度频频光顾的甜蜜的庇护,/ 和灵魂的死亡。

对廷达里的风的回忆中的第一个景象是明亮、轻盈、欢快的。然而,在"你紧紧抓住我"这个画面所体现的暴力中我们却捕捉到了一些具有威胁性的内容,甚至这种感觉并没有在下一行诗句中得以缓解,在这一行中用到了"错误地"这个单词。而"对阴影的恐惧"也是"紧紧抓住我"的复合主语中的一部分，同时也暗示出当下的情绪并非是全然愉快的，尽管诗人的恐惧在下一行中得到了抚慰：在阴影和沉默中依旧包含着往昔的欢愉，不过也有可能只是对于令家乡的孩子们感到惊恐之事的回忆。最后，在最后一行中，复合主语的第三个元素出现了，而现在我们终于不止了解了对于廷达里的回忆，与此同时，我们也感受到了一股黑暗的绝望——当下放逐的意识——紧紧地抓住了他。因此，从"攀爬"开始的上升的状态贯穿了前四行诗句，直到"空中"，直到攀爬者，被"声音和爱的波涛"围绕着，到达了狂喜的瞬间。然而，由"从"这个词开始了骤然的下落并快速穿过"错误地"以及"恐惧"；它曾因恐惧的限制而短暂地缓和下来，但这不过是为了为最后一节中对绝望的陈述增加些许意料之外的元素罢了。

而《廷达里的风》还在继续吹拂：

> 大地对你一无所知 / 每一天我都沉迷和 / 孕育秘密的诗行；/ 身着夜衣的其他的光芒 / 在玻璃上将你剥光，/ 那并非我的喜悦栖息在 / 你的母腹之上。// 流放是严酷的，/ 那封闭在你里面，对于和谐的 / 寻觅而今已在死亡 / 早熟的焦虑中缄口；/ 每一次爱都是悲伤的屏障，/ 黑暗中无言的步履 / 那里，你为我摆上 / 要被掰碎的苦涩的面包。

在这几节的第一个场景中，通过某种特写似的描述，小镇的形象被转化成了孤零零留在西西里的母亲的形象，母亲的膝头枕放着某个人（或许是一个年轻的儿子）的脑袋。当下的苦涩与往昔的欢愉之间的对比出现在围绕第四行诗的语言类比中。"Sfoglia"这个词有两层意思：在这首诗的语境下，这个词首先可以被理解为"重新播放"，尽管其字面上的意思是"匆匆翻阅"；另一层意思则是"剥离（这个意思取自于动词'sfogliare'）"。当照耀在头顶的光线蹂躏着被放逐者的同时，一束截然不同的光线透过廷达里的窗子斑斑驳驳地洒在母亲的卧室中。这种对比在各自的消极与积极的价值中同样十分明显，包括"土地"和"面包"（例如"放逐"与"家

夸西莫多与路易吉·菲奥伦蒂诺

园"），残酷的"白日"与家园的"夜晚"、"沉沦"与"休憩"的对比、"秘密的音节"与"欢愉"、"滋养"与"母亲的膝部"（育人的胸怀）。接着在这几节中出现了两种迥然有别的期待的对比："对和谐的寻觅"以及"对死亡的恐惧"；对两种爱的对比：一种是充沛的（"封闭的"），而另一种则不过是作为权宜之计的短暂的"屏障"；还有对两种不同的行动的对比：对曾经处于中心的和谐的寻找，还有无声的、漫无目的的"在黑暗中的行走"。正如在第一行中的"严酷的"这个词一样，最后一行中的"苦涩的面包"也重复了滋养的概念；还有最后一个词"掰碎"，叙述了"灵魂的死亡"的绝望。紧接着是最后一节：

> 宁静的廷达里归来了；／温柔的朋友将我唤醒／从一面悬崖上将我伸向空中／我假装害怕，他对于／那寻找我的深沉的风一无所知。

最后一节再次概括了镇上的景象、多风的高处、诗人的恐惧与狂喜。它不过是诗人的一句咒语，但最后一行句子却散发出一种令人战栗的慰藉的力量。

《廷达里的风》里蕴藏着一股环绕在属于夸西莫多的西西里的神秘气氛，在风、土地、水，天堂般的奇迹构成的天启式的景象中神奇复苏的西西里，在那里诗人重塑了神话与蜕变的古老力量。《失眠》比《廷达里的风》大约晚五六年，该诗以对被微风搅乱的树叶的描写开场。它依然是由西西里岛吹向地中海的风，可它却没有获得从北部返回故土的风所带来的令人愉快的反应：

夸西莫多在米兰斯福尔扎城堡前

> 我是不协调的。那一切在欢乐中生育我的／将时间撕为碎片；保存在林木间的声音／几乎没有回声。

对于失去的和平——对自我的爱——的模糊微弱的记忆被保留了下来，而现在它带来了关于"非人"的事物的令人惊叹的景象：

> 对自我的爱迷失了，／非人的记忆：／死者的身上闪耀着天上的耻辱，／沉沉的满天星斗落入河流：／一小时

的温柔降雨变哑了，/ 或者，一首歌在此永恒的夜晚中运动。

这个"非人的"、神秘的西西里岛的海边，"被海草和海生化石所焚烧"，而在这片火海上"在炎热 / 月亮和火山之马中奔跑"；但也是一座岛屿，上面"鸽子从孩子们裸露的 / 肩头起飞"。正如《廷达里的风》那样，在这首诗中，诗人独有的神秘的幻想往往与充满生活气息的童年与青少年的回忆杂糅在一起。诗歌《阿纳波》的名字取自于一条距锡拉库萨①不远的河流，夸西莫多在那里度过了他生命最初的岁月。在这里，青年时期在西西里的溪流中游泳的记忆成为了象征数代人的一种符号：

> 在海边，我听到水之鸽，/ 我的阿纳波，在记忆中为它的 / 哀痛发出呻吟 / 一道响亮的窸窣声。// 它蹑手蹑脚地上岸，/ 和众神嬉戏之后，/ 一具青春的胴体。// 它有一张多变的面孔，/ 在光线移动的一根胫骨上 / 植物的肿块在膨胀。// 我向幽深的根源垂首 / 每一个阶段都在重新出发，/ 在婚姻的胚胎里包蕴着死亡。// ——主啊，你对血的潮汐做了些 / 什么？——它的肉体上徒劳的 / 回归的循环，/ 夜晚和群星的波浪。// 人类，不孕的物质在发笑。// 在新鲜的下降的遗忘中 / 在黑暗的草地上，他躺着：/ 爱人是一道阴影，在他的 / 肋骨内偷听。// 温顺的动物，/ 空气的瞳孔，/ 在梦中狂饮。

在第一节中，"geme"可以理解为"轻声低语"或者"呻吟"。流水声被比作鸽子的叹息；它唤醒了记忆中一个相似的声音，一种愈变愈响的，把鸽子的形象保留下来的"窸窸窣窣的声响"。在第一节以及最后一节中出现的动物形象形成了一个把青少年时期的出现封闭起来的结构。在第一节中，汹涌的水流声宣告了他自河水深处神圣的出场。当青春退化到安静的无意识状态，如梦般的动物在最后一节中浮出了水面，带着它们空洞的双眼几乎是灵魂出窍般地，饮下毫无波澜的、无限的沉寂。

① 锡拉库萨（Syracuse），位于意大利西西里岛上的一座沿海古城。

这首诗叙述了居住在永恒的、青春期的亚当身体内的生命的萌芽和死亡的寂静。由水中诞生进入尘世的过程有着神灵的参与。在第二节中生命的鲜活占了上风，伴随着永生的暗示（"升起"、"海岸"、"嬉戏"、"众神"、"青春"）；只有冷漠的、不祥的"躯体"才被当作死亡的征兆。这种模棱两可性在下一节中继续延展：生命的萌芽发生于他的"面孔"（而非"躯体"）的变化的一面中，在阳光的呈现下；但是一团海藻般的物体早已缠满了他的腿，由曾经赋予他生命的水中获得滋养。第四节中的每一句在重复两个相同的主题时也极尽变化："屈从""再次遭受""死亡"与"萌芽""阶段""生命的胚芽"相对立。在对上帝的提问以及上帝的回答中，生命之水变成了"血的潮汐"，而这一切，在永无止息的生与死的循环以及不断往复的黑夜中，变成了无尽的、非人的"群星的波浪（*flutto delle stelle*）"。这一节的最后一行里（人类，不孕的物质在发笑／Ride umano sterile sostanza）总结了上帝的答案，以及生与死的瞬间（*Ride… …sterile*——在充满讽刺意味的对比中，每一个词都在这半行诗句中承载着最初的压力）：人类个体是永恒的实质带来的一桩意外。在它的赞美—慰藉—苦涩中，它是一首足以与莱奥帕尔迪（的作品）相媲美的诗。

这个"不孕的物质"就是第二节中的"躯体"所蕴含的负面想法的最终的发展。现在，这个躯体又一次下落到了第二节的回文部分所描述的深渊。尽管坠入了黑暗之中，刚生长出来的嫩草却也是一个避难之处，且循环的上升阶段也早已成为潜在的现实。能够使重生变成现实的夏娃也早已在亚当的肋骨中生长："一阵阴影和一阵聆听"（"origlia"意为"小巧的耳朵"）①。第四节结尾一行的意思被整个反转了：现在，并非死亡，而是生命被封闭在"生命的胚芽"里。而最后一行里的动物，在它们哀悼和暧昧的态度中，不仅仅是结束更是一种等待的标志；它们空洞的眼睛是照出新生的镜子。这首诗并不仅仅是对鲜血的潮汐及徒劳的生死之苦涩循环的评论。其讽刺性是双向的：它同时赞扬了人类放声大笑的瞬间以及不朽的萌芽过程中所呈现的永恒生命的再现。

1942 年，夸西莫多出版了诗集《瞬息间是夜晚》，其中收录了

① 这里作者对于 origlia 的理解有误，origlia 是动词 origliare 的第三人称单数形式，意为"偷听"、"窃听"。

所有他希望保留下来的早期作品，同时还增加了此前六年间所写的一系列新诗。当时，他所翻译的部分古希腊诗歌和维吉尔的作品也被收录在上述诗集中。当他的下一本诗集——《日复一日》在1947年出版时，很明显，夸西莫多的风格已经有了明确的变化，能够感觉到他新的诗歌语言中具有其译作的品质。曾经凝练的句子变得更加开放、更长、也更直言不讳，同时与他最初风格中碎片化的表达方式相比，他当下的诗歌则以一种更强大的连续性凝聚在一起。在诗集《瞬息间是夜晚》中其实早已出现了这种转变的痕迹，尤其是在相对长一些的诗歌中，但或许即使是在一些相对短的诗歌中，例如《你意欲何为，虚空的牧羊人》中，他的早期诗歌中简洁的特性就已经在一种几乎是田园诗般的语调中逐渐消融了；在这些诗歌简短而富于音乐性的篇章里，尽管依旧保持着夸西莫多早期的韵律感，但这种韵律感却也显得有所节制了。

> 这依然是牧羊人的古老 / 号角的召唤，带着蛇皮白
> 色 / 沟渠上的粗糙。或许自阿夸维瓦 / 高原上吹起号角，/
> 在孩子的步脚和 / 橄榄壳间，普拉塔尼河[①] / 卷起水下的
> 贝壳。哦，从何方土地，被囚禁的 / 风的气息，在早已
> 摇摇欲坠的光中 / 裂为碎片，发出回响；你意欲何为？/
> 虚空的牧人？或许你在召唤死者。/ 你没有和我一起倾听，
> 你惊慌于 / 海的混响，留心着抛起渔网的 / 渔民低沉的
> 呼喊。

然而，夸西莫多还是保留了某种凝练的形式。这首诗的第三句在意大利语原文中以"O"这个词开始，不仅仅有"或者"的意思也有感叹的意思，因此这一行诗句就以诗人惊奇的感叹以及问询式的建议开始，即或许风是从比已知的地方更高的区域吹来的。但是，精神性的临在并非是一股压倒性的力量；它大声疾呼的问题不过是得到了一个"或许"的答案。而诗人最终转向的是他身边的女性，她并没有听见来自神秘的领地的呼唤而依旧更亲近于普通的日常生活，有规律的潮汐变化以及在劳作中的渔民的"低沉的呼喊"。

男人与女人在梦境与现实的交替中所承担的相似的角色，以及

① 普拉塔尼河（il Plàtani）流经西西里的一条河流。

男人的默许——即使他并没有完全听之任之——在《高耸的帆船》中也有类似的描述。诗歌的语调依旧是节制的——如同一首家乡的田园诗中的对话。这一次读者看见的是一艘以开阔的大海为背景的高耸的帆船，这片海域对人们产生了一种神秘的吸引力，召唤他离开栖息着"失明的、夜行的鸟类"的枯燥乏味的海岛。

> 我对心爱的人儿说，我的儿子在她里面躁动，/因为他的灵魂里总是盛放着大海：/"我厌倦了这些扇动的翅翼/以桨的节奏，以发出狗一样哀鸣的/猫头鹰的节奏/当月亮之风向着芦苇荡吹拂。/我想启程，想要离开这岛屿。"/她说："亲爱的，太晚了：让我们留下吧。"/然后我开始慢慢地计数/海水明亮的反光/以高高的帆船的体量

有关西西里的记忆也被呈现在这些诗里，但是它所唤起的是全新的关注：曾在"非人类"的景象里被唤起的，那些神秘的宏大感以及奇迹般的力量的光环，都在愈加柔和的语调中日渐模糊。当然，这里有着一条将南风幻想作创造性力量的通道，正如卢克莱修的维纳斯[1]给大地带来新的生命，但它依旧是自然的力量："而你，香橙花味的强烈的南风，/推搡着月亮，孩子们裸体/而眠，小马驹沿着潮润田野上/母马的蹄印加快步伐，大海/开阔，树梢上云朵升起：/苍鹭已向着水面进发/慢慢地触嗅荆棘间的泥土，柑橘树上黑喜鹊喳喳发笑"。在另一首诗《阿格里坚托之路》中，风侵蚀了早已化为尘土的曾经的希腊神庙里的雕像柱。

> 那里刮着我记忆中炽烈的风/在倾斜的马匹的鬃毛里/沿着平原奔跑，风/它会污损、侵蚀砂岩和横陈于/草地上，忧郁的男像柱的/心脏。古老的灵魂，阴郁的/灰色的灵魂，返回那风中，嗅闻/纤弱的青苔，覆盖着/凌空推倒在地的巨人。/对于苍茫空间而言，你是何等孤单！/而你越是伤心，你就越听得到/那远离广阔大海的声音/金星已在晨曦中斑驳：/单簧口琴在马车夫的喉

夸西莫多和女明星安妮塔·埃克贝里

① 提图斯·卢克莱修·卡鲁斯（Titus Lucretius Carus，A.D.99–A.D.55），罗马共和国末期诗人与哲学家，著有哲理长诗《物性论》。根据桑塔亚纳在《诗与哲学》中的说法，卢克莱修的《物性论》中的维纳斯指的是自然界中一切吉祥的活动。

> 咙里／悲伤地振动，他重新翻上／明月朗照的小山，那
> 声音沉缓地／夹杂在萨拉森橄榄林的沙沙声之间。

肆虐的风在疲惫的马儿随之摆动的鬃毛的弧度中显露出它的痕迹；与之相比，草地上的断墙残垣在同样经久不衰的时间的风吹拂下就那么一动不动地躺卧着。它并不会强迫它们或者赋予它们生命，而只会侵蚀它们的心脏。但时间的风也会带来一些有价值的东西：它会在曾经骄傲地支撑起整座神庙的古老的雕像上培育细弱的厚厚的苔藓。诗人把自己与之作比；他就像是如同这些雕像一样在时光中斑驳失色的"古老的灵魂"，而且正如它们一样，他的心也经历了摧残。时间的堆叠留下的纤弱的苔藓是一种小小的慰藉；正如那些雕像一样，诗人独自呆在属于他的空间里。并且他是活着的；在他的孤独中，无法触及的人类存在的声音敲击着他的心脏。它的声音是一个无名的车夫的"喉咙"里藏着的单簧口琴含糊不清的振动。这声音从他身边离开，一直到海上，就被风吹过数百年的橄榄树时发出的飒飒低语给覆盖了。

收在《日复一日》这本诗集中的诗歌记录着一颗被封闭在"被挫败的基督教徒的怜悯"中的心灵想要克服自己的怨愤之情并找到能够与他人建立对话的语言和符号而付出的努力："渴望在天空再次向／另一个日子关闭之前，向你／说一句话"。曾经被封闭的巨大的痛苦现在终于倾泻而出，化为对生者与已逝之人的怜悯。1943年，米兰遭到轰炸袭击；死亡蔓延到了意大利北部的城市。"徒然在灰尘中寻觅，／可怜的手，城市已经死了……不要触碰死者，／如此殷红，如此肿胀：／把他们留在家园的土地上吧：／城市已死，已死。"战争一直持续到冬天，而在《雪》这首诗里，诗人在寂静的夜晚发出了一声痛苦的呐喊。

> 夜幕降临：你们仍然为我们留下了／大地可爱的形
> 象，树木，／动物，可怜的人裹在／在士兵的斗篷里面，
> 母亲们／长着哭干的腹部。／草地上的雪照亮我们／像
> 月亮一样。哦，这些死者。你们捶打／在额头上，捶打，
> 直至心脏。／至少该有人在沉默中呐喊，／在这被埋葬的

白色圆圈里。

　　夸西莫多依旧保留着其独处与疏离感，但是他的怨愤已经转化为了一种"悲悯（*pietà*）"，现在这个词经常重复出现。它不仅代表着怜悯；它是虔诚与爱，寻求着一种方式去打破独处并且超越似乎已经沉沦为呆板的"血的游戏"的生命。

　　　　生活／不在这巨大的，阴沉的心／跳里，不是悲悯，
　　不过是／一场血的游戏，那里，死亡／盛开。

然而，另一首诗却以此结尾："也许心还在，也许心"。

　　基督之名和基督教的形象而今出现在了这些诗里，基督的被呼求，缘于他在尘世以及深陷战火的人民内心的缺席。在一首诗中，唯有复活后的基督出现在，"另一个拉撒路"的幻象里：

　　　　从遥远的冬季，冒烟的／山岗上响起一记硫磺味的／
　　锣声……／……你（搬起的）石头倾覆了／世界的形象在
　　那里迟疑。

这是另一个由坟墓中复生的拉撒路，而这整个在他面前"迟疑"的闪光的新世界也是被雷电击中的，战栗的、冒烟的土地。生活在这个世界中的人类只能以一种讽刺性的怜悯来爱护。他们是栖息在荒野中的"温和的动物"。

　　　　下雨时／木头的气味，简陋窝棚的气味，／在这里
　　的房舍间，我过着怎样的生活，／容身于人群间，哦，我
　　温和的动物。／这张慢慢转动眼眸的面孔，／这只比划着
　　天空雷声／大作的手，它们是你们的。

　　在《日复一日》这首诗中，诗人以兄弟般的口吻发出的责备变得愈加清晰直白："我认识你们，我的同类，哦，大地上的怪物。／在你们的撕咬下，悲悯已崩塌／温柔的十字架已离开我们"。《我的同时代人》则通篇充满了谴责，但是怜悯的情绪缓和了先知的愤怒：他规劝的同时，也要责罚他的"孩子们"，因为他知道在他们

面前的是怎样血迹斑斑的遗存。

> 我目睹你——乘着火焰马车，向着山口，／向着备受
> 折磨的车轮。我目睹你：你曾／以你令人信服的、有关
> 大屠杀的精确学问／没有爱，没有基督。你还在／屠杀
> ／一如往昔，一如父亲被杀死，／一如动物／被处死，我第
> 一次看到。／这血腥之味，犹如，白日里／一个兄弟对另
> 一个兄弟说：／"我们去田里"。那冷酷、固执的回声，／
> 传到你的耳朵里，传到你时代的耳朵里。／呵，孩子们，
> 忘掉吧，血腥的云朵／自大地升起，忘掉父辈：／他们的
> 坟墓灰飞烟灭，／黑色的鸟儿，风，笼罩了他们的心。

夸西莫多百年诞辰纪念邮票

《我的同时代人》是《日复一日》这本诗集中的最后一首诗，而通过这首诗我们能够触摸到夸西莫多作为一个诗人演化的最新阶段。自此以后他又出版了三卷诗集（《生活不是梦》(1949)；《虚假的绿与真实的绿》(1956)；《乐土》(1958)，尽管每首诗的内容有所差异，却保留了相同的方向、坚定的语气以及修辞的态度。这种变化是有意为之的，也反映出夸西莫多心中关于诗人在我们的时代所应当承担的角色的看法。

马拉美笔下的牧神及其无忧无虑的家园阿卡迪亚摇曳的长笛声，以及如烟般的梦幻，都已是难以追溯的旧时光了。心不在焉的情绪是夸西莫多早期诗歌中所固有的、消极或者绝望态度的表现；焕然一新的激进文字现如今担当起他的社会责任感，而他的诗歌也开始散发出一股积极向上的热忱。一个坚定的声音告诉我们现在并不是"自顾自咕哝不满和诅咒"的时候。那些空白的扉页必须被填满，而对那些未及回答的问题也必须给予回答。

> 你过去常说：死亡、沉默、孤独；／像爱情、生活。
> 我们／临时图像的词汇，／风每天早晨都在轻盈地吹拂／
> 雨和铁的时光之色／穿过石头，／降临到我们被诅咒的封
> 闭的嗡嗡声中。／真相依然遥不可及。／告诉我，十字架
> 上被劈开之人，／而你和你那鲜血淋淋的大手，／我将如

何回答那些质问？／现在，现在：在另一阵沉默／进入
眼睛之前，在另一缕风／升空和其他锈迹蓬勃发展之前。

《不朽的死神》这首诗给出了答案，并非是"死亡的不朽"，或是
"沉默"带来的"锈迹"，而是具体而实在的、不可穿透的人类和事
物的生命获得肯定：

> 我们的对话发生了转换，而今／可能成为荒谬。那
> 里／在烟雾之外，在林间／树叶的力量保持着警觉，／
> 挤压两岸的河水是真实的。／生活不是梦。真正的男人／
> 和他沉默的、小心翼翼的哀痛。／沉默的上帝，敞开孤独。

这两首诗中体现出的强制性不能被视作为一种修辞。但是这种戏剧
化的叙述往往是过载的，正如在《在柳树枝上》这首诗里，意象是
未经雕琢和决绝的，伴随着一系列在一种形态怪异的"悲悯"中到
达其高潮的问题：

> 我们怎么才能歌唱？／当外国人的脚踩在心上，／
> 在广场中上被遗弃的死者中／在寒冰坚韧的枯草上，面
> 对／孩子们羔羊般的哀鸣，面对前去／寻找那被钉在电
> 线杆上的／儿子的母亲凄惨的尖叫？

意大利画家萨尔瓦多·阜姆
作的夸西莫多肖像

许多意大利读者，尽管意识到意大利诗歌重新表现出的保守特
质，并没有痛快地接受夸西莫多晚期的诗歌。而他在 1956 年出版
的《虚假的绿与真实的绿》中收录的《关于诗歌的演讲》中对他们
做出了回应。诗歌的语言，他宣称，一旦脱离了历史也就枯萎了。
"战争改变了人们的道德生活，而人类在回归之后，已经无法重新
找到曾经在其遭遇死亡的过程中被遗忘或讽刺性地被低估的内在生
活的必然标准了"。这种情况在第一次世界大战之后发生过，1945
年又再次发生，在那些时期人们渴望的是隐逸派的诗歌。诗歌的风
格走向由历史决定，反过来，真正的诗人"改变"着这个世界。与
哲学或是历史学家笔下的文字相比，"他所创造的那些强烈的画面"
更有力地"撞击着人们的心灵"。

他的诗歌由于其独特的美已经转化为一种道德准则；而对他的
诗歌的淬炼带来的直接的后果就是他的责任。他开启了一场与其同
胞之间的对话，这场对话对于他的祖国而言远比科学或者国与国之
间的条约更为重大和迫切，毕竟条约可以随时被打破。1945 年以
后新一代诗人所创作的意大利诗歌，按照夸西莫多的说法，记录着
对这种对话的迫切需求并以戏剧化的形式以及唱诗班似的韵律提出
了以一种共同的语言来描绘新世界的全新的价值观。

夸西莫多对自身及其生活均怀着一种极为严肃的态度。他曾经
如此提及其诗歌：

> 主啊，你在言词上的巨大恩赐，／我孜孜不倦地／
> 予以报答。

如此严肃的态度不免有些过度，有时候似乎甚至有些可笑，至
少对某些人来说是如此。夸西莫多本人也准许一些过于挑剔的评论
进入他的"对话"，人们可以感觉到某种来自专业层面的敌意。但
是没有人——即使是那些因为翁加雷蒂或者蒙塔莱被瑞典皇家科学
院忽略而感到失望的意大利人——能够否认在夸西莫多的大多数诗
歌中所蕴含的表现力和美感。他们也不能否认他的真诚，抑或是他
的诗学中必不可少的纯正，以及对一种新的修辞的需要。在他晚期
的几本诗集中，夸西莫多或许没有创作出包涵其诗学特点的成功诗
作。但是在他强烈的、痛苦的意识中却有 些令人钦佩的东西。他
至少在心灵中暗示出一个永恒的拉撒路的幻象，再次站在窗台边：
"世界的形象在那里迟疑"。

《十二首，为卡瓦菲斯而作》*
和《月光奏鸣曲》

[希腊] 扬尼斯·里索斯　赵　四　译

扬尼斯·里索斯
（Yannis Ritsos，1909–1990）

| 诗人的位置

黑檀木雕的书桌，两支银烛台，

他的红烟斗。他坐着，在扶手椅里几近隐形

因为总是背窗而坐。尺寸过大、

慎重的眼镜背后，他注视着和他谈话的人

繁盛光线中，他藏起自己，在他的那些词

"历史"里，在他自己的人格面具后——脆弱、遥远，

手指上一块蓝宝石戒面的微弱射光

分散了他的注意力；倾听一切，

他玩味着心怀仰慕的木讷少年们

表达时舔嘴唇那刻的意味。而他，

狡黠，渴求，肉欲，"伟大的永无过失"本身，

处身于一个非与是、欲望与悔恨中间，

像那位神手中的天罚之鞭，以全副身心颤动着

当他身后的窗中来光于他头顶

加冕出一圈宽恕与无罪的光轮。

"如果诗非是一项赦罪，"他为自己喃喃，

"那么我们也别期待来自任何他地的怜悯。"

* 译自伯特兰·马蒂厄（Bertrand Mathieu）英译。

II 他的灯

那盏灯宁静、合用；他喜欢用它
而非任何别的灯具。他把他的光调到
适应那一时刻所需，适应那古老的
不可坦言的欲望。直到永远
这煤油的气味，微妙的存在
全然不引人注目，夜里，当他独自归来
四肢沉重疲累，徒劳无功遍布
他外套的纤维、衣袋的缝线
以至每一动作都看似无用、难以忍耐——
又一次，转移他注意力的，这儿有盏灯——灯芯、
火柴、跳荡的火苗（和它的投影
在床上、桌上、四壁），尤其是
那玻璃灯罩——易碎的透明物
在一个简单的、人的动作中
再一次与你相关：它拯救你，或被你拯救。

III 破晓时分，他的灯

好了，现在，晚上好；他们又都在这儿了，面对面，
他和他的灯——虽然他看似冷漠、自恋，
但他爱它；不仅是
因为它对他有用，也因，尤其是
它坚持索要他的关爱——古代希腊油灯
易碎的遗存，它收藏自身周边的
记忆和察知黑夜的飞虫，它抹去
老人的皱纹，展延眉眼，

放大少年们的躯体身影，它在空白
纸页的洁白和暗藏于诗的猩红上
蒙以温柔辉光。而后
黎明来临，灯光渐渐暗淡，遁入
熹微晨光，混入百叶窗启、手推车动、
果品小贩叫卖的第一声喧闹里，
这是他的不眠夜伸手可触的符征，也是一座
玻璃之桥的局部，那桥依次连接起眼镜镜片、
灯罩玻璃、窗户玻璃，直到户外、远方、更远处——
一座玻璃之桥支撑他，在城市的心脏里，遍抵全城
现在，桥依它自己的自由意志，缀合起夜与昼。

IV 熄灭那灯

无限倦怠的时刻来临。午前时分，令人目眩
渐渐加剧——标记他的又一个夜晚结束了，它
压倒了镜面平滑的悔恨，在嘴唇、
眼睛四周恶意地蚀刻留痕。从现在起，
唯灯之可亲和百叶窗的牢闭有益。
不可阻挡地意识到片片终结：一个夏日夜晚的
火热呼吸冷却，几绺年轻金发上
绞下的发卷还在——一条被切断的链环——
那链环本身——谁设计了它？不，
唯记忆与诗有益。可现在是
那最后一刻，入睡之前，俯身向灯罩
吹向那火苗——所以它也要熄灭了——他意识到
他正在向永恒那晶澈的耳中吹进
一个永生之词：那是他独一的、生自他之呼吸的、对物质的悲叹。
何其灯上轻烟以不朽香薰一室！

V 他的眼镜

在他的眼睛和事物之间总伫立着
他那屏蔽外界的眼镜，审慎、茫然、
寻根究底、折衷主义——超脱的玻璃堡垒
同时是屏障和守望——两片水域
环绕他神秘又剥光事物的凝视，或更精彩：
一架内置天平的两个秤盘——怪哉——托盘非平垂
侧向相站立。那种齐地平线的天平，
在空无之外，关于空无的知识之外
能持留什么？——一架光裸的天平，透明、炫目，
在闪光中映射出一系列
视像，内部的、外部的，在谐和的平衡中
如此具象，不受腐蚀，致撤销了全部空无。

VI 庇护所

"一个人表达自己，"他说，"不代表要说什么
而不过是交谈；但交谈的事实
意味着暴露自己——我们是如何交谈的？"
那一刻他的沉默变得如此透明
以至于把他完全藏到了窗帘后面
他一边假装正看向窗外。
可是——仿佛感觉到背上有我们的目光——
他转过身来，允许他的脸暴露
他像是穿着一件白色长束腰外衣，
有点滑稽、不合时宜，在我们这个时代
而这无疑是有意为之（他偏好如此）因为他估计
用这办法他可以避开

我们的怀疑、我们的敌意或怜悯
或者他是在向我们让步，宽恕
未来我们对他的赞美（他已预见到）。

VII 形式话题

他宣告："形式既非被创造出来的也非被强加的，它
包含在自身材质里，在其向着一个结果而去的冲动中
不时显露出自己。"老生常谈，我们回应
一些抽象概念——他谈出了什么启示吗？他没再说一个字，
他的下巴陷在两手之间像一个词
括在引号里——模糊的香烟还留在
他紧闭的唇间——一道发出光亮的白色破折号
代替了省略号的点，他依据原则（或也许无意识中）
省略掉的，未将注意力吸引到他自己的沉默上。

那样的态度，隐约让我们觉得那是
某一个冬夜，他等待在一个小火车站的
车棚下，为短暂一瞬而在的庇护所，
一些孤单的旅人，带着共享炭火、
不太可能之事、旅途见闻的味道，在隐秘而古老的
做伴中，分享纯粹的相遇。火车冒出的烟
密实、如同雕塑，泰然地漂浮在两柱
平行于地面的车头灯光之上，两个
离开之间。他捻灭香烟，而后走开。

VIII 误解

他的含糊其辞，令人难忍。它们考验我们，

他自己也承受其压力；他明白地暴露出
他的迷惑、犹豫不决、无知、怯懦、
缺乏稳健原则。"语词，"他说，
"是——并不真是一滴滴血——我更愿意脑中唤起的是它雨落、
积出水洼，被红色的车站信号染红——
语词，可以说——是输血、验明正身、前所未有的相遇、是诗。"
而后他沉默。他在蒙我们吧。什么雨？什么词？什么血？
谁那样说过？是我们吗？无疑他想将我们诱陷
进他自己的支离破碎中。而他继续看向远方某处，
显得慷慨、宽容（像那些需要其他人因而那样待他们的人）
穿着一尘不染的衬衫，铅灰色西装，无懈可击，
一朵菊花别进扣眼。尽管有这一切，
当他离开后，我们察觉到他曾站立的地板上
有一小片鲜红的水渍，精巧的设计
像一幅粗略的希腊地图，像一张边界设计
带有很多省略和误差的世界地图，
边界在色彩的一致性中几不可见，
一张世界地图在完全空荡和关了门的学校里，在七月，
学生们都去了海滨进行他们激动人心、阳光耀眼的旅行。

IX 暮色

你熟悉夏日的黄昏时刻
落锁的房间里，微弱的浅桃色反光
斜射在天花板桁梁上；未完成的
诗在桌面——两行，不再多些许点划，
未履行的诺言，有关于一次奇妙旅程，
关于一定的自由、相当的自主权、
无疑的不朽（相对而言的，非常自然地）。

户外，街上，已响起夜的召唤，

那些敏捷的影子，神明们的、人类的、脚踏车的，

在这一工作场所开门放人的钟点，年轻工人

荷锤携具，他们头发透湿、凌乱

破旧的衣服上是斑斑石灰，

一齐消失进了云的巅峰时刻，夜幕正降临。

轻快的八下敲钟声，在楼梯顶上，

走廊的空荡荡里——藏身黯黑玻璃背后

势在必行的钟槌不可阻挡的声声

撞击——恰在那一刻，那些钥匙的

古老声音响起，他从未拿定过主意

它们是正在开锁释放还是做出判决。

X 最后时光

有种香气在他屋里萦回，不外是记忆

也许，是从半开着的窗户里

飘进的一缕春夜气息。他将随身必带的东西

留出来。给落地镜蒙上

罩布。他的指尖了然着一贯的

触摸紧致躯体的手感

他的更孤独点的笔尖，亦是——没有任何意外：

为诗而生的可靠结合。他不想

粘靠任何人。他正接近生命的终点。再一次

他问道："这是个感恩问题还是意欲

感恩的问题？"他那两只老年人的拖鞋自床下

凸伸出来。他没有费事

再去遮住它们——（哦无疑已是许久之前）。只在

把钥匙放进绒衣口袋里时，

他坐上他的手提箱，在屋子中央，

独自一人，开始哭泣，他平生第一次
用这样的高精度审度自己的无罪。

XI 身后事

许多人声称对他拥有权力，围着他吵闹，
没准是因为他的服装——那身奇怪的行头，
严正的、予人印象深刻，但并非没有某种魔力，
是某种门面，像神明们穿的那种幻影般衣服
当他们以人类为配偶时——乔装打扮，
而正当他们用通用语处理业务，忽然间——我们被告知——
他们裹身的衣袍便随来自无限或彼岸的呼吸向外吹开。
好吧，他们吵来吵去。可他对此能做些什么呢？他们撕破
他的服饰和衬衣，甚至扯掉他的皮带。他变成无非
一个凡人，被剥光衣服，处于彻底蒙羞中。人人
都遗弃了他。就是在那一境遇他变成了石头。许多年以后
他们发现了那儿的这尊卓越雕像——
颀长，赤裸，高傲，彭特利克大理石雕造，
是那位"不朽的青年公民海欧腾提牟努美诺斯"[①]——那是他
　　们给他的名字。
他们为他蒙上了一块巨大帆布，并且
为公共揭幕准备了一场罕见的庆典。

XII 遗产

毫无疑问，死去的这人是一个非凡的生灵，
罕有其匹；他遗赠给我们一个好得多的尺度
来衡量我们自己，尤其衡量我们的邻人：
——某某人和这一样矮短，

① Heautontimoroúmenos，拉丁语，
意为"自我折磨的人"。源出罗
马剧作家泰伦斯（Terence，195/
185–159 BC）剧作《自我折磨的
人》（Heauton Timorumenos）。

远远不够，那一个勉勉强强，第三个
腿细长得像个呆子——
无人、无物、无一事不有其自身价值。
只有我们自己滥用这尺度的
一切有价值之处——可你谈论的是什么尺度？
它一定是涅墨西斯^①，那天使长的利剑。
如今我们已将它磨得锃亮，今后能
去逐一地砍断万物的头。

月光奏鸣曲 *

春夜。一幢旧居中的一间大屋。一身素黑的中年女人，正对一名
年轻男子说着什么。我忘了提那黑衣女人出版过两三本有宗教意
味的值得注意的诗集。好了，黑衣女人正在对年轻男子说：

让我跟你走吧。今夜有怎样的月亮！
月亮仁慈——它不会照出
我已银丝斑斑。月亮
会再次把它变回金发。你不会懂的。
让我跟你走吧。

有月亮时，屋里的影子渐渐增长，
看不见的手拉起了窗帘，
一只幽灵般的手指在钢琴落灰上写下
被忘却的话——我不想听到它们。嘘。

让我跟你走吧
再走远一点儿，就到砖厂院墙，

① Nemesis，复仇女神，或报应、
天罚之意。
* 译自彼得·格林（Peter Green）和
贝弗利·巴兹利（Beverly Bardsley）
英译。

到那大路拐弯处，这城市看上去
实在又缥缈，被月光洗净，
如此冷漠又脆弱不实，
如此纯粹，像形而上学，
以致最后你会相信你存在又不存在，
相信你从未存在过，相信时间及其毁灭从未存在过。
让我跟你走吧。

我们将在矮墙小坐片刻，然后爬上山坡，
当春风吹拂我们周身
也许我们还会想象我们正在飞翔，
因为，常常，尤其此刻，我听着自己的裙裾响动
就像是有力的翅膀在扇动，
而当你把自己关进飞翔的声音
你感受到你的喉咙、肋骨、血肉勒紧的罗网
因而收缩在蔚蓝天空的力量
雄健天国的勇气里
它使得你是去还是来没有差别
它使我头发变白也没什么不同
（那不是我的悲哀——我的悲哀是
我的心没有也变得洁白）。
让我跟你走吧。

我知道人人独自向爱进发，
独自步向信仰，独自走向死亡。
我知道。我已试过。但那没用。
让我跟你走吧。

这房子闹鬼，它折磨我——
我是说，它年事已太高，钉子松动，
肖像倾落像是正跳进虚空，

灰泥无声崩坠
当死者的帽子在黑暗门厅里从帽挂上滚落
当磨坏的羊毛手套自沉默之膝上滑脱
或当一道月光洒落残年破椅上时。

曾经它也是新的——不是你满目狐疑地盯着的照片——
我是说，那扶手椅，舒服极了，你可以在上面一坐几小时
眼睛闭着，梦想来到你脑中的任何东西
——平坦、潮湿、月光下光亮闪闪的沙滩
亮过我每月一次送街角擦鞋店的那双专销老皮鞋，
或梦想一叶沉在海底的渔船之帆，它靠自己的呼吸在摇动，
一叶三角帆就像一块倾斜对折的手绢只是
好像它没有什么要去捂住或攥紧
没有理由在告别时扬开挥动。我始终对手绢怀有激情，
不会把任何东西包在里面系起来，
如花种或落日时分田野上采集的洋甘菊，
也不会像街对面建筑工地上工人们那样把它们四角打结帽子般
　　扣在头上，
或者用它们来擦我的眼睛——我的视力保持得很好；
我从不戴眼镜。一种无害的特异体质，手绢。

现在我把它们四折、八折、十六折地叠起
让我的手指有事可做。我记起来
这是我从前上音乐厅时打拍子的方式
我着蓝色围裙装，戴白色立领，两条金色辫子
——8，16，32，64分音符——
和我的一个小朋友手拉手，粉红，通亮，还有花束，
（原谅这些离题——坏习惯）——32，64分音符——我的家庭
　　对我的音乐天赋
寄予了极大的希望。但我刚才正和你谈到扶手椅——
开裂的——生锈的弹簧、填充物都露出来了——

我想着把它送去隔壁的家具店，

但是哪里有时间，还有钱和想修的愿望——先解决哪一个？

我想着扔张床单罩上它——我害怕

如此强烈月光下的一张白床单。人们曾坐在这里

做着各种大梦，像你像我做的一样。

而现在他们安息在雨不侵、月不扰的地下。

让我跟你走吧。

我们会在圣尼古拉教堂大理石台阶上稍事停留

之后你会走下来而我往回走，

我的左边身体会感到你夹克碰靠和几格灯光

洒落的暖意，它们从邻里小小的窗口射出

来自月亮的这纯白色雾气，像银天鹅的盛大游行队列——

我不害怕这显灵，因为在别的时刻

一些春天的傍晚，我与上帝交谈时

他便现我以身披雾霭蒙此月华荣耀之形——

许多位年轻男子，甚至比你还要英俊，使我献祭于他——

我熔化了，如此洁白，难以企及，在我的白色火焰中，在月光
　　的纯白里，

我燃烧在男人们贪婪的目光和年轻人踌躇的狂喜中，

被那些光彩夺目的古铜色躯体围拥，

那些强壮的四肢练就在泳池、划桨时，跑道、足球场上（我装
　　作不看他们），

那些额头、嘴唇和脖颈、膝盖、手指和眼睛、

胸膛、手臂还有某些东西（这我确实没看）

——你知道，有时候，当你心醉神迷，你会忘了是什么使你迷
　　醉，单单是入迷就够了——

我的上帝，什么样星光灿灿的眼睛，我被擢升到否认群星的受
　　尊为神

因为，被来自外部和来自内在这样包围

没有别的路留下让我走，唯有上升之路或下降之途。——不，

　　这不够。
让我跟你走吧。

我知道现在很晚了。让我来，
因为这么多年来——白天、黑夜、还有深红的正午——我都是
独自一人，
不屈服、孤单、纯洁无染，
即便在我的婚床上亦无玷、孤寂，
我写下荣耀的诗篇呈到上帝的膝上，
我向你保证，诗篇会永存，就像凿进了无瑕的大理石
会超越你我的生命，远远超越。这还不够。
让我跟你走吧。

这房子再也容不下我。
我无法忍受再背负它。
你必须始终当心，小心翼翼，
要用大的碗橱支住墙
要用椅子顶住桌子
要用你的手撑住椅子
要把你的肩臂撑立在吊梁下。
而钢琴，像一口盖上盖的黑棺材。你不敢打开它。
你不得不非常小心，非常小心，以免它们倒下，以免你垮台。
　　我受不了了。
让我跟你走吧。

这所房子，除了是个死物，并不想死去。
它坚持与它的死共生
坚持靠它的死而活
靠它的死之确定性活着
坚持为它的死至今留住房子、腐烂中的床、架子。
让我跟你走吧。

现在，不管我多轻悄地穿过夜雾，

是汲着拖鞋还是光着脚，

都会有声音：一格窗玻璃碎裂，或是一面镜子

一些脚步声传入耳中——不是我自己的。

外面，在街上，也许听不见这些脚步声——

悔恨，据说，穿着木头鞋——

而如果你照这面或那另一面镜子，

在灰尘和裂缝后面，

你会洞悉你的脸，不仅昏黑更四分五裂

你的脸，你寻求的全部生活只不过是去保持脸面的清洁和完整。

水杯的杯沿在月光下闪着微光

像一把环形剃刀——我怎能举它到唇边？

无论我有多渴——我怎能举起它——你明白吗？

我已在运用比喻的情绪中——至少这点留下来了，

让我安心我的才智没有衰退。

让我跟你走吧。

有时候，当夜幕降临，我有种感觉

窗外有耍熊人牵着他沉重的老母熊走过，

她的毛皮上满是烫伤和荆棘，

拖起街头巷尾的尘土

荒凉的尘雾薰香黄昏，

回到家中吃晚饭的孩子们不被允许再次出门，

尽管在墙背后他们猜得出老熊的经过——

而疲累的熊在她的孤独之智慧中穿行，不知何以、因甚——

她变得沉重，不再能立起后肢舞蹈，

不再能戴上蕾丝帽逗孩子们、懒人、纠缠她的人开心，

她想要做的全部就是躺倒在地

让他们踩在她的肚子上，这样进行她最后的游戏，

显示她可怕的力量已屈服，
她对别人的利益，对唇上铃铛、牙齿撕咬的强迫症已漠不关心，
她对疼痛对生命已漠不关心
已与死亡有明确的共谋关系——即便是一种缓死
她最终对死亡的漠不关心带有生命的连续性和生命的智慧
超越了她有知识和行动的被奴役。

但是谁又能将这游戏做到最后？
熊又站了起来，顺从于她的拴绳、
她的铃铛、她的牙齿，继续前行
咧开她撕裂的嘴唇向美丽、无戒心的孩子们抛来的硬币微笑
（美丽正因为无戒心）
并说谢谢你。因为熊到老
唯一学到的就是说这句：谢谢你；谢谢你。
让我跟你走吧。

这房子使我窒息。尤其厨房
像是海底。悬挂的咖啡壶隐约闪光
像是奇异鱼圆圆的巨眼，
餐具缓慢波动形同水母，
海藻、贝壳缠在我的头发里——后来我无法将他们扯开——
我无法再回到水面——
托盘从我手中静静跌落——我沉了下去
我看见我呼出的气泡在上升，上升
看着它们我试着让自己转向
我想知道某个碰巧在上面且看到了这些气泡的人会说些什么，
也许有人溺水，也许是潜水员在探测海底？

事实上有好几次在那儿，在溺水的深渊，我发现了
珊瑚、珍珠、海难沉船上的宝藏，
不期而遇，过去、现在、将要到来的，

几乎是对永恒的一个证实，

如常言：不朽的一次喘息，永生的粲然一笑，

一种幸福，一次沉醉，甚至是灵感，

珊瑚、珍珠、蓝宝石；

只是我不知道怎么给予他们——不，我确实给了他们；

只是我不知道他们能否收到——可话说回来，我给了他们。

让我跟你走吧。

稍候片刻，我来拿上外套。

这样的天气太变化无常，我必须小心。

夜晚湿重，你难道不认为月亮

老实说，似乎加重了寒冷？

让我把你的衬衫扣好——你的胸膛多么强劲

——月亮多么强劲——我是说扶手椅——每次当我从桌上端起杯子

一个幽寂之洞便剩在了下面。我立即覆上我的手掌

好不去看穿它——我把杯子放回原位；

月亮是世界颅骨上的一个洞——别看进去，

它是个磁场会把你吸走——别看，千万别看，

听我说——你会掉进去的。这美丽、轻飘的

晕眩——你会掉进——

月亮的大理石井里，

阴影惊起，翅膀无声，神秘的声音——难道你没听到它们？

深处，深处是跌落，

深处，深处是上升，

空气的雕塑卷进它打开的翅膀中，

深处，深处是沉默那不为所动的仁慈——

颤动在对岸的灯光，因而照见你摇动在你自己的波浪，

大海的呼吸里。美丽、轻飘的

这眩晕——小心，你会掉下去。别看着我，

说到我，我所在处就是这摇晃——这壮丽的临渊眩晕。也因此每晚

2009 年希腊发行的
里索斯 10 欧元纪念币

我都略微有些头疼，一种阵发性眩晕。

我时常会溜去街对面的药店买些阿司匹林，
但有时，我太累了便待在这儿忍着头疼
听墙里的管道发出空洞声响，
要么喝点咖啡，如常地心不在焉，
我忘了，倒了两杯——谁来喝那一杯？
这真可笑，我放它在窗台上让它冷掉
或者有时把两杯都喝了，看向窗外药店闪眼的绿灯罩
它就像盏放行的绿色信号灯，前来接我离开的无声列车驶近
我带上我的手绢，我破旧的鞋子，我的黑色钱包，我的诗，
但绝无行李箱——它们有何用？
让我跟你走吧。

哦，你要走了吗？晚安。不，我不跟你走。晚安。
我要自己出去走会儿。谢谢。因为，最终，我必须
走出这幢摇摇欲坠的房子。
我必须看看这城市——不，不是月亮——
看这双手结茧的城市，每日劳作的城市，
以面包和它的拳头起誓的城市，
将我们每个人连带我们的卑微、罪孽、仇恨，
我们的雄心、我们的无知和衰朽
都背在它背上的城市。
我需要听到城市伟大的步伐，
而不再去听你的脚步，
或上帝的，或我自己的脚步。晚安。

2017 年在雅典上演的里索斯
《月光奏鸣曲》歌剧海报

　屋里渐渐变黑。看上去就像可能是一片云遮住了月亮。突
然，附近酒吧里好像有人调高了收音机音量，一段非常熟悉的
乐音传来。这时我意识到，刚才有极轻柔奏响的《月光奏鸣
曲》第一乐章贯穿这全部的场景。带着解脱的感觉，年轻人现

在必定要走下山坡，他那斧削刀刻般精巧的唇边带着一抹嘲讽的、也许是同情的微笑。一俟到了尼古拉斯教堂，走下大理石台阶前，他就会大笑，不可遏止的大笑。他的笑声在月光下听来全然不会不得体。也许唯一不得体的就是将不会有任何不得体的事。很快年轻人会安静下来，变得严肃，说："一个时代的衰落。"这样，再一次彻底平静下来，他会重新解开衬衫，继续上路。至于黑衣女人，我不知道最终她是否真的走出了这所房子。月光再度普照。屋中角落里，阴影越来越重，带着难耐的悔恨，几乎是愤怒，不是因为生活，更多是因为无用的忏悔。你听到了吗？收音机仍在播放：

Giánnis Rítsos

（雅典，1956 年 6 月）

向里索斯致敬 *

[法] 路易·阿拉贡　赵　四　译

　　法国著名作家路易·阿拉贡形容他第一次翻阅里索斯的《月光奏鸣曲》时的印象："我们必须向他致敬因为他理所值当，我们还应站在房顶上高喊：他是我们这个时代最伟大、最非凡的诗人之一。"

　　从那时起①，我们没有听到过关于这位诗人的任何别的消息——也就是说直到一本小书出现，为我们带来他的消息之前。这书就是《月光奏鸣曲》，我们收到了阿莱科斯·卡拉察斯（Alekos Karatzas）的译本，这里发表的正是它。诗人现在作为一个自由人居住于雅典。②他现年四十九岁，在这部文学作品中我们现在可以见证他天性的崇高。我们必须向他致敬因为他理所值当，我们还应站在屋顶上高喊：他是我们这个时代最伟大、最非凡的诗人之一。至少，对我来说，距上一次动心、被猛烈的天才震撼到时间已过了太久。我完全清楚永远不该说出这样的话，更别说写下，但我不由自主。我不会对此反悔。

　　关于谈论中的这首发表于 1956 年 12 月的诗，译者写信告诉我"它传达出个人主义和整个中产阶级文明已陷落进悲剧性的僵局中。"

　　我猜想，在翻译它时投入了如此多艰苦的劳作和爱，他那样告

* 该文和《月光奏鸣曲》全诗法译首次发表于路易·阿拉贡（Louis Aragon）主编的法国文学期刊《法国文学》（Lettres Franç aises，第 660 号，1957 年 2 月 28 日）。——英译译注
① 指 1949 年 2 月，发表在法国作家委员会刊物上的一首里索斯长诗《写给法兰西的信》。——汉译译注
② 为求简洁，删去了履历信息和他的流亡经历段落。——英译译注

诉我是想要博取作为读者的我（像我所是的）对这首诗的谅解。毕竟，我清楚我向一些朋友朗读这首诗时的那些情形：他们允许自己去赞赏它之前可能需要类似的开场白，但我却略去了传达这条信息——我注意到他们眼中困惑的神色，那种当他们不知道自己将被引向何方时人所经验到的不安。他们告诉我这首诗黑暗、困难，它可能真的适合某种不同于"文学"的评论。我没有让这些话语阻碍我。也许我表现得对《法国文学》的读者们这么有信心是错误的，但我认为他们不会只有能力读仅有的特定类型诗歌，或那诗歌至少要配上明确举荐书来认定他们的热情合法。

暴露个人主义和中产阶级文明陷入僵局果真是里索斯的意图吗？我不知道。我会想象它有可能是因这样一种论调而理解了月光下的奏鸣曲，因为作品很容易依此而建立起来。这使我想起米榭雷（Michelet）对《梅杜莎之筏》的解释，他看到杰利柯在画面中表现的是法国正身处复辟的黑夜里；也使人想到蒲鲁东（Proudon）对《集市归来》的理解，他于其中看到了路易－菲利普统治时期的全部社会历史。因此，并不仅仅是今天才有充满政治激情的人们常怀着不能胜任的寄托，在他们所仰慕的和他们的信仰之间寻找更深层的联系。

这是完全合理的，完全合理……谁胆敢说这样一种态度不是源自某种值得赞美的情感呢？我还要补充说，有时候，这种阐释实际上玉成艺术作品，无论它是一幅画，一首诗还是一个洗脸盆；我们必须理解，多亏理论家感人的意图起了作用，他意图在艺术作品和那些可能心烦意乱径直走过的人们之间架起桥梁。而且多半正是因为这原因，此类阐释有一定的价值，有时甚至流传开来。我们须视它们为诗歌意象，但尽管如此，却不必对他们的解释过于认真；说到底，对米榭雷来说，他无法不在那筏上认出法兰西，他的臆象是一个诗人的意象，我向他体内的那个诗人致敬。但当真采其所释，去相信杰利柯的画作描绘了复辟之下的法兰西会是荒谬的。那样做的话，我们会是又一次在向那被公正地称作庸俗唯社会论的东西屈服。

现在我只想将奏鸣曲放到唱机的唱盘上，在你周围创造出适宜的寂静，歌将要从那里出现，月光将要自彼处弥漫——那光既非魏尔伦平静、宜人的月光，一种适合于喷泉、假面的照明，也非现代音乐几何形的黑白游戏，那德国人的月光彼埃罗。（阿诺德·勋伯格的《月迷彼埃罗》）

在这个春天的夜晚，当一位"身着黑衣的老女人对一个年轻男子说话"，那是中产阶级吗？那是个人主义者吗？使我本人着迷的是：那流淌在夜色中射进两扇窗口的东西，既不是《华宴集》①中的脸，也不是萦绕麦克白的鬼魂或仙女、精灵的非现实世界，而是"实在又缥缈的城市，被月光洗净"。

在这里，意象双重意义的获得并非通过使用"诗意语词"，通过求助于那个检验合格的所有高贵事物的储库。在房间里的是开膛剖肚了的椅子，角落里每月一次拿给修鞋匠的后跟磨损的鞋子，或是悬挂在厨房墙上的壶再次"隐约闪光像奇异鱼圆圆的巨眼……"

> ……当我从桌上端起杯子
>
> 一个幽寂之洞便剩在了下面。我立即覆上我的手掌
>
> 好不去看穿它——我把杯子放回原位……

这样的诗歌是打哪儿来的？这强烈兴奋感源自哪里？源自一个如其所是的事物们扮演鬼魂角色的地方，那里一个希腊的哈姆雷特发现自己与之面对面的不再是死去的国王们，也不再是一个新俄狄浦斯面对斯芬克斯，而是面对具欺骗性的熟悉的事物和"死者的帽子在黑暗门厅里从帽挂上滚落"。

在这种诗歌中有一种无潮之海的地中海声响。我搭乘这诗歌，像被其他任何一个马塞勒斯伯爵②载着，在希腊旅行，这个希腊不再是拜伦和德拉克洛瓦的希腊，而是和皮兰德娄、德基里科的西西里岛有姐妹情谊的希腊，那里美不是断臂大理石的美，而是碎裂了的人性的美——那个年轻人，一俟离开那位老女人，打开他的衬衫敞露出他强壮的胸膛，说道这是真的，"一个时代的衰落……"。我曾需要那些词，对我来说，要想看到他重生有那些词就足够了（在这点上，译者的评论看似是完全合理的，当然，前提是如果相信：故事的道德寓意解释了将一只狐狸和一只鹳设为搭档的说书人的愚

① Fêtes Galantes，"宴游"是一种绘画风格，描绘刻意盛装的女士、绅士们在幻想中的户外环境里嬉玩（如华托的画作）。《华宴集》也是魏尔伦的诗集名，阿拉贡在这里提到的《月光》一诗即出自该诗集。——英译译注
② Comte de Marcellus，马塞勒斯伯爵（1795-1865），法国外交官、作家、希腊语言学家，写有希腊旅行记述。——英译译注

蠢，这其中有任何一点真理存在的话。）

我们力图通过相似性来理解事物。也许这就是为什么我需要谈及西西里岛，虽然谈到希腊本就该足矣，因为相似于这个的另一个夜晚，在一个我从未踏入过的国家，将使我对今晚这一夜的所有的太过真实感到安心，也因为我对西西里岛的无知和我对希腊的无知全然不相上下……

因此，考虑到诗歌的神秘存在于诗人们自身身上，也因为即便此时我需要比较，总在比较且只是比较，我发现在里索斯身上，更甚于在莎士比亚或埃斯库罗斯那里，有一种我所熟知的奇特的灵感，一位其声调总在我耳中鸣响的神秘主义诗人的回音。而洛特雷阿蒙的名字前来聚拢这些遥远的过长的前言。带着一声像生命本身一样"喧闹、抑制不住的"笑声，我现在要在有权享有在月光下大笑的诗人们中，用洛特雷阿蒙的一句引语来欢迎里索斯，且我举牌竞价让他和他的《奏鸣曲》坐在洛特雷阿蒙身边的位置上，这将会是"一次美丽的相遇，像那缝纫机和阳伞的不期而遇"。①

① 出自洛特雷阿蒙《马尔多罗之歌》中的名句"Il est beau [...] comme la rencontre fortuite sur une table de dissection d'une machine à coudre et d'un parapluie!"——汉译译注

当代西班牙先锋诗人7家

于施洋　龚若晴　黄韵颐　李　瑾　译

胡安·卡洛斯·梅斯特雷诗选

祖　先

我的记忆从哪里开始的？

——阿摩司·奥兹

我的祖先们发明了银河，
将必要的名字赋予了风云变幻的环境，
称饥饿为饥饿的城墙，
将一切与贫穷无异的东西称之为贫穷。
一个人用饥饿的思想可为的事情甚少，
甚至无法在路上的灰尘里画一条鱼，
无法在一个木十字架上穿越海洋。

我的祖先曾在木十字架上穿越海洋，
但并未要求召见，
不过是在卷宗中漫游
像刺猬和蜥蜴在乡村的小路上漫游一样。

[诗人小传] 胡安·卡洛斯·梅斯特雷（Juan Carlos Mestre），诗人、视觉艺术家。1957年生于西班牙莱昂小镇Villafranca del Bierzo。1982年开始出版多部诗集、随笔集，如《别尔索山谷秋日赞歌》（1985年阿多尼斯诗歌奖）、《诗歌惨遭不幸》（1992年海梅·希尔·德别德马诗歌奖）《济慈墓前》（1999年哈恩诗歌奖）等。2009年诗集《红房子》获得西班牙国家诗歌奖，2012年诗集《面包师的自行车》获最佳评论奖。他还主编了拉·佩·埃斯特拉达的诗选《命运一词》（2001）、罗·德·巴略诗选《可知的幻觉》（2001），并著有关于中美洲神话传说

当代西班牙先锋诗人七家

的《黑夜中的宇宙》。他擅长表演和朗诵，曾与多位音乐家合作举办诗会、录制唱片、制作多媒体音画书。在造型艺术方面，他曾在西班牙、美国、欧洲、拉美多家画廊举办版画和油画展，1999 年获得国家版画奖荣誉提名，2009 年 Atlante 国际版画奖，2010 年 Vivanco 基金会第三届国际版画奖等。

他们来到了沙地，
那里的土地像鱼鳞一样闪光，
那里的生命只有漫长的风和漫长的雨。

一个在生活中只有这些东西的人可为的事情甚少，
甚至无法在饥饿的思想中侧卧而眠
当他聆听谷仓上麻雀的谈话，
甚至无法在果园的床单上播种开花的木柴，
无法在闪光的土地上赤脚行走
无法将自己的儿女掩埋。

我的祖先发明了银河
将必要的名字赋予了恶劣的气候，
他们曾在木十字架上穿越海洋。
于是他们命名了饥饿，为了饥饿的主人
自称为饥饿的一家之主
并在道路上游荡
像在乡村小路上游荡的刺猬和蜥蜴一样。

一个人用怜悯的饭团可为的事情甚少，
雨天让人们吃湿漉漉的面包，然后继续忍受漫长的风
并谈论需要，
谈论需要如同在乡村
谈论一切可以小心地包裹在手绢里的细微的事情。

赞词语

这个词说出来不是反对上帝的，这个词和它的影子面朝虚空被
说出来，为了一个不存在的人群。

死亡终止的时候，这个词的根和叶会在林中燃起来——林被另一团火消尽。

被作为身体爱的，被写在唯一之树的顺从中的，都将是遥远风景的慰藉。

像鸟在投石器前目光凝滞，词和词影越过死亡的揭示，等着自己的勾留。

只有空气，唯有像命名之物的遗言般传递的空气本身，会在我们之后，继续停留。

亡马村

亡马村是莱多·伊沃诗里的一个地方。

一首莱多·伊沃的诗是一只寻找丢失钱币的萤火虫。每一枚丢失的钱币都是一只背过身的燕子，栖息在避雷针的光上。一根避雷针里，一群史前蜜蜂围绕一个西瓜嗡嗡作响。在亡马村，西瓜是半梦半醒的女人，心里荡着一串钥匙的响声。

亡马村是莱多·伊沃诗里的一个地方。

莱多·伊沃是个住在巴西的老人，以疯子的面貌在选集中现身。在亡马村疯子有苍蝇的翅膀，他们把烧过的火柴重又放回盒里，好像它们是被另一个世界的光擦过的词语。另一个世界是杯子的底部，那里一切直都是马蹄铁的形状，只有一条华达呢里衬的街道。

亡马村是莱多·伊沃诗里的一个地方。

一个莱多·伊沃诗里的地方是一条早早起来制造泪水的河流，泪水是小小的雨之谎言，被金合欢刺伤。在亡马村，飞机用蒸汽的缎带扎起天空，好像云朵是一份圣诞礼物；幸和不幸的人都踩着海鸥环志员的小梯，上到永恒的跑马场。

亡马村是莱多·伊沃诗里的一个地方。

一首莱多·伊沃的诗是一位日暮的情人，踮着脚离开第二天早上的旅馆。"明天早上"，他们打算对彼此这样说，但再也没能见面，不过仍然相爱，挽着晚风出门庆祝树木的生日，为自行车铃写下乐谱。

亡马村是莱多·伊沃诗里的一个地方。

莱多·伊沃是一间满是燕雀的学校，一个在牛奶盘里歌唱的舵手。莱多·伊沃是一个包扎波浪的护士，用他的吻点亮舷灯。在亡马村一切完美之物都属于别人，海星螺母属于梦游头脑的劫掠者，周日玫瑰的快递员属于女佣小小的光之王冠。

亡马村是莱多·伊沃诗里的一个地方。

在亡马村，每当一匹马死去，人们会叫莱多·伊沃来复活它；每当一个传福音者死去，人们会叫莱多·伊沃来复活他；而当莱多·伊沃死去，他们叫来蝴蝶的裁缝复活他。听我说，美丽的回忆疾逝如松鼠，每一段终结的爱情都是一片拥抱的墓地，而亡马村并不存在。

诗歌密史

第八日，诗人们鄙夷那蛇，伊尔汗·博尔齐在加利利海边添起一座塔，鹿去了市场，光在柱子上磨砺自己的消息。风还没有把雾吹斜，屠宰场不见苍蝇。继一日，卖花人的脖子伸长到第一个百年，旱地露出来，伊尔汗考虑还没做的一切事。

第七日，即是说，一枚云雀蛋。伊尔汗为自己所知而羞赧，因着没下雨而橄榄树枝已经被修剪。于是他带孩子们去电影院，去鞋铺，买了好些小面包。夜落下来，像旁边院子里的一个胶球。伊尔汗捡起球，放在第六日门口，让伊薇、莉拉、艾哈迈德拿着玩。

这样，第五日打听着哪里卖鱼到来，磨刀匠的女儿骑车给刺猬送去面包，玫瑰从无聊里开出来，黄色选定了行当。

第四夜匆匆来临，牧畜钻出烟囱顶，月亮跟瞪羚一起吃草，榅桲闻着有杂货铺的味道。伊尔汗煮了无花果咖啡，记挂着一把钥匙睡下。

第三日，听说有人发明了一把椅子，伊尔汗看看太阳，想起沙漠，给它寄去一封信。胡子已经长得像花园了，他去伊斯坦布尔转了一圈。

将近第一日前夜，一个女人问她的儿子该几点生。她脸像洗衣女工的手一样惨白。也就是说，本该有人起床烧水、浇浇老鹳草，去越岛那边再回来。就快到今天了。

母鸡轻唱，爪子是蓝的，跟酒馆里传的旅行故事一个颜色。“都听到天堂了”，他说。

次日，伊尔汗穿上一件白衬衫，就安息了。

谜

饥渴的脑袋钻进妓院，兰波在那儿
光着头，腿被绑着像只母鸡
兰波在那儿，像虫蛀的独木舟，笨嘴拙舌
我什么也没对他说，我能对兰波结结巴巴说些什么
其实我本来能冒充你，但我没有
我能冒充他，我跟你保证，我有这个才能
兰波那家伙，待在小角落，十分小心
光着头，腿被绑着像一只母鸡
不算太帅气，倒是准备好突然发作
像个病怏怏的圣徒挡在祭坛中间
我猜修女都比他会做情人
蜡一般的兰波，指甲脏兮兮，闻着像罐石油
亲自驱赶腐烂玫瑰上的苍蝇
我没有勇气递给他我刚刚拿去参赛的诗集
见游客和生来老气横秋的人已经把他吓得不轻
不知道这群阴森的人为什么盯着兰波，他

光着头，腿被绑着像一只母鸡

我失恋了正在寻找睡美人

我拒绝看他以免他砍我一刀

他闭着眼能打中五公里外的靶子

睁着眼能把整根木剑插进你身体

我爸是个酒鬼，我妈天知道是谁

我手直冒汗看兰波被罪犯跟杂耍艺人包围

我不敢请他为我刚落选比赛的诗集作序

像一张起皱的床他在落下的百叶窗后疲倦呼吸

坐在漂亮女孩给颧骨上妆的镜子旁边

光着头，腿被绑着像一只母鸡

沉默挺好，但一个字就能让我为他得病

济慈墓（选段）

大地之诗从不曾死

——约翰·济慈

这发生在左的时刻前，当时我的生命

反对王子权力的激烈青春，

称真相为狗群，倒塌的桥为美

称海难者坟墓为寒冷之花

疯子的雪为死去的星盘

黑色滑石烘烤死亡的饥饿

感官的年龄、蜂箱中

十月疲倦之光的固执气息。

岛屿热切的草萌芽在白色沙丘上，

无法遏止的蚂蚁在冰嘴的柔软鳞茎。

绿色的夜晚戴着法医手套从匣中出来

风暴回荡在双耳长颈瓶的破碎秋天

在这里我的心有世界的年纪，

新生儿在底下睡觉的石鱼。

眼睑下 日晷烦躁不安，

静止的指针如死马冰冷的视网膜。

我的生活是惊愕者与失明穷人的颤抖，

受害者盛宴中的悲伤星座。

除了半透明的黑暗，我不知道别的意识，

卑劣理智睡于其上的玻璃床单。

我与万物殊途而居，说出一个继承人

被举反抗沼泽的不祥君王的恐惧。

我对神明和他们法官值得记忆的流行病不抱任何期许。

我不同于仆人与侏儒，我既是请求者也是阉人。

我是大气层的行人，闪电的黑暗企盼者。

我听到声音，听到骇人的与年老的，我知道一匹马是一个时刻。

我听到脚步，听到惊扰了长年孤儿的可叹雷鸣。

我与忏悔的海和过时的秋天为友，

我爱人类沉着的孤独和鸟儿的信心。

我称两具身体间的距离为无法到达，

交替入侵失败的国家与胜利的家园。

我曾是少年，对火中了毒，我曾是不知疲倦的暴君

反对让身体狂欢厌烦的虚荣。

我远离自身的距离不曾达到吝啬鬼两枚钱币间的距离，

我认为冬天贫瘠，而蓝色必不可少。

我恐慌地负责起太阳每天为称赞地球而作的努力，

我同情原始的光亮与虚弱而有条理的不幸。

比起英雄不可战胜的暴怒，我更喜欢懦夫的忧伤，

比起坟墓僵硬的野心，我更喜欢田野的荒芜。

上帝已厌倦倾听我们，人和狗都累了，

乡愁是漂在死亡白河上的独木舟

我不对任何事或人后悔，人生就是独白

在一个星体消失的性质与天然的种子间。

梅斯特雷手稿"驯服星座的人……"

我的灵魂寂静地向不确定的地方生长，

那里有野兽哀伤，那里有哥特的刺客和眼盲的不幸。

荷马举起的圣杯中彩虹流出，

长出法翁的羊角、悬崖的回声、天空的光。

这是我生命的边界，逃犯心脏的前途中

精确的左的时刻。

孤傲的生命，你去何处我便去何处，风雨中、夜晚，

与在逃的湖泊猎人，同无罪开赦的囚犯，

我会带着火光穿越沙丘，我会点亮失明的漩涡。

我偏袒败者，对死者也将继续偏心。

我记得儿时的三个危险，

记得邪恶，坏人没有借口的眼睛，

记得词语中曾有的空气，

记得一个梦、其中的怪事，记得卖奶人的白驴。

我在那里游荡，不可改变、快乐、无节制，

有意冒犯首领

和他铁锈高塔上永恒的震惊。

我离开一处去另一处，笼子引起我的怜悯。

我跟山洞的钟摆没什么不同，跟被包扎的游泳者也无异，

我最大的能力是懒得与他人时常碰面。

别人指控我的一切，我也指控自己，护身符从不把我抛弃。

面对夜晚我感到一股含混的好奇

突然之间拥有磁力。

有一个我没忘记的过去的幽灵，

有一个遥远的地狱声音

有一个神话旁的希伯来谜题。

我的队伍干不了任何事，什么也不知道。

随着一年四季我保有一个秘密，

自第一次呼吸起不变的托付。

我总是自相矛盾，准确是犯罪的影子。

我不时与被放逐者联合，

在混乱中找到朋友，寄宿在不可逾越之地。
我知道美中有光明的树林和女巫。
我听过澎湃大海的音乐 乌木鼓上的轻雨，
我听过阴森的主教座堂里小鼓与竖琴
麻风病人的小铃和律师不可撤销的钟声。
我还没学会受苦，一切严峻都不够人道。
我曾是、当时是一位父亲面对疲惫一代的手，
作沉默的扈从，冒失而无恙。
人类的每个视像 都是参观世界的新想法，
邮递员用以纪念模仿上帝的哨子。
想象是异教徒用启示录制造噪声的居所，
想象有损垂死者石碑和座位的健康，
想象使耶稣在第三天复活，
想象是鼹鼠眼前多彩的地道，
我看过关于错误记忆的想象中的真实世界，
我看过湍流和它沸腾的朋友被想象力救下，
因为愤世嫉俗者多亏想象才没有下地狱
而声名狼藉者多亏想象才没有陷入自己真相的耻辱中
在想象中 我和你一起，像地下情人的沉默，
猜想在废墟中查探它的喘息，树木厌弃山谷，
没有任何监禁会永远持续于贺拉斯嘴唇的短暂中。
没有任何犹太拉比的科学会发现诗与天空的友谊，
游牧民族除了受某种威胁的野地再无处驻扎，
而但丁在安全无疑的圈中没有营地，
我草帽下有一个房间，云的收容所里有一张象牙席。
我的名字对周围人没有任何意义，我自愿对抗他们的症状。
我把记忆构想成归还村庄主权的任务。
有时候，青春是从随从那儿逃跑的病态激情，
它的虚荣装饰自豪感，像阴影装饰洞穴。
所有的难以置信都代表对某人而言的真理，
独角兽的存在难以置信，天使的存在难以置信，地平线的存在难以置信。

不可能之事对惊奇之物不宽容，

我把黑曜石的鱼称为惊奇之物，还有柳条桥上另一个深渊的眩晕

沉重护送意图，就像幻灭护送成就的无依无靠

风险活在迷信者的面容中，曙光双手被缚。

艺术家的先辈是黑暗中带来口信的使者。

寓言的行省中，有斑岩工厂负责制造雕像的棺材。

死亡对面是一个意料之外的微笑，冰川对面是火的美。

一切不朽都接受正午，向日葵与干燥的荒漠结盟。

人的极限，思想速度的极限。

这些文字并不为理智的认知而写

也并非因为这种知道语义噪音味道的需要

不会作为义务协助人类　或成为人类智识的病痛，

但进入白色坟墓、品尝白、睡在白上的人

不应以另一种选择玷污神圣之地。

我已进入白色坟墓，在那吃下发光的鱼肉，

我已喝过石灰水，就像他人混着雨喝上帝的水，

我称这座坟墓为家，关上门，留下居住

当那个清醒的人来敲门，我问他为何而来。来是为了知道，他说。

当懦夫到达，陌生人也进来了，他们为灯带来了油。

没有人帮我犯错，我自己也废除了自己的权力。

大象墓地

你弄丢了妈妈 1956 年 9 月送你的小金象

还有满 19 岁时我送你的青金石大象

丢一头象就是跟迷信建立某种关联

举枪自杀那个下午　比奥莱塔·帕拉也在

民歌新唱的帐篷屋　木屑中间　丢了她的象

多年以后　狠狠踩某诺奖诗人的花园的时候

她哥哥　尼卡诺尔　才给找回来。

或早或晚，幸福会错过主人。

最后的话

律法消失 世界消失 茅屋倒塌 钻石熔化 嘴唇下来敲石膏钟 杀手吸着喝泡沫 命令和泉水燃烧起来 直发的头燃烧起来 病人放弃了确定 梦和苹果不再成熟 我不知道自己说清楚了没有 春天在一张小床 一根棍子 没有回答 公共汽车改了线路 建筑工人参加洗礼 监狱消失 医院小桶 死亡和死的各个名字

伊斯拉·科雷耶罗诗选

脚

26 根骨头 19 块肌肉 50 条韧带。
这是一只脚与它的皮肤
进化为直立行走的
神圣足迹仍然炙热
从佛祖的莲花七步
到耶稣的足迹
穿过夜晚与
满山橄榄林。

我们弱点的全部尊严
都在这欲望的脚后跟上
它走向宇宙
将毗湿奴的飞行
放在闪光的脚

[诗人小传] 伊斯拉·科雷耶罗（Isla Correyero），诗人、影视编剧。1957 年出生于西班牙中西部城市卡塞雷斯。新闻与影视专业出身。已出版诗集：《火山口》（1984），《瓜柯叶》（1988），《罪》（1993），《护士日记》（1996，获科尔多瓦诗歌奖），《激情》（1998），《暴虐的爱》（2002，获阿尔亨斯索拉兄弟诗歌奖），《人类》（2014），《背后的镰刀·离婚演变史》（2015）。编有知名诗选《残暴——西班牙当代诗歌中的激进、边缘与异端》（1998），作品被收入选集《白色女神》《她们说了算》《诗歌是我》等中。2000 年被授予马德里

伊萨贝尔公寓大学荣誉奖章。2014 年其戏剧作品在萨拉曼卡大学圣胡安·德·恩西纳剧院上演。曾在西班牙、委内瑞拉、厄瓜多尔、阿根廷、加拿大、荷兰等地举行诗歌朗诵或交流活动。

每一个性感的小世界。

中国女人
缠起的脚
伤残后，
如此
形而上地走
以一种无可比拟的精致
和象牙拴于锁链的屈辱。
我们整个身体都
具体而微地
反映
在脚上。

印度人和埃及人已经了解
失眠热病焦虑眩晕
还有众多其他疾病
包括灵魂的煎熬
可由间接的
相应的
脚部护理
治愈

他们早已了解。

但我们仍
穿着靴子行走
穿着石头鞋
不幸的火花
找不到
准确的数字

来掩护我们
飞翔之梦
易碎的根

用蜡的脚飞
一滴滴
慢慢升起。

界　限

我们需要证据，在自身
燃起最深刻的回忆

孩提时，我们在意识中留出一点边界
专注于光亮

可以看到超越名字与事物的东西，满怀
对穷人与死者的爱，造访
无形的区域，穿过房间的蓝色
黑暗。

我们赤着脚，从那些总是易碎的边界，
带来词汇表中危险的悲伤
与奇怪的模糊

而，闭上眼睛，我们又清晰地看到
穿过的东西，
我们休息，就像睡着了，在母亲的
怀里
她相信我们，再次与我们玩耍，将我们
从死亡接回家

移　民

我们黄昏到达。天气冷。
金色余晖，很悲伤的样子，浸进
寻求生活怜悯之人的感觉

妈妈跟我们说话，声音虚弱，一边系
马和钱币纹的头巾，一边敏感，或许多愁善感地，
回忆被我们丢下的东西，睫毛上
闪着极其暗淡的光。

弟弟，戴着古板乖巧的小孩戴的那种眼镜，
沉默地看我们，露出惊异悲伤的表情，
像一些大人永远保存的神情。

我们已经下了车——爸爸买的第一辆
红色的车——我们已经看过周围，超越
现实与痛苦。

只有父亲，显得振奋，
满怀热情，在车子和妻儿之间
来来去去。

他走去走来，像收音机里的魔法，
抚摸着我的脑袋说：
"来，亲爱的祖国，我们的未来在这里。在这个
地方我们会有很多朋友，我们会幸福。来。"

我，时刻准备着被快乐征服，

加入父亲，想象世界满是礼物
等待着我们……

现在，我几乎难以记起一路走来的
遥远而悲伤的年头

那个下午，我们是一群迷失的移民，
汽车旁天真的幽灵

垂死之人

(1996 年 1 月 13 日)

这是我人生的最后时刻。
黄昏降临

死亡到达我的身体就像果实
到达目的地——地面，
正要和一张脸上的平静会合，
那张脸在夜里被稀释

生命的最后时刻我们穿过
周围人的注视
触摸床单的边缘，感受
再也无缘感受的香气

死亡穿过身体好快！
大家的哭泣轻易而且无用！

一大群护士过来，摇晃
各种瓶子袋子

之后盖上我的脸，我的眼睛
只一刻
只见整个房间的画和白。

他们把尿壶翻过来，离开。

我害怕
打湿病床的自然动作
而且谁都不在意
因为我有权陈述我所有的
损失，

包括今夜放弃了
蓝色眼睑
投射的影子

但他动了

(1995 年 6 月 13 日)

该死的医生！

不要说我已经成了孤儿。不要说
我的眩晕已经终结
不。

我的手抚摸他，从大脑到脚上的蓝色趾甲，
我的手握着他的手，冷冰冰的，让空气通过，
变成烟雾的通道

不静止也不冰冷。

我看到窗户动了，他也
在我眼睛深处动了，
为我而动，和梦里来的鸟儿一起动着。

他有黑色风暴的颤动，房子里
石头持久的温度。

疼痛的床告诉我他存在，他的床垫
浸湿着雪和唾液，四肢上
浮动的血液

他存在并且动着。
他会跟我要一张西贝柳斯的 CD，他在要面包，
他起身，从不可见到近视的傲慢，
他在向我要速度以便回归。

现在他站着，正在关窗户。

他回归我的温柔，我歇斯底里的对话，从心肌层
紊乱的机能回归，从灵活的生命册中
回归。
他为我归来。我触摸他的胸膛。
你们看到了：我谈起他，仿佛什么都没有发生

哦该死的医生！

跪下，混蛋

跪下，告诉我你已经忘了我。
跪下，混蛋，求我原谅。

像灰像金属像黑李子
我忍受着你阴影的重量整个人都变了

黎明时分我看到你，静止周围
一条苍白的链子
我停在牛奶和木头的椅子上
观看你心脏的病和呼吸的颤抖
我简单粗暴地准备，毫无计划
从死亡和渴望中一跃起身
为了倒在你的冷漠前

你给我造成的毁灭
就像一袋石头
捆在右臂上。
我积攒了不属于这个世界的报复和激情，
一个人毫不畏惧。

我的痛苦不可能减轻，就像
反抗你的阴谋不可能实现。
我的敌人是你最病态的朋友。
我干活是为了你，混蛋
而你从来不曾振奋我的工作。
我始终没有复活也没有呼吸
不顾你在煅烧中将我吞噬
化作烟雾

让你的灰衣服
离我禁欲的空间远点
让我呼吸，穿过世界
你这混蛋最终请我原谅

放开我
像放开一条
长翅膀的母狗。

布兰卡·安德鲁诗选

"听，听我说……"

听，听我说，不说什么绿玻璃、两百日历史、
摊开如伤口裂开的书、爱奥尼亚的月光
诸如此类，
只说饮下毒漆藤、荆丛和
带刺的银莲花（多么像花）。
听，告诉我，总是这样，
缺点什么，得给它取个名字，
相信诗歌，相信诗歌的不容忍
说女孩儿
云、夹竹桃、
痛苦
说单是绝望的静脉，诸如此类，近成遗迹，近乎遥远。

不仅仅因为停又不停的器官时间
因为生长的，为了微笑的，
为了我化成角落、高塔、无关紧要的公证人、死去的幼女的孤独，
而因为没有更激烈的方式离开

"夜急切的嘴唇……"

夜急切的嘴唇治愈你

[诗人小传] 布兰卡·安德鲁（Blanca Andreu），1959 年生于西班牙拉科鲁尼亚。二十岁前往马德里，进入马德里文学圈子。1980 年，凭借诗集《乡下姑娘来到夏加尔画中居住》荣获"阿多尼斯奖"，作品呈现出超现实主义语言风格，被认为是"后超新一代"诗歌的开端，但之后的诗集逐渐脱离这一阵营。1985 年，与著名小说家胡安·贝内特结婚。1993 年丈夫去世之后，她回到故乡定居，不再参加公共活动。她的主要作品有：《巴别手杖》（1982）、《埃尔芬斯通船长》（1988）、《黑暗的梦（1980—1989 诗歌汇编）》（1994）、《透明的土地》（2002）、《希腊档案》（2010）。曾荣获奖项：1981 年加夫列尔·米罗故事奖、1982 年费尔南多·列洛世界神秘主义诗歌奖、1982 年伊卡洛斯文学奖、2001 年拉乌雷阿·梅拉国际诗歌奖等。

一边开启石头的气味
它们若是骚扰石头的灵魂
若是饮下柔软的矿石心脏便趋向你

现在是夜晚是你的时间

因此，你会说你被偷了
如同一瓶新酒被偷
你会变成锋利的石头，如同锋利的液体
干净如黄金鸦片
这将是你的歇战
与同盟

因此，你会说那与你一起的
与众星的平衡气质不同的
一模一样又最有利的
你奇特的夜间作品
是展示微笑与喧闹、
星星一样词语的作品
还能倾听一架光亮的钢琴，像一颗星，一群星

"你曾是或近乎……"

你曾是或近乎巴比伦之柱，
巴别塔之吻的一章，当你是手嘴唇手指高塔，
你高耸的历史，
声音之书的书页随着舞步脱落
醒来并书写绿色诗节的垦殖地
供你蹬踏的风之矮凳
在大厅的红月中

或当你还是神明，待售的青春期之神，

或者更早，是的，在等待语言这建筑师的房屋之前，

你双重寂寞与遥远痕迹的圣殿

望着轻盈的地中海

等待着不安之海的照射

一束日子，

一层抒情。

"给我不会说情的夜晚……"

给我不会说情的夜晚，跟白鹳的数字

天空的鹤和它好战的纽扣

黑暗波涛的驯马

一起迁徙的夜晚

给我你的血缘关系跟黄金的影子，给我大理石和它依稀的轮廓与鹿，

仿佛来自古老的诗节。

给我被不会说情的夜晚斩下的我的双手，

来自最高潮汐的驯马，

我被斩下的双手在高枝与月亮的火焰之间，

我迁徙而过八月天空的双手

给我被童年的古老技艺斩下的我的双手，

曾割破夜晚脖颈的我的双手，

带有绿色隐喻的梦的闪光

陷入沉睡的带纹章的红酒。

"因此，以过去完成时……"

因此，以过去完成时和绝对将来时

我说说自己曾充当的那一小段宇宙

皮下的血之星辰

在动脉的天空中

被贫血症的天使追猎，

说着黎明的白血球与淋巴的河流，

或者谈论我曾喜欢的：

轻盈的地中海，

对衰老的禁令，

一捆巴比妥的睡眠

最重要的，最重要的是，

莫扎特，鸟的安非他命序曲

长翅膀机场上的莫扎特，

王子或飞行员的小提琴弓：音乐家。

"死亡鸟之王子……"

死亡鸟之王子，鸟儿是未成熟的天使。

我会这样说起你远去的双手，

和极美之物燃烧的双手，

鹿鼻子的小小神 ，我的兄弟，

断续灵魂的英雄，

皮肤下有黄金的女孩们（人们从不相信她们会死）

多敏锐的瞳孔，指刃点燃死亡，当有着白银与古木琴鸟喙的天

　使早已飞越，

午日的嘴唇在你远去的双手上化成翅膀

我的手，

蛮荒的希腊风小鹿的手

我的兄弟，

英雄没有静脉的手，失忆圣母像的手。

被你双手盗窃的我疼痛的翅膀，亲爱的，我涂成白色的心脏，

我疼痛的翅膀，承着垂死的瓶子，以及溶解生命的液体，

在我与痉挛中，爱你的嘴唇，

细长的圆号、超高的小号和年幼立柱中的音乐，

do 多么尖利，

最高的目光，最高的抱怨

死亡鸟之王子飞着，

鸟儿是未成熟的天使。

"被天文学斩首的鸟儿……"

被天文学斩首的鸟儿，唉，垂死的哥特式被切开的鸟儿。

你名字的高窗，嵌在翅膀与眼泪的尖顶穹窿。

在世界最尖利处。

巴别手杖

> 我知道这一切毫无意义，
> 我所说的语言没有字母表。
>
> ——奥德修斯·埃里蒂斯

煤炭纯净的角如同鹿之夜的音节、煤场铁砧铁匠铺最柔软的东西。直立语言的规则已不再重要，先于诗歌、把诗歌呈现为不断增长且驾驭不幸遗产的东西，也不再重要。

还有脆弱的规则及其真相和对话。

说出你可见的天使，它的存在当是为反抗词语和它的庇护而打造的。说出可见的天使，请你在我衣服上流着血，说出我们如何奔突如何流血并穿越，因为过去有善变的意图而现在你受过祝福又沉重地提醒我，现在你哭着提醒我，在我之内杀害动物，破坏童年的祭坛与标志，用可怕的靴子踢打，因为过去将与我们同在并将拥有

新的习惯、地下隐秘的资源。

我们同盟般的缺席就像诗的车站，是朝向词语的年岁永不可能的靠近。

满脑子尖顶穹窿和铁锈和哥特式的悲泣，下降到不存在的白色小兄弟，我用年轻神祇的破碎气质播撒错误。我为我一个人的一代人哭泣，为我的创造哭泣，创造铺散在书脊上和其他晃动的物品。它已经不是在奥利德鹿的混乱中被斩首的语言，银莲花咬住花的笨拙名字，父亲和母亲们向我高举纲领与它们的第一个引申。现在已经不是了。我可以发誓，我是对新罪最古老的遗忘者，是世界躯体的谨慎中最年轻的人。

五首退位之诗

五首退位之诗，
让它们作我转换时的地面信号光
当身体的摆动赋予我古老的梦并获得装饰的祭坛，
当我的眼睛中断最短暂液体的泼洒，
抛弃它湖泊的空气与鹤饮水之处凹陷眼泪的轻盈
以及其他有着舞者之足的鹤腿，
当我的双手是黑色盐矿中为颠簸航行的飞机而设的机棚
当蝙蝠魅魔[1]在我耳中言说泡沫，在黑色水手服中
言说黑暗。

五首诗给麻布床单风景中的行进，
一处寒冷荒野是祖先的织物花边，
自三千天前开始织绣
及某个爱的污痕

五首诗如五个加密的果实
或五支用于穿越的蜡烛：

---

[1] 欧洲中世纪传说中的女性邪灵，会在梦中以人类女性的形式出现，一般通过性交勾引男人。

第一首给那个在湖的朦胧晚会中没人看到的女人：
给比希尼亚的一条四月的缝隙，因为她爱女人。

第二首给我的爱人：
我很清楚我在自己伤口上寻找你伤口的云雀，
我很清楚一只鹳在我伤口上下蛋。
在你的伤口上，神经的枝杈已经睡着
现在它们是翅膀、书页、波浪、绿色生物。

我在我伤口上发现了一块赭色的不幸布料，
被敌人撕碎，
或一个醉于火漆的词语。
但当我睡着
我将不再爱你。

第三首给倒塌的房屋和白杨 比维拉琴 或美丽的花园，
给保护蚯蚓的天使，
给所有稚气或无关紧要 并把
海底鱼钩钉入成年眼睛的东西。

第三首给根的心脏
给雄蕊的封闭土地，
给北方午睡庄重的雨，
它像女家庭教师一样坏。
告诉她不要进入客厅
不要把那填满压坏的眼镜。
哎，告诉她不要吓着孩童目光的镜子。

曾有三个流血的阳台，
曾有三个阳台就像墙壁无法治愈的三个伤口，
曾有三个阳台和七个颤抖的矮凳。
哎，告诉她不要吓唬那些词语鸽子，

不要任由它们用刀翼击打用过的空气。
愿我第三首诗中无国籍的词语
不咬我的脸颊
愿我从未演奏过的奏鸣曲
或安娜·马格达莱娜的小笔记本从不停下。
我没有说：安静！
而现在安魂曲由同血缘的生物和灾难织成。
请你们给我瞳孔模样的绣球　穿着目光的服装
那不再发出声音且哭出结束语果汁的植物钟，
和木兰望远镜，
和那块方石　大得像最独眼巨人的世纪。
我没有说：沉默！
但我走了，喝着石头嘴中的流放之酒，
喝着发酵的迁徙液，
八月雌斑鸠的枝杈和倾塌房屋的回声。

我看到墙高高的灵魂、
醉于海鸥的飞沫、
照顾葡萄蟑螂和蚯蚓的天使没有幸存，
没有任何鸟像死后的、天空的眼泪，
或树脂触碰它悲伤的琥珀，
或紫红、暴力、绿色的乐谱。

第四首给我的爱。
我的爱，
我清楚我的梦不会向你吐痰，你的脖子不会
被我梦的最后一片刃割开，
我梦那伤人的心脏不会侮辱你，
因为如果我睡着，我将不再爱你。
我很清楚我在自己的伤口上寻找
你伤口的金色蝎子。
我很清楚自己伤口上只居住着

我死亡涂抹的图像。

因此我将杀人

用巴比妥类药物的处女刀

杀掉为我噩梦和哈欠定下基调的

一群疯子英雄，

我的爱，不用从窗口探出

老旧的火，新鲜的灰烬，

太阳流浪的家庭。

我对我死亡涂抹的图像的爱

对吃下小孩的石灰的爱，

对我最后的马的爱，金色的、在天空沥青和四月星的油布上。

我很清楚我将着黑衣驰骋

因为黑是梦的颜色，

亲密的手是黑色的，

没有马刺，没有笼头，

因为马刺是力量、逾矩、

剪刀的星辰和深渊。

第五首给我的马，

当我们交替

如两个相同的季节

或日子。

米安穆桑（MAMS）诗选

出埃及记与中情局

—那是羚羊 还是修长的牛 或者 机警的不法商贩 卖眼睛 在夜

[诗人小传] MAMS，米格尔·安赫尔·穆尼奥斯·桑胡安（Miguel Ángel Muñoz Sanjuán），1961 年生于西班牙马德里。著有诗集《一场奇异的风暴》（1992）、《边境》（2001）、《迁徙的方言》（2007）、《领事的信》（2007）、《歌：与：

乌托时》（2013）、《：记忆－分形：》，被收入《西班牙实验诗歌》（2012）、《2014马德里极端的声音》（诗歌与反叛）（2014）、《第八位旅客》（2017）等选集。曾组织"西班牙青年诗歌纪念路易斯·塞尔努达的最初日子"（1988）。创立、领导《拥抱/向下》诗集系列（1989），参与以下策划出版：e.e.卡明斯《水牛比尔死了：1910-1962诗选》（1996），拉斐尔·佩雷斯·埃斯特拉达《命运一词》（2001），恩里克·希尔·伊卡拉斯科《本维夫雷先生》（2004），奥西普·曼德尔斯塔姆《词语的本质及其它杂文》（2005），胡安·卡洛斯·梅斯特雷《黑夜中的宇宙》（2006）、《星星，给制造星星的人》（2007），何塞·玛利亚·米亚雷斯《非俳句》（2014）。

里 白得发亮

—羚羊般的生物 是 不是

—是不是赤足的草原动物 脚上带翅的阿迪达斯 跑动 向后看 像用眼光搜寻 权威的猎豹 或者 种族歧视的癫鬣狗

—跑动 没有一点声响 似乎气也不喘 奔跑着穿过街道 迅速 运动员一般 像穿过合欢树林 还可能像另一种羚羊 皮肤上的淡纹 被黑暗吞吃的眼睛 似乎害怕成为猎物

—成为一只病羚羊意味着什么 成为一只健康羚羊意味着什么？

—区别在哪？跑动的方式？目光？名字？还是浏览回忆的起点不同？

—似乎没人注意 在黑暗的年代 我们赢得了自由 攻击灵魂的流行病 可能带着流亡的病态脓包回来

—向死去的神灵们偷话不容易 建筑一种语言不容易 所以 现在 这么长时间过去 驱逐了最初的假话 那些认不出我们的话之后 没有人还想认出他放弃做那个人 就像没有任何东西任何人 保存了这个文明的脉搏 对抗先于我们而来的空虚

—当住在你我身上的深渊之鱼开始思索 深黑的羚羊跑动 跑动 家什都在背上 像要离开巴比伦朝着……为了……通过……不带……

拉雷阿—汉谟拉比语义

他说："我听见一位诗人说话：以一座逗号森林的名义。"

我听到 被激起了本能 沙漠居住者和黑莓采集者的本能

我很坚定 砍伐所有思想和语义的阴影

拉雷阿—汉谟拉比已经说过："诗 是今天 以天真的状态 抵达我的这 这这和这。"

很好理解 要想爱 要想独自回去 我已经从自己的虚空出走太远

还病 因自己而病 太沉重 就好像我的自我 感受到整个巴比伦的病

约翰·伯格和他女儿卡迪雅：在提香面前

约翰·伯格和他女儿卡迪雅：说到提香如何在最后一批作品中表现自己，越是欣赏他，越在他身上看到他们俩，"一个受到惊吓的男人"，而不是"一个怯懦的人"……

那么 约翰·贝格和他女儿卡迪雅 坚持他们的想法 追问提香害怕的原因 是瘟疫吗 是怕被判决？

约翰·贝格和他女儿卡迪雅最后想到 提香的恐惧跟理解的方式紧密相关 十六世纪威尼斯的财富啊……

一切都跟贫穷有关 贫穷不能生产精神 但挑动肉欲 要问 什么 或者 哪个 恐惧是占住我们的东西

你已不是我的我

——既然你已不是我的我：我再也不能成为你：——你很清楚，我爱过你：就像人们爱高不可攀的巨石：就像人们爱特立思想的天穹拱顶：——请你试着理解：你从来不是我的我：从来：总是这样：敏捷的羚。

读不出的阅读

语言 半影 黑暗 柳 还没出生的思想

读不出的阅读 和孤独 和确定 并不确定 保留了孤独的复杂性

人 和鬼魂 和动物 再也不会听到吐火罗文
不会听到 käm，意思是"来"

不会听到 yuk，意思是"母马"。

他们的思想会听到别的表达"像填塞船体缝隙一样填塞的名字"
"阿尔哈米亚文一样的受苦""从我被毒药信仰切除的手流放出来
的梦"看起来 提香离开家乡的时候会说同样的话 和你一样 和我一
样 我们离开自己的时候说了同样的话

睡着的孩子

谁都不总是同一个孩子 伤的 死的 睡的

谁都不总是同一个孩子 在那些赤裸裸的饿梦里 在那些抓人的海啸
里 在成堆的瓦砾里

谁都不总是同一只受惊的羚羊 谁都不总是同一个死者 或者 在伊
斯兰托钵僧炫目的椭圆旋转中出神的同一个灵魂 因为 谁都不总是同
一个睡着的孩子

拓荒者 被感染的拓荒者

那些年轻人 相信什么承诺 传宗的胚芽 读着什么饥饿的游戏

你们不要怪他们 洗洗 被感染的拓荒者 你们好好洗洗 脱臼的下颌
终结之事的序言 向导 吗啡 据说你做梦时没有名字的天空

"没有人总是同一人"我听见鸦片的声音 好在之后说出"时间放弃
了没有风的手臂收起干渴 树已死 便拥抱欲望"

我的我就问 等这段沉默都熄灭 还剩什么可做 在倒下树干的热度

里 白蚁巢的幼体躺在哪里

边境这边 身份检查 确认名字

生存的短暂

他们感到生存的短暂 再一次 在他们生命的起始面前 我们再确认
一遍爱和恨 在灰烬的哀哭之下
这样 带着虫子的轻盈 穿透夜 和将我们全息照相的假领土 就像
提香所不敢 在威尼斯大总督门前

地　方

我曾死在这么多地方 在这么多边界 看过月亮的世系

在这么多话语中 我曾读过不存在之蠕虫的存在

谁说历史不是写来让我认识的 难道你要我对做的事给出理由

也许 可能 你没有在所有的现实所有的纬度问过 人不总能说出：
相似就是以做别人做我自己

未名的山巅

"我不相信未名山巅的沉默" 谁惊惶地说 已经没有词语 可以命名
或阻止恐惧

等四季都过去 精准如手 掠过元花粉 湖泊群会在其上再次获得箭
头的阴影 鸟禽的阴影 毫无计划地飞 直到消失在标准的地平线 你

会继续 如同恒常的微风 而我会重新感受词语 我不拥有的词语 来命名真正的暴风雨发生地 哪怕我对你说虫萤 说奇怪的确证 你会继续看 不眨动眼睛

偶然的像素高峰 静默的反驳者 如同实体 如同存在 又不存在 不结果的葡萄藤沿着痛苦的路径向上攀缘 像自我指涉的独狼 像喜马拉雅在本身的血里

还 乡

——提香回到威尼斯 不带对空虚迷雾的慰藉 他回来 仿佛等待嫁妆 他生疮化脓的披肩

——"在哪个岛隐藏我的恐惧？"他写 约翰·伯格和女儿卡迪雅 再轻蔑一回 再一次 带着命运的同意 这种不信教的热诚 想要显得屡弱：

——假若早些回来 他想着提香的命运"能避免用萎缩的手指制作自画像吗 手指 用起来就像画笔 像桨 像可以停放预见的劳累那样的桨架 让他感到被劫夺了的累 被死亡入侵 他从不曾用来赌咒发誓的死亡"

感 谢

——感谢你没有的东西，因为有一天，你会像得到赏赐一样得到它。"亲爱的赵明诚，我是你的妻，李清照。我躲避女真来与你相聚……你留给我照顾的东西所剩不多了……带不走的，都成了火的记忆。"

——感谢你没有但期待某天得到的东西。"亲爱的赵明诚，我是你的妻，李清照……要死在你前面，我来得太晚了……啊，向我宣告冬天来临的花。"

:吮吸:

— 你喝点寂静：小心：就像剥夺海的边界：就像从黑暗偷走风的
标记：夜不会是更长的夜：因为发现了寂静的凹面：影在里面睡着：
— 总之：因为生活不会：比血上它自己的影子边缘：更辽阔：

:存续:

— 尽管有爱和回忆：也没有让死或闭眼意义重大的词语：
— 时间在它不存在的滚动里改变影的位置：今天又是静：光里来
的静：或者来自风里雨的香气：那些花瓣的讲述：只有一天：去铺
陈低调的存续：
— 有时候：死和生：用沙漠开花的坚韧：看我们

:开端:

— 是开端：也是事物的终结：还是：树名的起源
— 是开端：也是枝条的终结：枝上满是自杀的云：在拒绝自杀的雾
中间

:时刻:

— 约好的时刻会到的：所有活物的灰也会到：大地上所有的灰都
会到：
— 从死人的世界来到：存在的那一部分：词语在其中毫无意义：

:加密—破译:

—在那个悬崖的无名之地:在那:黑暗秘密里加速:胆小的人平静地再现:解释一首诗里的关键:像啃啮尸体的人:

:战士:

—要是
—要是赞美诗
—要是一个梦里野蛮战士的赞美诗
—要是
—要是一团火
—要是一团被梦见的野火
—要是一团野蛮战士梦想的火　定会睡在恶名的火上　恶名是野蛮战士唱死亡的歌
战士们起调喊起来。

:人:

—什么赶早的声音拧断了你的脖子?:
—什么思想的溃堤在燃烧的头脑里让船只冒出你的眼睛?:
—你说说,疲倦还是人?:
—像一个黑色的大天使　你在光里保管一个女人名字的平静:破碎的月亮:被一个奇异的梦冲击了血液:我沉在寂静中向你关上千年的历史:吞掉你的边缘:钙化你的遗留:因为当死亡的仪式宣布我不设防:我会来采摘你的太阳穴:

：疑惑：

—光下 我们点燃永恒的疑惑：白得如同雨天的女人：眼皮终了：
物质绑架其黑暗的主人：失去时间观：海的垃圾场：让我们变成同
谋的一个动词的黑视像：偷来的身体：寂寞时分梦的轨迹：
—你到的时候：就像死亡出于执拗的扩张：枝形吊灯和土偶会在
你虚空的跛里唱一个故事：贫瘠的声音在一张嘴唇的正立面成为绿
洲：还有阴影为脚的乐谱架 栖居在神血不动的心脏：
—还不知享受为何物的人即会如此追念你。

：放弃：

—我甩开那雨的哭泣：在你嘴唇的黑色年纪里增长的影子雪崩：
—我失去沿你身体的沉默路径 如同浸在梦之夜的古人：
—我垦殖大气的圈层：点燃不会烧的大船：和我已经战胜的死亡：
—我进入你的眼睛 打算对着风的最后一抹残阳举起秋天：秋在被
关闭的工厂里：

：悲剧：

—时间结束了：人似乎变得不朽 像水在一个死亡睡着的时刻会叫
响的环路
——只充血恒星眼睛的影子经过嘴边：闻起来有嘲弄的悲剧气味：
—闪电的梦：美人鱼的吻：持续：一切安静地持续：除了剑中的
空气：

：生活：

被生活所伤：母马死去的元气：寂静被捆缚的非洲鼓：—我以为不认识你：只是时间一开一合的事：灰烬那种疼，流窜像隐秘之血：掩盖母兽秘语的蝰蛇声音：—我献上供品并不是为着得救：没有什么能平息我的存在：没有人要求我复仇：幸福是海中地狱三头犬的精髓：但我当时不知道那场沉迷的战役是生活：生活本身：像抓猎我们的爱的角鲨。

：回归：

—听寂静编织：描绘他自己的名字：驳光里的未知：那光蕴着伟力却不自知：
—死人用现在时说话：活人努力调和过去时：

[诗人小传] 瓜达卢佩·格兰 德（Guadalupe Grande），1965 年出生于马德里。已出版诗集《莉莉丝记》（1995），《雾的钥匙》（2003），《蜡地图》（2006），《刺猬旅馆》（2010）。作品被译成法文、意大利文等。（合作）编译有巴西诗人莱多·伊沃的诗歌选集《盐的村庄》（2009）。从事过文学评论、出版与文化管理工作，开设诗歌创作工作坊。她的诗作延伸到摄影和视觉诗歌领域。更多信息请参看博客：http：//guadalupegrande.blogspot.com.es/

瓜达卢佩·格兰德诗选

购物中心

无依无靠者的商店
谁见过你，谁又正把你看见。

我探向橱窗就像探向母亲的童年，手指在玻璃上燃烧，在指针移动的绝望前失明。除却时间再没有别的商品能够典当。

无依无靠者的商店

我来买一个土石方。

我慢慢开门，用一只失明的手，一只还没有学会观看，不愿坠落的手推开门。推开门，脱去手套，在柜台上看见母亲的发辫：被剪下来放在那儿，闪闪发光像两段怀表链，摇晃着串起车站，串起把我带到这里的一个个月台。两段悬挂着麻木与灰烬时间的怀表链。

（如今我得说，我是从母亲的发辫中学会拼读世界的，从这个1942 年起就躺在柜台上的历史之结）。

无依无靠者的商店
从前的模样都被遗忘。

不知道如何观看的我，学会了记忆。如今我记得一个从未听过的声音，一个推到边境的声音：都来看看哪：这儿卖的都是质量最好的商品，我们为忠实顾客保留时间与孤独的奇迹。

确实如此。他们售卖的商品包罗万千，就连巴黎也在其中。我正从口袋里掏法郎，看见母亲的发辫在塞纳河上漂，我沿河奔跑，为了不错过船，为了不丢失记忆，为了不要永远错失她没能登上的那艘船。

母亲的发辫从未见过巴黎，母亲没有发绳的发辫，如今挂着我的眼镜和埃菲尔铁塔。

我把几个法郎放在柜台上，买下忧伤的巴黎。

无依无靠者的商店，
经历所见与所忆。

我来买几束发辫和一个阳台。我来为我的眼睛买一些灰。我来买祖父总拿来存画的箱子。我来买那条本应载着他们继续看世界，最终却搁浅在这座屋子里的船。在这座屋子我母亲探出身去观看城市，用她被麻木和年岁弄伤的眼睛，那年岁比时光还要老，那年岁发辫在死亡泡沫来梳的时候还默默承受。我来买这个阳台这条走廊这个房间：没有运汞船的屋子，没有言语的城市；我探向那对发辫的童年，搁浅在这条无船之街，搁浅在这块我正涂画着码头的黑板上的童年。我来为我的眼睛买一些灰，有了灰才能学会看见。

无依无靠者的商店，
懂得燃烧才能看。

无依无靠者的商店
活着为了看见。

分娩的母猫

你听花园深处的猫叫便也听到了生命中的事物

早上醒来深而又深之处初生小猫遥远的一喵

一个夏天又一个夏天再一个夏天直到今夜

花园深处　深处

你这样聆听生命中的事物你这样聆听世界上的事物
　　在黑暗中　在夜里　触摸不理解或不愿理解的恐惧

那只猫叫不停，是一个小小的伤口，你不知道怎么伤的也不知道出自谁但它就在那里，因为饥饿和夜晚不停叫唤，在危险的边缘深渊的边缘花园的边缘。一辆车一盏灯然后悄无声息

而比你昏眩的猫叫还将继续，不在此刻就在下个夏天甚至下个炎热的伏天，声音无助像一个太不抒情的拟声词，你无法将它写下

这如此动情地写下如此响亮到荒谬如此战后漫画式的拟声词，无人读时会怎么想，无人又是谁人

但它会响每个晚上都会响

为了靠近那道伤口你说就这样一切从一个拟声词从一个不可名状的声音开始，如同现在这初生小猫固执的叫唤，召你去哪里向你要什么

或其实更糟一些也许没有东西在召唤，你半夜醒来只为做个不可靠的证人，连一个拟声词也翻译不出。你这样对自己说，为了靠近那道伤口

你听猫的叫声。你见过一个无臂男子在乞讨的钱物边缘，你碰到过某个动物般的断腿、缺失的裤管卷上来固定，你明白死亡是一束绑在街灯上的塑料玫瑰
你自问过哪个词不是一个无法解读的拟声词，一次阴影中的追捕

一个又一个夏天在生命深处花园深处声音深处

母猫们继续不停分娩，生出花园深处法条般回响的拟声词

花瓶与风暴

像沿着令人生厌的花朵下降
所有比遇难者的永恒更
轻盈的行李
在绿色羊毛的星辰之海中散开。
边境，古号角，环流的河
幸福瞬逝的玩具，尤其是

错误之统一

一切都比遇难者的永恒更坚固。

眼睛没有看见激起爱恋的蜂群

也没见神秘金色下的太阳远离飞翔的热情。

开满鲜花的庄园里进行着酸循环

泥泞的桥，地平线的辔头

在无时间的十字路口的巨大潮汐上摇晃

来自遥远时刻的列维坦

吞噬书法的玻璃，受祝福的芬芳。

一切都比遇难者的永恒更稠厚。

也许它们，也许花瓶上的文字

会穿过迷失船舶的梦

抵达航行起点只剩骸骨的港口

在仪式之路上得到拥抱

受掩护的静止的永恒

在谵妄的天空中

那里真实国度的流亡者沉睡，哭泣，前行，爱与流亡

躲藏的松鼠冷已经被裹上

如面对木头风暴的纸船。

什么也不如遇难者的永恒明晰

不如花朵的慑人美丽透明

诗学 1.0

我在一棵树里给蜗牛造了间房子，雏鸡找到舞厅以后，我放任杂草继续生长

像个会坐下来观看灯泡边缘致命事故的人，我量着每一秒

我熨烫陈面包的皱纹，长礼服角度间的零，井绳和那没有回音的咩咩声，如今它只是在表演虔敬

我转向影子的影，一片影子就是一个词语，公路上的弯道，拜访的名帖（写着祭祀时三块石头不能相连）

镜子说，我很孤单，夜晚说，我很孤单，元音说我很孤单，我很……

它们无处不在，但没人在乎颔的孤单，衬衫袖子里的阴暗意图，在匮乏中山丘被撬开的时刻

我见过一堵墙，一扇门，不幸听见烟囱鸣响

有许多的量度与词源，更有那缓慢的记忆，那鞭子一样的差错，那偶然之洞中必不可少的迟误

天堂之梯

莫斯科地铁工人的工会
在克里米亚的海滩建造一条通往健康的隧道
那是六十年代，一切娱乐都在涌入

有人在台阶上歌唱
而法律不比一个假说更权威

马群如海上起重机踏穿医院阶梯
别指望半人马加入旧日史诗
加入饰以浪漫光环的古老口号
愤怒的当代风格带着肺结核与白喉的音符

那历史施舍的口吻
那不会弄错的医院白大褂式样
那赋予法律大门拱顶的最低纲领派朴素设计
门下驶来救护车，载满未来世纪的叹息
教友舞者的芭蕾舞裙，支持妇女参政的年老家庭女教师的小小遮阳帽

轻信的绝症患者在墙的废墟边观看舞蹈
带着至此明确无误的同质气息
我们叫它谎言中的鳄鱼眼泪吧
叫它不会签名的人头巾上的四个结

如今已被扯下，没有痛苦，也没有荣耀可能而被遗忘的历史的荣耀
屋顶上的猫透过医院窗户观看

一次狂热的漫步
一队廉价金粉饰物
和受语义两极性折磨的塑料向日葵游行

这达沃斯走廊里展开的四马马车游行
这些在赌博游戏里拿法律假说冒险的古老荣耀
这医院里因戒除意识形态蛋白质患病的穿得像海军上将的河狸
还有我们这些在医院庆典外围满怀疑惧
或许还带着令人生疑的讥嘲，注视着顺势疗法般不可靠的良好意
　　图的褐色猫咪
都没有给阶级斗争的档案或
绷紧愤怒与正义的持久名册
添上任何东西

某个如时间前的时间一般年轻的人
在等候室的绳围区域里歌唱历史的施舍
历史的历史中某个愚人歌唱，与此同时医院继续

旋转

游行

跳舞

与从台阶上

离开的

死后艺术

官方工会的

幽灵一道

我最爱的事物

那时我们双手被愿望缠裹，岁月幼小，野蛮，独特又凶猛，或
被流放，或在无用的碎片间玩耍，或如同雏鸡被呈给欢宴的未来，
打字的实用性，没有瓶罐的手工艺。我们曾是两栖的小小蜗牛，耳
朵紧贴黎明的公路生物。明天我们将看到湖泊于何处将它的石头长
发洒在纯真之上，最终在步枪与玫瑰之间歌唱的人拥有童年的嗓
音，他眼泪的愿望并没有改变历史，历史本就全是泪水，没人在乎
它的头发是否像没沥干的意大利面或某种乡愁。

这些是我们最爱的事物，收在严肃用"万岁"加持的小筐里，
在无墙的房间，我们湖边玻璃房子的回声中滑动，屋中仍响着昔日聚
会的掌声。噢春天，蜜蜂飞过杯子，悲伤的狗在主人的坟墓上踩足。

第二质点

我了解一些东西，但可了解的都无关紧要

我不了解那些不平等的深渊，流水和石头在其中彼此塑造

我不了解未知宇宙的边界，它们放弃自己的无限，只为被最笨

拙的抄写员绘入地图

我更不了解偶然，它孤单地待在洞中，知晓自己永不出错的法则
我没有询问过飓风的迹象，原子的族谱也没有回答过我

我不了解火的意愿，不了解岩浆有限的执拗，它的小锅将成为
我们计时的滴漏

我生活在我不了解的辩证关系里，如同人不了解火就掰开面
包，抹上果酱，酱里溶解了用他毫无概念的语言写就的书

我不了解那些照亮我们山魈兄弟愿望的等压线
我对脚下大地的矿物构成一无所知

我不了解那些庞大数字的偶然，未曾向水问起过它的形状，更
不懂得猎兔狗追逐阿喀琉斯的乌龟的虚假热情

柏树把它葬礼的球果扔在那些年轻人对话的精确几何上，他们
将不再渴望我，我也不知道他们渴望什么

我不了解鲸的年鉴，蜻蛉的舞蹈，蛹的身份，不了解君主们的
史诗，无尽重复的奥德赛

在激情的成见与真实的确凿之间，我选择为未来之骡磨胡萝卜

巴勃罗·洛佩斯·卡瓦略诗选

"保罗·迪·多诺是封闭的……"

保罗·迪·多诺是封闭的层层天穹

突显出本质。

保罗·迪·多诺是复杂中的

天真，是消除

应该持久之物的机制，是天空和地狱。

保罗汇集了种种方法，赋予它们

意义，在他的蜘蛛房里。

保罗·乌切洛①从未见过马。

他总想象鸟儿们

用嘴

用爪

从远方带一匹来他的画室

每天早晨起床

呼吸着阿尔诺河，他画画

想着应该如何观看它，想象它

四周围着鸟与狮子，而它一点也不怕

这第一个形象会是什么样。

保罗·乌切洛描绘了大洪水，

因为他知晓这洪水还将出现，他眼睛

穿越时间，今天在这里

到过 1966 年，1448 年指着墙说：

"水会到这。"他知道

2010 年墙壁的颜色

云彩的光芒和运行。

但是谁也不会相信保罗。

他画着自己的蓝色小屋，他的鸟居

水会走过的一个个角落

（水才不会把尖刺与长矛放在心上）

他描绘了奇迹显现的

小屋子，窗户朝着小丘上

没有谷穗的田地，保护我们

卡瓦略诗选

[诗人小传] 巴勃罗·洛佩斯·卡瓦略（Pablo López-Carballo），1983 年出生于西班牙莱昂的卡卡韦罗斯，萨拉曼卡大学西班牙及西语美洲文学博士，出版有诗集《在找到的废墟上》（2010）、《下命令的人》（2012）和《视角的独裁》（2017），另有小说集《去创造世界吧，世界会挖出你的眼睛》（2012）。不久前意大利出版了他的一部诗选，名为《冷漠的精确》（2016，洛伦索·马里译）。2015 年，他完成了舞台剧《不连续的血统》（在"窄门"剧院首演），试图使各种语言相互靠近，观察诗歌、戏剧、音乐三者能否交汇。他和造型艺术家合作，一共完成了三部戏剧。他曾居住在格拉纳达、萨拉曼卡、锡耶纳、佛罗伦萨、都灵、柏林，现居马德里。

① 乌切洛（uccello），意大利语里的"鸟"。

不被累累收成所伤。

保罗·乌切洛死了，死得不同寻常

缘由是看了太多。当他脱离躯体

人们完成下葬

他迷失在时间里，画着

我出生时看到的石头和树。

睁眼那一刻，我知道他已从那里经过：

一扇窗子，一个轻浅的掠影

未在杯子上停稳就消失殆尽。

我了解保罗·乌切洛，如同他了解

大洪水和马匹，他画出世界

在头脑里，那是唯一可栖息之地，

在我的蓝房子里，鸟居

他一边画　一边等着

迷失在时间里。

人们会焚烧土地，向井里投毒

已经没有人说起卡斯蒂利亚而不垒起石头。

人对雾霭和连鸟儿都臣服的静寂

一无所知，

也不了解伊内斯·德·卡斯特罗，她

放飞喜鹊，编织荆棘，

为了在决斗和暴风雨中

膏涂圣油回来。她用双手交谈，

风在头脑里　未来悬于发梢。

两年间，她写："我到了

无趣的年纪，既不过于年轻，

又尚未受人尊敬。"失衡

就像厨房里的灯，照亮没人需要看的地方。

小巷里　冰的影子投下而显不出冰，
可预知的砖墙　让人失去慎重的砖墙
现在是沉着的锚定。
界限的轮廓成形了
如你冷漠之明晰。
我所说的，我都了解
因为我从来不是关键，
已完成的事、未实现的事
给我的耻辱，也还没丢失。
符号不足，协约受挫，
先于屈服的紧张却充足。
我每天都在推进
无人问津的方案。
这里，太阳继续无方向地升起，
你什么都别说，他们想冻住你的骨头，
他们不懂什么是怀念，只追求名声，
时刻准备着付出代价。
我们始终如一，
观望是不够的，应当用"没有"的学问缠绕。
我们必将为某种目的活着：
为了以界限的精确
对着钟剥橙子，
——疼不会毁灭。
骨头的云　压在对偶然一无所知的欲望上
一切都将过去
"旧时光"呢？但愿永不回还
愿没人冰冻我们的骨髓
很快我们将落入孤独。
根本上，诗歌的存留
源于持久的误读。

收　线

每天早晨，在阻挡阳光穿透土地的
顶棚下，我们去取水。
我们建起住房，小心翼翼
防止隐喻掉在地基上。
我们放下没上漆的木头
把光做成意识的空间。

我们指出道路：
出发的路清晰
返程的路却不。
从蔑视中回来，就是安然存活
但我们学会在日益遥远的地方仇恨
比我们从前能踏上的地方更加遥远。

"我们重新定居在这里不好吗？没有留给痛苦的地方，伤痛都
　　藏在那幅画背后，为什么还要坚持？"
让－保罗钟表上指示月份的指针咯咯作响。
半阴凉下　我们拦截了
五个世纪前的讯息
询问断头台的人，
得知他们的子孙另有死法
宽慰地呼吸。

必要的事和不可能的事
从母体就相距越来越远。
我们曲解理论
深深地挖掘，直到弄碎了

自己的肋骨，掏出内脏。我们把这些东西
放在托盘里，只留下托盘，
没有内脏。

有些事情从来不变，
我们继续互相厮杀，不控制这种冲动
虽然总在同一时间，别的地方
某个人将这行动完成。很多人死在他们不认识的舌头下。有斜坡
留下数以百万计被藏的尸体。

木匠用楔子宣传
能够覆盖一切的大白布，
"在这上面爱画什么画什么"，
在这白上面，你们要添上怎样的白？
天空在金属方面胜过了飞鸟，
鸟类依靠阅读飞行手册来消磨时间。这样
风不再是解放之路
要灌装进大枕头里。

每个想法，活的脚擦过的每块石头，
雕塑嘴里的每一个词　都引发下一个。
从前我们一无所有，现在我们保留一切，
让每一样东西都变成另一样。于是想象与眼见
是一回事　也谈论另一回事。
庞贝城里碳化的躯体包含了它，
它在乔凡娜·德利·阿尔比奇的账单上
在弗里德里希的眼中保留着
过快改变了含义的词语。
我们本想把一切都记住。

我们几乎达到了控制和支配水火

我们摧毁了未垦的自然
被创造的就当成被包涵。地图的学说
得到应用，护照让人从活人的世界
到活人的世界。在朝向大海的
岩石上，我们铺开毯子
让海浪卷走，留下一直看
海水涌动，仿佛神话。我们最终
献出身体　换取意象
钱币和塑料，其中没有什么能发热。
规则开始变化，没人知道
在从前和现在，从前和现在之间　做点什么……
事物迷失在孔隙里。

"您有权利，但您权利太多，一生都不会有时间一一行使，因
　　此我们决定删去一些法条，您别自私。"
世界上语言的工坊太贫穷，你从这些壳子里
掏不出什么，不管多坚持，
或者无条件和解。要想到达那里
你应穿过海洋，有时
脱下鞋。这样吗？女裁缝一边说
一边死死盯着扣眼。她是对的
虽然她房子塌了，也不剩线团。

我们兜着圈子，从一边到另一边，
向北逃
又逃向过去，不合时宜。
我们不知道怎么回来。会认出痕迹的人
没有了心。没了心，人还能撑几秒。他倒下时
正好指着返回的方向
但有个岔路口
每条路都通往另外三条路，

无穷尽矣。

一条大跳板
伸向里面。什么的里面?
内部,事物的内部。
我们继承了战争,已经不会
向认不出的人宣战。因此,我们打开
所有的天线,关上
语言的门,丢掉
语言内部的词语,确认:
预期就是残渣,最佳情况下
也只达到跟我们相似,
带着对我们看重的东西过度的尊重。
要是被截断,我们赢一条矿脉
像树干一样展开,速度太快
不能缩短漫长的等候。

不同意义相互交叠,
废除,继续存在,但是试图
囊括全部意义无益于缺乏
引起行动的兴趣。
我们逐渐削减历史,蔑视
作为某种生物的思考,一一点排除
直到历史不过一颗原子,
其中邪恶是一种没有示例的抽象,
要到达那个空间,抵抗
也没有用。我们搁浅在沙滩上,走了
没给痛苦一个解释。

关于 迷失以便寻找
使事物保持清醒的烧伤

倘若我们把他们埋在了山里
倘若他们的骨头变成了蛆虫的食物
现在想让一切爆炸已经太迟
发出哀叹，做出决定，也已经太迟
做很多事情都太迟，但没多到
比如说，拒绝知道
为什么迟。

有斜坡证实了存在。
我们到过这里，
这是一个信号，是"在"的缺口。
现在我们开始消失。

我们在岸边把海收回来
用内部的雾气翻转
后来，我们混淆了雾气和天空
一遍遍重复同样的动作。最后一个
人会耸耸肩，徒劳地拉拉线
深信不疑地等着谁回应
他的请求。

选自《找到的废墟之上》

起初，石头不在这里，
根据确切的消息，它们后来
才渐次出现在历史的各个节点之间。
这一边，鸟
是蓝色的，羽毛
蓝色，皮肤蓝色，这边的鸟
都是这样。荒漠

是沙，但不止是沙。你会知道
我们所在的点，在这个确切的时刻
将它分享，无谓科学。
我要重申：象征符号不过是
废墟，废墟就该是
废墟，上面栖居词语
填满每一空间，展开每一空间：
石头间的游牧者。

看向这首诗的内部
让它跌跤，这是垂直
或几乎垂直。在荒漠上
立起山之为山
或许山脉更容易绘制成图
但是很快
它融化、泛洪
这就难了：辨识出来。
没有树枝鸟会飞翔
总之，鸟，像诗歌一样，在飞翔。
喷泉有水但无源，
光是个线团。

赤裸。
后来：酸液
在木头上，现在
形状开始显露。我可以作证。
我没有看见种种变化，
它们层层叠加，形成
新的领土，细微差异
构成的物质。我拉开距离：
白色的浅浮雕。

沙漠的音乐

持续
像缝隙里的初雪
卫生的园圃　空白
躲藏着增殖的无菌沙。

那创伤伴着你
无法剥离
一挑明　便流血　是开端和终结。
创伤并不完全一样，
可能相似，但没有两个相同。
既然如此，一切都是象征性的。
我对你说这道伤口，不是自私，
我只能选一个：现在。
我可以改变它，遮住它，替换它，
但始终都会是一个样，这创伤
一切事物的开端和终结　一挑明　便流血

卢纳·米格尔诗选

一周的生命

　　你不是人类。你几毫米的小小耳朵哪是人类的。你呼吸的样子也不像人。还有那激动的心脏，从肚子上一刀诞生，切口就是非人类的。这种诞生方式也不属于人类。还有摇晃的方式，爱的方式，毫米连着毫米皮肤挨着皮肤，小小的人形揿在我胸间。人们说你是人，

[诗人小传] 卢纳·米格尔（Luna Miguel），1990年出生于马德里。长居巴塞罗那，担任《操场》（*Playground*）杂志编辑。已出版六本诗集，包括新近出版的《塞壬珊瑚礁》（2017）、《腹部》（2015）、《水手之墓》（2013）。她的第一部小说《洛丽塔的葬礼》将在2018年出版。

其实是鱼。或者熊。或者太阳底下舔趾头的狗。你不属于人类也不
是人：你是黄疸，乳头矫形器，小夹子，迟疑又惊奇张望的眼睛。
你不是人类：你只是口水骨头。软软骨头。贪恋温暖的爱哭骨头。

有了他生活变了很多吧？

比如和爸爸吵架不出声
比如自慰之后用肥皂
用力洗手
　　如果自慰我会很用力　　如果洗手
　　再用力搓手和良心
比如没有时间做饭
就吃面包涂油加一点芝麻盐
比如胃变得不一样
消化不了你消化不了的东西
而且还瘦不下来
比如我现在晚上写诗
比如现在晚上偷偷写诗
比如我变得在意政治
你的未来
还想移居国外
比如挂着黑眼圈也觉得自己是小仙女
比如现在我知道什么是麦斯林纱
连体服
安抚巾
比如我怕忘了嘴上的唇膏
一吻标记额头
把你永远染成红色
比如我从没有这样爱过
比如有时候会后悔

比如已经不想让猫

睡在床上

比如我不再记得那些变了的事情

觉得生活一直是这样

迅疾，危险

又缓慢，还有在你们身边时

闪闪发光的噪音

好家长

一双从没沾过地的脚

不应该叫作脚

那个在你身体末端

动着小趾头

在床上踢我·

让你以超乎寻常的柔韧弯腰

好奇地去摸的东西

可以叫作鳍

小翅膀

一个暗示飞行　邀人加速

软乎乎的小东西

就叫它们脚吧

尽管还没走过路

但确实已经有了完美的形状

是不久以后某天

将要开拔的某物之完美雏形

睡着的时候　我抚摸你的脚丫

你痒得缩起身子

婴儿车里玩的时候　我抚摸你的脚丫

摸到夏日的清爽与朝气

抱出浴盆的时候我抚摸你的脚丫

它们从手掌滑脱

好像两条鱼缸里的鱼

你身上几厘米的肉肉

就能诠释

从未沾地的

善良

纯净

一身的天真

虽然在大人没留心的时候

也从床上掉下来过，

皮肤挨到马赛克

脑袋撞到水泥地

多讽刺啊

大概那些把宝宝掉到地上的好家长们

也不能叫做好家长吧

儿童医院

听见说 看这孩子多可爱

我根本没料到

你滚烫的支气管呼出哨音

头发汗湿，碰你就像

剥一颗刚煮好的蛋

爱惜又伤心

小心还烫人

在儿童医院相连的病床上

小邻居说不想要天黑

你的头发顺直，支气管平复，血液已经

恢复正常

听人夸　多好的孩子啊
我想象一声埋怨的啁啾
而不是你注视护士纤瘦双手的
这种温柔
你红红的脚上扎着针
戴着达斯维德的呼吸面具
微笑着，不知道什么是痛苦
受伤的小雏鸟，全然温柔

斯洛特尔公园湖中嬉戏

本来希望你第一次看海是在南方
确切地说在加塔角公园
更确切地说在塞壬珊瑚礁
或在盐场和拉法布里基亚中间那个
堆满石砾的海湾
在那儿　某个春天　我含恨把玫瑰投进蓝色
我本来是这样希望的，很自私
因为比起在任何一个漂亮海滩的沙里
感知你的身体
我更想带你到一个私人回忆之地
在曾经注视死亡的地方注视鲜活的你
把那次相会　洗礼成
刻意但值得纪念的偶遇

但是
命运想让你的眼睛在八月
邂逅北方异国的海水
还有荷兰运河里的淤泥
鸭子在河中扑翅，溅起水珠

跟假期最后一天　在斯洛特尔公园
我往你肚子上洒的一模一样
正是在那里我意识到珊瑚礁是个
只存在于我头脑中的地方
一个盐和泡沫造就的形象
淹没一切，宛如你的目光
不管我曾经想象过多少次
你在那片愿望之海中
使我解脱恐惧与死亡的仍是
看见鲜活的你，在我所有的风景里

疤　痕

我爷爷肚子上有一块疤。
我奶奶胸脯上有一块疤。
我妈妈喉咙上有一块疤。
我爸爸膝盖上有一块疤。
我爱人肋上有一块疤。
我的人生没有疤　只有污点
油渍　燃尽的时间：
挠痕。

懂得生病才能学会痊愈

冒出一只　一只　又一只
正值夏日　它们四处繁殖　像一场古老的瘟疫。
我隔着木头听它们的心跳
问你蟑螂是不是也有心
你告诉我　你不知道。

我想，我们对简单的事物知之甚少

不在乎任何东西，直到它带来烦恼。

写着你和毒药名字的蓝袋子

你停止咀嚼血液：生命凝于生理盐水，生理盐水是新的黄金。

我们不再寻找钻石而渴望长寿。

有些王后在床底下收集食物，

还全自以为是公主。你记得

那个故事吗？肌肉组织。你的药很难闻。

有些王后收集食物。她们在血管里收集生理盐水，在肚子里收集
小狗。

他们现在说你恶心反胃，但我明白每个嗝儿都是一首歌。

一个蓝色袋子，上面写着你和凶手的名字。

但你想进食。

你想说：活下去好累。

"快乐像汽水一样被卖给我们……"

快乐像汽水一样被卖给我们。快乐甜蜜又解渴。快乐柔和又多
泡。快乐是种俗气的药，从指甲缝里渗进去，滑进喉咙眼，像磨碎
的阿司匹林（*吞下这瓶药片*），干掉的可可块（*吞下这罐药粉*），狠
扎天真的一根针。但天真又是什么？我试过回答这个问题，结果一
切都变了样。叩问自己失去的天真是我知道的最残忍的事。看看
你，你长大了，我只见到蟑螂在你身边。虫子在你身边。它们了解
你。多可笑的一颗心啊，心口被你的小虫子弄得多疼。我的小虫
子，在我想起你的时候。我欠款和贫穷里的小虫子。成熟就是贫
穷。当一个人发现自己没有钱，没有棉，没有搪瓷，没有呼吸，没
有心跳，没有癌症，当他明白钱掌控着我们的消化时，他怎么可能

快乐呢？经营虚假的月亮，吞咽廉价的食物。我不想要爸爸妈妈的钱。我不想要他们的钱，也不想要他们的房子。

在这里：我的政治小说。

在这里：舔舐地板。

在这里：独立。

在这里。

"姑姑的子宫是绳子形……"

姑姑的子宫是绳子形。绳子，像中国商店里卖那种小女孩戴的塑料手链一样，是完美的动物形。洛德斯姑姑的子宫是一只完美的动物：闻起来像粪便和潮湿的草，有时会被苍蝇舔食。姑姑的子宫被切掉了一部分，这不会让她死掉，却让她很痛。不会让她死掉，却让她害怕。姑姑的子宫被切掉了一部分，可我这个差劲的侄女还没有去看过她。我怕医院，怕到不愿意去那探望我爱的人，宁可说嗨，姑姑，我有点忙，撒谎说，嗨，姑姑，我去不了。我第一次在医院里过夜是为了照顾奶奶，她刚刚做完第十二次手术。我第一次在医院里过夜，奶奶大便失禁了。臭味在房间里扩散。我叫护士来打扫，但没有人来。奶奶羞愧地哭了起来，我抱住她。她的臭味只让我心里涌起怜爱。她的大便是我对她的爱。我放松的脸，并未皱起的眉头，是她对我的爱。那时我想，世界末日大概就是这样了：待在你爱的某个人身边，周围一切都散发出臭味，迎来不幸的终结。世界末日就应该这样。

两个人在一片混乱中拥抱。

安详又悲伤。

流着泪，默默忍受。

断裂传统中出离现实主义的西班牙当代诗歌

[西班牙] 莱奥诺拉·乔里耶[①] 李 瑾 译

这里有七种反规则的诗歌主张，逆反的声音，坚决地出离常境、"韵律的协约"，毅然脱离现实主义。这七种主张反映了最近几十年来西班牙语诗歌在形式标准上经历的剧变。洛尔卡的余影在传统与先锋之间，在许许多多异端的、不同的声音之间，激励着这幅当代西语诗歌图谱里的新颖与复杂，他也许会说，这种反抗秩序话语的诗歌"距离苦痛比距离智慧更近"。这也是危机的诗歌（"crisis"，即"危机"，源于希腊语词 krinein，krinein 指的是思索、断裂和搅乱），在面对通过话语排除（剥夺）机制将它规范化的企图时，一种语言只能在混乱、无序、动荡、实证中得到承认，这就是它的危机。米歇尔·福柯解释说，无论在什么社会，控制、挑选、重新分配话语产出的都是想要努力掌控"偶然之事"的种种步骤。其中之一就是反对理智，以及疯狂。从中世纪开始，人们都认为疯子说的话无效无用，疯子无法给出确实的证据。而奇怪的是，疯子反而具有揭示隐藏的真相之类的权力和预言未来的能力，由于他们单纯，这样的能力可以达到某种智慧。所有那些疯狂、残缺、喧嚣、破碎者的话语一概被看作没有价值的东西，连回归噪音的噪音都算不上，"在戏剧里，这种话语被象征性地赋予发声的权力，它被展示出来时已经卸下了武装，经过了协调；它在戏剧里饰演戴着面具的真相。"从这个角度，也许有必要仔细思考西班牙新

① 莱奥诺拉·乔里耶（Leonora Chauriye，b.1968），生于智利圣地亚哥，毕业于西班牙语语言文学专业。散文作家，以多个笔名发表了大量有关现代诗歌的长短评论、研究论文。现居巴黎，在大学任教。

诗的声音。西班牙的新诗汲取了浪漫主义、历史先锋主义、美国诗歌和拉美先锋派的源泉，它存在于断裂的传统中。可能正因为这样，它往往被排挤，置于西语诗歌话语的发端，"野蛮的状态下不会有疯狂，疯狂只能在社会里，除了隔绝疯狂的感性，除了对它或排斥或捕捉的拒绝，疯狂别无其他形式。"

把布兰卡·安德鲁（Blanca Andreu）称为违反典范的声音，说她不仅违反了继承自被统一贴上"极新派"标签的"六八一代"前辈的典范，也违反了在美学上主张"经验诗歌"的与她同时代的感伤诗人的典范，这并非妄言。阿尔梅里亚大学的伊莎贝尔·纳瓦斯·奥迦尼亚（Isabel Navas Ocaña）说，布兰卡·安德鲁二十岁出头出版的第一部诗集《乡下姑娘来到夏加尔画中居住》"意味着她在文学上的洗礼，获得著名的阿多尼斯奖以后引起了强烈反响。甚至有人认为这是被称为'后极新派'的诗歌新生代的肇始"。但是，一些评论家匆匆否认其代表性，提出一种青年形象，指责其使用"对一切都漠不关心的语言"，也即沾染了毒品问题。这还不够，压在安德鲁身上的是超现实主义的重疾以及在某种文学社会学里面长长的患者名单。安赫尔·路易斯·普列托·德·保拉（Ángel Luis Prieto de Paula）认为，"那种文学社会学患了风寒，它染上了低弱的声调、日常的主题，还有在先锋派的话语隐隐地失去威望的背景下的幽默处理"。除了批判性的装饰以外（没有哪个后极新派诗人必须承认"后极新"这种说法），布兰卡·安德鲁的诗歌是一种话语，它攻击了备受强调的十一音节，攻击了相当慎重的现实主义，甚至攻击了那些轻蔑看待对意识的混乱状态的诗化处理、认为经验简化成了小资情调和酒吧长凳前的爱情不幸的虚伪之徒。巴西诗人罗贝托·皮瓦（Roberto Piva）说："我只相信过着实验性生活的实验性诗人。"安德鲁是实验，是经验，是悖论，是断裂：很多人认为她是经验诗歌的坚定对手，她确实是，但那是因为那种标签（曾经）存在于"诗性经验"的最底层。诗歌本身就是经验，是对现实的认识。瓦伦特（Valente）说："每个诗性的词语都把我们送到原初，送到arkhé（希腊语的"原始"），送到烂泥或原始的物质，送到无形——事物的形不断掺杂的地方。"

《乡下姑娘来到夏加尔画中居住》出版一年以后，胡安·卡洛斯·梅斯特雷（Juan Carlos Mestre）在 1981 年出版了《雨中诗七首》，此后又相继出版了《萨福来访》和《别尔索山谷秋日赞歌》。1984 年，《秋日赞歌》和安德鲁的《乡下姑娘》一样，也获得了阿多尼斯奖。对于这前两部诗集，维克多里亚诺·克莱梅尔（Victoriano Crémer）着重指出了其中的"崎岖、影响、财富和语言的闪耀"。但是，梅斯特雷诗集的特点在于它的语言重新运用了先锋派的一些手法，比如自由体诗、散文诗和非比寻常的词语关联。而且，通过创造一个含有"穷苦牧人与农民那业已消失的千年文明，带有北欧根源、曾出现在梦境里的文化，有水有森林"的神秘空间，乡村氛围得以重现。诗人、评论家乔尔迪·多塞（Jordi Doce）指出，梅斯特雷引进当代西语诗歌的是"一个杂食的、激动的、同时也是嘲弄的、讽刺的、拥护伪装与分神的声音。有一种微笑的深处潜藏着荒唐言语的魅惑影子，这种微笑的魔鬼就拥有这个声音。总之，这声音一边挨着伤痛的漆黑水塘，另一边挨着类比法和燃烧的镜子游戏那鼓动人心的激烈节奏"。多塞还说："不过确实有判决，有对具体情境的决断，其形式是抨击、嘲弄、讽刺和轻蔑，但又是补偿性的、要求某种权利的，用诗人爱德华多·莫伽（Eduardo Moga）的话说，这种种形式在加害者面前维护受害者，在自大者面前维护谦卑者，在撒谎者面前维护沉默者。因为梅斯特雷提出这'最终审判'只是出于乌托邦的需求，因为亟需修复历史的凌辱，拯救弱势的人、被抛弃的人、身处权力的戒尺另一边的人。"

"围绕梅斯特雷的诗学，托马斯·桑切斯·圣地亚哥（Tomás Sánchez Santiago）写道：'想象的本质是不负责任。'在梦境里或在所谓简单生物身上也有同样的不负责任。谁也没有理由为想象力的范围和规模负责。它的领地就是无限自由的领地，它的伟大就是毫无歧视的伟大。但是，在那'诗歌责任'的概念里，沸腾着对于某种名之刺激的需求，这种刺激能够激发足够多的表述的能量，让诗歌的真相迎面爆发，那真相即是被可懂性所裹挟的语言交易无法触及的激烈真相。对这种危机的最初描述影响了梅斯特雷诗歌的本质，它在二十世纪的诗歌里就有了无可置疑的初期标志。我们举两个看起来和梅斯特雷联系紧密的例子。在《荒原》中，艾略特以非凡的精准表述尝试使用了一种诗歌文本，它揭示了在面对历史背后的干旱荒芜时，二十世纪的男男女女是无力抗争的，它把一种无力的写作方法撕成碎片，但其焦虑疲惫的语言却取自它所在的即将破裂的文明里的神话与象征。而在西语诗歌世界，是《诗人在纽约》的洛尔卡把艾略特诗歌里的'去道德化'揭露出来的。在梅斯特雷的诗歌里可以强烈地感知到《诗人在纽约》的痕迹。洛尔卡笔下的纽约（'电缆与死亡的纽约：你的脸上藏着什么天使?'）象征着痛苦的隐匿，象征着连根拔除人类与先祖的联系。"

伊斯拉·科雷耶罗（Isla Correyero）在西班牙当代诗坛有着极其独特的地位。她的道德口吻在最初的作品里就超越了一切既有的限制。如克里斯蒂娜·莫拉诺（Cristina Morano）所言："对于伊斯拉·科雷耶罗来说，她不需要厚卷巨著，也不需要宏伟的文学生涯；她只需讲述自己陪护奄奄一息的女孩乘坐救护车的旅程，就足以像翻袜子似的翻转千年历史的诗歌世界，就足以把我们苦心寻找的作诗方法展现在我们眼前。《护士日记》是什么？它讲的是生活的自白，表现医院里日日经历的人生疾苦吗？我们看到的是对公共医疗里生存手段的展现吗？书里提到了很多死者，他们好像成为了主角，看起来不比医护人员缺少活力，这诗集是对其中一位死去的父亲的缅怀吗？它是社会诗歌吗？是先锋派的吗？是超现实主义或达达主义的吗？

"上述种种都不能定义或者囊括《护士日记》的内容。里面的每一首诗都被仔细地加上题目，标明伊斯拉值夜班的日期。她本人就是夜班护士。诗中讲述了医院里常见的事情：入院、病情分析、手术、外科手术室、肿瘤、候诊名单，它们交杂着，短促地次第出现。然而，这些属于医院、疾病的典型事物，将要死亡的（或者将要被今天那些让人窒息的医疗手段开膛破肚的）单纯（或者不单纯）人类特有的事物，把它们缝织起来的是令人目眩、与超现实主义相切的形容词，而这些词藻从不是梦幻一般的，也不是琐碎无奇的；把它们连缀起来的是增强了现实性的宣言，如同极现代的电子游戏，就像是诗人找到了一个应用程序，它适用于她身为护士的事实，把我们感知的大门朝着与'现实事物'的完全联结敞开。确实，我们每个读过这本书的人都会想起来消毒水和棉纱布的浓烈气味。"关于伊斯拉的著作《专横的爱》中《蓝色阴穴》一诗，胡安·瓦莱拉·波尔塔斯·德·奥尔都尼亚（Juan Varela-Portas de Orduña）写道：伊斯拉·科雷耶罗的这首诗所表达的，是把自己身体当作爱欲市场上情色偶像的人心里的痛苦与疑问。诗中的"我"所看到、所关注的"蓝色阴穴"，作为欲望的中心，由于痛苦的孤独而被过度精神化了，充溢着过多的灵魂。"蓝色"获得了鲁文·达里奥诗中的深刻内涵，它是精神在物质上的铭文。对于伊斯拉来说，精神的东西是边缘的、痛苦的、流浪街头的，换句话说，就是最具生命力的、带来一种接近"肮脏现实主义"的美学。在这种美学里面，纯洁与不洁无法分离，审美体验就是日常痛苦的"肮脏"体验，而不是这种体验的净化和它风格的形成。

我们挑选的另一个青年诗人是巴勃罗·卡瓦略（Pablo Carballo），在他看来，构成诗歌的是基本的词语，除了代表一种缺席以外，那些词语还意味着构建语言寰宇地图的可能性，在人们读出那些词语的时候，它们就具有了思想的本质和艺术的温度。那么诗歌就是对一种真实的不存在状态的怀念，是一处迅速消耗的远方的突然出现，在言语中，在思想最初的天真痕迹中：对于鸟和树的需求，把声音、话语和书写都交给知识的人的意识。这种知识以语言为渠道，来自想象，来自辩证的幻梦，来自世界。

关于卡瓦略，诗人、评论家爱德华多·米兰（Eduardo Milán）写道："巴勃罗·洛佩斯·卡瓦略的写作构建了现在能实现的那种血肉鲜活的写作方法的可能形象：一个被消减、并留下被消减时的轨迹的形象。'轨迹'而不是'痕迹'。血肉鲜活，就是表现出鲜活的姿态。如今姿态和立场就是一切。要说'待涉足的空间'，而不说'已踏入的空间'。在写下所有东西之后再这样，避免写作本身的反叛。写下的东西封闭了一种表象：所获之物的表象。但是，不反叛是不可能的，假如应该追随所获之物，应该存在，应该因为知道自己是书写的幸存者而具有或戏谑或恐惧的意识，那就不可能不自我暴露。卡瓦略诗歌里展现了语言的意识如何顺利地存在。接连而来的是包围、围困，一切都在窥伺。有一种意识被语言不愿了结的东西包围着。鲜活的血肉还在。卡瓦略的写作所传授的就是尽可能地展现。语言远离了语言之外的不作为。也许那就说明写作可能无法预知：拒绝负责它的外围，逃离，与否决相协调，巴托比①的纤弱回响落在读者身上。写作，是未完成的任务。"

瓜达卢佩·格兰德（Guadalupe Grande）是当代西语诗歌图景中的另一种革新的声音，她的父母费利克斯·格兰德（Félix Grande）和弗朗西斯卡·阿基雷（Francisca Aguirre）也是诗人。她的声音与众不同，拒绝依从，描绘着调查与感觉的独特线条，那是重建具有现代性基本脉络和先锋派重要贡献时史无前例的发现。在她的诗歌里，作为一种意识状态，作为一个只归因于诗歌写作本身象征体的声音，女性的身份得以显现。关于瓜达卢佩·格兰德，安东尼奥·阿尤索·佩雷斯（Antonio Ayuso Pérez）指出："格兰德诗歌的一大主题就是人类生活得痛苦而破碎。她运用了形形色色的隐喻，力图把这样毫无掩饰的真实所见呈现给我们，而不写生活的退让。这类的例子包括莉莉丝的不幸：她自愿孤寂地流落他乡。亚当的第一任妻子不是夏娃，而是她，她自愿放弃了天堂：'谁对我们说／当我们对着世界伸懒腰／兴许有一次我们就会／在这片荒漠中找到庇护所。'这种生活视角与人类的悲剧相呼应。人类知悉时间无法放缓脚步，因而人生有时限，所以人类不能在他生时感到幸福：'因为我们由时间构成。'"

评论家、诗人安提诺·克雷斯波（Antino Crespo）认为，自从《莉莉丝记》精彩问世以来，瓜达卢佩·格兰德的声音就成了当代诗坛不可或缺的声音之一。我们的诗歌处于话语的边缘（书写永远处于的那个边缘地位），处于存在的边缘：这就是写作本身的尊严。这本书的最后引用了卡夫卡的话："传说故事想要解释那不可解释的。"我想，起码在这个意义上，她所有的诗歌都是传奇故事，是非常具体的，同时又是触不到的，消解了的，包裹在雾气中的，永远敞开的……《雾的钥匙》里面，为了使现实变换模样，种种意象加倍增长，但是它们诞生自具体事物（捡垃圾、从家里窗户透出

① Bartleby，麦尔维尔的小说《书记员巴托比：华尔街的故事》中律师事务所的文书。

的目光、父亲的自行车……）。历史，集体、个人、家庭的历史，祖父的油画，从未抵达的船只……在这美得惊人的诗篇里，女儿和孙女的敬爱（"爱"这个词受过伤，但是它克制，而且像光一样确切）弥补了战后的恐怖。《给刺猬住的旅馆》里，时间和景物又混淆起来；历史，童年，书写，诗人的家成了庇护所，成了接待困惑者和溃败者的旅店。一只手所能容纳的一切，产崽的猫和它召唤语言本源的叫声。固定了时间的词语，历史的灾难……没有一点准确性。时间留下的确切的书写作品却总是不完整的。这个真理滋养了她诗歌里的故事：为了说出那不可解释的。

作家、诗人卢纳·米格尔（Luna Miguel）代表了一种非常年轻而断然的声音。关于她最新的作品之一——《胃》，安东尼奥·J·罗德里格斯（Antonio J.Rodríguez）写道："作者在诗中进行了冥思，那就是注视眼前的痛苦，而不逃避或拒绝它，直到痛苦消失，或者等它逃离我们。这冥思是在暴风雨中平静地幸存下来的家，是自然法则在里面正常运行的神庙：在这里，鸥鸟啄食死羊的眼窝，父亲吃肉，蜘蛛捕获蟑螂，让白色的骨骼成为它的衣服，人类共有的癌症毁坏了躯体，因为那疾病栖身在我们的镜子里。"

卢纳·米格尔的诗歌激烈地置身诗歌语言的剧变中，她的声音充分反映了近几十年来西班牙诗歌风格标准的巨大变化，一个异端、批判、多元、叛逆的声音，带来另一些关于"被稀释的城市"的理解，稀释在当下发展主义的洪流中，在语言的巴别塔变乱中，在对宇宙的量化认知中。卢纳·米格尔是我们所选诗人里最年轻的，她代表了诗歌的新形式批判、创新的最佳接合，一些话语领域目前只被她反叛而优美的词汇里的极度敏感和智慧光顾，她代表了这些话语领域的深化。

米格尔·安赫尔·穆尼奥斯·桑胡安（Miguel Ángel Muñoz Sanjuán）的诗歌则呈现出另一种风格。他的诗歌展现了当代诗歌最另类的范式里对话的连续性。诗人、评论家阿马利亚·伊格雷西亚斯·塞尔纳（Amalia Iglesias Serna）在提到诗集《记忆－分形》时说："从他以前的书中就能看出来，他承担了诗歌的一项重任，那就是带我们超越文字——也就是巴别塔，越过无可遮蔽的境地，超越意识的迷乱和它的谜团。起初，错误的主语和谓语在文明的废墟中间。笔划、全息图、手势、化身、象征，语言带来了干扰，但也反映了为希望而准备创造新语法的身份。叙说那在陈旧的词语之外推动我们、重塑我们的搏动时，介词的使用和删除都更着重地强调了这层意思（起点、源头、终点、动机、地点……）。诗句的醉意蔓延开来，在不可预见的意义的沉醉中发酵。

"他的诗歌里还有竖起道德的护盾、对抗野蛮与平庸的能力，还有编织一个知识与形式要求严格的诗歌宇宙而不失含义、承诺与批判的技艺。这是一本关于边缘与界限的书，是一种语言的回忆与梦境，在这种语言里，疑问就是对'如何在（其他）贫瘠时代写作'的应答。他的诗句，是重生的仪式，是世俗的神秘，是祷告和祈愿。在他的诗歌里，经验拓宽了句法规则的界限，让没有嘴唇的字母发出声音。"

这些诗人里，女性占了大部分。在宽阔的历史桥梁上，从八十年代初直至今日，他们表现不容易被看到的地方，他们对经典模式的反抗是一次有转变意义的写作实践，他们的诗歌不服从规则，源于调查与经验，而且是自由的。在构建当前西班牙诗歌考验重重的叙事话语时，他们的诗歌里遍布着表达上的探索成果。

帕拉诗选*

［智利］尼卡诺尔·帕拉　袁　婧　袁梦洁 译

尼卡诺尔·帕拉
（Nicanor Parra, 1914–2018）

* 该辑译诗选译自 Nicanor Parra,
Obras completas & algo+（Barcelona：
Círculo de Lectores, 2006）。该全
集总共包括帕拉自己选取的 22 部
主要作品，以及 13 部附在主要作
品后、从早年诗集中选出来重新
出版的部分诗，另外还收录有帕
拉翻译的《李尔王》译本。是收
录帕拉作品最全的全集，由帕拉
本人参与编辑修订。
** 该诗译自《无名歌集》（1937）。
该首以下 14 首至《小资产阶级》
由袁梦洁译出。其余诗作由袁婧译
出。

凶　手**

让我过去，女士，
我要去吃天使，
我会拿根青铜树枝
在街上杀了他。

不要害怕，女士，
我从没杀过任何人。

教堂司事会在
麻布床垫上呼呼大睡，
教堂大门
都会用钥匙锁死。

给我个木梨吧，女士，
我快要饿死了。

穿过冰冷的棚屋

我将到达祭坛，
拿着我的金合欢左轮手枪
没人能够阻止我。

别用这么大的眼睛
瞪着我，女士。

我会高喊：打倒大丽花！
而天使们会被吓坏，
我会带着我的柳鞭
把他们赶到街上去。

别杀我，女士，
我从没杀过任何人。

我会用马甲埋葬
他们中最害怕的那个，
他新鲜的血液会流淌在
漆黑的水泥上。

闭嘴吧，善良的女士，
我不会让任何人闭嘴。

我会用一张黑桃纸牌
刺穿他的太阳穴，
鸽子军团
会在血肉中醒来。

别用杀人的大眼睛
看着我，女士。

《厚书》(2012 年版)

教堂司事们会
挥舞着火扫帚到来，
我会从祭坛后面
拔腿就跑。

他们会杀了我，女士，
因为我杀死了一个天使。

两位精子神父
会把我送进监狱，
他们会用钥匙
把我锁在一间黑暗的牢房里。

他们会吃了我，女士，
因为我杀死了一个天使。

两位精子神父
今天下午就会杀了我，
以挑衅圣徒、
在街上捣乱，
并在教堂里洒了
1.5 升血为名。

我父亲的肖像 *

我曾有个忠实的朋友
目光迟缓疲倦
如园丁般悲伤
像闪电般纯净。

* 该诗译自《八位智利新诗人》
（1939）。

他有双柔软的手
像鸟儿的心脏
走路时像在跳舞
说话时像在歌唱。

我们在田野漫步
像两条平行的河流
我有时分不清
他和某棵树的影子。

他头顶的天空
不可能更高
他灵魂的蓝色晚香玉
也不可能更香。

如果是水
多么清澈的同伴！
永远看不到两个湖泊
像他的眼睛一样平静。

亲切的朋友香甜地睡着了
直到我所有的星星
都暗淡的那天
他也不会被遗忘。

摇篮交响曲 *

在去英国公园的
一次散步途中
我毫不情愿地

* 以下 6 首译自《诗与反诗》
（1954）。

帕拉讲诗

遇到了一位天使。

他说早上好，
用的西班牙语，
我回复他，
但用了法语。

告诉我，天使先生，
您最近好吗？

他向我伸出手，
我握住了他的脚：
诸位，你们真得看看，
天使是什么样的！

蠢如天鹅，
冷如铁轨，
胖如火鸡，
丑得像您。

我受到了一点惊吓
但是没有离开。

我寻找他的羽毛，
找到的那些，
像鱼的硬鳞片
一样坚硬。

像堕落的路西法
那样好！

他生我的气了，
用他的金剑
反手给了我一击，
我躲开了。

我不可能遇到
比这更荒谬的天使了。

我要笑死了
我说再见先生，
请继续上路，
祝一路顺风，
愿汽车碾过你，
愿火车压死你。

一、二、三，
故事结束了。

帕拉与鸽子

鸽子颂

多么有趣
这些鸽子用它们小小的
彩色羽毛和圆滚滚的肚子
取笑一切。
从餐厅走到厨房
像秋天飘散的树叶
在花园里它们摆好架势
每种苍蝇都吃一点，
它们啄黄色的石头
或站在公牛的背上：

比一把猎枪
或一朵满是虱子的玫瑰还要可笑。
然而，它们做作地飞行，
催眠缺胳膊少腿的残疾人
那些人相信能在鸽子身上
看到此世与彼岸的解释。
尽管不应该相信它们
因为它们有狐狸的嗅觉、
爬行动物冰冷的智慧
和鹦鹉丰富的经验。
比教授和发福的修道院长
还让人昏昏欲睡。
一不小心，它们就会像
疯狂的纵火犯一样猛扑过来，
越过窗子进入大楼
然后占领钱柜。

看看将来
我们会不会真正团结所有人
像母鸡保护幼仔一样
坚定不移。

墓志铭

身材中等，
声音不尖不粗，
小学老师的长子
零工女裁缝所生；
生来瘦弱
虽然喜爱美食；

脸颊凹陷

耳朵却相当丰满；

一张方形脸

眼睛睁开像两条缝

一个黑白混血拳击手的鼻子

下面挂着一张阿兹特克石像的嘴

——在讽刺与奸诈的光彩间

眉飞色舞——

既不聪明也不愚蠢

我就是我：

醋和油的混合

天使与畜生灌成的香肠！

警告读者

对于作品可能引起的不适

作者概不负责：

即使读者感到烦扰

也必须始终满意。

撒伯流①除了是神学家，也是一位杰出的幽默家，

在使三位一体教条

化为灰烬之后

他对他的异端学说负过责吗？

如果有，他是如何做的！

用哪种疯狂的方式！

基于怎样一堆矛盾！

在法学博士们看来，这本书不应该出版：

彩虹这个词根本没有出现在书中任何地方，

更别说痛苦这个词，

① 撒伯流（Sabelius），公元三世纪左右的神学家，基督教早期非三位一体论"异端"的代表人物，其学说被称为"撒伯流主义"，又称"形态论"或"形态神格唯一论"，主张圣父、圣子、圣灵是一个神的三种形态或三种表现，而不是各自具有完整现实性且永久并存、地位相等、本质同一的三个位格。

托尔夸多这个词。
椅子和桌子倒是多次出现，
棺材！办公用品！
使我充满骄傲
因为，在我看来，天空正一片片地落下。

读过维特根斯坦《逻辑哲学论》的世人们
可以如释重负了
因为这本书很难弄到：
但维也纳学派①多年前就解散了，
其成员四散各地毫无踪迹
而我决定向*月亮骑士*②宣战。

我的诗完美地通向无处：
"这本书里的笑声是虚假的！"我的诽谤者们会如此声称，
"你的眼泪也是假惺惺的！"
"与其说叹息，不如说这些书页让人打哈欠"
"他像个吃奶的婴儿一样拳打脚踢"
"作者打着喷嚏想表达清楚"
好了：我邀请你们烧掉自己的船，
我像腓尼基人一样想要创造我自己的字母表。

"那为什么要惹大家讨厌呢？"友好的读者们会问：
"如果作者本人都开始贬低他的作品，
那么还有什么值得期待的呢！"
请注意，我没有贬低任何东西
更确切地说，我赞扬我的观点，
吹嘘自己的局限性，
把我的创作置于云上。

阿里斯托芬的鸟儿们

① 维也纳学派（The Vienna Circle），20 世纪前期奥地利的一个学术团体，受维特根斯坦影响颇深，二战时随着重要成员的离世或流亡而最终解散。1929 年至 1932 年期间，维特根斯坦与维也纳学派成员石里克、卡尔纳普等人多次进行过谈话，内容涉及命题和语言、逻辑与经验等哲学问题，弗里德里希·魏斯曼将之整理为《维特根斯坦与维也纳学派》一书。

② 在 2006 年由帕拉本人监督编订的《帕拉全集 I》中，原文为意大利语"cavalieri di la luna"，但这属于语法错误，而此前其他版本中均使用了正确的语法结构，即"cavalieri della luna"，意为"月亮骑士"。"月亮骑士"指代的是诗歌语言中已经变得麻痹的修辞意象，这类词汇远离日常生活，是帕拉要反的对象之一。结合前一诗节中的"托尔夸托（torcuato）"，"月亮骑士"可能与意大利文艺复兴晚期著名诗人塔索有关（Torquato Tasso，1544—1595），"月亮"与"骑士"是塔索诗歌中最重要的主题。帕拉在这里也许是反对这位集经典与浪漫于一体的诗人，反对此类诗人强调的灵感、想象力、追求未知和遥远形象等主张。同时帕拉在全集中故意使用错误的语法结构，可能也是打破传统语法规则之意。

把父母的尸体
埋在自己的脑袋里①。
（每只鸟都是一块真正的飞行墓地。）
在我看来
已经到了更新这一仪式的时刻
我把我的羽毛埋进读者先生们的脑袋里！

牧　歌

我会在一夜之间成为百万富翁
这要多亏一个让我能在凹面镜
或凸面镜中修复图像的花招。

要是我发明出一种双向底的棺材
能让尸体去另一个世界瞧瞧
那我的成功就完满了。

我已经投入了相当多的心血
在这荒诞的赛马比赛中
骑手们被抛下坐骑
他们将坠落到观众之中。

就是那时，我试图创造什么
让我能够安逸地活着
或者至少能让我死去。

我确信我的双腿在颤抖，
我梦到我的牙齿掉光了
还在几场葬礼上迟到。

① 背景源于古希腊戏剧家阿里斯
托芬的喜剧《鸟》。剧中人物借
《伊索寓言》哄骗鸟群反叛宙斯及
诸神时说，云雀是最早出生的鸟，
彼时大地与诸神还未出现，后来
云雀父亲病死，因为尚无大地，
尸体停尸五天无法安葬，因此云
雀将父亲埋在它自己的头里。

钢琴独奏

既然人的生命不过是隔岸观火，
一些闪耀在杯子里的泡沫；
既然树木不过是些摇晃的家具：
一些处于永恒运动中的桌椅；
既然我们不过是人
（正如上帝不过是上帝）；
既然我们不是为了被倾听才诉说
是为了让他人诉说
而回声早于创造它们的声音；
既然在打着哈欠、充满空气的花园里
我们甚至连混乱的安慰都没有，
如果过度使用了女人
为了能在死后平静地复活
某个拼图难题必须在死前破解；
既然地狱中也有天堂，
那让我也做些事情吧：

我想用脚弄出一些动静
想让我的灵魂找到躯壳。

帕拉（右）与豪尔赫·米亚斯
米亚斯是智利作家、诗人、哲学家，
帕拉大学时代共同创办杂志的好友

过山车 *

半个世纪来
诗歌是
大傻子的天堂。
直到我来了

* 以下6首译自《沙龙的诗》
（1962）。

并搭建了我的过山车。

上来玩吧，如果你们愿意。
当然，如果你们下来时口鼻流血
我可不负责。

帕拉与米格尔·金斯堡、艾伦·金斯堡
在哈瓦那（1965）

警 告

我不准任何人对我说
他看不懂反诗
所有人都应该哈哈大笑。

为此我想破脑袋
为了触及读者的灵魂。

别再问来问去。
在临终前
每个人都要了结自己的问题。

还有一件事：
我不介意
自找麻烦。

梦

我梦到一张桌子和一把椅子
我梦到我开车兜风
我梦到我在拍摄一部电影
我梦到一个汽油炸弹

我梦到我是个有钱的游客

我梦到我被挂在十字架上

我梦到我在吃银汉鱼

我梦到我正在过桥

我梦到一个清晰的警告。

我梦到一位留胡子的女士

我梦到我正在下楼梯

我梦到我在给留声机上发条

我梦到我的眼镜坏了

我梦到我在做一口棺材。

我梦到行星系统

我梦到一块剃须刀片

我梦到我正和一条狗打架

我梦到我正杀死一条蛇。

我梦到飞翔的小鸟

我梦到我正拖着一具尸体

我梦到我被判处绞刑

我梦到世界性的大洪水

我梦到我是一丛刺菜蓟。

我还梦到我掉光了头发。

调情对话

"我们已经在这里待了一小时

但你总是说些同样的事情；

你想用笑话让我倾倒

但你的笑话我早已烂熟于心。
难道你不喜欢这张嘴、这双眼睛吗？"
"我当然喜欢这双眼睛。"
"那你为什么不亲亲它们？"
"我当然会亲它们。"
"你不喜欢这对胸、这双大腿吗？"
"怎么可能不喜欢这对胸！"
"那么，为什么你还没反应？
握住它们，好好利用这个机会。"
"我不想粗暴地抚摸它们。"
"那你为什么脱光我的衣服？"
"我没有叫你脱衣服。
是你自己脱光的：
穿好衣服吧，趁你丈夫还没到。
别吵架了
穿好衣服吧，趁你丈夫还没到。"

创　作

I

小心点，我们都说谎
但我说的是实话。

数学很无聊
但它养活我们。

然而写诗
是为了活着。

没有人喜欢

负担碎玻璃。

因为别人
而违背自我地写作。

写诗是多么肮脏啊!

在最意想不到的那天
我会开枪自杀。

帕拉与聂鲁达

II
一切都让我觉得糟糕
太阳让我觉得糟糕
大海让我觉得糟糕透顶。

人类很多余
云朵很多余
彩虹就够了。

我的牙齿坏了
先入为主的想法
并不存在的灵魂。

苦难者的太阳
满树的猴子
感官的混乱。

毫无关联的图像。

我们只能靠
借来的想法活着。

艺术使我退化
科学使我退化
性爱使我退化。

请诸位说服自己没有上帝。

小资产阶级

如果想去小资产阶级的天堂
就必须走
为艺术而艺术的道路
还要忍气吞声：
考验期没有尽头。

帕拉与智利诗人特奥多罗·埃尔萨卡
在黑岛的聂鲁达故居（2003）

需要掌握的内容清单：
艺术地系领带
悄悄拿走名片
把鞋子擦得锃亮
照威尼斯镜子
仔细照照正面和侧面
喝一小杯白兰地
能区分小提琴和中提琴
穿着睡衣接待客人
防止头发脱落
以及忍气吞声。

一切都得整理归档。
如果妻子对别人感兴趣
我推荐以下诀窍：
用剃须刀刮胡子

欣赏自然美
把一张纸弄得沙沙响
煲电话粥
用客厅的步枪射击
用牙齿修剪指甲
并且忍气吞声。

如果想在沙龙中脱颖而出
小资产阶级
必须知道如何用四条腿走路
在打喷嚏的同时保持微笑
在悬崖边缘跳华尔兹
将性器官奉若神明
在镜子前一丝不挂
用铅笔剥落玫瑰花瓣
并且忍很多气吞很多声。

这一切让我们不禁思考
耶稣基督是小资产阶级吗？

如你所见，为了能够
抵达小资产阶级的天堂
你必须是一个彻底的杂技演员：
为了能够抵达天堂
你必须是一个彻底的杂技演员。

难怪真正的艺术家
以杀死蜻蜓取乐！

为了摆脱恶性循环
推荐无厘头的行动：

出现然后消失
以全身僵硬的状态行走
在一堆瓦砾中跳华尔兹
轻轻晃动怀中的老人
你盯着他的眼睛
问这个将死之人现在几点
往手掌里吐痰
穿燕尾服出现在火灾现场
猛烈攻击送葬队伍
超越女性的性别
抬起那块棺材板
看看里面是否种了树
没有原因也没有预示
只因为词语的力量
留着电影明星的胡子
以思想的速度
从人行道的这边穿到那边。

乞 丐*

要是没份正经职业
就没法在城市生活：
警察负责执法。

有人是士兵
为祖国抛头颅洒热血
（须打上引号）
有人是奸商
卖李子缺斤

* 该首译自《俄罗斯歌曲》(1967)。

《反诗：如何变好看＆感觉极佳》

短两。

还有些是神父
手里拿本书溜达。

每人熟悉自己的行当。
诸位猜猜我做什么的？

对着紧闭的窗户
                        歌唱
看它会不会打开
丢
　出
　　一
　　　枚
　　　　硬
　　　　　币。

独立宣言 *

自主于
天主教会宏伟蓝图
我宣布成立独立国家。

在四十九岁年纪
一位公民完全有权
反叛天主教会。
撒谎被雷劈。

* 以下 5 首译自《束缚衣》(1962–
1968)。

这些金合欢树花开正盛

与我的身形相当
我在树影下感到幸福。

这群荧光蝴蝶仿佛经剪刀裁成
与我的灵魂相当
我在光中极其幸福。

愿中央委员会原谅我。

一九六三年
十一月二十九日
于圣地亚哥 – 德智利①：

我对自己的行为完全清醒。

诗歌《主祷文》背景板前的帕拉

主祷文

我们在天上的父
你满负种种问题
眉头紧锁
如同一位普通凡人
不要再为我们思虑了。

我们理解你饱受折磨
因无法让事物各归其位。
我们知道魔鬼从未让你安宁
不断摧毁你创造之物。

他嘲笑你
但我们与你一同哭泣：

① 智利首都。

不要在意他的邪恶笑声。

我们不管在哪儿的父
周身环绕不忠的天使
真的：不要再为我们受苦了
你要知道
神也不可能不犯错误
我们会宽免一切。

羔羊颂

土的地平线
   土的星辰
克制的泪水和呜咽
嘴啐出土
   牙齿柔软
躯体不过是一袋土
有土的土——有蚯蚓的土。
不死的魂——土的灵。

神的羔羊，洗去世人罪孽的
求你告诉我伊甸园中有多少苹果。

神的羔羊，洗去世人罪孽的
求你告诉我现在几点。

神的羔羊，洗去世人罪孽的
求用你的毛给我做一件毛衣。
神的羔羊，洗去世人罪孽的
求你让我们安静地通奸：

求你别干涉这一神圣的时刻。

我送你月亮
认真的——别以为我在开玩笑：
我把她送给你，情真意切
才没有背后捅刀子！
不信你自己来找她
爱你的叔叔
你的多彩蝴蝶
就来自圣墓教堂。

TEST

反诗人是什么：
一个经营选票箱和棺材生意的商人？
一个没有信仰的神父？
一个怀疑自己的将军？
一个嘲笑一切（哪怕衰老和死亡）
的流浪者？
一个差劲的交谈者？
一个悬崖边缘的舞者？
一个热爱一切的自恋狂？
一个阴险歹毒
以卑鄙取乐的小丑？
一个在椅子上睡觉的诗人？
一个现代的炼金术士？
一个纸上谈兵的革命者？

一个小资产阶级？

一个骗子？

        一位神？

            一个无辜者？

一个来自圣地亚哥－德智利的乡下人？

在你认为正确的定义下划线。

什么是反诗：

一场茶杯里的风暴？

一块岩石上的雪斑？

一个盛满人类粪便的箩筐

（恰似"拯救地球"神父①的信仰）？

一面说真话的镜子？

一记扇在

作协主席脸上的耳光？

（愿上帝保佑他）

一条致年轻诗人的忠告？

一口喷气棺材？

一口离心式棺材？

一口气态石蜡燃料棺材？

一座没有尸体的殡仪馆？

在你认为正确的定义后画十字。

帕拉与智利诗人恩里克·林、
奥斯卡·安（1980）

在椅子里睡觉的诗人的信（节选）*

V

年轻人

写你们想写的

用你们认为更好的风格写

桥下已经流过太多的血

① 指普鲁登西奥·萨尔瓦铁拉
（Prudencio Salvatierra）神父，他
曾在 1964 年 11 月 15 日圣地亚哥
的《启蒙日报》（El Diario Ilustrado）
发表文章《诗与反诗》，激烈地否
定了帕拉的创作。这位神父的姓
Salvatierra 意译为"拯救地球"。
* 该首译自《其他的诗》（1950—
1968）。

以致不该继续相信——我这样想
只有一条路可走：
诗歌里没什么禁忌。

IX

有轨电车已经消失
树都被砍倒
视野里全是十字架。

马克思被否定过七次
而我们还在原地踏步。

帕拉与妹妹、歌手比奥莱塔

XII

我不轻易悲伤
坦率地说
骷髅都让我大笑。
睡在十字之上的诗人
用血泪向你们致意。

XIII

诗人的责任
是击败空白纸页
我对这种可能性深表怀疑。

XVI

智利格言：
所有红发女人都有雀斑
电话知道它在说什么
乌龟向鹰学习时
浪费的时间最多。
汽车是一架轮椅。

回头看的行人
冒着严峻的风险：
影子或许不想跟着他。

宣　言 *

女士们先生们
这是我们最后的话
——最初的也是最后的话——：
诗人已步下神坛。

对于我们的前辈
诗歌是奢侈品
但对于我们
诗歌是必需品：
没有她我们无法生活。

与我们的前辈不同
——我说这话满心敬意——
我们主张
诗人不是炼金术士
诗人是普通人，和我们一样
是砌墙的泥瓦匠：
诗人建造门和窗。

我们用
日常的语言对话
我们不相信神秘符号。

* 该诗最初发表时是个独立小诗
集，发表于 1963 年。

还有：
诗人存在
是为了不让树长歪。

我们想说的是，
我们谴责造物主诗人
鄙弃小强诗人
不齿书呆子诗人。
这些先生们
——我说这话心怀敬意——
都该接受控告和审判
鉴于在虚空建造城堡
鉴于浪费空间和时间
把十四行诗写给月亮
鉴于随意组合词语
去赶最新的巴黎风潮。
而我们不：
思想并非诞生于口舌
而是诞生于心的中心。

我们抨击
墨镜诗
剑袍诗
宽檐帽诗。
而我们拥护
裸眼诗
袒露胸怀的诗
头顶敞亮的诗。

我们不相信仙女和人鱼。
诗歌应该是这样：

少女被麦穗环绕
否则便什么也不是。

那么，在政治方面
他们，我们上一代的前辈
我们德高望重的前辈！
他们通过玻璃棱镜后
光路偏转、色散。
少数变身为共产主义者。
我不知道是否名副其实。
先假设他们是共产主义者
我只确定：
他们不是人民的诗人
而是几位养尊处优的资产阶级诗人。

帕拉说不

必须实事求是：
只有少之又少的
懂得抵达人民的内心。
一有机会
他们就通过言行宣表
反对有领导的诗
反对当下的诗
反对无产阶级的诗。

我们暂且承认他们是共产主义者
但他们的诗是场灾难
二手的超现实主义
三手的颓废主义
被海浪退回的陈旧木板。
形容词的诗
鼻和喉的诗

毫无章法的诗

从书上抄来的诗

基于

词语革命

该援引的时局

思想革命的诗。

利于半打儿被选召者的

疯狂蔓延的诗：

"绝对的言论自由"。

帕拉与物理

如今我们惊惧地发问

他们写那种东西为了什么

为了唬住小资产阶级？

简直浪费时间！

除非涉及口腹之欲

不然小资产阶级毫无反应。

用诗能唬住什么！

情况是：

当他们追求

黄昏的诗

夜晚的诗

我们倡导

黎明的诗。

我们想说的是，

诗的光芒

应该平等地照耀每个人

让每个人都拥有诗歌。

我说完了，同志们

我们谴责

——我说这话真心无意冒犯——

小小的神的诗①

神圣奶牛的诗②

愤怒公牛的诗③。

我们以

陆地的诗

反对云上的诗

——头脑冷静，内心滚烫

我们是坚定的陆地主义者——

以自然的诗

反对咖啡的诗

以广场的诗

以抗议的诗

反对沙龙的诗。

诗人已步下神坛。

这肯定是片墓园 *

否则便无法解释

那些无门无窗的房屋

那些川流不息的车辆

根据这些磷光闪闪的影推断

我们可能身处地狱

在那架十字之下

我敢肯定有座教堂

① 指智利诗人维多夫罗（Vicente Huidobro，1893–1948）。
② 指智利诗人聂鲁达（Pablo Neruda，1904–1973）。
③ 指智利诗人巴勃罗·德罗卡（Pablo de Rokha，1895–1968）。
* 以下 2 首译自《紧急诗歌》（1972）。

我不信和平系

我不信暴力系
我倒想信点什么——但我不信
信就是信上帝
我唯一做的
就是耸耸肩膀
请原谅我的坦率
我连银河系都不信

新埃尔基的基督讲道集 · XLIX*

愿上帝使我们摆脱商人
他们只追求个人盈利

愿上帝使我们摆脱罗密欧和朱丽叶
他们只追求个人幸福

使我们摆脱只追求个人名誉的
诗人和散文家

使我们摆脱伊基克①的英雄
使我们摆脱那些开国元勋
我们不要个人的丰碑

如果上帝还有力气
愿他使我们摆脱一切恶灵
也使我们摆脱我们自己

* 该首译自《新埃尔基的基督讲道集》（1979）。埃尔基的基督（El Cristo de Elqui）指智利农民、传教士多明戈·萨拉特·维加（Domingo Zárate Vega）。他自封为"埃尔基的基督"，在1930年代于埃尔基河流域流动讲经，传播自己的福音并拥有一众信徒；但也有人认为他精神失常。埃尔基的基督是帕拉诗歌中经常出现的形象。
① 指1879年硝石战争期间发生在当时秘鲁的伊基克（今属智利）附近的海战。

在我们中的每一个里都有

一只吸取骨髓的害兽

一个贪于盈利的商人

一个只想着占有朱丽叶的疯癫罗密欧

一位与自己的丰碑共处的

戏剧英雄

愿上帝使我们摆脱这一切恶灵

如果他仍然是上帝

帕拉与家人

帕拉用于搞乱警察诗歌的笑话集 *

喂，喂

小混蛋，到这边来

有没有言论自由，在这个国家？

　　——有

　　　　　　——有啊

　　　　　　　　　　——啊啊啊啊啊！

出现倒是出现了

不过出现在失踪者名单①里

我相信一个未来 +

在那儿一切理想得以实现

友情

平等

博爱

除了自由

这个哪儿也没有

我们生来为奴

*《帕拉用于搞乱警察诗歌的笑
话集》(1983) 的出版正值智利国
内政治形势严峻时期。诗集以盒
装明信片的形式出版，诗句常以
手写体出现，背面配以滑稽照片
或漫画。
① 指在智利独裁政权期间被杀害
的人。

昨日
纷争连着纷争
今天
坟冢挨着坟冢

智利起初是个语法学家之国
历史学家之国
诗人之国
现在它是……点点点之国

帕拉在白宫接受美国前第一夫人
帕特·尼克松的接见（1970）

不要杀人：
你会被杀……

神父大人
          鸟，不是母鸡
行动的绝对自由
当然是在不出笼子的前提之下

折磨不一定必须鲜血淋漓
比方说对于一个知识分子，
藏起他的眼镜就够了

说实话真遗憾
智利国家文学奖得主们
沉默又肥胖
          还心满意足！
就好像在智利什么都没发生一样

安 息 *

当然——安息
可潮气呢?
　　　　　苔藓呢?
　　　　　　　沉重的墓碑呢?
醉酒的掘墓人?
鲜花大盗?
啮噬棺椁的老鼠呢?
还有钻来钻去的
可恶的蚯蚓
让人死都死不安宁
还是诸位以为
我们根本没发觉……

明知这不可能
还是美妙地说着安息
只是为宽慰无形之人

要知道我们什么都清楚
正爬过双腿的蜘蛛
让这点毋庸置疑
在一个又一个敞开的墓前
别再胡说八道了
得实事求是地说:
诸位请去忘忧谷
我们朝深渊更深处

* 以下 3 首译自《帕拉诗页》
(1985)。

交　换

一个 30 岁的女孩
⇔两个 15 岁的老妇

婚礼蛋糕
⇔一副电动拐杖

得脑膜炎的病猫
⇔十八世纪的蚀刻版画

活火山
⇔闲置的直升机

猫⇔野兔[①]

左脚的鞋⇔右脚的鞋

反诗歌笔记

1. 反诗追求诗，而非雄辩。

2. 反诗的阅读顺序应与写作顺序一致。

3. 应以阅读反诗同样的兴致阅读诗歌。

4. 诗会过去——反诗也会过去。

5. 诗人毫无差异性地向我们诉说。

6. 我们的好奇心多次因试图进行不应该的理解和探讨阻碍我
们充分享受反诗。

7. 如果你想有所收获，带着善意阅读，永远不要以文学家之

① "以猫换野兔" 在西班牙语习
语中指以次充好、以假乱真。

名沾沾自喜。

8.友好地提问，倾听但不反驳诗人的词语；不要厌恶老人的语句，他们的偏爱并非随意。

9.向所有人问好。

帕拉在书店

第一哥 *

就在人生旅程的中途，
因为深入了禁忌的土地
我在一座昏暗的森林之中迷失了道路

我一想起来
又会汗毛直立：
一只狮子一只母狼和一只母豹子
——可怜可怜我呀——
它们看着我，像是想把我当早餐

幸好，伟大的托马斯
恰恰在这时出现
否则我就不会在讲故事了

噗！**

二十世纪最伟大的真理
不在书里：

在
公共厕所的墙上

* 这首诗戏仿《神曲·地狱篇》第一歌，其中"第一（primero）"被帕拉游戏地转为"堂兄弟（primo）"，故译文此处处理为"第一哥"。

** 以下 2 首译自《反诗：如何变好看 & 感觉极佳》（2004）。

Vox populi   Vox Dei①

当然这一点我也是从书里读到的

噗：

现在
灾难也迎来了它的商业化：

价格 & All That 都翻倍

智利万岁，shi 我美丽的祖国②

帕拉与波拉尼奥、伊格纳西奥·埃切瓦里亚

诗是什么 *

[由词语] 搭建起的存在
诗就是你
一切运动的都是诗
不挪地方的是散文

但诗是什么
一切让我们相聚的是诗
只有散文能让我们分离

没错，但诗究竟是什么
词语中的生命
一个拒绝 [被老师们] 解开的谜题
少量的真理和一片阿司匹林
反诗就是你③

① 拉丁语，意为"人民的声音即
上帝的声音"。
② 原文中的文字游戏将 mierda
（屎）与 hermosa（美丽的）变形、
拼贴为一个单词 mierMosa。译文
中采取 shi 的拼音，既指"是"也
指"屎"。
* 以下 2 首译自《饭后闲谈》
（2006）。分别属于 5 部附录作品
中的《也叫阿尔塔索》（1993）、
《虽然我空手而来》（1997）。诗集
标题《也叫阿尔塔索》调侃智利
诗人维多夫罗的代表作《阿尔塔
索》（Altazor）。
③ 戏仿西班牙浪漫派诗人贝克尔
（Gustavo Adolfo Bécquer，1836-
1870）的《诗韵集（Rimas）》第
二十一首中的诗句"诗是什么？
[…]诗……就是你"。

哲学有什么用

运石学的学生们有次这样问
& 没人尊敬的本地先知①回答：

为了编出哲学课程

虽说赚得少
　　　　　也能勉强过活

其他的 cogito 们 *

我写
故你在

我坚持
故我爱你

我和其他人跑了
　　　　　故你不在

①《圣经》中典故："因为耶稣自
己作过见证说，先知在本地是没
有人尊敬的。"（约四：44）
* 该首译自《空白纸页》（2001）。
此诗戏仿笛卡尔著名的哲学命题
"我思故我在"（拉丁文：Cogito
ergo sum），该命题又称"笛卡尔
的 cogito"。

帕拉视觉诗选

[智利] 尼卡诺尔·帕拉　袁　婧 译

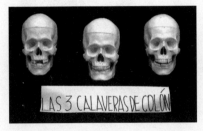

哥伦布的三艘头骨①

时光匆匆

哈利波特的灯

视觉诗

① calavera（头骨）与 carabela（帆船）音形相近，此处戏仿哥伦布发现新大陆时的船队——"哥伦布的三艘帆船"。

时光机

自杀者手信：
别了
我无法忍受这儿的 BGM

思想死于嘴里

以这个速度下去
到 2000 年我们就得吃粑粑
我认为将难以喂饱所有人

糟糕的诗人 VS 空白纸页

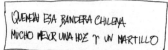

烧掉这面智利国旗吧
镰刀和锤子更好

神谕：
不管做什么你都会后悔

我冷血无情
只为商业盈利施展拳脚

信仰审判
2+2=4

切：被剥削的兄弟与你一起

拜访元老
（夹着尾巴）
先生，某天我们
也会到达你那一层

就＊职＊演＊说
太遗憾了
这么美却这么虚伪

地理大发现

所有诗都是屎
我妈妈告诫我们
但显然有些光荣的例外

反诗人：全地形诗人

如果不
侵犯诗歌
她就会
死去
必须
得
在公共场合
占有她
羞辱她
之后便会看到
她变成什么样子

为避免影响交通
一些奇情异想的骑车人
选择利用人行道

爱迪生养的虫子

画家还是诗人？

对于作家们来说，我是画家

& 对于画家们……我是反诗人：

意见不一

整容术

之前 & 之后

我们该怎么对待大学

它授予的学位

是贵族头衔

辩证思维：

命题

反命题

综合命题

教授先生

请您像个男人

别再

到处给人

评小分分

帕拉视觉诗选

ROBERTO BOLAÑO
(★1953 – †2003)
Good night sweet Prince
Hamlet V, II, 373

Pérdida irreparable para Chile
Pérdida irreparable para mí
Pérdida irreparable para todos

Nicanor Parra

罗贝托·波拉尼奥

(*1953—十 2003)

"亲爱的王子，晚安"

《哈姆雷特》第五幕第二场，

第 373 页

对智利是无法挽回的损失

对我是无法挽回的损失

对所有人都是无法挽回的损失

那好

现在谁来

把我们从我们的

解放者手中解放？

我们欠波拉尼奥一个肝①

① 波拉尼奥因肝脏功能损坏，没有等到器官移植而去世。

亲爱的读者

如果有人亲吻您的脸颊

把另一边伸过去

或者，如果您愿意

一拳打向他的下巴作为回敬

死马（克思）古卷①

最低工资：

任何人都不应该

比智利总统赚得多

谁都不行

我的论点得到证实：

毁掉人类的是爱情

去去就回

$E=mc^2$

最终的石头

看谁敢最先把它投出去

① 戏仿"死海古卷"——迄今
发现的最古老的希伯来圣经抄本
（旧约），公元 1947 年出土于死海
附近的库姆兰。

尼卡诺尔·帕拉：现实的揭露与讽刺者 *

[乌拉圭] 马里奥·贝内德蒂① 龚若晴 译

* 原文载于马里奥·贝内德蒂文学评论集《混血大陆的文学》（*Letras del Continente Mestizo*），蒙得维的亚：Arca 出版社，1967年，第104-114页。文章写于1963年。
① 马里奥·贝内德蒂（Mario Benedetti，1920-2009），乌拉圭诗人、小说家、散文家和文学批评家，20世纪拉丁美洲最重要的作家之一，作品被翻译成20多种语言。国内出版的其著作有《情断》（中国国际广播出版社，1969）、《让我们坠入诱惑：马里奥·贝内德蒂作品选》（云南人民出版社，1999）和《马里奥·贝内德蒂诗选》（河北教育出版社，2004）。
② 塞萨尔·巴列霍（César Vallejo，1892-1938），秘鲁诗人、作家，一生只出版了三本诗集，但被认为是20世纪诗歌的代表人物。托马斯·默顿称之为"但丁之后最出色的天主教诗人"。

如果不辜负自己的天赋，那些赞美甚至奉承自己所处的环境与时代的诗人往往能一举成名，但也会很快被埋入历史遗忘的尘埃。相反，那些讽刺他所处的地方与时代的诗人，即便同样天赋异禀，也需要艰难地攀登斜坡。他们有时会摔倒或气馁，但那少数走到了顶峰的，便是后世的波德莱尔、庞德、巴列霍②，而且再也没有人有资格遗忘他们。他们有幸成为先知，看似尖酸刻薄，但从深处涌出惊人的精神力量。我知道这样一位讽刺者，一位智利诗人，他几年前就爬上了那座斜坡。我说的就是尼卡诺尔·帕拉。现在就想知道未来会如何对待他是不可能的，还为时过早。但就我个人而言，我有信心，他迟早会登上救世主的山巅。这篇文章将成为我预言的证明。

帕拉（数学老师，生于1914年）现在已出版的诗集数量和他的婚姻一样多，但在这里我只谈他的作品。他有四本诗集：《无名歌集》（1937）、《诗与反诗》（1954）、《悠长的奎卡舞》（1957）与《沙龙的诗》（1962）。前两本反响并不怎么样。卡·波夫莱特（Carlos Poblete）在《智利诗选》中收了帕拉两首诗，并附以这样的嘲讽："肤浅短命的诗歌，就像其他无法在人类的深刻现实中汲取营养的那种诗一样。"1953年的《智利新诗》中，维·卡斯特罗（Víctor Castro）放了三首帕拉的诗，提醒读者"他的所有战斗都是轻浮的游戏，而他同时代的诗人则借助了更强大的理性"并承认自己欣赏"帕拉诗中讨人喜欢的歌者、不关心诗歌内部命运的不那么绝对的诗人。"另一方面，虽然他的前两本诗集获得了诗歌奖，但《拉丁美洲文学词典》却并没有把他编入智利卷中。敏锐且消息灵通的批评家安·因贝尔特[①]在其《拉丁美洲文学史》中只给了帕拉不到半页的篇幅，还精心筛去了哪怕一点点表示赞扬的形容词。

我认为这些批评和诗选的态度来自最初不成熟的、对"反诗歌"攻击性的抗拒。我更认同费·阿莱格里亚[②]、理·拉查姆[③]（"帕拉的诗里有一种深刻的土生白人幽默感：从智利的事物中提炼出来，由尊贵而高超的技巧组织，包含着对日常的开拓和对资本主义世界的嘲讽。"）和 Alone[④]（"他是新诗人中最顽强、笑容灿烂、像花一样、诙谐的一个；他是已经成熟的青年，教养良好、迅猛、有趣、是即时又遥远的幻想者；在他想要的时候制造惊险，他突然、不可预测、永不枯竭、朴素、优美，他带有一种感染性的力量，会让别人感觉更好、受到激励、焕发青春、肺中注入新鲜空气。他就是杰出的尼卡诺尔·帕拉，《诗与反诗》的作者。人们在他旁边便消融或逃离，变得严肃、细致、一动不动、被他的罗盘捕获、充满信心、对好运与不幸都感到羞赧。"）等的评论。

我只去到智利，跟最新一代的诗人（1962 年我曾去过圣地亚哥[⑤]和康塞普西翁[⑥]）交谈，就能确认帕拉的作品在今天智利文学中所具有的意义。确切而言并不是一种"影响"——几十年间聂鲁达带来的那种让人透不过气的"影响"。事实上，帕拉影响的痕迹可见于很多诗人的作品，如埃·巴尔克罗[⑦]、米·阿特切[⑧]、阿·鲁维奥[⑨]、豪·特耶尔[⑩]。可能恩里克·林[⑪]是新一代诗人中最接近帕拉的，佩·拉·萨拉萨尔[⑫]也注意到了这点，但是他与帕拉的相似性只集中在两个方面：叙述特点和口语化的语言。严格上来讲，青年诗人们跟帕拉作品的联系有两个基本点：其一明显表现为在智识上的看重，其二是"反诗歌"代表的一种直觉，用更智利的话来讲——有点反聂鲁达。我有一次在康斯普西翁听聂鲁达讲他的诗歌——在露天环境下，以宗教祷告的语气，面对一批诚恳而入迷的军人。我似乎感受到：对所有智利人来说，聂鲁达是唯一的诗人。

① 恩里克·安德森·因贝尔特（Enrique Anderson Imbert, 1910–2000），阿根廷小说家、文学评论家。曾任教于密歇根大学和哈佛大学。1954 年获古根海姆奖。
② 费尔南多·阿莱格里亚（Fernando Alegría, 1918–2005），智利学者、诗人、作家与文学评论家。曾任教于加利福尼亚大学伯克利分校及斯坦福大学，曾任西班牙皇家语言学院美国地区代表。
③ 理查多·拉查姆（Ricardo Latcham, 1903–1965），智利作家、历史学家，智利语言学协会成员。
④ 智利作家埃尔南·迪亚斯·阿列塔（Hernán Díaz Arrieta, 1891–1984）的笔名，1959 年获智利国家文学奖；他同时也是智利最重要的文学评论家之一。
⑤ 圣地亚哥（Santiago），位于智利中部的中央谷地，是智利的首都和最大城市，圣地亚哥首都大区首府。
⑥ 康塞普西翁（Concepción），智利中部城市，比奥比奥大区首府，也是智利的工农业中心之一。
⑦ 埃弗拉因·巴尔克罗（Efraín Barquero, b.1931），智利诗人，2008 年获智利国家文学奖。曾到访过包括中国在内的亚洲、欧洲、南美洲各大国家。
⑧ 米盖尔·阿特切（Miguel Arteche, 1926–2012），智利诗人、小说家。与巴勃罗·聂鲁达、文森特·维多夫罗等作家同属"50 一代"。
⑨ 阿尔维托·鲁维奥（Alberto Rubio, 1928–2002），智利"50 一代"杰出诗人之一，诗歌创作受米盖尔·埃尔南德斯、塞萨尔·巴列霍及尼卡诺尔·帕拉影响较大。
⑩ 豪尔赫·特耶尔（Jorge Teillier, 1935–1996），智利"50 一代"诗人，受拉丁美洲现代主义影响较大，常在诗歌中处理日常题材。

⑪恩里克·林（Enrique Lihn, 1929–1988），智利诗人、戏剧家、小说家，曾在智利大学教授文学。
⑫佩德罗·拉斯特拉·萨拉萨尔（Pedro Lastra Salazar, b.1932），智利诗人、散文家。曾在纽约大学教授拉丁美洲文学。

对年轻作家们而言也是如此，但他们会（可以说近乎绝望地）抵抗他雷鸣般的压倒性影响。而这便是帕拉巨大的威望所在：很明显，他是第一个跳出窠臼的，他第一个抛弃了聂鲁达大地上令人失望的居所①，第一个成为了不同于聂鲁达的"某人"。

而可能正是聂鲁达先于任何人地预感到了帕拉的价值。1954年他便称："在南美洲所有诗人、贴近日常的诗人中，尼卡诺尔·帕拉变化多端的诗歌凭借坚实的根茎与独特枝叶脱颖而出。这位伟大的游吟诗人，只需一次飞行就能穿越最阴暗的神秘，或像瓷罐般用神赐的精美线条完美歌唱。"②在智利以外的地方想获得帕拉的诗集并不容易。我一直都没能读到《无名歌集》，因此这本书也永远在我的评论范围外。为了找到一本第二版的《诗与反诗》，我在纽约一家专卖拉丁美洲出版物的书店架子上苦苦搜寻了好几个小时。

《诗与反诗》不但让它的作者迅速跻身一流智利诗歌的行列，也是智利诗歌的一次重新展翅。就像红酒一样，让人上头、眼睛发出亮光。自然，这样的震动不是由"诗歌"而是由"反诗歌"引起的。"诗歌"的部分只是展示出一个满怀乡愁的优秀诗人，在韵律上有一定竞争力、爱好某种叙述节奏，只在字里行间暗示了其爆炸性的未来。然而，幽默感才是反诗歌线团中的线头："我与她不曾有过／比单纯严格的礼貌更进一步的关系／不过是词语和词语之间／时而提到燕子"（《遗忘》），"海洋在我们家中被谈论／关于这点，我只知道／公立学校里教过的东西／还有我从姐妹的情书中得知的／偶尔的走私问题"（《向海歌唱》）。但同时也有像《有一个快乐的日子》那样隐藏忧郁的诗，还没有帕拉日后闻名诗坛的那种离经叛道，是能在当时任何抒情诗选中看到的诗："一切都在它的位置上，燕子／在教堂最高的塔楼上／花园里蜗牛和青苔／在石头潮湿的手中。"看这四行诗句，不能说它们激起了一场诗歌革命，但的确可以说写得非常出色。这场革命开始于第二部分的六首诗歌③（最好的也许就是修改多次的《自画像》，不过其攻击性仍然表露得有些做作），一开始显得有所克制，随后在第三部分的十六首诗中变得更加具体，至少包括了三个引人注意的标题：《现代世界的堕落》、《蝰蛇》和《个人独白》。

① 作者化用聂鲁达诗集名《大地上的居所》。
② 聂鲁达的观点引文出自《诗与反诗》内封介绍，圣地亚哥：Nascimiento 出版社，1956 年。
③ 诗集《诗与反诗》分为三个部分，第一部分包括《有一个快乐的日子》、《遗忘》、《向海歌唱》等 7 首诗，第二部分包括《鸽子颂》、《墓志铭》等 6 首诗，第三部分包括《警告读者》、《钢琴独奏》等 16 首诗。

然而，什么是反诗歌？帕拉自己写道："'反诗歌'归根结底不过就是被超现实主义——土生白人的超现实主义，或者你想怎么叫都行——的活力充实了的传统诗歌，我们还是应该从社会学和我们所处的国家、大洲的社会角度处理它，这样它才能成为真正的诗歌理想。还需要说明的是，在反诗歌的场域而言，白日与黑夜婚姻的产儿不是新的彩霞，而是新的诗歌黎明。"以上出自他 1950 年的诗集。晚些时候，帕拉又在定义中加入了幽默感这一要素："反诗歌是与元素的自由抗争，反诗人授予自己说出一切的权利，而不必考虑任何可能形成理论公式的实际成果。结果就是：反诗人将被宣布为不受欢迎的人。反诗歌谈论着梨，却完美地产出苹果。世界不会因此而低头。如果它低头了，那更好，这正是反诗歌的最终目的——给那些腐朽僵化机构的虫蛀基石当头一棒。"

安·因贝尔特曾经这样讽刺反诗歌："（反诗歌）是采用叙述性材料的传统诗歌，是喝了几杯超现实主义的酒之后脑袋朝地摔去。这么四脚朝天地看，日常的世界就显得很怪诞了。"如果按照以上引用的这段阿根廷评论来看，帕拉诗歌中展现的只是一个颠倒的世界，可能除了表象怪异外没什么特别的。但我们得发现：诗人展现的并非"四脚朝天看到的世界"，而是我们认为正常的世界。诗人挑起的新视角照亮并揭露了散布的伪装下最糟糕的疮口。因而这个世界并不怪诞，而是悲剧的，其荒谬显而易见。而谈论梨却出产苹果，也荒谬地成为对世界的揭露。

在美国"垮掉派"诗人中，帕拉的诗歌颇有名气。几年前，我在纽约和伯克利听到诗人劳·费林盖蒂[1]以称赞的语气提到"反诗歌"。同时，正是旧金山的城市之光出版社（出版了肯·雷克斯罗斯[2]、金斯伯格、肯·帕钦[3]、W·C·威廉斯、丹·列维尔托夫[4]、格·柯尔索[5]、罗·邓肯[6]及费林盖蒂本人作品的出版社）在 1960 年出版了豪·埃利奥特（Jorge Elliott）翻译的帕拉反诗歌。帕拉和现在美国新一代诗人的态度确实有某种相似性：深切厌恶 20 世纪奢侈淫靡的混乱价值。但是，除了双方共有的抵抗态度外，我认为还有某种根本性的区别。对比肯·帕钦的一段诗（《街角大学》）：

[1] 劳伦斯·费林盖蒂（Lawrence Ferlinghetti, b.1919），"垮掉派"诗人，著有《心灵的科尼岛》，销售量达数百万册。他也是著名的城市之光图书公司的出版人，该公司出版了金斯伯格的《嚎叫》。

[2] 肯尼斯·雷克斯罗斯（Kenneth Rexroth, 1905-1982），汉语名王红公。美国诗人、翻译家、批评家，"旧金山文艺复兴"的灵魂人物，亦被视为"垮掉派教父"，尽管他拒绝承认。

[3] 肯尼斯·帕钦（Kenneth Patchen, 1911-1972），诗人、小说家，"垮掉派"代表人物之一。在文学创作中融入绘画和爵士音乐，常被与威廉·布莱克和沃尔特·惠特曼相对比。

[4] 丹妮丝·列维尔托夫（Denise Levertov, 1923-1997），美国诗人，一生出版了 24 本诗集，另有文学评论与翻译集。曾获美国诗歌学会颁发的雪莱纪念奖和弗罗斯特奖章、古根海姆奖。

[5] 格雷戈里·柯尔索（Gregory Corso, 1930-2001），美国垮掉派中最年轻的诗人，垮掉派运动开创者之一。少年犯在监狱里自学成才，早期诗歌充满无畏与天真，大受欢迎，中年后诗风渐成熟。其人狂放，从不妥协。

[6] 罗伯特·邓肯（Robert Duncan, 1919-1988），美国"黑山派"诗人之一。一生大部分时间都在旧金山度过，对该地区文化活动与文学流派有较大影响。

"明年墓草将覆盖我们。／现在我们站着，大笑／看女孩儿走过／赌马押给最慢的那匹，喝着廉价啤酒／我们不做任何事，不去任何地方，不成为任何人。"与这位智利诗人的《现代世界的堕落》："我承认一场精心设计的地震／能在几秒内结束一个富有传统的城市／一次彻底的空中轰炸／摧毁树木、马匹、宝座、音乐。／但这一切有什么关系？／当世界上最伟大的舞者／死于贫困，被遗弃在法国南部一个小村庄／春天将消失花儿的一部分归还给人。"

"垮掉派"的成员和帕拉一样见证了人文的衰落，但前者不被认为是传教，而是现实的手下败将；智利诗人则动用了浑身的攻击性来尝试说服、来改变这个他厌恶的现实。"对抗世界的毁灭只有一种手段：创造的行动"，肯·雷克斯罗斯这样写道，但"垮掉派"的反叛似乎在这样的创造行动中就停止了。在帕拉那则正相反，创造行为变成了攻击，或者说反叛在创作中被确立（但并不包含在其中）。当"垮掉派"的诗歌散发出忍耐的苦涩无力、被迫的黯淡顺从时，帕拉的诗歌则拉响了警报。费·阿莱格里亚谈到帕拉时这样写道："他看待世界的眼光包含了某种深思熟虑后的简化，是对现代衰落特有而直接的概括。他卸下武装是为了突出某些动作、行为、想法并在无意义中将之表现出来。他的世界是一个充满错误的世界、一个以智力为特征开启的荒谬悲剧。帕拉被认为是明晰派的诗人。什么是明晰？清楚地意识到世界可能是什么样子的、人类是多么无力、牙齿掉光、还秃顶。也就是说，明晰是看清讲经台后的十字架。"

帕拉签书赠特奥多罗

我认为帕拉是从一个特殊的诗歌概念出发构思"反诗歌"的。说"反诗歌"是代表了一种文学上的无神论境况，代表对诗歌的否定而它最终的意义就是展示自己存在，这样的结论过于简单。其实，对诗歌的否定是诗人看到的整个世界而非仅仅他的视角本身。帕拉提出"反诗歌"来用自己的武器抨击这个世界，来在自己的领土上战斗。他的态度与颓废派诗人正好相反，因为颓废的病毒不在于持续而微妙的旁观习惯，而是在被观察的节目中。假如诗人是颓废的，那颓废本身并不会让他反感；而让他反感并挑起争端则正是因为他的自然冲动渴望前进。因此，偶尔的嘲讽（"我建议我们尽量快乐，吮吸着人类的可怜肋骨。／我们从中提取更新的液体，／

每个人依据自己的个人倾向。"[《现代社会的堕落》]）以落魄的词语覆盖真正的焦虑并不重要，根本的不是人类肋骨的疼痛，而是存在更新的液体。

如果想要重现与帕拉的诗歌同样深度的真实，幽默就是去九法。例如，当一个"垮掉派"诗人屈尊使用幽默，听起来就有点浮夸，有点不真诚，因为他觉得人类就是沮丧且令人沮丧的。与之相反，在帕拉那儿幽默是更有效的行为：如果他笑了，是因为他在其他方面有信心，是因为他把所有希望的资本都投入一家能给这个笑容提供理由的公司。请注意：诗人不嘲笑人类最好的本质，而是嘲笑大型的欺诈诡计、智慧的虚伪、不洁者所谓的纯洁。他知道他的同代人不会迷恋于被影射，而会在他写作时站上他的肩膀观看："对于作品可能引起的不适／作者概不负责：／即使读者感到烦扰／也必须始终满意。／撒伯流除了是神学家，也是一位杰出的喜剧演员，／在使三位一体教条／化为灰烬之后／他对他的异端学说负过责吗？"（《警告读者》）

饭后闲谈（2009年英译版）

帕拉的第三本书是《悠长的奎卡舞①》。第一次读的时候想从中认出反诗人是很困难的，尤其是如果读者认为帕拉是一个宇宙的否定者。某些诗歌评论习惯将帕拉简化成这种反抗的表象，在这种表象中有一些标签：朝这边是天使，朝那边是恶魔。在帕拉身上这种标签是无效的。确实《悠长的奎卡舞》的外包装出名且作用显著。但是，当反诗人被塞入这个杯子中会发生什么？很简单，这样："一些人喝酒为了解渴／另一些为了忘记债务／我是为了看到蜥蜴／和星星中的蟾蜍"（《酒杯》）。不过，这样的插入也是不必要的。"我为天堂举杯／我为凡世举杯"（《为人与神举杯》），作者说。很明显，有些时候举杯的是反诗人，但其他时候是诗人——朴素而坦率。"没有我无法拥有的女人／我的祖父说／一个月亮在地上／另一个在天上"；"我在波特苏埃洛出生／我在尼安科长大／那里羊驼／在白葡萄酒中游泳。／我死在圣维森特的／河滩里／那里教士／飘浮在烧酒上。／纯正的烧酒／奇恰酒加水／一个老人死去／两个娃子诞生"；"打喷嚏不是笑／笑不是哭／香菜很好／但别要太多。"（《悠长的奎卡舞》）这是最直接的快乐，真正的民间的

① 奎卡舞（La Cueca）：智利特色传统舞蹈，或译为"昆卡舞"，1979年智利政府将之确立为国舞。

诗。难道"反诗歌"的攻击性减弱了吗？我不觉得。只不过帕拉现在在他的同类中了。在咒骂了世界的冷眼旁观和装聋作哑后，诗人再次感到自己回到同类中。他从令人疲倦的憎恶中放了个假，养精蓄锐。费·阿莱格里亚比任何人都更看清这点："尼卡诺尔·帕拉凭《悠长的奎卡舞》取胜，在柳树下、在枝条中，在水渠和铁路线旁，是因为奎卡舞者把他当成自己人：他们承认并欣赏他的放荡不羁、对美食的欲望、喧嚣的痛苦、对资本主义机构血淋淋的讽刺。"

按照帕拉的说法，可以说他最新的诗集《沙龙的诗》是"反标题"。里面什么都有，就是没有沙龙。诗人回到了他的反诗歌语境中，但也清楚地知道这次休假让他有所收获。在呼吸了乡村令人复苏的纯净空气后，在对酒而歌、脱去了吟游诗人的装扮后，帕拉重新看向了那个不属于他、曾让他觉得死气沉沉的世界。世界没有改变，依旧在荒谬中逐渐风化。然而，诗人改变了（或者说反诗人，抱歉，这不是一样的吗？）：他更加平和，这是因为他更加坚定了；他不再发出尖利声音，是因为更清楚地认识到了自己的语言装备。而且，这次改变也可以用幽默值来衡量。从希望到确信的转变让他更多使用也更好地使用幽默。"事物如果不改名／诗人就不信守承诺"（《改名》）。幽默是带来这些改变的撬杆。"上帝自己必须改名／让每个人都能随意称呼他／这是私人问题。"（《改名》）一点微小的尖利声音并不意味着怯懦："我不介意／自找麻烦"（《警告》）"反诗歌"中几乎没有大段的叙述，在《我想到了好办法》、《黎明聚会》和特别有意思的《调情对话》中，叙述都是相当简略的。这本诗集中，超现实主义在更加智利化了，去掉了一些欧洲的元素。《松散的诗行》中有一种纯净的状态，《新闻纪录片1957》中有一种有秩序的混乱状态，后者可能是这本诗集中最好的诗。从一触即发的《安第斯山脉万岁》到全书高潮的《葬礼演讲》有一种持续的意象创造，连锁反应、映像、老旧词语中一种未经编辑的相邻关系。此外，还有一种能解释标题的自我控制，它引领诗人在对常规抱以嘲弄般恭敬的完美表皮下说出最反传统又最闪耀的咒骂。实际上，这是置于沙龙中的战壕。从今日起即可宣告：本次入侵后，沙龙将不再如往常。

（附）　　　　　　　隐藏中的英雄

［美］哈罗德·布鲁姆　龚若晴 译

到九十岁时，尼卡诺尔·帕拉作为风格独特而极具重要性的诗人已有七十年了。

智利诗歌的辉煌传统可以追溯到西班牙诗人阿·德埃尔西拉[①]。他虽然是敌人，却也记录下了 16 世纪 50 年代末智利阿劳坎人[②]如何英勇地反抗西班牙人入侵。几个世纪后，米斯特拉尔（Gabriela Mistral）、维多夫罗（Vicente Huidobro）和聂鲁达（Pablo Neruda）创作了杰出的诗歌作品，也使帕拉不得不辩证地与他们保持距离。帕拉以出色的讽刺灵巧地嘲笑了影响的过程，并且拒绝成为另一个聂鲁达。同时，他追溯并继承了阿里斯托芬和卡图卢斯的文学脉络，以拉伯雷为中心的诗人维庸（François Villon）、斯凯尔顿（John Skelton）等也曾是这一脉络的继承者。另一方面，他在一定程度上吸收了惠特曼的影响，但也以破碎的音调和不回避民间传统的方式避免了他过于宏大的形式。

我读帕拉的第一首诗是《青春记忆》，是我朋友威廉·默温翻译的。这首诗让我着迷了很长时间：

> 我想着晚餐时看到的一块洋葱
> 以及将我们和其他深渊分开的深渊。

这首诗让我想起易卜生在《培尔·金特》中将灵魂比作洋葱。那时我还读了《隧道》——一首狂暴而令人着迷的诗，也由默温出色地译成了英语。默温本人也是当代美国的伟大诗人，比起庞德或艾略特，他更接近帕拉。每次我阅读他的作品，他都已经发生了改变。在这个意义上，帕拉无疑是他的老师之一。

我最喜欢帕拉的诗歌之一是《诫碑》（"Las tablas"）。这首诗既好笑又歹毒。它对我自身的阴暗揭示使我无法平静。我不知道还有什么形态比摩西十诫碑更原初。可能对于帕拉来说，西奈山的石头象征着聂鲁达、米斯特拉尔和维多夫罗的力量。

① 阿隆索·德埃尔西拉（Alonso de Ercilla, 1533–1594），西班牙军人、诗人，参与了西班牙在"新大陆"的开拓，留有记载了土著人反抗行为的作品《阿劳坎人》。
② 阿劳坎人（Arauco），南美洲土著印第安人，主要分布在智利与阿根廷。

我如何能不崇拜帕拉最优秀的诗歌呢？他是一个隐藏中的英雄，在他心里有一张不良阅读的地图。他反叛智利诗歌，反叛马克思或弗洛伊德，明确讽刺与讽刺间的界限。他既是一个真正的开创者，又是影响的焦虑的不朽同谋。

作为一个信奉诺斯替主义的犹太裔美国文学评论家，我不相信自己能理解帕拉的一切。但我坚信，如果说"新大陆"至今最有力的作家仍是沃尔特·惠特曼，那帕拉将作为"黎明大陆"不可或缺的诗人与他携手。

时至 2005 年，诗歌的作用是什么？当美国已经神志不清地加冕了大财阀——幸运的是他太无知了而不能公开成为法西斯主义者。智利有它的黑暗时代，现在轮到我们了。美国还有在世的优秀诗人，其中有佼佼者如约翰·阿什贝利。但我们没有一个诗人像帕拉一样反叛、不敬而有说服力。

在这样糟糕的时代，在左派和右派为了意识形态对抗而共同牺牲想象的自由时，我们应该认识到帕拉为保持人性形象所作的贡献。帕拉为我们找回关注自身与他人的"个性"，而不是对自己与他人都漠不关心的"个人主义"。

智利总统巴切莱特在帕拉一百周岁时拜访他（2014）

莱文诗选

[美] 菲利普·莱文　宇　舒　译

最后的话

如果那只鞋从另一只脚上掉下
谁将听见？如果门
在一片纯粹的黑暗之上打开
而且它没有梦呢？如果你的生活
以一本书在半空白页中
完结的方式完结，而幸存者
去到了非洲，而且疯了呢？
如果我的生命在 1964 年
的晚春，在我沿着山路
独自回来的时候结束呢？
我对自己唱一首老歌。我学习
雪在冷杉深深的阴影中
保持灰色、潮湿的方式。
我好奇那辆自行车下了高速路
是不是能安全地藏起来。那条
黑色、刮风的路往上，离开
瀑布，有一个山谷，我在

[诗人小传及简论] 菲利普·莱文（Philip Levine, 1928–2015），出生在密歇根州底特律一个俄国犹太人移民家庭。在一个政治之家中长大。1950 年获得了维恩大学（现在的维恩州立大学）的文学士学位，然后在汽车厂的装配线工作。1955 年，他接受了一个爱荷华大学教书的工作，1957 年他在那里被授予美术硕士，从此，他就以教诗歌挣生活，主要在加州州立大学和塔夫大学。

有三十多年，莱文都为美国工业城市的男人们和女人们发声。莱文自己解释："我看到和我一起工作的人们……在某些方面是沉默无声的。""就美国文学而言，他们并没被听见。没人为他们说话，……我将为他们说话，而这将是我的生活。而非常确定的是，我这样去做了，或者说，无论如何，我去努力了……我至少希望我有力量去一路坚持这件事。"

从莱文的第一本诗集——1961 年的《在边缘》（On the Edge）开始，他的诗歌变化一直很小。尽管他的诗行从传统的韵律到了更加自由、更加开放的韵律，也变得越来越抒情，越来越少于叙事，他的主题却很大程度保持着一贯性——个人的、政治的、精神的和具体的混合。他对束缚着人们生活的政治和经济力量的愤怒主要体现在 1972 年的《他们喂养，他们是狮子》（They Feed They Lion）、1974 年的《1933》、1976 年的《失落者的名字》（The Names of the Lost）。另外一个重要的主题是西班牙内战，而这，就如赫伯特·莱博维茨在《纽约时报》书评中评论的那样："对他来说体现为……一种在仅有的几天里成功了的、堂吉诃德式的、隐示着一个应该是怎样的真诚的平等主义的社会里人民的崛起。"他对这场战争最著名的描述包括《给陷落者》（For the Fallen）、《弗朗西斯科》

那儿生活了半生，幽暗、鬼魅
又平静。我怀着感激叹息
然后我感觉到一阵奇怪的
苦痛，从我的后脑勺升起
然后我的眼变暗了。我朝前弓起背
把我的手掌放在一些粗糙的东西
之上，黑色的沥青或者一片残株
而这动作，就是一个忏悔者
带着他对暴行的认识
站直前的动作。因为
那个时刻将继续让所有装在
小口袋里的脂肪和油燃烧，
而那些脂肪和油，就是灵魂。
我就是伸进我手指
最远部分，甚至更远
的灵魂。像十根蜡烛
在夜的拱顶，为那些能够
看见的人烧灼，即使
是在午后的 12：40，我
从黑暗里，来到如此猛烈的
阳光中，汗水向下流
流进了我的眼睛。我没有飞起来。
一阵风，一只迷路的动物，一队
孩子，将我拖进路的
一边，将我推翻，以至
我睁开的眼睛里涌出了天国。
我的衣服离开我
飘掠过道路，向外膨胀成
任意形状。释放得让人
眼花缭乱。我的钱币，我的戒指
房子的钥匙，像冰一样

破碎，掉进了山间的

荆棘、草和让你觉得

你所见一切中均有魔法的

小的亮点中。不，不可能，

你说，因为有人在以一种

你了解的嗓音，对你平静地说。

一些活着的，自信的人将这

每一个词放下，确切地安在了

他希望它们在书页上的位置。

你已经数年活在背弃中，

活在公众的谎言中，活在

雪一样飘落的死亡中，那死亡，落到

任一被它选中的脑袋上。你不是个孩子。

你懂得真实的事物。我

在这里，如同我过去一直的那样，忠实地

面对说话的需要，即使所有

你听见的，都只是一阵轻风

弄痒你的耳朵。也许。

但是，如果那束干燥的

叶子和污垢不是污垢

和叶子，而只是被耗费的

成为人的愿望呢？停车，

熄灭引擎，然后站在

超越你生活的沉默中，看看

草怎样反射火，风

怎样骑上山坡，平稳地

吹向你，直到它汹涌进

你的耳朵，如同来来去去的

呼吸，从血液、词语，和

否定之无物的束缚中，被释放。

（Francisco）和《我将带给你红色的康乃馨》（I'll Bring You Red Carnations），他也在《父亲》（Father）、《给弗兰》（To Fran）、《我和我的儿子》（My Son and I.）等诗中唤起他对家人和朋友的经验。

在他整个的诗歌生涯中，他都拒绝刻意的诗歌语言，摒弃修辞学，因为这会让他的读者从他认为他的诗歌所特有的内容——找寻生活的真谛上分心。一些评论常常因为莱文诗歌的诚实赞扬他。另一些评论，尽管他们非常钦佩他个人的正直和他情感的力量，却质疑他所写的是否真的能和散文区别开来。

莱文因为他 1979 年所写的《灰烬》（Ashes）获得了美国国家图书奖，因为《灰烬》（Ashes）和 1979 年所写的《来自某地的七年》（7 Years from Somewhere）获得了全美书评人奖。他此后一直教书，有时在纽约，有时在加州。（宇　舒编译）

任何一个夜晚

看，桉树，阿特拉斯松，
正变黄的灰尘，所有的树
都走了，而我比它们全部
都老。我比月亮老
比注满我底片的星星老
比在这个没人想要的岁末
挤在这里的，看不见的
行星老。一年又一年，
这些年，麻雀学会
向后飞，飞进永恒。
他们的兄弟姐妹看到这，
拒绝建巢。在这周
结束前，它们全部
都会走。每个夜晚
充满我院子、溢进我厨房
的爱的合唱，将会离开。我将不得不
学着，用纯粹欢乐和纯粹苦痛
的嗓音唱歌。我将不得不忘记
我的名字，我的童年，在闹钟冷冷统治下的
那些年，已让这嗓音，撕碎了的、破裂的嗓音
能到达那曾经遮蔽了橘子树的低山。当寒冷
飘进来，我将站在后面的
门廊，唱歌。不为欢乐，
不为爱，甚至不为有人听见。
我将唱歌，只为黑暗能扎根，而且
不管留下的是什么，掉下来的果实，最后的
叶子，困惑的松鼠，离家很远的

丢失的孩子，都能够相信

这是任何一个夜晚。那男孩

独自走着，什么也没想，或者

对着月亮和星星背诵着

他最喜欢的名字，让他

找到他今天早上离开的家

让他听到风肆虐的嘴里

发出的祈祷。

让他重复那祈祷

那祈祷说夜连着白天

生活连着死亡，让我们及时

找到我们的生命。不要让他看见

所有离去的事物。让他爱

黑暗。看，他也跑着

唱着。他应该能快乐。

贝拉岛，1949

春天第一个暖和的夜晚，我们脱去衣服

跑进底特律河

在有着汽车部件、死鱼、偷来的

自行车、融化的雪

的盐水里，洗礼自己。我记得在水下和一个

从未见过的，波兰的高中女孩儿

手牵手，当时，我们的呼吸发出很大的声音

寒冷之上都能听见，且穿过层层黑暗升起

进入到最后的，没有月亮的空气中，而

那空气，就是整个世界。女孩儿

跟着我，打碎冰面，游出

没有星星的水，游向杰弗逊大道

的灯光，而旧火炉厂的烟囱

眼都不眨。

最后，回过头来看，完全没有岛

只有一片完美的、平静的黑暗，直到

看得到东西。然后，一束光

又一束，在前面低低地骑行

带我们回家，或许是矿石船，或许是

独行的吸烟者。气喘吁吁地回来

回到灰色的粗糙的海滩，我们不敢

站上去，一堆湿衣服。

肩并肩，沉默着，穿好，

回到了，我们的来处。

很晚的光（选一）

雨每年一次

充满街道，几乎涨到

门和窗台上，猛击

墙和屋顶，直到

清走我们做过的

弥撒。我的父亲

告诉我这，他告诉我雨

奔到市中心，溢进

河流，最终轮到河流

被耗尽，注入海洋。

他只说过一次这个

那时我坐在他的

椅子扶手上，凝视着外面

三月的雨飞奔而过时

灰色的雪正在融化的

堤岸。那天剩下的所有
被带到童年，带到虚无，
或者，也许，在思想的
一个微小角落
坚持着的某个部分。
也许是一块撒胡椒粉般，撒向前院的
炉渣的硬块，粘贴在
旧杂草的晶石上，或者
路边的混凝土边缘上，
然后用它的方式，在春天
带来的新的成长下回来，
依然是庭院的
一部分。也许落在远处
房子上的光，变成了那些
房子，在薄暮中弓下来
如同远处山坡上
吃着草叶的绵羊，
或者在黎明破晓时
给屋顶镀一层金，直到
它们在新的重量下吱嘎呻吟
或者雨后，从漂洗过的白色
铝壁板上，举起水汽的光环，
而那些房子，和它们内部的
一切，那一天
都活在天国之光中。

仁　慈

83 年前，将我母亲载往
埃利斯岛的船叫"仁慈号"

她记得试着吃一只香蕉
开始没剥皮，在一个年轻的苏格兰
水手手里，看到她的第一只桔子
那水手让她咬了一口，用一张大手帕
替她擦了嘴，然后教了她这个词
"orange"，非常耐心地说了一遍又一遍。
一次悠长的秋日之旅。当夜晚来临，
白天变黑，如同平静下来的黑色的水
直到，没有了冲向造物角落的界限，
她的眼睛什么也看不到了，什么也无法
区隔。她用俄语和意第绪语祈祷
在纽约找到她的家人，但祷告
没被任何在她醒来前，扫除
黑暗之浪的力量听见（那力量，在天花
肆虐于乘客和船员之时，死者被念着
祈祷文，一种她不全懂的语言
葬于海水时，仍让"仁慈号"
飘浮于海上），或者
被误解了，也可能被忽视。
"仁慈号"，我曾在发黄的书页上读到过
我曾住在第42号街道图书馆
一个没有窗户的房间，在游客
上岸之前，有31天都隔绝于世，向着海
坐着。在那里一个故事结束了。其他的船
来了。"坦克雷德号"从格拉斯哥出来，"海神号"
注册成丹麦的，"翁贝托四号"
名单继续了好多页，十一月
让位给冬天，海鸥打着这异质的海滨。
从皮埃蒙特来的意大利矿工
在宾西法里亚西部城镇的下面挖
只为重新发现那与他们离家时

相同的梦魇。一个九岁的女孩整夜

坐着火车旅行，只带着一个箱子和一个桔子

她了解到仁慈是一种你可以一遍又一遍

吃的东西，而汁液溢出

你的下巴，你可以用你的手背

把它擦去，永远也不会够。

我歌唱肉体的电

人们麻木地坐在柜台前

等早餐，或等服务。

今天，在康涅狄格州的

哈特福特，*距离华莱士·史蒂文斯*

最后的死 25 年以上。

在三月初的星期天早上，我从寒冷

和大风中走进来，而且我

看起来像哭了，但我只是

冻僵了，没剥皮。女侍者

用破裂的杯子给我端来了热茶，

很快，茶弄得我报纸上到处是，

所以她重新斟满了茶。在

《纽约时报》上，我缓缓地读到，

在爱荷华州、米苏拉市、里诺市①的

郊区、休斯顿的购物廊里，诗歌死了。

我们都应该去到无名诗人

的墓穴，当雨，使我们的

笔记本布满条纹，或者，代表着

在我们父亲们丢失了的书里

刮出的冰冷风里的时光

时，或者至少，直到我们

① 里诺市：美国有名的"离婚城市"，在内华达州西部，凡欲离婚者，只须在该市住满三个月，即可离婚。

怀念的天空

不再能握住我们的铅笔时。人们一直
进进出出，他们中有两人记起
威利·培普和桑迪·萨德勒①之间
很棒很肮脏的打斗，小小的白色的完美
和红色格子后备箱里的死亡之间的打斗
我想要告诉他们我看了
最后一场拳击。我和印度支那
法国军队的两个逃兵，骑车
去了扬基体育场，回来
是和一个醉酒的神父。
来去的路上整个火车都充满了
小便和呕吐物的味道，但没人
愿意相信我。这是
真实的传说，最好留到死。
穿着我黑色的雨衣，我回去，走出去
进到灰色的早晨中，想激
北因登尼提大道上的车
来撞我，但这个点儿，没谁
想惹麻烦。我经过了
一个大洲，带给这些市民
雪山之诗
锻制绝望之诗
他们没听说过
也不会相信的，战争幸存者之诗。
在这冬末的风的隧道中
没有什么是活着的
除了冬天最后的狂暴。
从异乡人的家中，猫自以为是地
凝望，而巨大的晕眩的天空
缓缓地下沉，像一块

① 两个拳击运动员。

布满小的黑云的大黑云。

一 切

近来，风燃烧着
最后的叶子，傍晚
来得太迟，以致
已没什么用。近来我知道
一年已经把它的脸
转向了冬天，
我说什么，做什么
都已经不能改变任何。
所以，在一幢空房子里
我很晚才睡，太阳
升起后很久才醒来，
在布满灰尘的门厅里走
坐着，听风在屋檐里
吱嘎吱嘎地响
在这座旧房子里
高视阔步。我说
明天将不一样
但我知道不会。
我知道白天变短了
当太阳汇集在
我脚边时，我可以进入到
那个神奇的圆圈
而不会被烧伤。所以
我拿上了几样重要
的东西：我的书，
我的眼镜，我父亲的戒指，
我的画笔，把它们放在旁边

放进一个棕色的袋子，然后等——
有人为我而来。
一个我从未听到过的噪音
说着我的名字
一张脸压在窗子上
像当世界交出我时
我把脸压在窗子上一样。
我一定要看看这是什么
它如此爱的。没有什么
有时间给我看
一片叶子怎样从水里纺着
它自己，而水怎样哭着
它自己，入睡，为
每一种人类的饥渴。现在
我必须等待，必须安静
不知道的都不说，
没有一遍遍
经历过的都不说。
这就是一切。

简单的真理

我买了一美元半的小的红土豆
拿回家，连皮儿煮了，
晚饭就着奶油和盐吃了。
然后我走过小镇边缘
干涸的田地。六月中旬黑暗中坚持着的
光亮，在我的脚上犁出浪迹，
山中橡树高高的头顶上，鸟们
因为夜晚而聚集，松鸦和嘲弄者

来回地嘎嘎叫着，鸟雀仍猛冲进

灰扑扑的光亮中。卖给我土豆的女人

来自波兰；她是我童年之外的某个人，

穿着粉红色的、有闪烁亮片的毛衣，戴着太阳镜，

夸自己路边摊上的水果、蔬菜

绝妙无比，甚至催促我品尝

那个颜色苍白的、用尽一切方法运来的生的甜玉米，

发誓那是新泽西来的。"吃吧，吃吧"她说，

"即使你不吃，我也说你吃了的。"

一些你一生

都懂得的事物。它们是如此简单、真实，

必须不考虑优美、格律和节奏地说出

必须放在桌上，放在盐瓶子、

一杯水、镜框阴影里集聚的

光的缺席中，必须

裸露无掩饰、单独地说出，它们必须代表它们自己。

我的朋友亨利和我 1965 年一起发现了这，

在我离开之前，在他开始杀掉自己之前，

在我们俩背叛我们的爱之前。你能体验到

我所说的吗？它是洋葱或土豆，一撮

单纯的盐，大量融化的奶油，它是显而易见的，

它停留在你的喉咙背后

如同一个因为时间总是不对，而从未表达出的真理，

你剩下的一生，它都在那里，不会说出，

由我们称作泥土的脏东西、我们称作盐的金属构成，

以一种我们无以言表的形式。而你依赖它而活。

在书的边缘 *

[法] 埃德蒙·雅贝斯　尉光吉 译

两本书 **

I

……想想，最后的时辰，并不一定就是终结，而或许是遗言的时刻。

舌头的抛弃——哦，荒漠——拒绝言说，拒绝书写——哦，书的破产。

撕碎白纸是为了不再被它的空白折磨。

词就是一只嗡嗡作响的虫子掉进了一张辛勤织成的蛛网。

白纸是那灵敏贪婪的类人动物身上保留的沉默空间。

"要留心空白"，他说，"空白里藏着贪婪的怪物。"

"吞噬是它的座右铭。"

哦，书之祭。烈火。烈火。

搁浅于荒岛，受困于饥渴，遇难者能做什么，若不是持久地燃起一团哀怨的大火，那是其被人发现的渺茫却又不乏希望的可能。

那么，对作家而言，到了生死存亡的边界，用其点燃的火焰来

* 埃德蒙·雅贝斯在相对完整的作品《诗全集》《问题之书》《相似之书》《界限之书》外，还有各类散文文字，该辑中的作品就是从他其余各类散文中精心遴选辑成。

** 以下二篇译自《两本书·鹰与泉》。

摧毁自己的著作，是不是他们在虚无中标出其在场的唯一所能的办法了？

真正的言说来自预言。

为了替代灰尘之声，一种声音，须在沙中，同时团结世界与人。

在每一本读过的书中，都有一本无人将会阅读的待读之书。
每一场死亡都来得太早。

沙滩是书的纸页。
海洋是风的惊愕。
潮湿是无限者的边界。

"失去其造物的踪迹后，神没有任何记忆。
而人，并不后悔自己未认出神"，他说。

书挑战一切信仰。

每一次告别中有那么多告别。
为遮盖这一丝灰烬，竟需要那么多灰烬。

在夜幕的边境，无人再问阴影，它从何来，或它是什么。

　　II
书中，缺席的你，气喘吁吁，追问你缺席的惊人之书。
每一次在场都在词中。

"谁认得我？"导师问他的弟子。
"无疑，是书。但它沉默。"

"神乃无限之缺席，唯有如此，他才存在"，他说。

"一个不公的主人怎能判定公正？"智者说。
"啊，我们中有谁，胆敢声称：**我即公正。**"
他压低声音，继续说：
"神，无疑，不也问过自己同样的问题？
"从此，他成了我们的神。"
主人对客人说：
"你找得到你的位置吗？"
"我的位置在哪？"
"在你灵魂的中心。"
"我如何抵达那里？
"在我看来，为了发现那个位置，整整一生，好像还不够。"
而主人说：
"你已赶到那里。在你神圣的苍白中，我猜到了它。"
"把自己分成两半，我直直地，站在你面前。
"这一半，是我；那一半，还是我。中间，什么也没有。"
而主人说：
"那就是你的位置。"

"我的桌上"，智者说，"放着两本书：神的书，我的书。
"神拿走我的书，而我，拿走另一本。"

鹰与枭

对于精神，真理是怎样的慰藉；可一旦瞥见了它，又是何等的痛苦。

真理无所分享。
它，从本源上，已被分享。

分享有待辩护。

"你所命名为**真理**的东西",他说,"是碎片中的真理。

"每一片,都是它的。

"脱离了整体,这真理的悲惨的碎片不过是伤口的言语。

"为这真理活过,我们也会因它而死。"

"我从遗产中收到的",他写道,"是对一本书的期盼。

"遭到毒蚀的遗产。从此,随着我的每一部著作,正是这一丝期盼在消散。"

他继续写道:"书写所耐心开辟出的路,只是那徒然维持的希望的缓慢垂危吗?"

书写是沉默的行动;这行动把自己完好地献给了阅读。

不仅要依恋意义,你更要依恋那塑造了词语的沉默。

你会更多地了解它和你,前者和后者,不过是倾听。

有限者:一切不复之物。

无限者:一切**复增**之物。

思考沉默,某种意义上,就是使之喧哗。

沉默并非软弱。相反,它是力量。

忽视沉默才是言语的软弱。

如同一个瞬间之于其后的瞬间,书中的词,只能被其后出现的词阅读;阅读一本书,或许,只是在引诱未来的一次天真的阅读。

认识的单纯仍不认得自身。

保留这样的单纯。

哦,最初知识的智慧。

无人可以书写漂泊：唯有漂泊书写自身。

漂泊着，我即书写。

一封信的踪迹。

如果思想只是非思想的懊悔；一次愧疚的供述？

书写，就是在白日和黑夜里看得同样清楚。

鹰与枭。

晨光中的鹰：**作家**；夜幕里的枭：**言词**。

在同一道无限的目光中融化。

声音，如同气息，划定了言语空间的界限。外部的生命的空间。

言词的空间就是书的无边的空间；从它离开黑暗的时候起，夜就加入了白日。

哦，幸存。

言说，就是迎合可以交流的事物。书写也是如此，但它苦恼于不可交流者。

思，或许，不过是同思想一起漂泊。

思者知道，他全部的财产只是道路，而他的明天，只是未知。

"要是有人问我，所有的奥秘里，哪一个永不被人看透，我会毫不犹豫地回答说：**显而易见的那个**。"他写道。

如同合上一本书，我的生命，有朝一日，也会关闭，相信在这关闭里，总藏有一件宝物。

在其有助于我们之处，每一次占有都让我们失落。纸。纸。

让我们存在的东西，比我们之所是，更加地致命。

人失去的只是自己。

锁链之点，清晰可见。

手认得其界限。而纸，连对界限的构想也没有。

对视界来说，过分地临近就是视界。

只同一只翅膀的拍打相连，只同翅膀飞越的温暖空间相连。
透明，未投下任何阴影，天空或大地，不知如何留住思想。

你可希望，借着一条墨绳，笔直地固定思想的界限？
波动不定，这是生死的边缘。
界限，在我们之下，无限地层叠，如同阶梯，一本练习簿上少
年笨拙的语句。

界限模仿界限。
只有假造的空间。

对一个开端的欲望*

"……一本——他说——我不会写成的书，因为无人可以写成，
它是一本书：
　"——反对书。
　"——反对思想。
　"——反对真理，反对词语。
　"——那么，一本书，当它成形之际，它便破碎了。
　"——反对书，因为书没有内容，只有它自己，它是无。
　"——反对思想，因为它无法思考其整体，更不用说无了。
　"——反对真理，因为真理是上帝，而上帝逃避思想；那么，

* 以下二篇译自《对一个开端的
欲望·对独一终点的恐惧》。

反对真理，反对在我们看来依旧是传奇的东西，一个未知的量。

　　"——最后，反对词语，因为词语只说其所能之寥寥，而这寥寥就是无，只有无才能表达它。"

"然我知道：

"——书依靠那本试图毁灭它的书而写成。

"——思想凭借那个垂涎其位置的思想而思考。

"——真理通过已逝的时刻和将逝的时刻而到来。

"——正在消失的词语揭示了随之消失的人的悲苦。"

向光告别。安详的夜。黑色是永恒的颜色。

正如鲱鱼搅乱水的世界，记忆唤起了阴影。

用我们的观念打造一艘干净的木筏，将之浸没。

思考起源，这不首先是对起源的一个检验吗？
对一个开端的欲望。

（啊，这书，这将属于我的书，如我的心与眼，如我的手与足。
这填补我思想的书。
但若有人问道："你在思考什么？你看似如此专注。"我定会回答：
"无。"
这无，我唯一的书？）

若如赫拉克利特所言，"闪电创造了世界"，我们或可以说，创伤创造了人。

正像星辰已从夜的深渊中升起，二十世纪后期的人，已从奥斯维辛的灰烬中诞生。

不要阻断河水的进程。
让水的梦来决断。

纵然干渴，远避污水。
你会因其浑浊的透明而知晓。
它拥有不洁者的一切清澈。

显象，一如它驱逐的空虚，令人不安，因为它烦扰它已经遗弃
的真理。
明亮的星，总和它们的过去相冲突。
闪烁的虚无。

一次观看，不知其时。
视野的记忆。

冰块只是受到寒冷惊吓的一定量的水。
那么，它只有一个存在的原因：该它来冻结某物了。

在死亡的门槛，我们忧虑的并非灵魂的未来，而是肉体的姿态。

灵魂是一只长着斑斓羽翼的遗忘之鸟。

一本书向我们展示什么？——首先，是作者的不幸。然后便是
他的无耻。

蛇是一个被如此描绘的词，它不禁要沿着自己的阴影爬行。
残酷的羞辱。
难以容忍。
然其毒液——复仇。复仇——让其顺应生命。

死亡夺走了一只鸟本有的飞行之器官。

它必须如此高远地飞入夜空，以至于它的双翼——脆弱的生命之翼——如今变得无用，它滚圆的、睁大了的眼睛也显得多余了。

紧密的纽带，无贮存着无。
美梦被抹去了，哦，河堤已经淹没。

浇灌我们的，亦有淹没的角色和任务。
缺失的客观性。
但每个瞬间都把心灵和断然的否认对立起来。

接近宇宙的一个可能的途径只是接近可能者。
在这里，不可能者遭遇了不可想象的永久问题，一个一直在逃避的重要问题。
总会有一种不可能，一种被可能性瓦解了的不可能。

如果我们衣着温暖，我们就不惧怕寒冷。如果我们赤身裸体，我们就畏惧灼晒和冻伤。
自我暴露意味着提前接受我们为自身的无畏所付出的代价。
完全无所庇护的词语始终告知我们这点，但我们不再倾听。

平静的高龄，如一个眼罩。
年纪的善意。

不要仅仅为了爱的勇气而吸取爱
还要吸取忠诚的勇气。

如果世界有一个意义，书也是如此。
但那是什么？

被动的理性。深渊的理性。

我的父亲——我之前写过——在我实际出生两天后到登记员的办公室里宣布我的诞生。

从而，我额外地过活了另一个自我，一个多出四十八小时的我。

中世纪，在设有宗教裁判所的西班牙，一些"悔过的犹太人"被称为"马拉诺"，其中的绝大多数人接受信仰的改变只是为了逃避迫害或死刑，他们宽大袖口——通常是左袖——内衬携有一个隐藏得很好的口袋，里面是写着摩西五经戒律或童年祷文的一本小书。

所以，他们虽看起来温顺地服从无情的主人意志，但他们随时都可以用自由的手，透过密厚的布料（它防止手被人看见），去抚摸其祖先的书并再次确认这个秘密，然而，他们忠于其无形之词语，忠于沉默之上帝的姿态，哦，是何其地重要。

"接受对它们之所是的预言，"一个圣人说道，"它们早已停止散发出光。"

他把手中的石头扔向嘲笑他的影子所在的墙。

这受人尊崇的、持有那真理的哲学家是半个犹太人，半个基督徒。
既然绝对的真理只是一切真理的过度之野心，我们感到有资格提出的问题是："我们如何把总处于一种生成状态的东西分成两半？"

"用书作为见证，"一个圣人写道，"就是用整个宇宙为我们担保。"

因得救的书而得救。

犹太人面对犹太人，如圣书的一页，面对圣书的另一页。

对独一终点的恐惧

仍然在那：我们无非是这有待过活的"仍然"。

友谊的词语总在友谊之前到来，仿佛友谊在能够自我显示之前，必须等待自己被人宣告。

I

我们无法拥有一幅自我的图像。

我们拥有一幅他人的图像吗？

无疑有的，但我们从不知道，唉，那是不是一幅正确的图像。

看，这是我们对我们目送离去的生人说"再会"的方式。

流逝之物照亮了流逝。

存留之物取消了存留。

打开我的名字。

打开书。

我们在爱当中感受到的幸福并不必然地和一种幸福的爱相连。

它是一种对爱的需要。

在浴室的镜子里，我看见一张面孔出现，它可能是我的，但我似乎第一次觉察其特征。

另一个人的面孔，但如此地熟悉。

通过我记忆的归类，我认出他就是那个我被误认的人。只有我知道他对我而言总是一个生人。

突然，面孔消失了，镜子失去了它的对象，反射的只有对面光秃秃的墙，洁白，平滑。

镜子的页面和石头的页面对话，孤独和孤独对话。

书没有起源之点。

在永恒的眼中，世界年轻，在瞬间的眼中，它又如此古老。

我们问一座岛屿"你是谁"吗？

经受大海的谄媚和炫目。

终有一天，它被吞没。

固着于无。固着于水。

"你如何看见自由？"门徒问他的导师。

"或许就像两个在天空中飞翔的勇者，绝望地与风作斗争"，导师问答。

他补充说："但仍要看到，就像你已假定的，这些飞翔是否属于一只消逝的脆弱之鸟。"

"如果那不是一只脆弱之鸟的飞翔呢？"门徒继续问。

"这比喻"，导师随后说道，"更贴切。"

"自由的图像会是风。"

每个真理都为自身的真理而劳作。

对普遍真理的谦逊献词。

我们的信念维持着它。

……所有这些细小的真理开始瓦解我们对某个独特真理所持有的观念。

——蚂蚁，那是它们之所是——我想——在镇静地，掘洞。

不要在你需要螺钉的地方使用凸轮。

"真理并不存在，无疑要允许我们的真理存在。"他说。

他补充道："一旦太阳已经设定上天的空虚，我们就把目光投向百万星辰闪耀的所在。"

"哦，它们中的每一颗都如此孤寂。"

凭借我们持续之真理的光芒，我们步入死亡。

不屈而正义，法律。正义对自身并不如此确定。

真理，或许，不可能把握。
试图去表达它时，我们往往被引向歧途。
第一个词，不顾自身地，显得不忠。

真理是一个选择而不是声音？
我相信。我描绘一个过程。
光。光。

"真理是一个无法宣布的词，"他说。

不要妨碍一个想法的自由航途。你会第一个为你无思的姿态而后悔。

灵魂无所拘束。

麻雀不留心狗，而留意猫。

眼盯着钟，因期待而颤抖。手的每一个运动都让你跃起，因为它追问你。
如此无常，未来。它总用惊奇攫住我们。

期待什么，若非死亡？然我们畏惧它。
期待，或许，被死亡所遗忘。

上帝不在应答之中。如同反射光芒的钻石，他在一个问题的闪现里。

每一次心跳都是死亡对心灵那胆颤提问的准时回答，是生命对死亡那神秘追问的闪烁其词的回应。

身体没有谋划，没有未来；那是为其赋形的瞬间的梦想和欲望。

建构正在崩塌的。引导正在建造的。

若我昨日不在这里，为何担忧我明日会在这里？
而今日，如何证明我在你们中间的到场，若我给不出证据？

他说："不要相信那样的观念，它已游经了不止一条道路。你不会知道为了找到它们要选取哪条路径。"
"观念不向我们而来。我们走向它们，正如我们回归一个已经平息我们之干渴的春天。"

世界渺小，如此渺小，小到它旋即就完成了。

　　II
"因无而增。
"无足轻重。无足轻重"，他说。
"你所说的无是什么？"一日，门徒问道。
圣人回答："心灵将其目标设得更远。哦，眩晕的向上推动；但向上是什么，若不是对向下的永恒否认？"
他补充道："这里的向下是无，那里的向上也是无——除了之间，有光透过。"

所有的光都在思想当中存留。

你在白天奠基。你在夜晚怀疑。

记忆发明时间，以成其荣耀，却不曾发觉，时间已然是永恒的记忆。

镜子只反射我们单一的图像，一个已经决定向我们揭示的图像。
接受减除的检验。

我们一次只能阅读一个世界。

潜游者和水一样古老。
呼吸者和空气一样古老。
黯然者和时间一样古老。

痛苦之躯如何成功地引起我们的注意，若不是展示其痛苦的
图像？
但灵魂？
痛苦的灵魂给不出自身的图像。
灵魂制造了痛苦，却孤独地承受。

奔流的水逐渐地甚至丧失了一个念头，即它拥有压倒一切的力
量，那力量起初令它目眩。
那么，它的傲慢沉落了，它不过是驯化过的、服务于人的力量。
哦，漫长的、漠然的河流，其不可预知的悲伤。

瑕疵：钻石的不幸。

不要让大海为你指明道路。
而要向迷失了道路的芦苇询问。

正如我们从源头度量水流，我们应该测量我们词语的产出。
对词语节俭一些吧，勿令其枯竭。

他说："一种醋的声音。"这起初看似古怪，但随后我逐渐地适

应了这样的表述，虽然，我也没有更好地理解了它。

"我不是偶尔说：一种油的沉默吗？"

他补充道：

"图像往往只对那些使用它们的人言说。"

灵与肉是同一种疾病的猎物。

白日厌恶图像。

疯狂。疯狂。

夜晚，厌恶遗忘。

没有真正的沉默，除了在象征的众心之心中，未经探索。

冬已经用雪覆盖了我的笔。

白的页面，冰的页面。如此年轻，一个词语，已经说出。

啊，只书写已经复活的词语。只面对至高理性的词语。

明亮。

勿视。勿知。去存在。

直走，跃入。被选择。

"我们不得不考虑病人的思想"，一个圣人讽刺地写道。

"对他们而言，疾病先于一切而来。那是智慧的反面。

"一个病人不是经常因为考虑自己是否真的病了而发疯吗？

"他患上了一种不同的疾病，他对此一无所知。"

我们只为一种死亡死去：我们不曾期望的死亡。

对火的荣耀来说，一束火花并不足够。

当他老去，他注意到，有个问题对他来说变得一天天地更为重要：**如何不老去**？

但他持有错误的问题。他应该问：如何永葆智慧的一切青春？

空虚比一切更加无畏。

踪迹只在荒漠里 *

同埃马纽埃尔·列维纳斯

1

我知道他存在。我看见他。我触摸他。但他是谁，我是谁？我们知道，一者和另一者，一者为了另一者。在这基础上……

这张脸，或许是一张被遗忘又被恢复的脸。——我的脸在我的脸之前？或之后？

这声音说了什么，或许只是不可言说之言说的声音，它讲述它的不幸，因此什么也不讲述。

在它迷失，在我们迷失的地方被说出者的空无。

然而……

一种被动的，纵然痛苦的缺席。

踪迹只在荒漠里，声音只在荒漠里。

行动的开端是迁移，游荡。

从不可言说的到不可言说的。

离开熟悉的、已知的位址——风景，面孔——为了一个未知的位置——荒漠，新的面孔，海市蜃楼？

虚无的无限面孔，带着其虚无的沉重，带着所有面孔的沉重，那面孔被还原为一张单独的面孔，我的面孔，迷失的面孔。

迁移？——或许既没有终结，也没有开端，不固定的踪迹，一道燃烧着的踪迹的非踪迹；沙子的生硬感觉，其极限当中的皮肤。

皮肤上，踪迹，在荒漠里。

或许，这道踪迹接近面孔，接近那总被延迟的，总被揭示的。那把我们载向无限的。

在我们胸中跳动的。

* 以下四篇译自《边缘之书》第二卷。

那么，节奏会凭直觉知道踪迹。我们会是踪迹。

如果我是踪迹，我只能为另一个人成为踪迹。但如果他者也是另一个——面向他人的他性——谁会注意到踪迹？或许，他人是踪迹的深渊。

思想处于无限的倒退，处于书写的深渊。处于边缘。但如果踪迹在我身上，在我体内流动，跳跃？我身体的全部冲动都是一道被记录、被数点的踪迹，它增生，因为高烧——因为爱情，痛苦，谵妄。踪迹连着存在，连着本质，正如它连着那或许随之共振的空无。

关于这道踪迹，一张脸。哪一张？万有——和空无——都在脸上，在被抹除的脸上，脸从它的抹除中重新诞生，从它遗忘了的，迷失了的，由死亡所恢复的特征的空无中浮现出来。仿佛死亡知道它，知道所有的面孔，知道其特别之处和同等平凡之处，相像的检验。还有它们的名字：可以说出的或不可说出的名字的面孔。

对面孔的这一痴迷成为了面孔本身，迁移的痴迷的踪迹，迁移采取了一张面孔的形式，塑造着它的特征。见证面孔，沉默的，喋喋不休的，被倾听的，被责备的。

一个名字无疑是一道踪迹。但谁的名字？一个名字，作为名字，作为词壳。一个名字，作为不可能的证据。

一张入睡的面孔，一张清醒的面孔，黑暗或光明的某道踪迹。

踏上一道踪迹意味着踏上一张面孔。

在这些道路上，我们应该沿着我们的嘴巴行走，沿着我们的嘴唇前行，以亲吻踪迹。爱统治着路。

但存在着没有踪迹的路吗？

昨日是明日的踪迹，但明日想要没有踪迹，想要贞洁，更确切地说，它想要成为它自身的踪迹，预示它的到来，那为我们的期待所期盼的到来。那么，昨日会是一道总是尚未到来的踪迹的承诺。那么，踪迹会被日复一日地标记，一道未来的踪迹。发生了的事情，某种意义上，会是那件已在我们每日的期待和希望的中心留下踪迹的事情，它描摹出希望的轮廓，希望就是一道踪迹。

在
书
的
边
缘

还有恐惧，因为死亡既是我们所畏惧的踪迹，也是一切踪迹的失去。

还有面孔？或许，面孔呈现为普遍的，人性的，神圣的踪迹，呈现为迁移的理由——动机，呈现为其不可毁灭之缺席的形象，呈现为他者脸上点亮又熄灭的东西，它成为了他者不可把捉之面孔的黑夜和清晨，一切面孔的绝对之他性。

转回到了虚无，但也是虚无的一面镜子，它那破碎之镜的一个反射，它那在反射的距离中破碎了的椭圆。

死亡能否只是踪迹？但它如何被标记？不仅不被标记，而且，相反地，逃避一切既定的踪迹。它甚至将自身呈现为这样的逃避，呈现为它的海岸和波浪，用咆哮的海和吹动的风，让不存在的踪迹变聋，追捕它，把它标记在盐中，或用无边的气息把它敲空；仿佛它已在其令人目眩的否定，其不可侵犯的透明中，被人注意，被人把握。

3

在这些界限上，什么样的欲望敢于宣称自己就是欲望，除非是无限的欲望，不可触摸的天空（在它脚下，我们的欲望连同我们的界限一起死亡），除非是爱情当中的蔚蓝，视野之外的蔚蓝？

朝向另一个面孔的这一张力，仿佛从云层或出乎意料的高处的纯粹之光中到来；对一个遥远的、令人盲目的面孔的这一盲目的吸引，就在他者特征的真实或想象的接近当中，在我们特征的这些收缩当中，一如在他者的表面之差异当中；这被压抑的恳求，退回到一个点上，在那里，它只是对一个恳求的需要，欲望和希望——在所有的恳求，所有的相遇，和所有的拒斥当中，它是一个恳求；这一疾呼，这一微弱的噪声，这一骚动和困惑的满足，威吓着我们，它徘徊着，而我们是它的子嗣或祭品；这爱情的爱情，这痛苦的痛苦，这踪迹的踪迹，它通过宣告自身而宣告了它们，通过宣告自身而宣告了它们？或许是这个"不由自身所定义"的"超越存在"的"第三人称"？但它是那样的一个问题吗？除非这个"第三人称"，这个第三特征，就是死亡，就是缺席的现实，它的名字让所有的现实在它的名字里崩塌。

4

善——首先，在自身中对于他者的善，以及在他者中对于自身
的善——这个纽带，这个亲密的、被压抑的、被夸耀的团结，这个
宣告，这张被描绘的空洞面孔的到来，这段在空间中偷盗，倚着空
间被描出轮廓的，成形又失形的距离，这个在自身之上聚集并立刻
折叠起来的空间（以至于它看上去就像那没有图像者的一个图像，
如此为人敬重，为人喜爱的无图像者）——还有什么能比一张面孔
更加亲密？它在信仰的中心，在一切亲近的门槛和终点上，散发
热光——，这难以察觉的凝视，我们会说，叶子挨着叶子，狂热的
赤裸同赤裸自身的这一脆弱的，轻盈的，空气一般的接触，叶子的
这一脱落，唤起了树和书在其终点处的自然的悲苦；这一切，还有
面对未知之物的发作，突如其来的震惊，恐惧和惊奇——我们总已
经知道那未知之物，但它被如此地深埋于记忆，被如此地损形——
这就是真理？这就是我们不敢直接地称之为真理，以至于逃避我们
的东西？这就是真理的无法确认的面孔？通过它，我们的面孔抵达
了它的真理，仿佛我们不得不按照我们自己的模型，让其不可见的
特点变得可见，从而相信它，并逐渐地看到它，虽然它只是我们
拥有的对其在场的预感，热切的欲望，疯狂的需要——升华了的图
像——我们永远地致力于它，就像天空的蓝色永远地致力于大海的
蓝色。白昼之前的时间的面孔，平滑，并且随着每一次显现，随
着每一次短暂的——致命的——变形，变得越来越平滑，直至最终
的，完全的，透明？

5

上帝，他者的绝对他者：仿佛我们必须首先变得熟悉并同其他
的面孔分享责任，然后，我们才能通过他们接近没有面孔的绝对他
者。仿佛所有被淹没的面孔上都洋溢着他的损失。仿佛他的面孔已
经偿付了我们所有人的损失。

这就是悲苦，在爱内部有爱的绝望，在痛苦内部有无限的痛

苦，在谵妄内部有炽热的谵妄。这就是在其深深的至尊中被租出去的被动。这，如同无底的悬崖，如同一切黑夜的黑暗。

我们的责任能走多远？虚空，由我们的双手锻造。

6

那么，问题。

问题意味着，对其构想的时间而言，我们并不归属。我们并不带着归属而归属；我们在拘束内部无拘无束。分离，为了更彻底地依恋并再次分离。它意味着我们永远把内部翻出，释放它，在它的自由中揭示它，并死于它。

残酷的唤入问题，再次唤入问题。双重责任。

我存在。我生成。我书写。我书写只是为了生成。我只是我所生成的人，而那个人，反过来，停止存在，以生成他潜在地总已经是的他者。我是我将是的所有他者。我将不存在。他们将是那个无法存在的我。

问题留下了一片空白：纸。

书写在书写中被擦除。黑色在黑暗中变黑。空白依旧。

空白会蔓延。黑色向着空白敞开，空白填满了敞开。空白的持续。

被说出的，不留踪迹。它总是已被说出的，总是被踏过——被忽视的踪迹？

开始发现踪迹或许意味着继续书写，绕着不可发现的踪迹，转圈。

词语的一切踪迹都在词语里。

词语：虚无的过载。

脚步和踪迹的联姻。踪迹恰同脚步一起到来？除非脚步恰同踪迹一起到来。

……一个脚步，如同一口井。

词语的问题，被书写者的问题，书的问题，这是被置入空白，被置入空无，被置入空虚的问题。

通道。一个智者，智慧——或一个傻瓜，经过？
一段空白意味着走向死亡的通道。

通道的水熄灭了对未知的渴。

未知者是我们的最后的通道，最危险的。死亡，在这个意义上，取代了未知。

书写或许只是死于我们死亡之词的方式之一；而一道踪迹，或许只是一个阴影的渐渐揭示。哦，终极的空白。
在这空白下，我们休憩。
在这无形的空白的面孔下。

裸　剑

（米歇尔·莱里斯）

沉默的剑。沉默的裸。所有的沉默舞着一把剑，所有的裸，它的伤。
"我"的沉默内于其无限的言说。
在这"真理的地带"，死亡是法官。
审判。文本不过是那个无人逃避的难以缓和的审判。
作家和读者迷失于相同的词汇。

而大地裂开，而视野融合。

正是语言创造了风险。

"不论我多么习惯了观察自己，不论我对这种苦涩静观的喜好是多么地狂热，无疑有逃避我的东西，并且很可能是最显而易见的东西。视角就是一切，从我自己的视角画下的关于我的肖像总有可能在黑暗中留下一些细节，这些细节对其他人而言必定是最不能容忍的"，米歇尔·莱里斯写道。

黑暗的嘴！掠过深渊入口的剑。从不被说出的，不可说出的。我们会采纳空虚吗？我们无法反抗缺席。但战斗就在内部，在空无的皱纹里：皱纹挨着皱纹，中空挨着中空。

从不被说出的：那是中空？不可说出的，不可把握的皱纹？精致的，平行的线，透彻着你的延伸。

我们任自己被携于虚无，被拖向虚无。词语之间的通道，水域之间的通道，但不搅动它们，只是唤起相对的兴趣。

言说，为我们自己，对我们自己。讲述，讲述我们自己。一种失控的力突然掀起平静的海。

问题和回答不是出自一种认识我们自己的疯狂欲望吗，不是出自一种推倒我们周遭之墙的不懈的决心吗，怀着最终战胜沉默的希望——仿佛我们可以，仅仅带着我们的声音，填补空虚？

"自从我们已在对话之中……"荷尔德林写道。

一个为黑格尔所沉思并评论的诗篇：

"在所讨论的情形里"，他宣称，"为了真实地，真正地是一个人并如其所是地知道他自己，人必须把他自己的观念强加给其他的人。他必须让自己被其他人所承认（在极端的、理想的情形中，被其他的所有人承认）。"

因此，他人是我们的镜子，法官，审判，宝剑。

词语没有可能的庇护吗？它全然是它自己，只当它**被暴露**。

它只能依仗它所挑战的他者之词来度量自己。

那么，对自己书写真的是书写吗？为自己言说真的是言说吗？的确，没有人孤身一人，而自言自语，毕竟，只是天真地繁衍着一个人生死的故事，它从头开始重复同一个故事的最小的细节，每一次，都为了一个不同的自我。简言之，一种数点的手段，数点我们的自身，重新数点我们自身。

书不总是向一个未知读者的好奇敞开吗？
公开这个对话意味着承担一切书写和一切言说所固有的风险。

我们已被阅读，已被倾听。我们再也不能躲避审判。不论是什么审判，我们的意识从此都依赖于它。
我们词语的重量从来都只是其世界的那部分重量。

因此，文本留存而无对象；词语，回撤而无回响。未来在河流的对岸，在太阳中，游戏。
海吞没了所有的声音，所有的呼唤，所有的尖叫，那不把它澄清的。来自异域的无名伙伴拥有巨大的特权：跨越书所抗拒的距离。因为书不在其词语的外部寻求庇护，而是在词语当中，隐匿于其诸心脏的心。因而，书总引向一本仍待发现的书。

如同思想，真理——或我们误认的真理——不是媾和的产物，而是相反地，是格斗的产物，是在不断的运动当中，同一种野心勃勃的、傲慢的、敌对的真理或思想的粗野的格斗——那更加炫目者，只因在其难以察觉的，突如其来的错位中，它才显见。

如果我们并不畏惧这不可避免的格斗，这种同他人的残酷而关键的直面，那么，自传不是（不顾作者天生的沉默寡言）迅速变成了某种自鸣得意的实践吗？
我们遇到的总是他者。疯狂或许只是一种无言的解决，以一个摆脱人或世界的独一之词的名义，来消灭他者。

词语是双重的。在这双重性的中心，它被检验。

每一个文本，每一个话语，见证他者的最终胜利。他将总在我们之上统治，而我们很可能用书写来逃避其令人厌烦的支配。从这个角度看，我们会把书写视为一种解放的行动，但它解放作家只是为了让他更加屈服。

因此，没有他者，就没有终点，没有到期。我们每一次，在他脚下，奔溃，我们无法进一步追求一场我们身外的冒险，无法维持一种思想，一种话语，它们过于宽广，以致无法和谐一致，无法得出某个普遍的结论，普遍的结论无非是痛苦的不全，是悲剧而致命的无所定论：所有的作品都是如此。

在每一次启程中都有抵达。既不是被预见的时间，也不是不可预见的绵延，被取消了的旅程。

我们只能在时间中被阅读。书写的时间是时间之外的一个时间，但它被时间所吸收并变得如此清晰可辨。

而以逃避时间为目的的私密的日志，恰恰是为了在时间之外保存词语，从这个角度看，它不也是逃避他者的至高尝试吗？

但如果它们总属于一种在自身之上被折叠起来的力量，又该如何定义它的界限？

词语，自在地，只是一个洞。

真正的对话在光天化日下展开：同词语的对话，同我们之邻人的对话。它是米歇尔·莱里斯意义上自传的实体，并因自传而不朽。

那里，一个人在沉默的无限边缘追问自己，边缘让生与死获得了完全的意义。诡计是一场影子游戏，隐秘的交谈。我们在正午诞生并死亡。

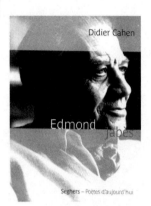

"今日诗人"系列中的《埃德蒙·雅贝斯》，迪迪埃·卡昂作

路易－勒内·德福雷
或问题的不安

"而如今我期待你问我那灼烧我双唇的问题。"

——《絮叨者》

这是哪一个问题？或许是路易－勒内·德福雷（Louis-René des Forêts）的每一本书所提出的，最明显的问题。没有回答的问题，因为回答难以提出，只能以一个已被拒绝之答案的形式被提出，它不寻求解决，因为它预先就知道不存在解决。

但首先，我们必须问，谁在一切言说之处言说，在那里，真理是爱上了眩晕的词语的不可遏止之欲望的口头爆发；仿佛说我们不说什么，比在这个什么也没有上归零校正，更加紧迫。

意大利语译本

但赌注是更大的。

正如我们对逾越的疯狂需要驱使我们向生存自由地敞开，把它完全地承担，然而，这是要服从穿越时间和空间的词语的不断移位，以求死去，不是死于每一个词语，而是死于一种如此无名，以至于和空虚相融合的死亡：让一切阅读得以可能的空虚。

一路上被一段扰乱一切追思的"错乱的记忆"所承载，词语，只记得它对未知之物的勇敢突袭，还有一个被其痛苦的缄默所支配的软弱之词的不可避免的失败。因为它必须，不惜一切代价，离开那压迫并冒险扼杀它的沉默。

通过起身反抗一切取消它的事物来使自身幸存的过度尝试，意识到它只能反过来从内部取消自身而得成功。

如此的取消或许允许它作为一个词语而纯粹地言说；它自愿的死亡或许确保了其纯粹的生成。

但一个没有沉默的词语是什么，虽然它就是从沉默中浮现的？

我们必须埋藏谷物以让它结果。一旦它已开花，其死亡的日子就屈指可数了。

所以，沉默只是为了陪同词语走向它的完满：沉默被献祭给词语，而词语反过来用一个类似的献祭使沉默得到满足，它用一个同样绝望的姿态偿还了它的债——仿佛只有死亡才能回答死亡。

"我们总在谈论的时候，并且总是傲慢地，滑向了最可怕的轻率。"

——《一位歌手的伟大时刻》

庄重也穿越了轻率吗——或者，什么被当作轻率？

"所以，我们热切地寻找我们的秘密的真理，只是为了让表象告诉我们，我们是谁吗？"

——《镜中人》

*

在那里，我们得到了关键的词语；但这里，真理是什么？这毋宁是要不可避免地滑向一个更远的真理。

我们对这个不论持续多久的朝向真理的运动的实际参与，能否，就是我们抵达它的最好时机？

"……多么熟悉，一个滑落的真理，滑落时也把我们拉了下去。"

——莫里斯·布朗肖，《絮叨者》序

所以，真理既不在起点——那里，它还不知道自己是真理——也不在目的地——那里，它发现它不再是真理。

"错误当然包含了正确，而整体呈现了真理的色彩。"

——《错乱的记忆》

真理无法宣称自己是普遍地正确的：它只能提议一个真理，它自己的真理。

围绕这样的提议，词语疯狂地旋转，如同被灯光所吸引的飞虫。

一切在童年时便被草草地勾画（这模糊的，不可定义的时代，既先行于又滞后于其言词的旅程，在那旅程中，词语首先为它们自己而说，它们不说，它们只为自己的耳朵而被说，它们把自己锁在它们的墙里，它们喝自己的唾沫——就像长大成人的"絮叨者"后来之所做），并将继续被我们最初之词的惊奇和苦涩的失望，所草草地勾画。

因此，本质的目的是不作说服。关键是能够维持甚或扩大词语的领域，以便允许它们永远在其勇气中重生。

"如果我再也不对你述说？如果我拒绝倾听？
"如果我再也看不见你？"[1]

那么，无疑，只有世界的不可渗透的缺席，一面随缺席破碎了的镜子。

"每个人都在欺骗别人并欺骗自己。"[2]

但真的是一个欺骗的问题吗？
"可见的领域"隐藏了一个更大的黑暗的领域。
进而，如果最初的目的是建立词语所特有的一个避难所——书？——那么，叙述者——作家——又如何能够知道，这个他所渴望的地方曾经并且将来总是一个沉默的深渊？

"因为我踪迹的缺席而更显缺席。"[3]

一个仍在说"我"的人，不过是宣告了他的缺席，他站到边上，好让一个词语被带向它的期限，也就是，被带向其终极的、致死的湮灭。

在这个词语的任意一侧，拥挤着所有正在暂时地流通的词语。

[1] 出自《错乱的记忆》。——原注
[2] 出自《镜中人》。——原注
[3] 出自《海上悍妇》。——原注

但它们从不触碰它，虽然它们也质疑它的自足和贫乏，虽然它们也拒绝问题，以赞同这个词语所引发的问题，但突然就没有了兴趣并自动地否认。

当共通的一切可能已被穷尽，当叙述者发现自己处于这个不可共通的舞台，他"突然拥有了一个任何词语都无法表达的预感的幻觉"（《错乱的记忆》），如今，词与物之间的裂隙，如此不可跨越。

在这个毫不相似的极点，镜子仅仅揭示了它所捕捉的转瞬即逝的图像，一个在一丝不苟地表演着的戏剧——喜剧？——演员之间被投来投去的图像。

"告诉我们是谁的表象"或许只是一张面孔的还被记得的映像，我们并不肯定那就是我们的面孔，即便它宣称如此？

沉默占有了所有的词语，不久，词语将打破沉默。那么，词语只是我们所察觉的一块碎片？

但这一切意味着什么？言说——词语——的主要功能不是表达我们吗？我们言说，我们书写，难道不是为了了解我们自己吗？

表象，只有他者才能捕获。那么，我们借以知道我们是谁的这个他者，是谁？他，在镜子的无限里，仍是我们自己吗？

但或许，言说或书写的人，只是一个中间人，他介于词语和词语，词壳和词壳，镜子所返回的图像和他已经失去的自己的图像之间。

但"最终，不是一个关于他的问题吗？
"被质问的不恰恰是他吗？"[1]

绝不是一个关于他的问题，因为他躲避一切的问题。他绝不被质问，因为他恰恰不能问自己任何的问题。他只能问其他人的问题，不久，他人也不再让他关注，除了那个其表象为他所呈现的人。

……问其他人的问题，最终，就是问沉默的问题，沉默被打破

① 出自莫里斯·布朗肖，《絮叨者》序。——原注

了，只是为了从其无数的碎片中再次成形。

一开始，白纸就隐藏了镜子。或许，书写仅仅意味着缓慢地运作，以把它揭示。如此逐渐的揭示能是其唯一的目的吗？

再一次，一个尴尬的问题。提出一个回答意味着先天地扼杀这种径直地接近一个人自身的哪怕最小的冲动，以支持语言所嘱咐我们的那种温顺的、中立的态度。仿佛我们不得不站在语言之外，为了成为语言的一部分，为了仅仅成为语言，它追寻着自身被不断延缓的死亡。

总有一个词背叛不可言说者。通过这样的背叛，书写矛盾地恢复了它的尊严。

那么，这个"任何词语都无法表达的预感的幻觉"是什么？或许，只是一面转向了空虚，转向了死亡的镜子的幻觉，任何的图像，任何的词语，都不再把它烦扰。一个陌生世界的幻觉，玻璃背后的世界，它逃避眼睛，但可以被瞥见——惊讶的，透明的现实——如此的幻觉处于大胆之思的检验和沉默当中，正如它被非思的至高的无可容忍所吞没。

词语只能在时间中演化。虚无或许只是一种穷尽了其一切来源的沉默，一种处于沉默之边缘的沉默，在它的空间里，缄哑，盲目，僵硬，烧尽。

书写，隔着这个距离，意味着在一个瞬间，重新点燃沉默。

一次演说

　　(1982 年 4 月 21 日，巴黎，法国犹太教基金会)

我们冒犯一本书是为了把它阅读，但我们把它合上献出。

……因为我的全部存在都受制于法语，我知道我在我们国家的文学中占据的位置，严格地说，并不是一个位置。与其说是一个作家的位置，不如说是一本不符合任何范畴的书的位置。因此，一个由书所定义，并立刻由随后的书所宣告的位置。由被书写者所腾出的书写的位置，仿佛书的每一页都让我们来占据，只是为了允许我们通达下一页，仿佛书在一个被居有的空间中制作并瓦解它自己，而那个空间，一旦被词语所覆盖，就成为了书的空间。

在那个把我的作品带向其幻觉之完成的巨大运动内部，也是如此。

没有中心。一个点引起了另一个点，围绕着那个点，一种偏离中心的述说确立了自身，一种疑问发展了起来。无可返回的点。

这一位置的缺席，可以说，我宣称为我所有。它肯定了书是我唯一的栖息地，最初的，也是最后的栖息地。我所生活的一个更加广阔的非位置之位置。

一个词，从其他所有词的沉默中浮出，而这样的沉默也是荒漠。

如果我不得不在我的书中定义词语，那么，我会说，它们是沙子——沙粒——的词语，在一个短暂的瞬间变得可听，可见，密切留心的词语，极其古老的记忆。

荒漠的经验既是词语的位置——它在那里是至高的词语——也是在无限中失去自身的非位置。因此，我们从不知道我们是在它涌现的时刻抓住了它，还是在它开始慢慢消退的时刻抓住了它：令人目眩的时刻——它的流溢，或难以察觉的消逝。

或许，我们只能听见一个临近其死亡的词，因为任何的开端都知道它在其自身内部的终结。仿佛一个词，为了被人完全地把握，也必须见证它从诞生到死亡的变迁：从它的兴起所照亮的虚无，到它没落之际所重新融入的虚无。

在这个例子里，创造仅仅意味着表明一个对象的诞生和死亡。我们言说，我们书写，只在片刻。绵延，不为我们。

词语的重量当然不过是穿越人之经验的词语之经验的重量，一个共同之过去的重量，一个共享之未来的一瞥。

显然，某些词语承担着我们能够拥有的全部感受，例如，"爱"和"死亡"，这两个词，对我们所有人，并不产生相同的共鸣。因为每一个生命都是独一无二的。我们自己的故事，关于我们的日日

在《问题之书》第五卷
《埃里亚》扉页上的题字

夜夜的故事，带着我们的欢乐和痛苦，我们的泪水和笑声，站在它们背后。我们用词语（我们是词语的猎物）的无能揭示的只是这样的故事，词语无力持守这个故事。

但在讲述我们的故事时，它们如何也让我们重新体验了一个在我们自己身上被记录的，比我们更加古老的故事？

倾听一个词意味着，在它的回音，在它无限的延长中，特别地听。书，就建立在对这些东西的倾听之上。

对这个问题："你认为自己是一个犹太作家吗？"，我总已回答道："我是一个作家和一个犹太人。"一个最初或许令人不安的回答，但它出自我极度的留心，即不要把任何一项还原为我可能连带地谈论的东西。

然而，正是在宣称我自己是一个作家的时候，我发觉自己已经是犹太人。某种意义上，作家的历史和犹太人的历史都是它们所声称的书的历史。

正是我作为一个作家的追问允许我在其全部的重量中接近犹太人的追问。仿佛犹太人的前行在一个既定的时刻成为了向着书写的纯粹前行。

西班牙语译本

不论是塔木德还是卡巴拉，犹太人同书的关系，和作家同其文本的关系一样地炽热。它们具有相同的渴望，要学习，要求知，要破解它们被刻入了每一个字母的命运，上帝已从字母中撤出。它们的真理，如若不同，又有何妨。那是其存在的真理。那是其语言的真理。两本合而为一的书的词语。因为犹太作家并不必然是那个在其书写中把特权赋予"犹太人"一词的人，对他而言，"犹太人"一词被包含了在词典的所有词语里，一个词，对存在而言越是缺席，它自身，就越是它们的每一个。

"犹太人"一词随同每一个犹太人诞生并死亡，一个时刻更新的古老创伤的词。

六百万被焚烧的身体用它们所永恒化的恐怖图像把我们的世纪一分为二。

谁能衡量那场仅仅为了记得其无辜而忘了其起源的苦难的程度？

不，一个犹太人的主题不足以构成一本犹太人的书。犹太人的故事，更多地是在书写，而不是在趣闻、忏悔和本土的色彩中。你无法讲述奥斯维辛。每一个词都向我们讲述它。

存在着这样一个作为犹太书写的事物，它令人不安，因为它总已经成功地幸免于难。在它所栖居的书写内部的书写。你认得它，因它顽固的决心，要找到权宜之计，要追问自身，要一再地走向不可言说者。眩晕的话语向着一个未来绷紧，而这个未来的脆弱，它从一开始就已经知道。焦虑的词，警醒而友爱，超越审判，超越其自身的**共通**。

受束于文本，犹太人面对自身的真相，他活着，通过有良知地重复每一个词，一个被他变成了其名字的词的希望和悲苦。

犹太人的词是书对之敞开的深渊的词。

犹太人和作家经历了同样永恒的开始——那不是一个重新的开始——面对书写之物的同样的惊奇，对仍待阅读和言说之物的同样的信仰。上帝是他的词，而这个活生生的词必须被永远地重写。笃信的犹太人只能通过书走向上帝。但他对原初文本的评注不是对神性之词的评注，而只是对人性之词的评注，人性之词因神性之词而炫目，正如飞蛾因灯光而目眩。它注释了飞蛾的狂热，而非令人目盲的光。虫和书的命运都是在焚烧中毁灭，但它们的死亡不以同样的方式，或处于同样的时空。通往文本的途径很多，通常还是神秘的。书的道路是由词语所展露，由问题所维持的直觉，倾听，专注，拘谨和大胆的道路。走向敞开的道路。

一个真理，它并不每每被察觉为一个新的真理，它能否宣称自己是唯一的真理？神居于永恒，而人在生命中走向我们的思想试着去发声的死亡。不朽的词对抗一切有限的词。书见证了这场任何一张纸都无法解决的冲突。但上帝只活在人的词语里，上帝由人的词语所产生并毁灭。共享的痛苦。

最本真的宗教述说能是无神论者的述说吗？我们并不真正地言说，除了在远处。任何一个词都被切断了。这样的分离就是每一个词所迎面撞向的无法忍受的缺席，正如每一个既定的名字都迎面撞向了不可说出的神圣的名字。

然而，分离是为了被认出——因为我们不是需要词语之间空白的空间，沉默的断裂，来阅读或倾听词语吗？——若无这样的缺席，词语彼此不再联系。

我已试着在我的作品中，让词语所跟随的运动变得可以察觉，从词语所打破的之前的沉默，到它们安静之时所引入的沉默。书的无限。

我的作品（我总胆怯地这样来称呼）往往被说成颠覆性的。如果它看似如此，那只是因为，我苦于我的不确定性并决心克服它们，我毫不羞愧并毫不犹豫地展示了我的矛盾。

矛盾让人心烦，甚至将人激怒，因为它们消解了判断。

一旦脱离我们的嘴巴，词语便进入流亡。认同词语意味着拥抱我们的未来。

为什么从子宫中被拉出的新生婴儿的哭喊是痛苦的哭喊？无疑是因为，当它用自己的语言宣告自身的时候，它是生命的哭喊，那已是流亡的哭喊。

经由我们的词语，我们永远是婴儿的这声哭喊，寻找一张熟悉的面孔，寻找一个温暖的乳房，寻找爱。

如图黑夜里的一颗星，一个词在空白纸页的中心流亡。所有的词都参与这样的流亡。

我们只问流亡的问题，缺席的问题。我们别无所写。

如果一个回答确立了它的位置，一个问题就让那个位置成为它的宇宙。问题没有位置，如果它不是一个关于位置的问题。回答意味着睡眠，思维。清醒意味着追问。当我把特权赋予后者的时候，我已经毫不费力地保留了敞开。对我来说，从未有一个位置不是一个出自位置的敞开。

我就这样让书活着。

我想要推得尽可能地远，那对我意味着推向可言说者的边界，我所是的犹太人和我身上带着的书之间的逐渐的调解。但我说的是哪一个犹太人和哪一本书？或许都不是，而只是忠于一个来自荒漠的词，一个为犹太人自身所有的词（因为它也出自我们全部被碾碎了的词），忠于一本绝对的、神秘的书，每一本书都徒劳都试图复制的书。

我们同犹太性的关系，同书写的关系，是一种同陌生性的关系，既是原初意义上的陌生，也是其已经获得的意义上的陌生。它可以在我们的无条件的中心，把我们变成陌生人当中的一个陌生人。

身份或许是一个陷阱。我们是我们所生成的人。

那么，是一个犹太人和一个作家，意味着同时采取一个犹太人的超越和一本书的超越的不可超越的完满。

而最大胆的挑战会是，在每一步上，发现同绝对者之一切关系的不可度量性的秘密尺度。

就短期而言，不可能者意味着超越的失败。拒绝这样的失败会把不可能变成充满冒险的可能。

这是我们的自由。

我想用三段引文来结束：

首先，是来自埃马纽埃尔·列维纳斯："如果你追问你的犹太身份，你已经失去了它，但你仍坚持着它，因为如若不然，你可以回避追问。"

其次，是来自莫里斯·布朗肖："书写者在流亡，从书写而来的流亡。那是他的国度，那里，他不是先知。"

最后，是借用我书中的一个想象的人物，我就躲在他的身后："面对让每一个作家瘫痪的书写的不可能性，面对两千年来折磨犹太民族的犹太人之存在的不可能性，作家选择书写，犹太人选择幸存。"

（"在犹太教看来，当然存在着一个必须由圣徒所渗透的亵渎的领域。"[1]

"犹太教的力量"，他说，"是以唯一之真理的名义唤起矛盾。"

他补充道："对真理而言，每一天都是胜利的一面镜子。"）

[1] 出自格肖姆·肖勒姆，《忠诚与乌托邦》，玛格丽特·德尔莫特和贝尔纳·杜普伊译。——原注

献给马德莱娜·格勒尼耶 *

马德莱娜·格勒尼耶是那些罕见的，极为罕见的画家之一，对她来说，艺术，在其纯然的赤裸中，就是一场永恒的超越。

但人只超越自己，在活过的最强大的瞬间，在它的持久中。

不管怎样！生命已加入了永恒和隐约可见的无限，由无知者的本质临近所组成一千个无限；我们总要同这样的未来较量。

让·德戈特克斯

我的风景是荒漠。我随眼前的这片风景长大——但它是风景吗？——然后我在那里迷失。荒漠中没有色彩。有的是色彩的无限。

荒漠中，色彩，既不抓住目光，也不停止目光。它任目光将它穿越。透明。赤裸。从那里，或许，就诞生了我对图像的寥寥品味；但更为复杂。

我童年的书，当然，充斥着图像。我至今说不出，自己是否真正看懂了它们。它们在我看来，更像是一种轻巧的手段，借着彩色线条，概述了我在文本中专心体验的神奇故事。少年时代的清晰记忆：儒勒·凡尔纳书中的插图——我拥有它们的原版——让我不安，甚至厌烦。在我印象里，它们令我不敢直视。我所探索的世界，每一次，都在我眼前，由另一世界献出。

我同绘画的首次接触，要归功于古埃及的壁画。它们深深地烦扰了我。

* 以下四篇译自《一道目光》。

　　画中人物侧脸正身，这在我看来，既天才又朴实。后来，在法国、意大利、荷兰，以及再往后，在西班牙和美国定期逗留时，我就经常出入教堂和美术馆。

　　我以一种至为无序的方式，从一幅画走向另一幅画，从一个画派走向另一个画派，从一个世纪走向另一个世纪。让我在画前久久驻足的，恰恰是画中那些为了让我们触及其秘密而遭消抹的东西；正是秘密，让它们，每一个，显得独一无二。

　　迷恋杜乔·迪·博尼塞尼亚，迷恋皮耶罗·德拉·弗朗切斯卡，迷恋乔托，迷恋蓬托莫，迷恋马萨乔，迷恋索杜玛；迷恋格列柯，迷恋老勃鲁盖尔，迷恋丢勒，迷恋克拉纳赫，迷恋委拉兹凯兹，迷恋伦勃朗，然后，接着线索，迷恋透纳，迷恋马奈，迷恋德拉克洛瓦，迷恋塞尚，迷恋博纳尔，迷恋马蒂斯，迷恋毕加索。

　　我知道绘画是什么吗？我不知道。同样，我问自己，我是否知道一棵树、一块石头、一颗星星是什么。正因为我不知道，我才偶尔，与其秘密擦肩而过，为之心醉神迷。

　　我从未迷上超现实主义绘画。然而，我当时的一些写作，促使我，同这个团体，亲近了一段时间。

　　爱罗斯柯和培根，爱里曼和塔皮埃斯，爱奇利达和德戈特克斯，或许，只是爱他们的差异；仿佛这差异里存有他们的秘密。

　　强大的作品突出了那把它们分开的空白间距。这空无的空间，每一次，都被其中凿挖的作品所填满。

　　我谈到了秘密。或许德戈特克斯已允许我更好地剥开了它。

空白中，伴着我最近的一个文本，为了保存书的词语，他毫不犹豫地，随其前行，融化于其中，他创造的内心明白，一位真正的艺术家，其本然的、灿烂的在场，完全地，体现为这场献祭。

这个清晨，在昨日和明日的临近里，向让·德戈特克斯致敬。

玛丽亚·海伦娜·维埃拉·达·席尔瓦

对维埃拉·达·席尔瓦来说，可有一个位置?

曾有一个位置。而她就置身于这"曾有"；置身于这有待探索的缺席，那是另一个现实。

我注视。一开始，我一无所视，然后，我在这无中看见了，像有一个建筑。

人能在无上，在无中，筑造吗?

我们在透明的中心。我们无视了它。

这透明，不为我们所知，自称镜子。

而镜子，又在我们诧异的眼中，破碎。

我们看见的只是这些碎片吗?

这是遗忘的线条。遗忘也有它的回忆。

回忆无；恰好是回忆这支撑着建筑的无。

我读题词："空中花园。"那么，这是必须看见的吗？秘密的图像表达某个东西，那不过是一个图像的秘密？这秘密本身，也是镜子？

破碎的镜子。破碎的秘密。

我们看到的只是一个秘密的破碎吗？

我读题词："空中花园。"

在这点上，色彩，是否能够，与芳香竞争？

秘密的色彩，秘密之前和之后的色彩。

眼之视野的色彩。

永恒将之承载，死亡将之驱赶。

什么受了损，什么放了光，什么流了血？

什么已被这不可把捉之物捉住？

从"曾有"到"有"：维埃拉·达·席尔瓦的全部旅程。

献给德尼斯·科隆

对我，这总已显然。

荒漠，首先，是面容的丧失。

图像，在其沉默的暴力里，掷地有声。

它让所有完美的倾听陷入不安：倾听无限，倾听永恒，倾听一切重新变为虚无；

因为，正是从这眩晕于沉默、受围于沉默的虚无出发，人才会看到它，听到它。

一张面容从它的缺席中浮现。随着缺席对其描画，它现出了轮廓。

所有这些面容对我述说。我认得它们。

它们来自最遥远的地方，仿佛无限已经开裂。

孤独之中有人居住。

从左至右：奥兰普·贝里－克南、穆斯塔法·特利利、海伦·西克苏、若热·亚马多、埃德蒙·雅贝斯、雅克·德里达（1986.10.10，巴黎）

瓦尔尼·卡皮迪欧

西内德·莫里西

雅各布·波利

王海洋

爱丽丝·奥斯维德

海伦·邓莫尔

托尼·哈里森

2016—2018 世界诗歌大奖撷英

火 尹 骆 家

1．英语

2016 年的英国前进奖，出生于特立尼达一个政治、文学世家的诗人瓦尔尼·卡皮迪欧（Vahni Capildeo，b.1973）凭《脱籍途径》一书获奖；2017 年的该奖由北爱尔兰女诗人西内德·莫里西（Sinéad Morrissey，b.1972）的第六本诗集《总而言之》摘冠，2014 年她的第五本诗集《视差》获得了 T·S·艾略特大奖，这样，她便成为了两大英国诗歌最高奖的双料赢家。

2016 年的英国 T·S·艾略特奖，获奖者是雅各布·波利（Jacob Polley，b.1975）的《杰克－我》（Jackself），这是他出版的第四本诗集；2017 年该奖由越南裔美国诗人王海洋（Ocean Vuong，b.1988）的《带出口伤的夜空》获得，这是他的第一本足本书诗集，2016 年由铜峡谷出版社出版后，当年即再次印刷。

2016 年科斯塔书奖的诗歌奖得主是爱丽丝·奥斯维德（Alice Oswald，b.1966）的《渐渐醒来》，这本书还获得了 2017 年度加拿大格里芬诗歌奖的国际奖项；2017 年该奖得主是海伦·邓莫尔（Helen Dunmore，1952–2017）身后面世的最后一本诗集《海浪内部》，诗集还荣膺了当年度科斯塔书奖的年度总奖。

号称英格兰和爱尔兰对诺奖之回应的大卫·柯恩双年奖，2015 年的得主是诗人、剧作家托尼·哈里森（Tony Harrison，b.1937），他是英国当代最重要的韵文作家之一，诗歌作品中以长诗《V》最为著名。

丹尼尔·波祖兹基

美国 2016 年的国家图书奖诗歌奖获奖诗集是芝加哥诗人丹尼尔·波祖兹基（Daniel Borzutzky）的《成其为人的表演》；2017 年该奖由弗兰克·比达尔（Frank Bidart, b.1939）的《半光：1965–2016 诗选》摘冠。年轻时与罗伯特·洛威尔、伊丽莎白·毕肖普亦师亦友开始诗歌写作的诗人半个世纪以来的诗选，想必是将毕生精华尽收囊中了。2017 年，比达尔还收获了加拿大格里芬诗歌奖的终身成就奖。

弗兰克·比达尔

美国 2016 年度的普利策诗歌奖由亚美尼亚裔美国诗人彼得·巴拉吉安（Peter Balakian, b.1951）的《臭氧日志》获得，2017 年该奖由美国诗人泰伊辛巴·杰斯（Tyehimba Jess, b.1965）的《杂烩》摘冠。

彼得·巴拉吉安

2016 年度的全美书评人奖的诗歌奖由牙买加裔美国诗人哈钦森（Ishion Hutchinson）的诗集《上院与众议院》获得；2017 年度的该奖由印第安奥格拉拉科塔族女诗人赖丽·朗·首尔杰（Layli Long Soldier）的《然而》获得，这本书也进入了同年国家图书奖的决选名单。

泰伊辛巴·杰斯

美国 2015—2017 年的桂冠诗人胡安·费利佩·埃雷拉（Juan Felipe Herrera, b.1948）是美国桂冠诗人史上第一位墨西哥裔（Chicano）美国诗人；2017 年至今的新晋美国桂冠诗人是非裔的特蕾西·K·史密斯（Tracy K. Smith, b.1972），2011 年她的诗集《火星上的生活》获得了普利策诗歌奖。

赖丽·朗·首尔杰

加拿大文学最高奖总督文学奖 2016 年度英语诗歌获奖诗集是史蒂文·黑顿（Steven Heighton, b.1961）的《迟来的觉醒》，2017 年是理查德·哈里森（Richard Harrison, b.1957）的《关于未在洪水中遗失吾父骨殖》。法语诗歌，2016 年的获奖诗集是诺尔曼·德贝尔弗伊（Normand de Bellefeuille, b.1949）的《一首诗是一座海边屋》，这是继 2000 年获得该奖项之后他的再度摘冠；2017 年是露易丝·杜普蕾（Louise Dupré, b.1949）的《鬼

胡安·费利佩·埃雷拉

特蕾西·K·史密斯

理查德·哈里森

露易丝·杜普蕾

安东尼奥·科利纳斯

克拉丽贝尔·阿莱格里亚

劳尔·苏里塔

霍安·马加里特

曼努埃尔·阿莱格雷

魂萦绕的手》获奖，她也是第二次荣获这一加拿大文学最高奖项，上次获奖是在 2011 年，获奖诗集是《高于火焰》。

2. 西班牙语（含葡语）

西班牙语世界最高文学奖塞万提斯奖，2016、2017 年的获奖者均与诗歌无关，2015 年的获奖者德尔帕索（Fernando del Paso Morante，b.1935）是墨西哥小说家、诗人，主要成就还是在于对拉丁美洲新历史主义小说做出的贡献。

索菲娅王后伊比利亚诗歌奖授予所有西葡语国家的诗人。2016 年的第 25 届该奖授予了著作等身的西班牙诗人、小说家、散文家、翻译家安东尼奥·科利纳斯（Antonio Colinas，b.1946）。2017 年的得主是尼加拉瓜出生的萨尔瓦多流亡女诗人克拉丽贝尔·阿莱格里亚（Claribel Alegría，1924–2018）。女诗人年轻时师从希梅内斯，坚持西语美洲萨尔瓦多萨拉卢埃、阿尔韦托·格拉、克劳迪娅·拉尔斯的先锋传统。她的知名作品有《伊萨尔科的灰烬》《路易莎在真实的国度》《桑普尔河的女人》《门槛》等。

巴勃罗·聂鲁达伊比利亚美洲诗歌奖相对年轻，创办于聂鲁达百年诞辰的 2004 年。智利诗人劳尔·苏里塔（Raúl Zurita，b.1950）获得了 2016 年度的该奖。苏里塔和他这一代的许多智利文人都有被皮诺切特政府逮捕并施以酷刑的悲惨经历，后来他和友人成立了一个艺术行动组织 CADA，以抵抗皮诺切特的独裁。他最引人注目的经历大概是 1982 年 6 月在纽约曼哈顿举行的空中诗歌秀，这故事后来被波拉尼奥以某种形式写进了《遥远的星辰》一书中。2017 年的诗歌奖得主是西班牙诗人、健在的公认最伟大的加泰罗尼亚语诗人霍安·马加里特（Joan Margarit，b.1938）。他早期用卡斯蒂利亚语（即一般认为的西班牙语）写作，1980 年代以后，立身加泰罗尼亚语。

葡语世界文学最高奖卡蒙斯奖 2017 年的得主是葡萄牙诗人、政治家曼努埃尔·阿莱格雷（Manuel Alegre，b.1936），2006、2011 年，阿莱格雷曾两度是得票第二多的葡萄牙总统选举候选人。

3. 法语

2016 年，始创于 1957 年的法兰西学院诗歌大奖授予了诗人、作家伯纳德·诺埃尔（Bernard Noël，b.1930）；2017 年，授予了海地诗人安东尼·费尔普斯（Anthony Phelps，b.1928），他是海地文化生活中的一个重要人物，海地当代文学绕不开去的一座山峰。

2017 年法国国家诗歌奖的获奖者是弗兰克·韦纳耶（Franck Venaille，b.1936）。韦纳耶的诗歌以其表现力的强度，试图阐明人的动物性方面以及他的冲动和焦虑为特征。

被誉为法国诗歌的龚古尔奖的阿波利奈尔奖在当今法国诗歌奖项中可谓德高望重，奖项重视作品的原创性和现代性，2016 年该奖授予了皮埃尔·戴诺（Pierre Dhainaut，b.1935），在其《噪音中的噪音》《颤抖的草》出版之际，因其终身成就获奖；2017 年的获奖者是塞尔日·佩伊（Serge Pey，b.1950），他因作品《弗拉门戈：约塞里托的鞋》《铸砖工》《最后的电报》获奖。

4. 德语

彼得·胡赫尔德语诗歌奖是德国最重要的诗歌奖项。2016 年得主是诗人、译者芭芭拉·科勒（Barbara Köhler，b.1959），以作品《伊斯坦布尔，与日俱增》获得，她最知名的作品是 2007 年出版的《无人之妻》，她翻译的格特鲁德·斯泰因和塞缪尔·贝克特在德语中颇为知名；2017 年得主是匈牙利诗人、译者欧尔绍尧·考拉斯（Orsolya Kalász，b.1964），她以匈牙利语和德语双语写作，凭《那唯一者》获奖；2018 年得主是波斯出身的法尔哈德·肖基（Farhad Showghi，b.1961），他生于布拉格，在捷克斯洛伐克、德国、伊朗渡过青少年时期后，回到德国，是诗人、译者、医生，今年凭《演奏磨难的云之翔》获奖。

德国文学最高奖毕希纳奖 2017 年得主是诗人扬·瓦格纳（Jan Wagner，b.1971），比起前辈诗人格林拜恩 33 岁时就获得了毕希纳奖，扬·瓦格纳算是个理性年纪的后来者了。他也于当今德国诗坛被视作格林拜恩以后出现的最重要而强有力的诗人。

伯纳德·诺埃尔

安东尼·费尔普斯

弗兰克·韦纳耶

皮埃尔·戴诺

塞尔日·佩伊

芭芭拉·科勒

欧尔绍尧·考拉斯

法尔哈德·肖基

扬·瓦格纳

斯坦尼斯拉夫·里沃夫斯基

阿拉·莎拉波娃

马克西姆·阿梅林

亚历山大·亚历山大德洛夫

鲍利斯·阿萨佛维奇

5．俄语

安德烈·别雷奖是历史最悠久的当代俄罗斯独立文学奖，1978年由列宁格列独立丛刊"钟表"编辑部设立，拥有包括诗歌在内的数个奖项。诗歌奖形式几经变化，始终保持不随波逐流的独立精神和对独特与创新的追求。奖品是一瓶伏特加酒、一个苹果和一卢布的奖金。2016 年侨居以色列的诗人列昂尼德·施瓦帕以诗集《您的尼古拉》获奖。2017 年斯坦尼斯拉夫·里沃夫斯基凭《书中及其它的诗歌》摘冠。

"诗人"国家奖，只授予有突出贡献的健在的俄语诗歌写作者（规则是不能重复获奖、只能授予单个诗人），2005 年设立，奖金150 万卢布，约合 2 万美元。2016 年年度诗人由阿拉·莎拉波娃摘得；2017 年该奖由马克西姆·阿梅林获得。

沃洛申国际诗歌奖：于 2008 年设立沃洛申诗歌节，地点在 M·A·沃洛申博物馆，从"最佳诗集"提名和"文化贡献"候选人中评出。2016 年波兰诗人、翻译家科申什托夫·沙特拉夫斯基获奖。2017 年最佳诗集获奖者是：斯维特拉娜·可科娃诗集《外地客》、格尔曼·弗拉索夫诗集《订婚姑娘》；亚历山大·亚历山大德洛夫因"文化贡献"而获奖；另有，谢尔盖·纳杰耶夫诗集《空中游戏》获俄罗斯作家协会特别奖、葛纳吉·卢萨科夫诗集《日子》获俄罗斯作家协会特别称号。

格里戈利诗歌奖：为纪念彼得堡诗人葛纳基·格里戈利和鼓励为俄罗斯当代诗歌做出贡献，于 2010 年设立此奖。裁判组委会每年向 50 位左右诗人发出邀请，诗人邮寄自己的作品参赛。经过初赛再进入复赛决出最终获胜者。2017 年获奖者为：莉扎·格特福莉科（基辅）、亚历山大·古尔巴托夫（莫斯科）、亚历山大·萨莫伊洛夫（车里雅宾斯克）、塔尼雅·斯卡雷吉纳（白俄罗斯）、安德列·切莫丹诺夫（莫斯科）。

新普希金奖，2005 年设立，主要奖励相应领域创作综合贡献和国家文化传统创新发展。2017 年鲍利斯·阿萨佛维奇因创作综合贡献获奖，伊凡·费德罗维奇因国家文化传统创新发展而获奖。

Contents

图书在版编目（CIP）数据

当代国际诗坛. 九 / 唐晓渡，西川主编. -- 北京：
作家出版社，2018.6

ISBN 978 - 7 - 5212 - 0084 - 3

Ⅰ. ①当… Ⅱ. ①唐… ②西… Ⅲ. ①诗集 - 世界 -
现代 ②诗歌评论 - 世界 - 现代 Ⅳ. ①I112 ②I106.2

中国版本图书馆 CIP 数据核字（2018）第 124921 号

当代国际诗坛（九）

主　　编：唐晓渡　西　川

副 主 编：赵　四

责任编辑：赵　莹

装帧设计：史家昌

出版发行：作家出版社

社　　址：北京农展馆南里 10 号　　　邮　　编：100125

电话传真：86 - 10 - 65930756（出版发行部）

　　　　　86 - 10 - 65004079（总编室）

　　　　　86 - 10 - 65015116（邮购部）

E - mail: zuojia@zuojia. net. cn

http: // www. haozuojia. com（作家在线）

印　　刷：北京中科印刷有限公司

成品尺寸：170 × 240

字　　数：193 千

印　　张：24

版　　次：2018 年 8 月第 1 版

印　　次：2018 年 8 月第 1 次印刷

ISBN 978 - 7 - 5212 - 0084 - 3

定　　价：48.00 元